U0688247

MINGUO TONGSU XIAOSHUO
DIANCANG WENKU

杨柳青青

民国通俗小说典藏文库·张恨水卷

张恨水◎著

中国文史出版社

图书在版编目（CIP）数据

杨柳青青 / 张恨水著. — 北京：中国文史出版社，
2018.6

（民国通俗小说典藏文库·张恨水卷）

ISBN 978 - 7 - 5034 - 9955 - 5

Ⅰ. ①杨… Ⅱ. ①张… Ⅲ. ①长篇小说 - 中国 - 现代
Ⅳ. ①I246.5

中国版本图书馆 CIP 数据核字（2018）第 008315 号

整　　理：萧　霖
责任编辑：卢祥秋

出版发行：中国文史出版社
社　　址：北京市西城区太平桥大街 23 号　邮编：100811
电　　话：010 - 66173572　66168268　66192736（发行部）
传　　真：010 - 66192703
印　　装：廊坊市海涛印刷有限公司
经　　销：全国新华书店
开　　本：720×1020　1/16
印　　张：20　　　　字数：308 千字
版　　次：2018 年 6 月第 1 版
印　　次：2018 年 6 月第 1 次印刷
定　　价：58.00 元

文史版图书，版权所有，侵权必究。

文史版图书，印装错误可与发行部联系退换。

小说大家张恨水（代序）

张赣生

民国通俗小说家中最享盛名者就是张恨水。在抗日战争前后的二十多年间，他的名字真是家喻户晓、妇孺皆知，即使不识字、没读过他的作品的人，也大都知道有位张恨水，就像从来不看戏的人也知道有位梅兰芳一样。

张恨水（1895—1967），本名心远，安徽潜山人。他的祖、父两辈均为清代武官。其父光绪年间供职江西，张恨水便是诞生于江西广信。他七岁入塾读书，十一岁时随父由南昌赴新城，在船上发现了一本《残唐演义》，感到很有趣，由此开始读小说，同时又对《千家诗》十分喜爱，读得"莫名其妙的有味"。十三岁时在江西新淦，恰逢塾师赴省城考拔贡，临行给学生们出了十个论文题，张氏后来回忆起这件事时说："我用小铜炉焚好一炉香，就做起斗方小名士来。这个毒是《聊斋》和《红楼梦》给我的。《野叟曝言》也给了我一些影响。那时，我桌上就有一本残本《聊斋》，是套色木版精印的，批注很多。我在这批注上懂了许多典故，又懂了许多形容笔法。例如形容一个很健美的女子，我知道'荷粉露垂，杏花烟润'是绝好的笔法。我那书桌上，除了这部残本《聊斋》外，还有《唐诗别裁》《袁王纲鉴》《东莱博议》。上两部是我自选的，下两部是父亲要我看的。这几部书，看起来很简单，现在我仔细一想，简直就代表了我所取的文学路径。"

宣统年间，张恨水转入学堂，接受新式教育，并从上海出版的报纸上获得了一些新知识，开阔了眼界。随后又转入甲种农业学校，除了学习英文、数、理、化之外，他在假期又读了许多林琴南译的小说，懂得

1

了不少描写手法，特别是西方小说的那种心理描写。民国元年，张氏的父亲患急症去世，家庭经济状况随之陷入困境，转年他在亲友资助下考入陈其美主持的蒙藏垦殖学校，到苏州就读。民国二年，讨袁失败，垦殖学校解散，张恨水又返回原籍。当时一般乡间人功利心重，对这样一个无所成就的青年很看不起，甚至当面嘲讽，这对他的自尊心是很大的刺激。因之，张氏在二十岁时又离家外出投奔亲友，先到南昌，不久又到汉口投奔一位搞文明戏的族兄，并开始为一个本家办的小报义务写些小稿，就在此时他取了"恨水"为笔名。过了几个月，经他的族兄介绍加入文明进化团。初始不会演戏，帮着写写说明书之类，后随剧团到各处巡回演出，日久自通，居然也能演小生，还演过《卖油郎独占花魁》的主角。剧团的工作不足以维持生活，脱离剧团后又经几度坎坷，经朋友介绍去芜湖担任《皖江报》总编辑。那年他二十四岁，正是雄心勃勃的年纪，一面自撰长篇《南国相思谱》在《皖江报》连载，一面又为上海的《民国日报》撰中篇章回小说《小说迷魂游地府记》，后为姚民哀收入《小说之霸王》。

1919年，五四运动吸引了张恨水。他按捺不住"野马尘埃的心"，终于辞去《皖江报》的职务，变卖了行李，又借了十元钱，动身赴京。初到北京，帮一位驻京记者处理新闻稿，赚些钱维持生活，后又到《益世报》当助理编辑。待到1923年，局面渐渐打开，除担任"世界通讯社"总编辑外，还为上海的《申报》和《新闻报》写北京通讯。1924年，张氏应成舍我之邀加入《世界晚报》，并撰写长篇连载小说《春明外史》。这部小说博得了读者的欢迎，张氏也由此成名。1926年，张氏又发表了他的另一部更重要的作品《金粉世家》，从而进一步扩大了他的影响。但真正把张氏声望推至高峰的是《啼笑因缘》。1929年，上海的新闻记者团到北京访问，经钱芥尘介绍，张恨水得与严独鹤相识，严即约张撰写长篇小说。后来张氏回忆这件事的过程时说："友人钱芥尘先生，介绍我认识《新闻报》的严独鹤先生，他并在独鹤先生面前极力推许我的小说。那时，《上海画报》（三日刊）曾转载了我的《天上人间》，独鹤先生若对我有认识，也就是这篇小说而已。他倒是没有什么考虑，就约我写一篇，而且愿意带一部分稿子走。……在那几年间，上海洋场章回小说走着两条路子，一条是肉感的，一条是武侠而神怪的。《啼笑因缘》完全和这两种不同。又除了新文艺外，那些长篇运用的对话并不是纯粹白话。而《啼笑因缘》是以国语姿态出现的，这也不同。在这小说发表起初的几天，有人看了很觉眼生，也有人觉得描写过于琐碎，但并没有人主张不向下看。载过两回之后，所有读《新闻报》的人都感到了兴趣。独鹤先生特意写信告诉我，请我加油。不过报社方面根据一贯的作风，怕我这里面没有豪侠人物，会对读者减少吸引力，再三请我写两位侠客。我对于技击这类事本来也有祖传的家话（我祖父和父亲，都有极高的技击能力），但我自己不懂，而且也觉得是当时的一种滥调，我只是勉强地将关寿峰、关秀姑两人写了一些近乎传说的武侠行动……对于该书的批评，有的认为还是章回旧套，还是加以否定。有的认为章回小说到这里有些变了，还可以注意。大致地说，主张文艺革新的人，对此还认为不值一笑。温和一点的人，对该书只是就文论文，褒贬都有。至于爱好章回小说的人，自是予以同情的多。但不管怎么样，这书惹起了文坛上很大的注意，那却是事实。并有人说，如果《啼笑因缘》可以存在，那是被扬弃了的章回小说又要返魂。我真没有料到这书会引起这样大的反应……不过这些批评无论好坏，全给该书做了义务广告。《啼笑因缘》的销数，直到现在，还超过我其他作品的销数。除了国内、南洋各处私人盗印翻版的不算，我所能估计的，该书前后已超过二十版。第一版是一万部，第二版是一万五千部。以后各版有四五千部的，也有两三千部的。因为书销得这样多，所以人家说起张恨水，就联想到《啼笑因缘》。"

不论张氏本人怎样看，《啼笑因缘》是他最有影响的作品，这一点毫无疑问，可以随便举出几件事来证明。《啼笑因缘》发表后，被上海明星公司拍成六集影片，由当时最著名的电影明星胡蝶主演，同时还被改编为戏剧和曲艺，在各地广泛流传；再有《啼笑因缘》被许多人续写，迫使张氏不得不改变初衷，于1933年又续写了十回，张氏在《我的写作生涯》中说："在我结束该书的时候，主角虽都没有大团圆，也没有完全告诉戏已终场，但在文字上是看得出来的。我写着每个人都让读者有点儿有余不尽之意，这正是一个处理适当的办法，我绝没有续写下去的意思。可是上海方面，出版商人讲生意经，已经有好几种《啼笑因缘》的尾巴出现，尤其是一种《反啼笑因缘》，自始至终，将我那故事整个地翻案。执笔的又全是南方人，根本没过过黄河。写出的北平社会真是也让人又啼又笑。许多朋友看不下去，而原来出版的书社，见大批后半截买卖被别人抢了去，也分外眼红。无论如何，非让我写一篇续集不可。"这种由别人代庖的续作，出书者至少有四种：惜红馆主《续啼笑因缘》、青萍室主《啼笑因缘三集》、康尊容《新啼笑因缘》和徐哲身《反啼笑因缘》。虽然远不如《红楼梦》续作之多，但在民国通俗小说中已经是首屈一指了。张氏在《我的小说过程》一文中还说："我这次南来，上至党国名流，下至风尘少女，一见着面便问《啼笑因缘》。这不能不使我受宠若惊了。"

《啼笑因缘》使张氏名声大振，约他写稿的报刊和出版家蜂拥而至，有的小报甚至谣传张氏在十几分钟内收到几万元稿费，并用这笔钱在北平买下了一所王府，自备一部汽车。这自然不是事实，但张氏当时收到的稿酬也有六七千元，的确不能算少。这样，他就可以去搜集一些古旧木版小说，想要作一部《中国小说史》。就在此时，日寇侵华的"九一八事变"爆发，张氏的希望随之化为泡影。作为一位爱国的作家，在国难当头的状况下自不会沉默，张恨水在1931至1937的几年间，先后写了《热血之花》《弯弓集》《水浒别传》《东北四连长》《啼笑因缘续集》《风之夜》等涉及抗敌御侮内容的作品。

1934年，张恨水到陕西和甘肃走了一遭，此行使他的思想发生了很大的变化。张氏在《我的写作生涯》中说："陕甘人的苦不是华南人所能想象，也不是华北、东北人所能想象。更切实一点地说，我所经过的那条路，可说大部分的同胞还不够人类起码的生活。……人总是有人性的，这一些事实，引着我的思想起了极大的变迁。文字是生活和思想的反映，所以在西北之行以后，我不讳言我的思想完全变了，文字自然也变了。"此后，他写了《燕归来》，以描写西北人民生活的惨状。

抗日战争全面爆发后，张恨水取道汉口，转赴重庆，于1938年初抵达，即应邀在《新民报》任职。抗战八年间，他除去写了一些战争题材的小说外，还有两种较重要的作品，即《八十一梦》和《魍魉世界》（原名《牛马走》），均先于《新民报》连载，后出单行本。抗战胜利，张氏重返北平，担任《新民报》经理，此后几年他写了《五子登科》等十来部小说，但均未产生重大影响。1948 年底，张氏辞去《新民报》职务。1949 年夏，他患脑溢血，经过几年调治，病情好转，张氏便又到江南和西北去旅行。1959 年，张氏病情转重，至 1967 年初于北京去世，终年七十三岁。

张恨水一生写了九十多部小说，印成单行本的也在五十种左右。说到张氏作品的总特色，一般常感到不易把握，因为他总在不断地变。其实，这"变"就正是张恨水作品最鲜明的总特色。

张恨水是一个不甘心墨守成规的人，他好动不好静，敢于否定自己，这正是作为开创者必须具备的素质。读一读张氏的《我的写作生涯》，就会发现他总是在讲自己的变，那变的频繁、动因的多样，在民国通俗小说作家中实属仅见。……待到《金粉世家》《啼笑因缘》相继问世，张恨水的名声已如日中天，他在思想上的求新仍未稍解，他说："我又不能光写而不加油，因之，登床以后，我又必拥被看一两点钟书。看的书很拉杂，文艺的、哲学的、社会科学的，我都翻翻。还有几本长期订的杂志，也都看看。我所以不被时代抛得太远，就是这点儿加油的工作不错。"

追求入时，可说是张恨水的一贯作风，不仅小说的内容、思想随时而变，在文字风格上也不断应时变化。仅就内容、思想方面的变化而言，在民国通俗小说作家中也很常见，说不上是张氏独具的特色，但在文字风格上也不断变化，就不同于一般了。张氏在《我的写作生涯》中经常提到这方面的事例，譬如他曾提及回目格式的变化，他说："《春明外史》除了材料为人所注意而外，另有一件事为人所喜于讨论的，就是小说回目的构制。因为我自小就是个弄辞章的人，对中国许多旧小说回目的随便安顿向来就不同意。即到了我自己写小说，我一定要把它写得美善工整些。所以每回的回目都很经一番研究。我自己削足适履地定了好几个原则。一、两个回目，要能包括本回小说的最高潮。二、尽量地求其辞藻华丽。三、取的字句和典故一定要是浑成的，如以'夕阳无限好'，对'高处不胜寒'之类。四、每回的回目，字数一样多，求其一律。五、下联必定以平声落韵。这样，每个回目的写出，倒是能博得读者推敲的。可是我自己就太苦了……这完全是'包三寸金莲求好看'的念头，后来很不愿意向下做。不过创格在前，一时又收不回来。……在我放弃回目制以后，很多朋友反对，我解释我吃力不讨好的缘故，朋友也就笑而释之，谓不讨好云者，这种藻丽的回目，成为礼拜六派的口实。其实礼拜六派多是散体文言小说，堆砌的辞藻见于文内而不在回目内。礼拜六派也有作章回小说的，但他们的回目也很随便。"再譬如他在谈及《金粉世家》时说："以我的生活环境不同和我思想的变迁，加上笔路的修检，以后大概不会再写这样一部书。"诸如此类的变化不胜列举。

张氏的多变还体现在题材的多样化。他说："当年我写小说写得高兴的时候，哪一类的题材我都愿意试试。类似伶人反串的行为，我写过几篇侦探小说，在《世界日报》的旬刊上发表，我是一时兴到之作，现在是连题目都忘记了。其次是我写过两篇武侠小说，最先一篇叫《剑胆琴心》，在北平的《新晨报》上发表的，后来《南京晚报》转载，改名《世外群龙传》。最后上海《金刚钻小报》拿去出版，又叫《剑胆琴心》了。"第二篇叫《中原豪侠传》，是张氏自办《南京人报》时所作。此外，张氏还写过仿古的《水浒别传》和《水浒新传》，他说："《水浒别传》这书是我研究《水浒》后一时高兴之作，写的是打渔杀家那段故事。文字也学《水浒》口气。这原是试试的性质，终于这篇《水浒别传》有点儿成就，引着我在抗战期间写了一篇六七十万字的《水浒新传》。""《水浒新传》当时在上海很叫座。……书里写着水浒人物受了招安，跟随张叔夜和金人打仗。汴梁的陷落，他们一百零八人大多数是战死了。尤其是时迁这路小兄弟，我着力地去写。我的意思，是以愧士大夫阶级。汪精卫和日本人对此书都非常地不满，但说的是宋代故事，他们也无可奈何。这书里的官职地名，我都有相当的考据。文字我也极力模仿老《水浒》，以免看过《水浒》的人说是不像。"再有就是张氏还仿照《斩鬼传》写过一篇讽刺小说《新斩鬼传》。张恨水的一生都在不停地尝试，探寻着各色各样的内容及表达方式，他甚至也写过完全以实事为根据、类似报告文学的《虎贲万岁》，也写过全属虚幻的、抽象的或象征性的小说《秘密谷》，他的作风颇有些像那位既不愿重复前人也不愿重复自己的现代大画家毕加索。

张恨水写过一篇《我的小说过程》，的确，我们也只有称他的小说为"过程"才最名副其实。从一般意义上讲，任何人由始至终做的事都是一个过程，但有些始终一个模子印出来的过程是乏味的过程，而张氏的小说过程却是千变万化、丰富多彩的过程。有的评论者说张氏"鄙视自己的创作"，我认为这是误解了张氏的所为。张恨水对这一问题的态度，又和白羽、郑证因等人有所不同。张氏说："一面工作，一面也就是学习。世间什么事都是这样。"他对自己作品的批评，是为了写得越来越完善，而不是为了表示鄙视自己的创作道路。张氏对自己所从事的通俗小说创作是颇引以自豪的，并不认为自己低人一等。他说："众所周知，我一贯主张，写章回小说，向通俗路上走，绝不写人家看不懂的文字。"又说："中国的小说，还很难脱掉消闲的作用。对于此，作小说的人，如能有所领悟，他就利用这个机会，以尽他应尽的天职。"这段话不仅是对通俗小说而言，实际也是对新文艺作家们说的。读者看小说，本来就有一层消遣的意思，用一个更适当的说法，是或者要寻求审美愉悦，看通俗小说和看新文艺小说都一样。张氏的意思不是很明显吗？这便是他的态度！张氏是很清醒、很明智的，他一方面承认自己的作品有消闲作用，并不因此灰心，另一方面又不满足于仅供人消遣，而力求把消遣和更重大的社会使命统一起来，以尽其应尽的天职。他能以面对现实、实事求是的态度对待自己的工作，在局限中努力求施展，在必然中努力争自由，这正是他见识高人一筹之处，也正是最明智的选择。当然，我不是说除张氏之外别人都没有做到这一步，事实上民国最杰出的几位通俗小说名家大都能收到这样的效果，但他们往往不像张氏这样表现出鲜明的理论上的自觉。

张恨水在民国通俗小说史上是一位名副其实的大作家，他不仅留下了许多优秀的作品，他一生的探索也为后人留下了许多可贵的经验。

目　　录

3

自　序

　　这部书原来的名字是《东北四连长》。民国二十二三年，登在上海《申报》的《春秋》栏内。当时因环境的关系，并没有出单行本。我的原稿因八年抗战家室荡然，也就散失掉了。胜利以后，上海山城出版社找到了旧报，抄写一遍，打算出版。我认为大可考量：其一，原书的意义是提倡军队抗日，而以不抗日的人相对照。现在沧桑一劫，已无此必要。其二，站在人道上说，战争是不可提倡的。我们为了民族的生存，以往对日抗战宣传，乃是出于不得已。现在对日战事胜利，我们希望和平建国，原来主战的意义也过了时代。其三，书中描写当年长城一角之战，笔者是根据所闻，粗枝大叶地写着，相当外行。固然，对于军事，我到现在依然是百分之百的外行；可是我已经过八年战事新闻的洗礼，我自己已看出旧作外行之太失真了。这些描写也没有可留的价值。有了这三种原因，我就将抄的原稿要来，重新检阅了一遍。

　　我因事忙，检阅的时间真不短，拉拉扯扯，将近八个月。检阅之后，我觉在故事方面，书中各人的生活片段倒是我生平写作中另一种风味，也还可用。于是根据了以上三点的顾忌，把原书有的冲淡，有的割弃，将原书三十二回改为二十五回；但这一改，却收束不住，又根据了原书的线索加写三回，共成二十八回。其结局把一幕悲喜剧闭幕在杨柳青青的时候，所以就径直地改名为《杨柳青青》了。

　　书经这样一改，几乎和原作翻了个个儿；但为原书文字所限，究竟不能变为南北极，所以我的意思就偏重到人物的描写和书中人本事的演变。意义上不抹杀军人的抗日，就不必再去提倡将来的战事了。改书是比重新写一部还难的，改完以后，自己也就感到未能尽如人意。但在故事上，还不失为当年一种民间悲喜剧的反映，就也不算是幻想。战争对于中国人是怎么回事，在此一粟中，不也可见一些大千世界吗？

《随园诗话》中，记有人只传了一句诗，这诗就是"杨柳青青莫上楼"七个字。我觉得这七个字含义极深，是大可赠予书中的悲剧主角的。这虽仅仅是一种劝告，可比怎样慨叹惋惜都强得多。春风杨柳，它们给人间一片欢愉，又何尝不给人间一片悲哀？读者会心不远，就在这"杨柳青青"四字里去玩味吧。

三十六年二月张恨水序于北平新民报社

第一回

推食殷勤偏邀贫女忆
入门慷慨别具武夫雄

一个冬天的下午，阴云暗暗的，很有雪意。虽然并没有刮风，但是长空里那尖冷的空气触到人肌肤上，依然还如刺如割。一个穷苦人家的小院子里，墙角头倾泼积水的冰层，冻得老有一尺多厚。院子里两棵大垂杨柳，只有一丛稀疏的枯条在空中舞着，寒风呼呼地响。这个太阳永不大照临的地方，挨近了两扇格子窗户，这格子窗户里面自然也就增加了不少的寒气。那格子窗户糊了一层能隔冷气的棉料纸，一丝风也不让它透进去。但是中间有两个小格子，却安着两块豆腐干大的玻璃。

这时，有人在那块小玻璃里，向外张望了一下，接着便道："妈，裱糊匠带着家伙走了，我们瞧瞧去，糊得怎么样了？"又有人道："瞧什么？我才不愿意有这样的街坊呢。人家阔，咱们穷，在一个大门里，彼此天天比起来，叫人怪难受的。"说毕，叹了一口气。这说话的是母女俩。母亲杨江氏五十附近年纪，女儿老姑娘也二十岁了。她们住在北平西郊海甸镇一所平房里面，是以女红糊口的人家。她们人口简单，只在这平房前面住了一个跨院。正院前住了两家买卖人，都搬走了，现在却有一个下级军官赁了这个房子。这时正忙于打扫裱糊，还不曾进来呢。江氏听说有军官搬了来，实在是不愿意，但是这是房东的房子，房东爱赁给谁就赁给谁，房客有什么法子可以干涉人家？所以娘儿俩虽然坐在屋子里做活，可是不住地惦记着那外院里的情形。

江氏坐在炕上低头缝一件褂子，瘦削的脸上架了旧式的老花眼镜在

1

鼻梁上，越是显着伊形容憔悴。老姑娘将炕洞里暖炕的小煤球炉子拖了出来，捧到外面屋子里去添煤球。江氏道："就在里面添吧，送到外面去做什么？"老姑娘道："在屋子里添，你不怕熏着吗？对门甘二爷说了，北京人真是蠢，年年报上登着毒气熏死人，可是年年还有人熏死。把炉子里的煤烧红了，再搬到屋子里去，这也是很容易办的事，不明白北京人为什么老是随便不改过来。"她隔了一个破蓝布门帘子，对母亲如此说着。江氏在里面答道："是的，对门甘家人放的屁你都会说是香的，甘二爷说的话那就更不用提了。"老姑娘隔了门帘，带了微笑，嘴向里屋一撇，却装出发狠的声音道："你这是什么话！说出来也不管人家受得了受不了。人家说的原是对的嘛，我还有什么话说呢？你要不怕煤熏，你就搬炉子到屋子里去添火，我还想活着看看花花世界啦。我到隔壁王家串门子去。"江氏道："别去了，王家两口子正拌嘴呢，你就把炉子在外面添火吧。"

母女两人正自隔室喧嚷，便有人由外院走了进来，一路问道："老姑娘，你妈在家吗？"江氏答道："说甘二爷，甘二爷就来了，我在家啦。"那甘二爷穿了一件灰色线春的羊皮袍子，胁下夹了一包东西，走到外面屋子，见老姑娘在屋子当中对了炉子只是发愣，便笑向她道："外面屋子怪冷的，为什么在这里站着呢？"老姑娘笑道："不是二爷说了嘛，在屋子里头添煤会熏着人的，我们在外边屋子添煤啦。"江氏在屋子里插言道："二爷，你瞧，我们老姑娘真是肯听你的话。外面凉，请进来坐吧。"

甘二爷听说，就夹了那个包袱，走到里面屋子里来。江氏接过包袱，掂了两掂，笑道："二爷又有什么活儿照顾我们？"他答道："你瞧，我这件皮袍子面子都快要脏了，我要赶快做一件罩袍把它罩上。"江氏笑道："做是可以做的，就是没有裁缝做得合身材。"甘二爷笑道："一件蓝布大褂，还那样讲究做什么？衣服我是要做的，工钱也是要出的，有给裁缝的工钱拿给你们，还算帮了你们的忙，这不是一举两得的事情吗？"老姑娘笑道："二爷总是这样好心肠，其实女红活是女红活，裁缝活是裁缝活，那可不一样。"江氏笑道："二爷坐着，让我坐点儿水……"甘二爷连忙拦着道："我一天不定来多少回，来了你们就这样客气，以后我就不好意思来了。"江氏道："我们娘儿俩一天到晚缩在屋子里，闷得发慌，二爷来了，我们也可以谈谈。"

甘二爷道："你们这儿快有街坊搬来了，往后就热闹了。"江氏皱了眉道："往后就热闹了吗？我正在这里发愁呢！人家是当军官的，我们是小住家的，和人家住在一处，恐怕有些说不来。"甘二爷笑道："这样说起来，你们倒有些傲骨崚嶒呢。可是说起来，我也是个小小的官僚，应该你们对我也是不欢迎的了。"老姑娘站在一边只是微笑着，没有说什么。江氏连忙插言道："那是什么话？像二爷这样的人，我们都要说不来，什么样的人才能够说得来呢？"说着话时，老姑娘已经在甘二爷手上接过包袱去，也不打开来看，就放在炕头边一只破箱子里去。甘二爷笑道："老姑娘，你也不将布量一量吗？若是不够的话，我要你做起一件衣服来，你可得赔我的料子。"老姑娘笑道："你二爷也不是做衣服舍不得一二尺料子的人，纵然少一二尺料子，我告诉二爷，二爷也会相信。不能说是我们把料子落下来了。"

甘二爷听到人家说出这种知己之言来，也不由得从心窝里笑将出来。只因杨家是个旧式人家，有江氏在当面，不能因为人家穷了，自己就随便地说笑话，所以还是十二分地郑重，只微微一笑，便走出外边屋子来。他走出外边屋子时，老姑娘也立刻向她母亲道："吃晚饭还没有菜，我要上街去买两块南豆腐来吃。"说着，也随着甘二爷后面，跟了出来，到了大门口，便笑道，"二爷你不是想喝小米粥吗？"甘二爷道："可不是，你怎么知道？"老姑娘道："今天上午，瞧见你家听差拿了个大瓷罐子由街上跑回来，他告诉我你想喝这个，我们家晚上熬的是这个，你回头叫听差拿罐子到我家来舀吧。"甘二爷笑道："阿弥陀佛！你娘儿俩极节俭的，我倒要分你们吃的？"老姑娘道："一升小米，要煮一大锅粥呢。我们家就是再穷，拿一锅小米粥送人，总还送得起。"甘二爷听了笑道："那我一定叨扰。"就笑着去了。

老姑娘得了这句话，倒不买豆腐，在街买了红豆小米回来，用大瓷钵子装着，放到火上来熬。江氏道："你为什么熬这一大锅小米粥，打算吃过三天三晚吗？"老姑娘却并不说什么，只是抿了嘴微笑着。到了天快黑的时候，甘家的听差就拿了一个瓷罐子来，站在院子外叫道：

3

"老太，你家小米粥熬得了吗？我们二爷让我们盛稀饭来着。"江氏心里可就纳闷，我们家熬稀饭，怎么他都知道了？便答道："熬好了，来盛了去吧。"早有老姑娘接着瓷罐子到屋子里来，满满地盛上一罐子稀饭，双手捧着送了出去。江氏在里面，听到她还轻轻地道："这稀饭是我自己打水洗的米，很干净的，我不知道你们二爷要吃咸的还是吃甜的，没有给买咸菜。"江氏如此听着，就知道今天下午所以家里突然熬稀饭的缘由了。老姑娘进屋来了，江氏只当不知道，点上一盏灯，放在炕头边一张桌子上，依然做她的事。老姑娘道："妈，你不吃稀饭吧？我给你盛一碗面条吃吧。"江氏道："煮了稀饭，为什么做面吃？"老姑娘道："因为我知道你不爱喝小米粥。"江氏道："你既然知道我不爱喝小米粥，为什么又熬上这样一大锅呢？"这样一说，便驳得老姑娘无辞可措的了，只是微笑着。

她忙着将炉子上的锅端下来，又把炉子送进炕眼里去，盛着两碗稀饭，把抽屉里一碗冷的盐水疙瘩丝儿一齐都放在桌上，然后将一把破椅子拖得靠了桌子，扶起筷子先夹了两根疙瘩丝儿在嘴里慢慢地咀嚼着。江氏道："你也不爱喝小米粥不是？若是给甘二爷熬着，就别熬那么些个。"老姑娘低了头，手端着粥碗就了嘴唇慢慢地呷着。江氏觉得这一句话或者有些令女儿难堪，便道："天下事真是难说，阔人家吃腻了鸡鸭鱼肉，倒想喝小米粥，我们这吃腻了小米粥的人家，想吃一顿包饺子都吃不着呢。"

正说到这里，听到外面院子里有脚步响，问了一句"谁？"就有人笑道："是我，没什么事，和你们家道谢来了。"说毕，他已走了。这就是甘二爷说的。江氏笑道："老是这么着，一提就到。幸而我们没有说二爷什么坏话，要说什么坏话，让人听见了，真会生出是非来。"老姑娘道："甘二爷倒不是那种人，不会记挂什么小事的。"江氏因女儿这样地说着，既不和女儿闹什么意见。这话也就不必说了。

到了次日早晨，母女两人刚刚起床，甘家那个听差又来了，在门外就连连喊道："你们接着吧。"江氏迎了出去，只见听差手上捧一个很大的纸口袋，里面是满满的一口袋白面粉，又是一提鲜红的羊肉，约莫有一斤多，又是一把白菜。江氏道："这是谁的？"听差道："我们二爷说，送给你们包饺子吃啦。"江氏接着向屋子里拿，口里只叫："这是怎么好？"老姑娘听说，赶出来要向听差道谢，可是人家已经走了。江氏望了姑娘道："我们这位甘二爷真有心眼儿，我说了一声想羊肉包饺子吃，马上就给我们买了来了，不但有了面，有了羊肉，连白菜也跟我买来了，这可差了一点儿，为什么不跟我们买了酱油、醋来呢？要那么着，我们包好了饺子下锅就得了。"老姑娘见甘二爷喝了两碗小米粥，今天立刻就有这样令人称心的回敬，固然几斤白面、斤把羊肉，那算不了什么，但是他听了自己母亲一句话，立刻就办了来，这很可以知道他是很会体贴人。她心里如此想着，将母亲拿进房来的一把大白菜顺手放到桌子下面去。就在这一移之间，不知不觉地摘了一片菜叶在手上，自己靠了桌子，只管去想心事，又不知不觉地将菜叶送到嘴里去咀嚼。江氏道："你怎么了？等包饺子想饱了吧？怎么会把生菜叶嚼得那样有劲儿？"老姑娘这才想起来，不由得扑哧一声笑了。

穷苦人家，吃羊肉饺子那不是一件容易的事。当时江氏看了这羊肉和面粉就忙碌起来。先把羊肉切成馅子，再和好面粉，擀成饺子皮。当她一个人这样地工作时，当然也有一小时以上的时间，然而老姑娘坐在炕上，并不理会，只把两手来斜抱了一只腿。江氏把面板馅儿钵子都放在土炕空的一头，这才向她望了道："什么我都做好了，你也应该帮着我一点儿。"老姑娘伸了一个懒腰，笑道："我实在懒得做。"江氏道："你今天做了什么重活，为什么懒得做？回头你吃饺子懒不懒呢？"老姑娘这才没有什么话说，坐到这边炕头上来包饺子。

江氏坐在炕底下一张破椅上，侧了身子向炕上包饺子。因为许多日子没有吃过包饺子，今天久别重逢包饺子起来，非常地高兴，一顿工夫，把一叠饺子皮都包完了。抬头一看时，只见老姑娘一只腿盘着，一只腿竖立着，那两只手向膝盖上一抱，紧紧地搂着，昂了头，只管望了棚顶。江氏将挑肉馅的筷子在钵子沿上连连地敲着道："哧哧哧！你又在想什么？"老姑娘被击钵声催醒，不由得笑了，便放下那只腿来，跟了母亲包饺子。她手上虽是在包饺子，心里可就想着，甘二爷为人，他是实在的好，不但眼睛里头不分什么贫富，而且不声不响地做起事来，总猜到人家心眼儿里去。这样的人，无论做街坊、做亲戚或者做……想到这里，猛然地又听到几下击钵声，低头一看，江氏正了脸色，向她望着道："老姑娘，你这是怎么了？你今天有点儿发了疯病吧？怎么再三地说你不信，你总是这个样子发愣呢？"老姑娘笑道："你也管得忒厉害一点儿，难道想心事也不许我想吗？"说毕嚼了嘴，包起饺子来。江氏道："也并不是我不许你想心事，不过我看你就是这样颠颠倒倒的，有人看到的话，这么样大丫头，那可是一桩笑话。"老姑娘道："这也没有什么可笑的呀！"她嘴里虽然如此说着，可是她的态度经了母亲这一番警戒，却软化得多，不声不响地也就跟着包起饺子来了。

江氏虽是上了几岁年纪，是个时代落伍的人，可是在青年的时候，她是个旗族中的大家闺秀，看了老姑娘这样的神气还有什么不明白的？当天也不再说什么，暗暗地却加上了一层心事，对于老姑娘的行动不免在爱护之外，再加上一层监视。不过他们是个旗族，多少还袭用那旧日的习尚，对于姑娘格外地尊重，也就相当地放任，上街、逛庙、买东西、会宾客，都让着大姑娘上前。老姑娘一向是个进出自由的北京姑娘，于今突然地说是不许姑娘出门，这如何可以办到？所以在这天，江氏老把一个脸子绷着，老姑娘不好意思出门。

到了次日上午，她依然到海甸街上买东西去了。当她出门的时候，江氏就想着，要快快地回来才好。不料她今天出去，恰是和她母亲的意思相反，出去了许久，还不见回来。江氏心里一急，在屋子里就有些起坐不宁，自己就跑到大门口来，向各处盼望。盼望了许久，自己的闺女不曾回来，却有个军官骑了一匹枣红色的高马走进门口。这个地方离着西苑营房不远，每日来往军人也是有的，一个骑马的军人走过，这倒也不足为奇，并不曾予以注意。不料那匹高大的枣红马到了面前，却是突然地站定，那个军官一跃下马，手上拿了一条马鞭子，直挺挺地站在江氏面前。江氏出其不意地倒吓了一大跳，手扶了门，人倒向后退了两步。那军官并不是像她意料中的那样一个人物，手上拿着的马鞭子垂了下来，那一只手却取下了帽子，笑嘻嘻地和她点了一个头道："老太太，你也住在这所房子里面的吗？"江氏看那样子倒是很客气，没有什么鲁莽的习气，便也放下笑容来答道："对了，我们住在这里的，老总打听什么人？"那军官笑道："我不打听谁，我叫赵自强，是个连长，现驻扎在这西苑大营里。我有个老太爷，要带一个用人搬到这后院里来。你们这后院房子是我赁了，以后咱们是院邻啦，遇事请你多照应。"江氏一听说后院是个军官赁了去了，脑筋里面早就留下了个恶印象，现在看赵自强不是那种不讲理的样子，心中早合适了一半，便笑道："我们是穷人，又是娘儿俩，诸事还要请你携带携带呢。"

赵自强将马拴在大门外的石桩上，便走了进来，问道："老太太，你贵姓？"江氏笑道："怎么这样称呼？不敢当，我姓杨。"赵自强道："老太太，你放心，我虽是个当兵的人，可是不占人家便宜。常言道：好铁不打钉，好人不当兵。我就不服这句话。当兵的人替国家出力，才拿着几个钱啦？吃的是杂面窝头，穿的是破烂片，可都是干着卖命的玩意儿。弟兄们自然也有不好的，这可不是人一当兵就不好，也不是好人就不干当兵的这一件事，只因为招兵的人压根儿就没有招好人来当兵。再说当兵实在也苦，大概人只要对付着能过去，就不当兵了。你望后瞧，我这个当兵的人可和别个当兵的有些不同。"说着话，他一直向里院里走来。江氏也觉得这个人说话非常之痛快，跟在后面陪话，一路走到院里来。

里院是三间北屋两间东西厢房，一个上人带着一个下人，在这里正恰是好过。赵自强里里外外在各屋子里看了一遍，便向江氏道："我知道，你府上人口简单，就是我们家里也没有什么人。我们老太爷为人很古道的，请你放心。"江氏道："我们有什么不放心啦，和你这样的人在一块儿住家，还有什么不好的吗？"赵自强笑道："老实说，人家总是那样想着，好人不当兵，所以和什么人混在一处，人家也是不高兴。就是说出来赁房子吧，房东首先怕你不给房钱。"江氏笑道："你这是笑话。"赵自强正色道："我这是真话。就是赁这所房子，我还托了好几个人去和房东说，准没有错，又先付了三个月的房钱，这才赁下来了。总而言之一句话，我们当兵的人总是让人家看不起。"说毕叹了一口气，又道，"我总望我们当兵的人要争回这一口气。"说着话，又走了出来。江氏觉得这个人说话十分爽快，心里也就有几分欢喜，便笑道："连长，到我们家坐坐，先喝一杯茶去好吗？"赵自强站着想了一想，笑道："好！我应当也到府上去奉看。"于是江氏在前引路，拉开了风门，让他进去。

赵自强见这里两间屋子，小得也就只有转身之地，外面这间屋子堆了煤球、破桌椅、缸罐、破泥炉子。里面一间屋子，一张土炕占去了屋子里三分之二的地方，炕头边放了一张小方凳子、一张破椅子，什么也没有了。炕上铺着的芦苇炕席都麻花了几块，靠墙的炕头上，有个蓝布的铺盖卷儿，上面压了两个蓝布圆枕头。铺盖边有个破藤篮子和一个破黑木箱子，这就是她们的家产。这样看起来杨家可是很穷的人家。江氏见他走进屋来，很有些踌躇的神气，料着人家是无处安身，便笑道："我们这穷人家，可是连坐的地方都没有，你就在炕上坐着吧。"赵自强笑道："以后咱们共一个大门了，来来去去，你都别客气。"说着，正向炕上坐下，却听到外面屋子里有个女子的声音叫着道："妈，你快来，你快来，我拿不了！"说着话，一个二十附近的姑娘提了一大篮子白菜，晃着身躯跌了进来，猛然看到一个穿军衣的人坐在自己炕沿上，不由得大吃一惊，放下那一篮子白菜，身子向后一缩，退到门外去。

赵自强知道这是江氏的女儿，可是看到人家这样吃惊的样子，却不知为了何事，站将起来，也为之愕然。江氏便笑道："这是我姑娘，她脸皮子嫩，见人是说不出话来的。"赵自强笑道："也是我冒昧一点儿，一个当大兵的人，怎么好胡乱地闯到人家家里来呢？我告退了。"说毕，就要向外面走。江氏看了，倒十分不过意，便笑道："凭你这样一说，当军人的还不能出大门呢？老姑娘，来，这就是赁咱们后院屋子的赵连长。"老姑娘这才进来，向他点着头道："请坐一会儿，喝碗水再走，我们这里是站的地方都没有。"赵连长一看她，长长的眉毛，大大的眼睛，一张鹅蛋式的脸，几乎有三分之二的所在擦了胭脂，在额头前面盖了一层刘海儿黑发，后面拖了一把长黑的辫子，长长的旗袍，拖平青鞋白袜子的脚背。只在这几点上，活现出她是一个旗族的旧式女子来。赵自强知道旗族人家是十分讲规矩的，不便对人家内室、对大姑娘多谈什么，便点头道："不必客气了。刚才我和你老太太谈过，以后家父搬进来了，一切的事情还要多多照应。我是不大能常回家，就是回家来了，待一会儿就得走。"

老姑娘看他虽是粗眉大眼的黑汉子，面团团的，倒也带有几分忠厚

8

之相，靠后一步，低头笑道："你客气。"赵自强却也偏过了身子，侧着走出门来。江氏和他谈了几句话，看他彬彬有礼，这印象越发地好了，一直送到院子里来。赵自强就站着，拦住她不让送，笑道："明天上午，家父就要由城里搬到这儿来，假使我没有赶到，拜托老太太和我照顾一点儿。家父今年已经六十八岁，虽然精神还健康，究竟上了几岁年纪，总怕有些不方便的所在。"江氏道："既然彼此是街坊，那总彼此有个照应的，你放心得了。"赵自强笑嘻嘻地走出大门来，然后向她立正举了一个手，才来回身上马。

正当他上马的时候，却有一辆汽车来势非常猛地向马身上撞来，那马已吃了一惊，跟着身子一闪。赵自强是刚上马的人，在鞍子上还不曾坐定，这样一闪，就把他闪着向前一栽，直栽到大门边石阶上来。那开汽车的见惹出了祸事，想要逃走，正好有一群骆驼慢慢地迎面走来，挡住了去路，只得将车子停住了。赵自强跳了起来，站到车子边上，抓住司机道："你下来，我有话和你说。"那汽车夫看这个样子，料是强硬不过去，只得随着他走了下来。江氏在大门里看到，倒不免和这司机捏一把汗。他一手抓住了汽车夫的领口，喝道："你说，你是什么大来头人家的汽车，在这样阔的街道上乱撞？若不是刚才一群骆驼打这里过身，你就把我撞倒了，也要开了车子逃跑的吧？"那司机哭丧着脸只管请安道："老总，老爷，饶了我吧！我实在是心里有事，开车失了手了。"赵自强道："你有什么心事？你说。"于是放松了领口，两手插在裤袋里，斜伸了一只脚，向他望着。

那司机道："我是个跟车的小汽车夫，不大开车子。我在香山慈幼院里做事，因为接到城里的电话，我父亲病了，我开了车跑进城去看看。想把父亲送到医院里去，还得想法子弄钱。一路上想这样想那样，所以没有把车子开好。"赵自强道："这样说起来，倒也情有可原。你父亲是干什么的？"他道："我父亲是卖烧饼的。"赵自强道："一个卖烧饼的人，还有钱到医院去治病吗？"他道："那也没有法子，我就是爷儿俩，他又没享过我一天福，我瞧着办吧。"赵自强对他脸上望了一望道："咦！瞧你不出，你倒是个好人！你叫什么名字？你父亲叫作什么名字？"他道："我叫宋道儿，我的父亲叫宋益仁。"赵自强听说，在

9

身上掏出一张名片，又拔出身上挂的自来水笔，伏在一堵短墙上，在名片上写了两行字，然后交给宋道儿道："城里博仁医院的院长是我的熟人，你拿了我的名片去，他可以免费。去吧，你父亲既然是病重，时间是耽误不得的。"宋道儿不料这位军官先是那样凶，转过身来，倒给自己一种便利，于是笑着向他连连道谢一阵，开着车子就走了。

江氏站在门里边都看得呆了。赵自强似乎也有些知道，回转脸来向江氏道："老太你觉得我做事有些疯疯癫癫吧？其实不是。我先以为他是一个阔人的司机狐假虎威地在外面闯祸，所以我非和他比一比势力不可。后来他说出来，也是一个穷人家的儿子，而且他还有些孝心，我自己爱我的父亲，当然人家也爱人家的父亲，我就不能体恤人家一点儿吗？"江氏笑道："赵连长，你这人心眼儿好，将来一定有好处。"赵自强微微一笑，骑着马走了。

江氏走回屋子去，老姑娘迎着母亲道："你刚才说谁好心眼儿？"江氏于是把赵自强刚才的事说了一遍，因道："真的，好铁不打钉，好人不当兵，这话是不对的，像赵连长这种人，又和气，又爽快，能说不是好人吗？"老姑娘笑道："这样子说，这个街坊你是愿意的了。"江氏点点头道："这种人，别说做街坊，交朋友也好，攀亲戚也好，我都愿意呀。"老姑娘红了脸道："你这是什么话？"江氏这才觉悟自己失言，然而是已经遮掩不及了。

第二回

陋室结芳邻暗钦健叟
权家择良伴痛诋贫娃

江氏随口说出的那几句话，实在没有什么用意，及至女儿一表示不满，自己也觉得不对，就笑道："这也没什么关系，我不过说他是一个好人罢了。"老姑娘将炕头边那个木箱子端了过来，取出甘二爷那包衣料，量着看着，对了那包衣料只是发愣。江氏笑道："啊！不是你把这衣料拿出来，我还忘了呢。人家身上还穿着绸面袍子呢，不是等着罩袍穿吗？"老姑娘听说，笑起来了，便道："瞧你这份儿记心。"江氏将衣料拿到手，在这炕上量着，老姑娘就给她拿剪刀，拿灰线袋，又拿出烙铁来，打算放到炉子上去烧热来。江氏就拦着道："你这叫多此一忙，现在用得着烙铁吗？"老姑娘道："把料子烙得平平的，裁剪起来不更是容易吗？"江氏道："你这是哪一个高明师傅教的，我没有听到人说过这话。"老姑娘听说，没甚可答复的，却只是低了头下去。江氏也不再说什么，看着粉壁墙上涂的中国字码，问道："哪一堆字码子是二爷衣服的尺寸？"老姑娘道："炕头上，字码边加着两个圈圈的就是。你不用瞧，我全记得，身长三尺九寸五，腰长六寸八，袖长二尺……"说着，昂头想了一想。江氏道："你别报，报了，我也没有那好的记心，还是让我瞧一处裁一处吧。"于是娘儿俩藏在屋子里就开始做起衣服来。

到了次日早上，衣服已是做起了一半，老姑娘怕甘二爷等着衣服要穿，走出门来，就打算给二爷去报个信，说是今天下午准有。正走出门来，就看到一辆马车拉到了门口。马车里面坐着一个须发苍白的老头子，皮袍子皮马褂，头上套着风帽，脸上红红的，一对大眼睛，看着这样子，精神是十分饱满。老姑娘正这样注意着，他已自开了车门走将出来，站在屋檐下，抬头先看了看门牌，继而点了两点头道："对了对了，就是这里。"老姑娘一看，这就明白，必定是赵连长的父亲已经开始搬过来了。自己正这样打量着，那老人就向她看了一看，拱着手道："这位姑娘也是住在这里的吗？"老姑娘答道："是的。老人家，你贵姓是赵吧？昨天赵连长到这里来了，我们谈了好久啦。人倒是挺客气的。"老人笑道："对了，我是新赁在这里住的。"说话时，马车上早跳下一个兵士，督率着马车夫将车上的东西向里面搬了去。

老姑娘看到老头子这种情形，觉得很好，就站在门口不肯动脚，只管呆望了。那老头子跟随东西一同进去，却走得是很快，头也不回，一直走着。老姑娘看了，却不由得点了几下头，表示这老头子不错。不料在她这样点头的时候，那对门的甘二爷也就打算到这边来打听衣服做得了没有。看见老姑娘对老人家殷勤招待，而且还夸赞了赵连长两句，也不知是何缘故，当时胸中很不以为然。就不肯过来问话，自避到一边去了。老姑娘回过头来时，却看到甘二爷的后影，他人已去远了。老姑娘对于这事却不曾介意，便回家来赶着和甘二爷做衣服。

到了这天下午，赵家搬来的东西差不多已经布置齐备了，就听到窗子外面啪嗒啪嗒一阵皮鞋声响，接着就听到窗子外有人喊着道："杨太太，我们老爷子来拜访您了。"江氏将头在玻璃眼里向外张望一下，只见赵自强连长扶着一位老人家同在房门外站着。江氏啊哟了一声道："这就不敢当。"于是随着话音迎了出来。赵连长就对父亲赵翁道："这位就是杨老太太。"又指着身后的人道，"这位就是杨太太的大小姐。"江氏道："老太爷，您别这样客气，她叫桂枝，就叫她的小名得了。有老人家叫她的名字，她也长得康健些。"赵翁笑嘻嘻地拱手道："不敢当！不敢当！我盼望一辈子手下有个姑娘，可是总是没有。所以我一瞧见人家的姑娘，我就羡慕得了不得。"说时，手摸了他那长白的胡子，哈哈大笑起来。江氏道："老太爷，哪有您那福气啊！您赵连长多好哇！将来一定还会升官。"赵翁也就笑着道："托您福气，改日再谈吧，我由城里乍搬出来，遇事还多请关照。"说毕，拱了拱手，赵连长跟在身后，半靠半搀地将他送到里面去了。

江氏望着，就向桂枝道："看赵连长这样子，真是孝敬他的老太爷，像你们年轻人，真得跟人家学学。"桂枝笑道："学什么呀？我可没法子去当连长。"江氏道："并不是要你做官挣钱，只要你有那份恭敬就得了。这位老太爷倒说得好，指望有你这样一个闺女呢。闺女长到一百岁，也是人家的人，要闺女做什么呢？"桂枝笑道："这也不见得吧，哪听说有一百岁才出门子的姑娘呀！"

天下事也真是巧，正当桂枝说几句话的时候，对过的甘二爷恰巧来了。桂枝料着最后一句话必定被人家听去，不知是何缘故，脸上倒通红一阵。还是甘二爷先开口道："您这儿热闹起来了，又多一家邻居。"桂枝道："赵连长家里人口很少，就是他老爷子一个带一个底下人。赵连长自己并不回家来。"甘二爷笑道："当军人的，怎好住在家里呢？"说着，向桂枝身上看了一遍。他这话说起来虽是很平常，可是听那话音，未免言中带刺。不说甚的，却向他微瞟了一眼，因道："二爷，您是来拿衣服的吗？现在没有，明天就得了。"甘二爷答应了一声好吧，立刻就回去了。

江氏倒是不在意，自去做事，只有桂枝心里不大舒服，觉得搬进这样一家同院的邻居，倒不免得罪一位对门的邻居，心里就自己警戒着自己，以后对于赵家院子里应当少去，不要为了这个生出什么麻烦来。所以桂枝这天下午只在炕上做事，并没有出去。可是赵家那个听差小林倒不断地来，一会儿问煤在哪里买，一会儿问水在哪里叫，总来有十几次。到了晚上，那听差就送了一大盘子热馒头来，说是送给杨老太太吃。江氏对桂枝道："这一定是那位老太爷觉得今天太麻烦我们了，所以送了这些东西来回我们的人情，老人家真是客气。"桂枝道："我们以为当军官的人一定是蛮不讲理的，照这样看起来，人家不算坏。"江氏道："可不是，我明天早上得看看人家去。"桂枝道："咱们这些街坊都算不错，你瞧，对过甘家也不是很好吗？"江氏本想说她一句，说你无论说什么，你都忘不了甘家，后来一想，这话说出来，姑娘会不乐意的，也就隐忍着没有向下说了。

到了次日清早，江氏起床之后，就听到后院有种种声响，大概是老

13

太爷早起来了。自己站在院子门边，伸头向里张望了一下。却见老太爷穿了短棉袄在院子里打拳。因笑道："老太爷，您身体真好，起来得这样早，还在院子里练拳。"赵翁抱拳头拱了两拱笑道："练惯了，有一天不练身上就难过。"江氏笑道："昨天晚上还多谢送去那些个白面馒头。"赵翁道："不成意思。因为那个山东大馒头是昨天新得的，由城里带了出来。我想海甸这地方也许买不到，所以送些您尝尝。我听小林说，您娘儿俩整天地弯了头在屋子里做活，真是勤快，我就喜欢这种人。一个人无事，成天闹着花儿粉儿的，自己说是怎样俊、怎样美，光吃不做，那就是个大废人，天底下没这个人不算少，有一个不算多。"江氏笑道："老太爷是古道人，瞧得我们起，其实我娘儿俩也是没有法子。稍微有一点儿活路，也不这样苦了十个指头了。"赵翁手摸了胡子，点点头道："好！我进门一瞧您娘儿俩，就知道是好街坊。老太太早上起来寒气重，我屋子里来瞧瞧喝一杯热茶去吧。"江氏笑道："蓬头撒脑的，您笑话，待一会儿我就来。"

江氏回屋来，烧水洗过脸，就对桂枝道："这位老太爷为人实在好，我们瞧瞧他屋子去。"桂枝究竟是位姑娘，还丢不了一股子儿童心理，她自从这位邻居搬来了，就想去看看人家家庭是个什么样子。可是一个大姑娘不便去得，现在母亲要去，心想跟她去一回要什么紧？笑道："好的，我跟你瞧瞧去。"说着这话，找出抽屉里的小梳子来，将头发梳拢了一会儿，牵了一牵衣襟，笑道，"我们一块儿去吧。"于是随在母亲身后，一路到赵翁屋子里来。那正中屋子里也收拾着成了一个客堂的样子，上面悬了一轴红脸关羽像，两边一副大字对联，字写得大大的粗粗的。左边挂了四条屏，上面也是字，每个字用红格子框着，右边悬四块外国人大战的五彩画。这些布置，桂枝是不大认识，不过看到原来很简陋的屋子，现在却布置一新。正中二椅一桌，两边四椅两几，完全是个旧家庭的样子。桌子上摆了一架钟、两只花瓶，还有一套茶具，壁上都随便地挂了几样刀棒之类。

她娘儿俩一进来，赵翁一面扣着披起来的皮袍纽扣，一面向她们点着头道："请坐，我沏的有热茶喝一碗吧。"这屋角上安置了一个铁炉子，炉上放了一把白铁壶，热气突突，正由壶嘴子里向外冲着。这一点子表示，便觉屋子里暖气如春。茶几上下摆着四盆红梅花、两盆绿的麦冬草，在住土炕报纸窗户的人看起来，一个大门之内，未免有天上地下之分了。江氏笑道："啊哟！这屋子里真收拾得好。"赵翁笑道："我倒不讲究这些个，都是我们孩子几个把兄弟，大家送的东西。其实我在店里给人家管账，总是睡在账房里的，哪里有这样舒服？人生在世，吃有吃的地方，睡有睡的地方也就得了，我倒不求这样过分舒服的地方。请坐请坐。"说着话时，他自己捧了一把大茶壶出来，抓好茶叶，就提了水冲着，又抓了两碟瓜子花生放在桌上。他就向娘儿俩拱拱手道："随便请用一点儿。我这人就是不知道客气，咱们在一处住得久了，您就知道我是怎样一个人了。"江氏在椅子上坐着，桂枝为了这两人是长辈，未便随意就坐下，只得斜侧了身子站在一处。赵翁笑道："姑娘，你坐下吧，关起大门来，我们都是一家，不要拘这些礼节了。"桂枝笑着，在靠门最前面一张椅子上坐下了。

赵翁手摸了胡子，望着她点两点头，然后问江氏道："老太太，你府上在旗吧？"江氏答应了是。赵翁又道："不是我说句放肆的话，大清国亡，就亡在这一点上。清朝的官儿吃了喝了，什么富国强兵，替老百姓打算的事全不管，只是每人每家讲些虚套！这要是两个朋友在街上问好，由大至小，把好问个周，至少也得三四分钟，这个问一句好，那个照例答应一句好，不问也知道人家是那么答应着，这不是一套废话？何必要它。所以我就觉得这个年头儿，年轻人规矩模糊一点儿没有什么关系，只要像你娘儿俩一样，一天到晚忙了做事，这才是天字第一号的好人。大姑娘，别拘谨，吃！"说着，就抓了一大把瓜子，塞到桂枝手上来。小林已是进来斟过了一遍茶。桂枝捏了瓜子，身子微蹲了一蹲，向他道谢着。赵翁连连摇手道："说过了，我们不用客气了。"桂枝微笑道："虽然是那样说着，究竟不能大模大样地对了长辈。"

赵翁向江氏道："我说怎么着，你这位姑娘就是通情达理，能粗能细的人。我家自强总算是个好孩子，一点儿没有当兵人的习气，挣钱也够养活我的了。可是他有公事在身，父子不能常住在一处。他现在虽然是在西苑驻防得好好的，只要上峰有个命令，说声走，也许今天调防就走。我做父亲的人，怎好跟了他走呢？所以我在店里给人家管着账，就不愿回来，这不为了别的，在人家店里，有店东、伙计常在一处，就是这样子混着，一点儿也不寂寞。我要是不干了，一个老头子住家，什么意思？到了现在，我勉强地让孩子接了出来，就这样带了一个小林过着。若是我有大姑娘这样一个在身边，我就痛快多了。"

江氏笑道："搬进来不过两天，老太爷倒说了好几回这样的话。要不，高攀一点儿，把这孩子拜在您面前做个干闺女吧。"赵翁笑着连连拱了几下手道："这可不敢当，这可不敢当！"江氏笑道："这自然是句笑话，我们真敢这样子高攀吗？依我的愚见，您们连长早点儿成家，这事就好办了。家里有个少奶奶，可比有个姑娘还好得多啦。"赵翁道："您这话是说得对，我正为了有这点儿意思，才肯让自强把我接出来住。唉！不过说到娶儿媳妇的话，这事也很难。"说时，摸了他的胡子做个沉思的样子。

人家谈到聘姑娘娶儿媳的时候，做姑娘的人是没有法子插言的，因之桂枝手上只捧了一把瓜子，在一边咀嚼着，并不发言。江氏就问道："听说老太爷是保府人，是在城里呢，是在乡下呢？"赵翁道："我们还有地种庄稼啦，全家都住在乡下。"江氏道："大概府上人不少吧？"赵翁道："我老哥儿仨，只剩我一个了。晚一辈倒不少，可是都分家的了。"江氏道："家里有多少田地呢？"赵翁道："够吃喝的罢了，有两顷地。"说到这里，江氏好端端地向桂枝道："你听，人家家里有两顷地呢。"又回头向赵翁道，"像您府上这样人少，有三四十亩地也就凑付着好过日子了。有两顷地，那是足够的了。"桂枝把手上一把瓜子都吃完了，将茶儿上放的一杯茶也端起来喝着。喝完了茶踌躇了一会儿，放下杯子向她母亲道："咱们回去把那件衣服赶起来吧。过了十二点没有得，那人家又要来催了。"江氏见她两眉深锁着，也许是自己姑娘不愿意这件事，这就只好站起来向赵翁告辞，笑道："又来打搅您一阵，我们那屋子又黑又脏，也不敢请老太爷过去坐，老太爷动用的东西，只管到我那里去拿，大家都是好街坊、好邻居。"赵翁笑道："我爷儿俩就是直筒子脾气，您不瞧我说话，我不会客气的。"江氏连声道是，很高兴地回去了。

这一次谈话，赵翁给了江氏的印象更是好得了不得。回房之后，就向桂枝说道："这个老头儿心眼好，怪不得养一个做连长的儿子。"桂枝立刻取了衣服到手，赶着做起来，对于她母亲说的话，并没有介意。江氏见姑娘那样赶着缝纫，怎能比她还懒？也是低着头穿针引线，忙个不了。在上午十二点以前，居然就把一件罩袍做好了。桂枝烧着烙铁，把衣服熨烙得平整了，饭也来不及吃，就把衣服用块白包袱包好，送到对面甘家去。这甘家的主人翁甘厚之正由内室出来，在院子里遇到了桂枝，就笑着点头道："老姑娘就是和我们积之做衣服来着吗？"桂枝道："是你们二爷一件罩袍。"厚之道："他不在家呢，做得了放在你家就得了，回头叫我们听差的去拿就是了，还要您跑一趟呢？"桂枝听说积之不在家，这就无送到内室去之必要，看到旁边站着小听差，就交给他，笑道："请你交给二爷，说是这衣服的尺寸，是照上次棉袍子尺寸做的。若是不合身，就拿去改，最好是二爷穿去让我看看，我瞧着哪里不合适就改哪里。"听差答应着，将衣服拿进去了。

桂枝见不着积之，自然是回家去。厚之望着桂枝的影子去远了，他不向外走，倒回身向内室里走。他夫人甘太太正打开箱子，要找两件好衣服出来，预备明日进城回娘家去给大哥拜寿。她大哥曾做过一任省长，现在虽然赋闲住在北京城里，却还有些政治上的潜势力，就是甘厚之这个西郊河工局长，也是靠了大舅老爷势力来的。甘太太见丈夫有不好看的脸色走进来，便问道："你跟谁生气？"厚之点了一根香烟，斜坐在靠背椅上只是出神，许久许久，才喷出一口烟来道："我笑我们积之真是不争气，怎么把对门那个老姑娘看上了？彼此天天来往，不是你来，就是我去。本来他有这大年纪了，要规规矩矩娶一房眷。旧式的也好，自由的也好，我们做哥嫂的，不必去反对他。可是他怎么会把做女红的姑娘看上了？那孩子就是一个寡妇娘，家里穷得只剩一张土炕，这样子和积之亲密，保不定会闹什么笑话。刚才她又借了送衣服为名，走进院子来，我就说积之不在家，打发她走了。"

甘太太一面检理衣服，一面听话，这时沉了脸色，依然是看着箱子里，却放重了声音道："这只有怪自己人，不能怪别人。你见着积之，好好教训他一顿就是了。那姑娘和我做活，有时不要钱，倒是个好人。只要积之不去引诱人家，她也就不好意思跟着来的了。"厚之听了这话，却也是有理，口里衔了烟卷，两手背在身后，就向积之屋子里走来。

积之也把那件新做好的罩袍罩在棉袍子外，正想向外走，顶头却碰到了自己哥哥，倒可以表示着自己的节俭，因笑道："我也穿上蓝布大褂了。"厚之冷冷地道："做事不应当光注重表面。一个人穿了蓝布大褂就可以算是俭朴的人吗？"积之因为靠哥哥的势力在河工局才有一个职务，哥哥的话怎敢违抗，红了脸，站在一边，没有话说。厚之正了脸色道："我知道你并非重这件衣服，乃是重做这件衣服的人。一个人在外面做事，身份总是要的。孔夫子说过，君子不重则不威，我们虽不是高贵的门第，我们的亲戚朋友都不错。单说你嫂子家里是怎样一个人家。你就这样不长进，和一个做女红的姑娘你来我往，非常之要好，亏你还有那个脸子，常常地往她家里跑。我听说她家穷得只有一张光土炕，屋子里黑得像土牢一样。你常常跑到她家里去，那是什么意思？若是让人看见了，你有什么脸子见人！"

积之听哥哥所说的这些话未免过重一点儿，便道："我也并没有做什么见不得人的事情，不过送东西到她家去做，或者取东西回来。"厚之道："为什么要这样勤快，家里不有听差可以使唤吗？你去也罢了，还要把她引了来，一个人在社会上做事，交朋友最要紧，有道是近朱者赤，近墨者黑，你老是和杨家老姑娘来来往往，还做得什么好事出来！我们这种人家，不能让这种贫丫头老往屋子里跑。"积之本来还想分辩两句，一看哥哥神气十分严重，手上拿着烟卷只管弹灰，若和哥哥顶撞起来，哥哥真会打人，只好挺挺直直地站在院子里。厚之道："你打算怎么办？非把这件衣服穿给老姑娘看上一看不可吗？"积之一看这情形，料看现在是不能出门，只得走回屋子里去。

约莫有十分钟，女仆就在院里喊着二爷吃饭。积之只得把身上蓝布罩袍脱了，走到堂屋里来。到了堂屋里时，哥嫂和侄子们已经坐着吃饭了。自己在下方坐着，慢慢地扶起筷子低头吃饭。甘太太坐在上方，就不住地向他身上打量着，问道："二爷不是新做得了一件蓝布罩袍吗？"积之低了头，哼了一声是的。甘太太笑道："为什么不穿呢？"积之不敢作声。厚之冷笑一声道："我没有想到你跟我多少年，倒是这样子不长进。那个老姑娘，脸上擦得红红的，终日在海甸街上乱跑，这几条街上哪个不认得老姑娘，这幸而她是住在乡下，要是住在北京城里，这成了什么人，还不是满跑胡同的交际之花吗？我倒并不是看穷人不起，穷要穷得有志气。像老姑娘家里这样的穷法，我真不赞成。她瞧我是个河工局长，你是个二老爷，就特别地巴结。她当着你的面，也许会装出一点儿大姑娘的样子，不在你当面，我想还不是对人说，甘家怎样和她好，甘二爷又怎样和她好吗？"

积之气得把脸红到耳根以后去，低了头道："人家，也是好人……"厚之将手上的筷子碗一放，两手按着桌沿向他望着，问道："什么好人？我倒要请教，是她满街跑得好吗？"说着，回头向站在一边的老妈子道，"以后那个穷丫头来了，别理她，找谁就说谁不在家。"老妈子答应是。厚之这样大发雷霆。甘太太只是向二人看着微笑，久而久之，才道："这也犯不上这样大发脾气。"瞟了厚之一眼，于是向积之笑道，"你别着急，要找媳妇，为嫂的可以和你帮忙，要哪一路的也有。那个老姑娘既是家寒，又没有一点儿新知识，和你也不相配。别在她身上注意了。"

积之还有什么话说的呢？只有赶快把饭吃完了，自己走回房去。远远地还听到哥哥在那堂屋里左一句穷丫头，右一句穷丫头，叫个不了。心里想着，倒不料哥哥会生这样大的气，莫不是杨家有什么不高明的事，让他查明出来了？照说老姑娘满街跑这件事，这并没有什么了不得，一来是旗人规矩如此，二来她家只有母女两人，买卖东西，不是娘出来，就是女出来，这也没有什么错处。就是老姑娘有什么不高明的事情，井水不犯河水，这也没有什么关系。可是哥哥说，以后她要来了就不理她，假使她真来了，老姑娘碰个钉子回去，那多难为情！这只有去向她说，叫她以后不必来了。可是这话又说回来了，这种话怎好去向人家说呢？难道就这样明对她说，以后不必到我家去吗？这样子办，那比打她骂她还厉害了。可是要不这样去说，等她到家里来碰钉子，自己忍心让人家去吃这样一个大亏吗？真有这个事，以后只有彼此绝交了。甘积之左想右想，总想不出一个办法，事情没有发作，自己倒先为难起来。

第三回

终负解铃心登门铸错
暗怜丫角愿推食分羹

甘积之在书房里想心事的时候，他觉着为顾全自己和顾全别人起见，只有去告诉杨家姑娘，请她以后别来。不过第一困难问题解决了，第二个问题就跟着上来，这就是劝她不必来说的话怎样说出口呢？难道告诉她我哥哥不许你来不成？他想着想着，简直没有办法，但是无论如何，总不能得罪自己的哥哥，而况自己的生活也完全靠哥哥来维持，设若把哥哥得罪了，连生活都要发生问题，那又何以处之？在北平城里，现在是走错了路，随便都可以找出几个失业的人的，有一个位置，有一碗饭吃，现在是十分不容易，岂可轻易把这种地位失掉呢？他如此想着，把那不好开口的难关又复打破，觉得总可以设个法子，骗老姑娘一下的，就是将来让她识破了，那也不要紧，自己把这番苦衷私自对她说一说明白就是了，她若是和我同情的人，我说的话她一定谅解的。反过来说，她要是不谅解我，也就算不得什么知己了。主意想定了，心里比较坦然些，当天也不敢就到杨家去，怕是让哥哥看见了，老大不方便。次日起了一个绝早，家中并没有一个人曾起床的，他就悄悄地开了大门向杨家来。

杨家虽是比甘家起得早，然而乡居的人，迟早之间也不过是一半个钟头之差，积之今天起得太早了，杨家的大门也是双扇紧闭。自己并没有什么公开而又重要的事要和人家去商量，不能好端端的一早去捶开人家的大门。在门口徘徊两三个来回，依然没有开门。倒是别家街坊，有开了门的，看到积之就笑着说道："二爷早哇！"积之点着头，随便答应了也不早，接着街上挑水夫由门口经过，也笑道："嘿！二爷起来得这样早！"积之心里想，怎么都问这句话？莫不是我在这里遛弯，已引起人家的注意吧？这也犯不上故意露出形迹来给人家看，现在不方便，到了下午哥哥出门去了的时候，我再趁空去一趟就是了。于是再不徘徊，走回家去。逐日起来，都有一定的时间的，吃喝工作，并不觉得有什么时候富裕。今天起来得太早了，洗脸水没有，茶也没有，出去没有事做，在书房里看书，又没有那种心思。因之走回来之后，无事可做，依然是在院子里来回地徘徊着。陆续的是听差起来了，厨子起来了，老妈子起来了，可是看到积之，都这样问一声："二爷今天这样早。"接连几个人问过了这种话，就不免让上房的主人翁听到了。厚之心里想着，这倒怪，兄弟为什么起得如此之早？这里面一定有什么文章，对于他的行动应当加以注意。现在年轻人要谈恋爱起来，对于一切都不管的，他为了我昨天一番话，也许更加一层反响，或者要做出不体面的事来，那不是我把他管束好了，倒是把他刺激坏了，这如何使得？主意想定了，便注意着积之的行动。

这日下午，约莫三点钟的时候，积之提前由河工局回来，他心里想着，哥哥是不会在这时候回来的，嫂子也猜不着自己这个时候会回来的，就在这个时候偷着去看看老姑娘是最好的办法。因之也不回家门，一直就向杨家来，只走到大门口，便见大门里面出来一个穿军衣的人。他见积之左右顾盼，偷偷地向大门里一看，倒有些疑心，只管向积之身后不住地打量。积之回过头来看到，心想，这个人必定是赵连长，你对我注意什么，我和杨家是老街坊，难道还不许我来往吗？只是他是一个军人，军人只要穿了那套军衣，就会给予人一种特别的感想，自己也就犯不上去和他计较了。于是毫不考虑地一直就向杨家走来。走到外面屋子里，先笑着叫了一声老太太。他每次来都是这样子叫的。这一声老太太，不算是恭敬之词，只是给老姑娘打一个"电报"，告诉她我来了而已。在每回如此招呼之后，桂枝必定不声不响地走了出来，点头一笑，不说欢迎，那欢迎的盛意自然是充分表示出来无遗。可是今天在这一声老太太叫过之后，情形为之大变，那屋子里面很严厉地有人问了一个字："谁?"这个谁字是桂枝喊出来的,以自己和桂枝感情如此之好,桂枝会不识自己的声响吗?而且这一个谁字,问得非常之重,绝不是平常问话的情形。这倒有些奇怪,为什么如此?这是自相知以来从未曾有的表示呀!

正这样疑惑着。里面江氏就插嘴道:"是甘二爷吗?请进来吧。"积之答应着走了进去,只见老姑娘低了头坐在炕上,眼圈儿红红的。江氏起身迎着他笑道:"二爷,我们丫头什么事情得罪了府上的人吗?"积之一听这话,便知道出了什么事体,脸上也就跟着一红,却故意镇静着,装了不知道的情形,问道:"这话从何而起?"江氏道:"今天……"桂枝装着脸,连连地扯了她母亲的衣服几下,噘着嘴道:"你多什么事,别说了,别说了!"江氏道:"二爷也没有得罪了你,干吗不说呢?就是二爷得罪了你,咱们也得把这话问个青红皂白。"桂枝听到母亲如此解释着,才低了头不作声。

江氏笑道:"二爷也别多心,我们这穷人,又是孤儿寡妇,还敢和人论个什么长短吗?可是我们得分辩一声。我们穷是穷,可是个清白人家,虽然和府上做些衣服过活,这也是本分事情,府上若说我娘儿俩做得不好,以后不让我们做也就完了。可是我们并没有干什么为非作歹的事情,今天我这丫头到府上去,打算问一声太太,二爷这件衣服做得合身不合身,这也是她巴结过分了。不料她一进门,府上的人不问三七二十一就把她轰了出来,说是我们老爷说了,以后不许你来,你别进这大门了。这么样的大姑娘,无缘无故地受了这样一顿教训,你想,人家面子上怎样搁得住呀?"江氏这一顿话,把桂枝心里那一份委屈完全说了出来。桂枝不听犹可,一听之后,心里头一阵酸楚,两行眼泪就直流下来。

积之知道哥哥那道命令已经颁下实行了。这绝对不是一种假话,否认是否认不了的,承认可又不便承认下来,只得作色道:"这是我家那听差混账,哪有这个样子说话的?回去我一定重重地责罚他。"桂枝脸望了她母亲,却道:"这哪里能怪底下人,上头人没有话,底下人就敢这样说吗?"积之道:"我刚刚由衙门里回来,这些事完全不知道,等我回去问明白了,再来和老姑娘道歉。"桂枝道:"二爷,你有这几句话，我们就满意了，千万请你回去别问，问出不好来，又给我们加上不是。我们母女两个又穷，又是房门里人，闹着可是有冤无处申。"说着，嗓子一哽，在胁下抽出一条手绢，又去揉擦眼睛。积之到了这时，虽是要用话来安慰人家，也觉得无法可以措辞，呆呆地站在屋子里，一句话也说不出。江氏往日对于积之，总是加倍地客气招待的，今天却是态度十分冷淡。积之在屋子中间，手足无所措地站着，也并不能用什么言语来安慰她们。这时，她们娘儿俩，一个低了头坐着垂泪，一个低了头缝补衣服。积之老在这里站着，自己也是觉得无聊，因之向江氏连拱了几下手道："千一个对不住，万一个对不住，总是我对不住，请老姑娘多多原谅，这一回事实在我是不知道的。我若是在家里，绝不会有这件事发生的。"说着，自己无精打采地就走了出来。

当他走出大门来的时候，脸上是带着很重的怒色，以为回得家去，必定要将听差严重地质问一声。不料一出大门，怒色没有了，吓了一跳，脸上立刻变成苍白。原来哥哥厚之正背了两手站在自己的大门口，向这里望着呢。自己由杨家大门里出来，哥哥是看得清清楚楚的了，这还有什么话可以抵赖？只得低了头走到自己门口，侧身而进。当他走出桂枝的屋子之时，桂枝看了他那一番不好意思的情形，心里就想着，无论那听差说错了什么话，积之是不知道的，自己和积之发脾气，未免无理取闹。而且看到积之无精打采地走了出去，一定是听了言语，心有所不甘，于是也悄悄地跟着在后面走出来，意思是想和积之说两句客气话，平一平他的气。不料她不跟出来，却也没甚关系，她一跟出来之后，恰好让厚之看到。他两人是形影相随，这岂不是他两人要好的一个铁证？

桂枝站在门口，伸头向甘家大门口看了一看，她伸头向那边看时，厚之也睁了双眼向这边看着。厚之是有气的，桂枝看到甘家的大门也不能无气，因之那边气愤愤地看了来，这边也是气愤愤地看了去，四目相射都各有气。桂枝看到，立刻将身子向后一缩，还听到厚之重声在那里道："这是我亲眼得见的了，你还有什么话说？"积之答复的声很低，不听到说的什么。继续着又听得厚之喝道："你胡说，今天一早我就知道你到杨家去过的。现在你在那里出来，一天跑两三趟，你究竟为的什么？我倒要请问一问。"这几句话说过之后，便听得声音越说越远，大概就是他两人都进屋子去了。桂枝听到这里，心里有几分明白，分明是厚之嫌兄弟不该和穷姑娘做朋友。若是再和他往来，他兄弟们非失和不可，自己怪积之那是错怪了，不过这样地遭做官的人看不起，实在可耻，从此以后就不必和甘二爷见面了。这样想着，立刻跑回屋子里去，在炕上一坐，板了脸道："咱们也不是下贱人家，为什么这样让人家看不起呢？"江氏道："唉！你别再提到这一件事了，人家来和咱们赔不是了，也就得啦，你还说什么呢？"桂枝本想把刚才听来的话告诉母亲的，可是转念一想，自己跟了积之后面走了出去，这一点也欠高明，不如不告诉母亲为妙，因之默然无言地低头坐在炕上。

到了次日清晨，甘家的听差却送了两块钱来，说是以前做衣服的工钱，现在都算清了，据二爷说，这两块钱，只有富余的，不会短少。桂枝听了这话，这又是一种断绝来往的表示，心想，从来替二爷做衣服不曾计较工钱多少，二爷说出这种话来，他也未免小视我了。她心里如此想着，江氏也同有此感，早跳到外面屋子来道："我们费一份力气换人家一份钱，像你们老爷二爷那样有钱的人，当然也不会让我们苦人吃亏，可是我们规规矩矩地和人家做活，也不愿得人家分外的钱。我是个寡妇，我孩子是个大姑娘，为什么要人家的分外的钱呢？这话好说也不好听！"江氏说了这一大套话，可把脸色板住了。那听差道："你这是对我发脾气吗？这些话不但不是我说的，也不是我们二爷说的，你说这话可是错怪了人。"他说毕，转身就走了。

这位听差一来，算是把桂枝的脾气又激起了不少，自己暗地里下了决心，无论如何，以后不和甘家来往了。她自这天起，就不到甘家去，只是陪着母亲在家里做活。在第三天上午，因为挑水夫有事不曾来，家里等着要水喝，桂枝就拿了一只白铁桶在井边提了一桶水向家里走。往日在家里搬移一半桶水，并不觉得怎样吃力，所以自己毫不犹豫地在井边提一桶水回来。这井到家门口，约莫有半里之遥，还走不到三分之一的路，已经在路上歇了好几回。天气又冷，阴云黯黯的，半空里飞着一两片如有如无的雪花，她伸出来提着那根桶上铁丝柄的手都成了"红萝卜"了。本想把这桶水泼了，已经走了这些路了，若是把水泼了怪可惜的。若是把水提回去，不但自己力量不够，而且这手胳膊伸了出来，也实在冻得难受。

正在心里踌躇着，不知如何是好，却好赵自强手上提了一大串牛肉由身后走了来。看到她将一桶水歇在路头上，红着颈脖子，只望了水出神，便停了脚道："大姑娘，你提不动吧？"桂枝道："可不是，好好儿的挑水夫又罢工了，叫我真没有办法。"赵自强走向前来，一伸手就把桶柄提到手上，伸直了腰，很快地就提到大门里面来。桂枝在后面跟着，几乎都跟不上。赵自强提到了门洞子里，等着桂枝进来，笑向她道："大姑娘，这水倒在哪里，我和你提了去。"桂枝便道："这就谢谢了，怎好再要你送呢？"赵自强笑道："没关系，街里街坊的，彼此鱼帮水，水帮鱼。你府上若是没人挑水，没人送煤，这件事交给我了。倘若是我们老爷子的衣服脱了一个纽襻儿，鞋子破了鞋帮子，这可说不得了，要请大姑娘费点儿事。"

江氏在屋子里早听到了，迎了出来道："啊哟！怎样好让连长给我们提水呢？"赵自强笑道："没关系！连长怎么着，手也不是金子打的。人人有两只手，这两只手都可以做事。"他说着话，已经把这一桶水提到屋子来，看到水缸放在门后边，便提了水桶，轰的一声将水倒了下去。江氏道："多谢多谢，此后赵连长有什么事要我们做的，可别客气，就叫我们做呀！"赵自强笑着到里院去了。

赵翁正捧了一本《三国演义》在雪窗下靠火看着。见赵自强提了一大串牛肉进来，就笑着站起来道："又买这些个牛肉回来做什么？昨天买回来的羊肉，我还没有吃完呢。"赵自强道："我刚才由城里回来，看到清真馆子里搬出一大盆牛肉来，十分新鲜，我就想着买两斤你来尝尝。反正比城外骆驼肉充数的强。"说着在赵翁的面前提到高高的，笑道，"你瞧，这不很新鲜吗？你愿意怎样吃，我给你配作料去，天要下雪了，给你切薄片儿，来个涮锅子吧？"赵翁笑道："咱们家短少那套家伙，勉勉强强地吃，少趣味。再说，我也怕吃了不消化。"赵自强道："这倒说得是，我去买两个大萝卜来，把牛肉煨着吃吧？"赵翁摸了胡子，笑着点点头。于是赵自强自己到厨房里去切牛肉，叫听差小林去买萝卜。小林走到前院来，他又从后面追着来，喊道："小林，买萝卜留心点儿，别买冻了心儿的，冻了心儿的，老太爷不吃。"

江氏在屋子里听到，就向桂枝道："赵连长对他们老太爷真好，遇事都想个周到。我要有一个儿子养活着我，不想当什么连长队长，只要有赵连长这一份儿心，我就死也甘心了。"桂枝道："这年头儿男女平等，做儿子的可以养老，做闺女的，一样也可以养老，你信不信？我决计养活你这一辈子。"江氏叹了一口气道："你有这番心也不成，你到了人家去，人家还要拿一半主意呢。"桂枝答道："什么人家拿一半主意？你听着，你这一辈子都归我养活了。我陪着你过活，决计……决计……姓杨一辈子的了。"江氏道："为着什么呢？"桂枝道："我不说了吗？为着养你呀！"

这时，赵自强正站在院子门边，听了这些话，不由得点了两点头，然后回厨房去切牛肉。把菜做得停当了，就走到赵翁屋子里和父亲闲话。赵翁道："萝卜煨牛肉，小林还不会做呀？你在营里，整天地忙着，回来还不好好儿地休息。"赵自强道："并不是我要抢得做这碗菜，这里头还有点儿小小的诀窍，不能自己不上场，我有把诀窍告诉小林的工夫，倒不如我自己来做的痛快。我叫小林去买作料，倒无意中听了前面大姑娘一句话，真让人佩服。她倒学了一个古人，叫作丫角终老，这是谁呢……"说着，抬起手来，向头上抓着痒，昂了头只管想着。

赵翁笑道："你一个大兵，谈什么典故？你就干脆地说她是怎么一回事吧。"赵自强笑道："我倒是想闹个典，说出来省事些，给你这一指破，我算漏啦。她说一辈子不嫁人，养活她的娘，这件事你说难得不难得？"赵翁躺在一张软椅上，口里抽了一支烟斗，右腿架在左腿上，抖颤不定，这正是抖文而又表示心中愉快的样子，喷了一口烟道："据我说，她那一番孝心，比你养活我还要真几分，这话怎么说呢？因为她是姑娘，不但很难得有这份气力，更难得有这份思想。"赵自强也在身上拿出一根烟卷来，赵翁看到就站起来将烟斗递给他，让他去点烟。赵自强点了烟，依然将烟斗交给赵翁，自己也在对面椅子上坐下，笑道："你这个老先生的思想，在这个年头儿有点儿不对劲儿。"赵翁笑道："我也知道，早就听见说过了，万恶淫为首，百善孝为先。可是我又听说了，现在又不能讲个什么，都是经济关系。那么，做父母的人，自小

26

养过儿女，儿女再养父母，八两换半斤，这也是经济关系，有什么使不得？"赵自强笑道："这可了不得，我们老太爷也知道唯物主义，谁给你说上这一套子？"赵翁道："我们店里有两个街坊，夏天乘凉的时候，没事尽抬杠，我就牛头不对马嘴地听了几句。你又在哪里知道的呢？"

赵自强对于这个问题还不曾答复。江氏走到外边堂屋里，向里面屋子里一探头，笑道："老太爷，你们爷儿俩真好！看起来不像爷儿俩，倒像……"说着，突然将话停住，老太爷见她手上捧了两只大萝卜，便起身迎道："老太，什么事？送我们萝卜吃吗？"江氏道："刚才听到连长说要买萝卜，又怕买了冻心的。我家倒有十几斤好萝卜，送老爷两个吧。"赵自强听说，口里道着谢，将萝卜接过去。赵翁道："我爷儿俩正夸奖你的大姑娘呢。"江氏笑道："可不是嘛，不瞒你说，我们是六亲无靠，要不是这个孩子还称心，我还活着有什么意思？她虽是没有什么本事，心眼儿倒不错。她瞧见赵连长买鸡买肉孝敬老太爷，心里只着急，说是也要买肉煨点儿汤我喝。我说那用不着，只这她有这番心就得了。"赵翁笑道："别站着说呀，坐一会儿去呀。"江氏道："不坐了，我娘儿俩还赶着要跟人做一件棉袍子呢。"说毕，笑嘻嘻地去了。

赵自强向赵翁道："这位大姑娘很不错，还知道买肉煨汤她母亲吃，咱们多谢人家送了两个萝卜，回头汤煮得了，咱们也送她家一碗，你看好不好？"赵翁点头道："好的。就凭她说一辈子不嫁要养娘一层，这就叫咱们当帮帮人家忙。可是养娘尽管养娘，出阁尽管出阁，这是两件事。"赵自强道："虽说是两件事，究竟是一件事。姑娘出了门子，遇事都要听婆婆家的了，还抽得出工夫来养娘吗？"赵翁道："怎么不能呢？挑那个懂事的人家……"赵自强笑着又摇摇头道："刚才我倒说你老人家思想新，现在我又要说你思想旧了。这年头儿的婚姻，第一个条件就是彼此要有爱情。有了爱情，懂事的人家也好，不懂事的人家也好，都可以结合起来的。你瞧报，不是爱瞧社会新闻吗？常有小子姑娘背了家庭双双逃走的，这就是男女愿意了，人家可不懂事，这就是那一档子事。"

赵翁笑道："话别越说越远了，你该回营去了，别耽误了公事。"赵自强笑道："我那几位把兄弟听说你搬到这儿来了，都要凑合来吃一顿。"赵翁道："没事，大家到这里聊聊天，买四两白干、一斤大花生，大家吃个香脆，倒没有什么，叫他们别胡花钱买东西送来，我是不领情的。当兵的人，也都是几个苦钱，干吗乱花了？"赵自强道："我知道你的脾气，拦了不是一回了，所以他们没来。"说着话，就把挂在墙上的帽子随便地向头上一戴。赵翁道："做军人的人，总要服装齐整才有精神，帽子怎好歪戴了？"说着，走向前来，两手扶着帽子给他戴正，笑道："你比我个儿高出一个拳头来啦。"说着，用手拍了他的肩膀道，"孩子，我把你养成人不容易。"说着，弯了腰，将手在膝盖边一比道，"你是这么一点儿高，娘就死了，我把你拉到这样大。要是你娘在，看到你有今天，她多么高兴。"赵自强道："我妈都死二十多年了，你还想不开。别想了，我走了，把杨老太太请了来，聊个天儿吧？"赵翁道："别了，人家要赶活。"说着，赵自强向外走，赵翁跟了出来。赵自强道："别出来了，你瞧院子里一地的雪，你别出来滑倒了。"赵翁站在风门边道："你哪一天回来？"赵自强道："怕要过三天才能回来。"说着，踏了雪向外院走。走到院子门边，复又转身回来道："你明天叫小林买一只鸡炖了吃吧。这乡下的鸡很便宜的，你别省钱。"赵翁道："我不省钱，省钱做什么，我带到棺材里去用吗？你去吧，别在大雪地里耽误，走快些，身上也好出点儿热气。"赵自强答应着出去了。

赵翁关上了风门，在玻璃窗里向外看了一会儿雪景，又继续地看他的《三国演义》。看到小说上打仗的事情，心里便想着，儿子当个连长，连长在一营里不算小，可是真到万人打仗的时候，牺牲了一个连长，那简直不算一回事，想到这里，小说看不下了，在这大门口遥遥地看到西苑的大营，就穿了皮马褂走向大门口来。由杨家院子门口经过，听到桂枝道："后院赵连长爷儿俩真好。我闻到这阵牛肉香，我心里就难过。"江氏道："你难过什么？"桂枝道："我就不能买两斤牛肉，煨汤你喝吗？"赵翁听了这话，心里就非常地感动。到了下午，牛肉汤煨得好了，就用瓦钵子盛了大半钵，叫小林把桂枝请了来，因笑道："大姑娘，你的心眼儿真不坏，我这里有点儿汤，你带回去送给你妈喝吧。"桂枝道："嗬！这哪成？这是赵连长孝敬您的，我们怎好拿去？"赵翁道："没关系！我们孩子买得起牛肉，你只买得起萝卜。这汤里有我们

28

的牛肉，有你们的萝卜，照我们的力量来说，我们这'合股公司'出的力就差不多，照理你该分一半。"桂枝笑道："哪能那样说？"赵翁走近一步，低声道："你都闻到牛肉汤香了，你妈就不闻见吗？你为了这一点，也应当带了回去给你妈尝尝。你要知道，我不是送你东西吃，我是凑合你那一份孝心啦。"这句话可把桂枝的意思打动了，就向赵翁半蹲身子，请了个安，笑道："那可谢谢了。"说毕就端了这钵牛肉汤去了。这一钵牛肉汤却惹起江氏一个新发生的计划，人生的悲欢离合总是这样，起因是在一点点儿小事的。

第四回

情局复开茶寮倾积愫
年关难渡质库作哀鸣

　　江氏当日接着赵家那一大钵炖牛肉，她心里受着一种很大的刺激。自这日起，赵氏父子又对她常有送赠。她心里就这样想着，假使我的孩子是个儿子，不也就这一样能炖着大碗牛肉我吃吗？可是转念一想，世上靠儿子养老的也多得很，几个养老的儿子能够炖牛肉老子娘吃？这同街就有两个老人靠儿子的，结果儿子都是穿好的、吃好的，老人家却穷得可怜。这样子看起来，说是有了儿子老年就有了靠身，这话未免太靠不住了。真不必有赵连长这样一个儿子，就是有这样一个女婿，也就令人心满意足了。我看赵家父子对我家里这样亲热周到，莫不是要想和我家提亲吧？再凭我这丫头的意思看起来，她向来地瞧不起军人的，但是对于这位赵连长，无论是在当面，或者在背后，总是说赵连长好，莫不是这孩子心眼里也有了赵连长不成？她这样想着，便觉得越来越像，趁此机会，把女儿的终身大事定了，也是做父母的人应有的责任。她这样想时，彼此做街坊已一个月了。

　　一日晚间，江氏和桂枝两个人共了一盏煤油灯坐在炕上缝衣服。娘儿俩闲谈着，桂枝又谈到赵老太爷人好，又说难得他们常送东西。江氏低了头只管捧了衣服在手，穿针引线闹个不停。对于女儿，好像是不很注意的样子，随便地答道："老太爷也是瞧见咱们家穷，所以常送东西给我们吃，他爷儿俩的心眼都好。"说着，她将头抬了一抬，眼睛藏在眼睛眶子里向桂枝瞟了一眼，见桂枝还是坦然地在那里联衣缝裳，因又道，"赵连长为人真好，当一个连长不知道一个月能挣多少钱啊?"桂枝道："一个月总挣个百儿八十的吧?"江氏道："一个人有些个钱，就够养家眷的了。"桂枝还是没有作声。江氏道："老太爷上次说过，要和赵连长找家眷了，就是人才不容易选中，其实……"她说到这个地方犹豫了一会儿，又继续地道："一个当连长的人，年岁不大，脾气又挺好，再说家里又没有什么人，这样的亲事还有什么人不愿意的呢?"

桂枝将衣服环抱到怀里，揉成了个布团，走下地来，将炉子上热的开水冲了一杯热茶喝，将桌子上的东西这样看看，那样摸摸，约莫有五六分钟之久，这才重复回到炕上去做活。江氏看姑娘这个样子，似乎是不愿意听这种话，然而也就不敢断定是不愿意听这种话，过了一会儿，她又缓缓地笑起来道："赵连长这种人，无论在哪一方面看去，也是一个好人，你觉得怎么样呢?"江氏因为摸不着姑娘对赵自强的态度如何，所以索性敞开来问姑娘一句。桂枝觉得就赵自强为人而论，实在也说不出他什么坏处来，母亲吃了人家的东西，要恭维人家几句，自己实在也就无话可说。因淡淡地答道："总算不坏的。"江氏一想，姑娘自然是不便直接地说人家好，总算不坏这四个字，这就形容得姑娘要说好又不好意思说好的态度出来了。停了一停，微笑道："我的意思，倒想和他做个媒。"

桂枝在今天晚上看母亲的态度，听母亲的话意，知道是必有所谓，心里想着，不睬母亲也就算了。如今母亲单刀直入地说起要做媒，这倒让她穷于应付。要否认呢? 母亲说是做媒，又不是说的许亲，自己表示着不愿意的话，倒显着自己多心。要不否认呢? 在反面看起来，就算是承认了，那如何使得? 态度很难表示，这倒很苦痛，因为痛苦所以默想了许久，说不出话来。旧式的姑娘对于婚事一没有表示，这就是承认的了。这样看起来，江氏猜姑娘的心事，那算没有猜错，于是就可向本问题进行了。因微笑道："我那路上哪里又有什么相当的姑娘呢……"桂枝突然将脸一板，将怀里抱住的衣服向下一摔，望了母亲道："你这不是多说这几句话，谁请你做媒来着? 谁求你做媒来着? 没有相当的姑娘就没有相当的姑娘，这要你着个什么急? 真是听评书掉泪，替古人担忧。"她说完了这话，脸上是红中带青，那气就生大了。

江氏明明是觉得姑娘会赞成的，倒不料会生这样大的气。一时转不过弯来，也就无话可说。许久的工夫，才淡淡地道："你这是怎么啦？凭我说这样一句话，你就生这样大的气。"桂枝道："本来嘛，我又不是说媒拉纤的，给一个大姑娘家说这些话做什么？"江氏因姑娘如此顶撞她，也有气了，便重声道："大姑娘怎么着？哪个做大娘的人不都是从做姑娘来的？我这样说几句，你也犯不上生气。难道说你就跟我过一辈子不嫁人？再说，我这样大岁数了，今天脱了鞋和袜，不知明天穿不穿，有一天我死了，你怎么办呢？"桂枝道："你别那样绕着脖子和我说话，当军人的人，我总是不乐意的。"她说这话，态度表示非常地激昂，气勃勃地来遮盖着她的羞态。江氏一看这样子，知道她是绝不肯嫁赵自强的了，自己说也是白说，只好不作声。母女这一段谈话，在无法继续的情形之下就突然中止了。

因为如此，自第二日起，桂枝为避了嫌疑起见，绝不跨过后头院子门一步，就是遇见了赵自强回来，也仅仅是和他点个头，一句闲话也不肯说。但是在每日下午，在甘积之要由河工局回家的时候，桂枝必定走到大门口来，向甘家门口望上一望，望了三天，居然就遇到积之了。他老远地看到老姑娘在这里，心里如有所望，大概也是不生气了，因之走回他自己大门口的时候，他也就手扶着帽檐，遥遥地点上一个头。这也不知是何缘故，积之这样很平常地和她点了一个头，她心里就快活得什么似的，比凭空得了一样什么东西还要欢喜多少倍。有七八天的工夫，无论做什么都透着高兴。

又过了一天，积之在回家路中，顶头就遇到了桂枝。桂枝手上没有拿什么，似乎不是买东西，而且这也就快到街的尽头了。买东西也用不着到这地方来。只见她颈上围了一条破旧围巾，两手插在衣袋里缩作了一团。积之当面拦住她道："老姑娘，这样天冷，哪里去？"桂枝放出很不高兴的样子随口答应了三个字道："买东西。"积之笑着半鞠躬笑道："老姑娘，您还生气啦？"老姑娘淡淡地一笑道："二爷说这话，我们怎样承受得起？我们是什么人，敢生二爷的气呢？"积之叹了一口气道："这话也难说，你得原谅我一点儿，我现在是吃哥哥的饭，我怎能够违抗我哥哥的命令呢？那街头新开了一家乳茶店，他们是北京城里来的，这街上人他们还不大认识，我们去吃点儿东西，顺便谈一谈。街上怪冷的，你一点儿衣服不加，由屋子里走出来，仔细着了凉。"桂枝本来迎面走去的，说话已是情不自禁地回转身来走着，突然地回答积之道："我不冷！我不去！"积之碰了这样一个恶狠狠的钉子，还有什么话说？两手插在大衣袋里，低了头，在桂枝后面跟了走。桂枝在前面走有二三十步路，便回头看他一眼。他们若是回家去，到了一条斜街的交叉的所在便应该转弯，然而桂枝并不转弯，只管朝前一直地去，这正是积之说着街那头新开有一家乳茶店的所在。

走到乳茶店门口，积之抢上前一步道："就是这里。"手指着店门口。桂枝将身子一扭道："二爷请吧，我不去。"积之道："既然走到这门口来了，哪怕进去坐五分钟呢。请请请。"说着，他一死劲儿地只管谦让。到了这时，桂枝是想不进去而不得，鼻子里不由微微哼了一声，似乎叹气的样子，也就只好委委屈屈的样子，跟着他走了进去。

这乳茶店在柜台外一路排了三张桌子。积之看了一看，这时虽没有坐客，却也不愿意坐在这样轩敞的地方，于是前后望了一望。他有话还不曾说出呢，一个坐在炉子旁烤火的伙计早迎上前来，笑道："里面有雅座，里面有两个雅座。"早就在前面引着，掀开了一幅白布帘子，让他们进了一个外房间，随手就把门帘子放下了。积之心里想着，别看海甸这地方是个乡镇，开了这类似城里咖啡馆这种生意，自也有懂得生意经的伙计来招待。桂枝进房以后并不坐下，只昂了头，看墙上挂的一幅风景画镜框子。伙计拧了两个热手巾进来，笑着问道："两位吃点儿什么？"积之就问桂枝吃什么，桂枝手上接了手巾，两手互相擦着，然而她依然抬了头看那风景画片，口里随便地答道："我随便。"积之料想着不肯喝咖啡，和她要了一个藕粉，自己要了一个蔻蔻，又招呼着请坐请坐。桂枝取下身上的围巾，坐在积之对面，只管将围巾在桌上折叠着。她低了头，不说话，也不看积之一眼。等到伙计将吃的送来了，桌上原来摆有干点心碟子，就不必进来的了。

积之喝了两口蔻蔻，这才将碟子里的鸡蛋糕桃酥之类送了两块到她面前，接着便道："请用一点儿吧。你别误会了生我的气。我现在吃我哥哥的饭，你别瞧我是个二老爷，家里的听差老妈子我全不敢得罪，因为如此，所以他们把你得罪了，我也没有法子。"桂枝将一个小茶匙在藕粉面上周围刮着，有一点儿没一点儿地送到口里去，微笑着抬了一抬肩膀，然后低了眼皮，鼻子一哼道："你这全是撒谎！"积之连忙望了她问道："我为什么撒了谎？"桂枝道："那天你不是在我家里说着，要回去教训听差们一顿吗？怎么这会儿又说听差老妈子你全不敢得罪呢？"

这一下子真把积之说得窘极了，只得先淡笑了一阵，然后点着头道："你反问这句话，问得极是有理的。不过我那一天实在气极了，在你面前说要回去教训他们一顿，并不是假话。"桂枝道："那么，那天你回去，一定将听差老妈子大大地教训一顿了。"说毕，却是扑哧一笑。积之道："你自然是很明白的，我也不能怎样大骂，因为他们并不是用我的钱替我做事的。"桂枝笑道："那么，你就小骂他们一顿了。"积之道："不过我回去调查的结果，也不能怪听差，他们哪有那大的胆敢得罪了街坊？"桂枝道："那天我就说了，不是上头有命令，底下人是不敢胡来的。可是你还要替府上人遮盖，于今这可是你自己说出来的消息。"积之道："我也承认，我是很对你不起的。不过我是没法，你应当原谅我。"桂枝继续地慢慢地去吃藕粉，却没有理会到积之的话。积之看她始终没有谅解的意思，无缘无故地就叹了一口气。

桂枝见他有不快的样子，这才问道："你为什么又叹气？"积之道："我为什么不叹气呢？我们做了一年的街坊了。这一年来，你可以知道我是一种什么态度。现在只为了一点点误会，你就不信任我到了这种样子。"桂枝道："我也没有什么不信任你的事呀？"说毕，微微地一笑。积之道："还要怎样不信任我呢？我说什么你都不相信，以为全是见了你撒谎。我现在只有……"说着，望了桂枝，踌躇了一会儿，才吞吐其词地道，"假使我手上现在有笔款子能够组织小家庭了，我就进行……那么你就信任我了。"桂枝红了脸道："二爷，你别误会了我的意思。干干脆脆一句话……"积之道："一句什么话呢？"桂枝正着脸色道："我们虽然是很熟的人，二爷是知道的，我们是旧家庭的姑娘，那些开通的事情我们全不懂。"

积之见她那碗藕粉只吃了一半就没有吃了，便道："藕粉大概是不大好吃，给你冲一碗茶汤吧？"桂枝摇摇头道："你不用客气，我是什么也吃不下的。"积之在碟子里取了一包麻酥糖，解了开来，送到她面前，笑道："吃一点儿吧，我知道，老姑娘是有口无心的人，虽然口里很怪我，其实并不怪我。"桂枝红着脸一笑，低声道："你别灌米汤！"积之笑道："老姑娘刚才说不懂开通事情，这灌米汤一句话，就文明得很的才肯说呢。"桂枝又是低头一笑。积之道："好啦，这些废话不说了。你还要吃点儿什么？"桂枝道："我不吃什么了，我出来我妈是不知道的，我要回去了。"说着，将围脖儿透开来，就要在脖子上围着。积之也站了起来，桂枝笑道："你还坐一会儿吧，让我一个人先走一步。"积之点头道："这个我知道。我还有一句话要说一说，就是一年以来，从咱们认得起……"桂枝笑道："您别说了，我全明白啦。"说毕，一掀门帘子，匆匆地就走了。

她一直走回家去，江氏问道："这样忙忙地向家里跑，哪里来？"桂枝道："外面又刮起风来了，不跑怎么办？"江氏道："刮风你还出去？"桂枝道："我想到老陈家里要些蜂蜜去，老陈又不在家，空了手回来了。"江氏道："提到蜂蜜，我想起一件事，说话也就快过年了，我们的蜜供老陈怎么还没有送来？我是按月打给他的钱，不差一个大子儿呀！"桂枝道："可是去年我们还差他钱呢，也许他扣下了。咱们家没有小孩子，蜜供这东西要不要，不吃劲儿。"江氏道："虽然是那样子说，供天地宗祖，一年一回的事也办不出来，这叫人家听了笑话，说咱们实在也不像个人家。"桂枝道："人一穷了，有什么法子呢？遇事总只好都将就一点儿了。"江氏道："外面人家该咱们的活儿钱，算一算有多少，也该去收回来了。"桂枝道："我老早地算了，也不过两三块钱啦。讨来也没用，还是等着庄子上老李送钱来吧。"江氏道："这老李也是有些欺侮我们孤儿寡妇，九十月里应该给的钱，到现在还不给，今天若是不送来，说不得了，明天起个早，我去找他一趟。"桂枝道："您早就该去啦。说话年就到了，任什么账都没有开销，三十晚上，我瞧您怎么办？"江氏本来是有一肚子心事的了，经女儿这样一说，更是着急。

这日熬到天晚，并没看到老李送钱来。江氏一宿没住稳当，次日起了个早，雇了一头毛驴，上庄子上去了。到了下午三四点钟，江氏满脸灰尘，清鼻涕冻得直流，垂头丧气走回家来。桂枝抢着问道："钱怎么样了？"江氏坐在炕上，半晌才道："你等我换过一口气来再说吧。"桂枝看这样子，大概是没有拿着钱，也不敢多说话，怕更惹了母亲生气。过了一会儿，江氏斟了炉子上一杯热开水喝了，又擦了一把脸，然后到外边屋子里去掸过了身上的土，这才走回里面屋子来道："你瞧，这不是要人的命吗？老李上保定去有一个月了，到今天还没回来。我气不过了就说，既是那么着，大家别想过年，我要带了孩子来，到他家去住几天。他的媳妇着了急了，这才拿出五块钱来叫我就带回来用着，又托了好些个人出来给我说话。我瞧她那样子，五块钱的确也是在别人手上借来的。我只管在那里赖着也是无用。我也算了，外面该的债也不过上十块钱，把做活的钱收了回来，挑要紧的债还了，其余的能少给的少给一两处，能欠的欠一点儿，一概凑付着就过去了。只要还了债，过年不过年，那都不吃劲儿。"桂枝听了，母亲真没有讨着钱，这可不是玩的，只得自即刻起满街催讨工资。

穷人最怕是年关，年关就逼着过来，一混就是大年三十夜，头一天晚上煤铺子里就来要钱，共是五块一大笔，送煤油香油担子的也来算清楚了，共有两块多，其余一块几毛的还有四五笔，江氏不敢先就付款，只推了明天有。到了除夕，一早就有人在窗子外叫着杨老太，这两天江氏的耳朵戒了严，只要有人叫她一声，她心里就是一跳。这时听到外面有人叫了一声，在窗子眼里向外面张望了一下，就是那送油担子的人在院子里站着。江氏道："掌柜的你进来吧，先坐一会儿。"油匠道："我忙着啦，不坐了，您先把钱借给我就得了。"江氏于是拿了一块钱送出来，赔着笑道："真对不起，今年我是哪里的钱都没有收起来，你……"油匠看到她手上只拿一块钱，板着脸道："那不行，平常和你要钱，你老说三节结账。到了年三十夜了，你又要拖欠，那不行。"江氏道："我真没有收到钱，正月里……"油匠道："不行！年边下你还没钱，正月里哪来的钱？共总两块多钱，你就打算欠一块多，那可不行。"他说的话一句高似一句，倒来了好几个不行。江氏看了他那种强横的情形，手上拿了一块钱站在屋檐下发愣，说不出话来。那油匠昂了头，笼了两只大袖子，站在院子中间，只管提起一只脚来摇撼不定。桂枝由屋子里抢出来道："不也就是两块多钱的事吗？反正也不至于逼得人上吊，给他就得了。"她拿两块钱和几张毛票，放在台阶级石上，瞪了油匠一眼道："你拿去。"说毕，拖了母亲的手就走进屋子来了。

江氏看见油匠走了，就低声道："咱们该人家的钱，话要好说，为什么一提起来就生气呢？"桂枝道："你瞧他那样子，我们能够不生气吗？""江老太在家吗？"母女两人正在屋子里互相埋怨着哩，一句可怕的问话又在窗子外发出来了。桂枝道："谁？"外面答应着："煤店里的。"桂枝觉得她母亲不容易对付债主，自己就迎了出来，看见煤铺掌柜的穿了老羊皮袄子，戴了皮帽子，胁下夹了好几本厚账簿，便道："掌柜的，我该你们多少钱？"掌柜的笑道："大姑娘，我昨天就送了账条子来了，五块来钱。你们老太太约了我今天来取钱的。"桂枝道："我跟你商量商量，先付你一半……"掌柜的捧了账簿子，连连笑着作揖道："大姑娘，别呀！别呀！我今年也是不得了。"桂枝道："不得了，也不至于就靠我们两三块钱就好了。"掌柜的笑道："你是聪明人，你想想，若是每家都欠一半给一半，我得了吗？都是多年主顾，我不能说哪个当清，哪个当欠。大姑娘，帮个忙吧。那油匠是挺有钱，你都照数给他了，我这样央告着大姑娘，你也不好意思驳回。"说着，他又连连作揖。桂枝自负能抵挡债主，到了现在也就没有法子了，便道："我不管。你去和我妈说吧。"说毕，她倒抽身走了。江氏没有法子，只好走了出来。这个煤店的掌柜真是会讨钱，他一味地向人家告饶，闹得江氏一点儿办法没有，只好如数地将钱付了。

这两笔债都是照付了。讨债的人偏是知道了消息。还有油盐店里的钱、劈柴店里的钱、绒线店里的钱，平常不赊欠，人家是天大的面子，赊了账了，到了现在也不好意思不给人家。由一早起，慢慢地应付着债主，到了下午三四点钟，天色快黑了，还有两笔账没给。一笔是担水夫的钱，不到一块，一笔是烧饼店里的钱，连吃烧饼，带借面粉，也有两块钱，怎好不给？但是筹来的现款都付光了，这两笔钱怎付得出呢？那个挑水夫一下午来了三趟，那还罢了。最麻烦不过的就是这烧饼店里的小徒弟，一会儿来一次，简直数不清次数了。最后他站在院子里道："我们掌柜的说，你们到底给钱不给钱？你们要是再不给的话，我就在这里等着，不回去了。"

桂枝是个年轻的人，究竟爱惜几分面子，就对江氏道："反正也不过两三块钱的事，何必让这小子在院子里嚷着，咱们拣两件衣服去当几块钱，把这两个债主子开销掉了吧。"江氏道："棉衣服都穿着呢！单衣服夹衣服又不值钱。"桂枝道："把我身上这件旗袍脱下来吧，我穿短袄子得了。你穿那件薄棉袄得了，那件破皮袄也可拿去当一当。咱们睡暖炕，娘儿俩盖一条被得了，褥子也可拿去当。合起来，总可以写二两多银子。"江氏想了一想，点着头道："也除非是那样办。"于是桂枝一点儿也不踌躇，把衣服换了，将褥子由被底抽出来，将两件衣服一卷，卷了一个大包，夹在胁下，走到院子里，指着那小徒弟道："你等着吧。不过该你两三块钱，这就至于逼死人吗？"说着，气冲冲地就到当铺里来。

这海甸小小的镇市上倒有一家当铺。在这过年的时候，生意也跟别家店一样，十分地兴旺。桂枝走到店里，将东西向柜上一推，伙计一看这些东西，知道就是一个苦主顾，因为那衣服还是暖和的呢。他看了一看桂枝，问道："要写多少钱？"桂枝道："给我写三两银子吧。"伙计将褥子一卷，向外推着道："你拿去吧。三两银子是多少钱，做也可以做起来了。"桂枝道："你不知道年三十夜等着钱使吗？少写就少写一点儿吧。"伙计道："这年三十夜当东西，我们就是帮忙的事，给你写一两二钱吧。"桂枝道："一两二钱，还不到两块钱呢！怎么着，你也得写二两四钱。"伙计道："那办不到。"说着，他照应别个主顾去了。桂枝也不肯走，跟着他叫道："掌柜的，掌柜的！你说帮忙，再少写二钱，行不行？"伙计道："你这种东西都不值什么，给你当一两二就算做好事。"

这一句话，引动了桂枝的气了，红着脸道："什么做好事！我有东西当你的钱，又不叫你白舍。你做好事，可收人家按月三分利呢。你们开当坊发财，是哪里来的，不都是挣的我们穷人头上的钱吗？不是今天年三十夜，我可要说出好的来了。"她说话的声音非常之大，引出一个有胡子的老伙计来，向她摇摇手道："姑娘，有话好商量，别嚷！你说我们挣三分利，可知道我们由银行里借来的钱，也是一分四五厘呢。刨

38

去开销蚀耗，我们能挣什么钱？这也无非是与人方便自己方便的一种买卖。"他说着话，将褥子打开，又将衣服看了一看，笑道，"好吧，我给你写二两，实在不能再多了。"桂枝觉着钱还是不够还债，正要争持时，忽然后面有人叫了一声老姑娘。这一叫，叫得适当其分，便种下以后许多事故之因来。

第五回

煮茗度长宵怆怀岁暮
题标抗暴日呐喊声高

杨桂枝为了那衣服少当一块钱，正和当店里的伙计放下脸来争吵的时候，身后有人唤了起来，回头一看，却是赵自强跑着追来了。桂枝红了脸道："赵连长也到这里来了？"赵自强笑道："我听见小林说，老姑娘把棉衣服夹着出大门去了。我就去问你老太太这是为着什么，你老太太说，还差了三两块钱过年，拿着当钱去。我想，这样一点儿小事，何必闹到数九寒天来当棉衣服，年边下我们发了一关饷，由我来代垫一下子就得了。回去吧！"他说着话，就把柜台上那一卷衣服扯了下来，在胁下夹着，在前面引路。老姑娘到了此时，不能不跟着他走，而且恨那当铺里伙计太不通人情，回过头来，狠狠地向柜台上的伙计瞪了一眼，然后跟着赵自强走上街来。

这赵自强为人和甘二爷为人不同，他却十分地拘谨，始终在桂枝的前面走着，头也不回，不用说谈话了。两人急急忙忙地走着，一会儿到了家里。江氏早到大门口来，两手接过衣服去向赵连长连连拱揖道："多谢多谢，怎样好要你帮我们这样一个大忙呢？过了年，我手里活动了，一定照数相还。"她说毕，又向桂枝道，"你不知道，赵连长心眼儿真好，听说咱们家给债主逼得不得了，借了五块钱给咱们过年，咱们这除了还债，连过年的钱都有了。你说，平白地要赵连长帮这样的一个大忙，心里怎样过得去呢？"赵自强笑着摇了两摇手道："别说了，别说了，说了怪寒碜的。"他也不等江氏再说下文，人已经走远了。

桂枝走到屋子里来皱了眉埋怨着母亲道："你这是胡来了，无缘无故地怎好收下人家一笔钱呢？"江氏道："我也这样说，可是他特意来问我，我不能不说实话。他一听说，是连叹了两口气，说是人越穷，债越小，债主子越逼得紧。他也是让债主子逼过的人，知道咱们这日子难受，所以就拿出五块钱来，给咱们了结这一档子事。他不但拿出钱来了，而且还说这件事很小，叫咱们不要挂在口上，让他怪难为情的。你瞧这件事奇怪不奇怪？给人家钱，他倒难为情起来了。"桂枝道："这个人的心眼倒是不坏。"江氏道："我向来就是这样说着，现在你也知道我的话不错不是？"桂枝道："我也没说过他不好呀。"

　　娘儿俩说着话时，接着那两位债主子也就来了，桂枝兑破那张五元钞票，把债主子开销过去了。到了天色快黑的时候，江氏就对桂枝道："现在我们还多着两块钱可以把过年的东西也去办一两样，三百六十天，就是这样一回事，只要有钱也应当应个景儿。"桂枝笑道："老古套的人，总是忘不了过年的，你说吧，买些什么呢？"江氏昂着头想了一想，笑道："真个的，买些什么呢？不说买什么呢，倒也罢了，说起买东西来，我倒有些抓瞎，归里包堆，只有一块多钱，叫我又知道要买什么好呢？"

　　她娘儿俩在这里计划着，这些话可又让经过外院的赵翁听见了，他就站在外院子门边，先叫了一声杨老太。江氏答道："哟！老太爷忙着过年啦。"说着话，迎了出来，只见赵翁两手提了两大串纸包，中间还飘着两张红纸。赵翁将手上提的纸包举了一举道："没有什么，无非是杂拌儿（注：旧京俗，废历年，以瓜子、花生、红枣、芝麻糖、山楂片等等，混合一处，论斤卖之，谓之年杂拌儿）、江米年糕，还有几样粗点心，其实我这一大把年纪，还转老返童过个什么年吗？都因为自强几个同营弟兄叫我一声老伯，正月里少不得到我这里来拜个年的。海甸这街上，初二三四里，恐怕买不着东西，我就索性在今天一齐买下了。"江氏道："过年总当应个景儿，就是我们家，难得赵连长助我们一把，让我到了年，我也就打算买一点儿什么呢。"

　　赵翁道："别了，咱们两家人口都少。我自强，他是不能回家过年的。今天晚上，我还有点儿事相烦，请您娘儿俩替我们包饺子。晚上我

41

们这里也买了一点儿菜，就请您到我家过年。也没有什么，无非是酸菜粉条、羊肉，自己来个涮锅子，暖暖和和的，取个热闹劲儿。饭后，咱们不斗牌也不掷骰子，沏上一壶好香片，吃着杂拌儿，围着炉子聊个天，算是度岁，你瞧怎么样？"江氏道："哟！怎好还去吵闹老太爷呢？"

赵翁还没有答言呢，赵自强就由里院走出来，因为是穿军衣的不便作揖，就向江氏一抱拳道："老太，您不用客气，您若是肯赏光，算帮了一个大忙，这话怎么说呢？都因我老爷子年年在店里过年，有店里人在一处混着，很是热闹。今年搬到海甸来住，他老人家很是寂寞……"江氏笑道："连长，您不用说，我明白了。您营里有事，尽管去，晚上我一定陪着谈谈。"赵自强道："我又不算什么官，也不知道什么官排子，还有我家那小林，也让他陪着老太爷，若是大姑娘肯去，一共有四个人，谈起来就热闹得多了。"江氏笑着点点头道："好，吃了饭，我准去。"

赵自强道："请您别客气，您就别客气了。我家里又不办什么，就是我老爷子自己配的羊肉涮锅子。您不去，是那样办，去了也是那样办，何必不热闹热闹呢？"江氏觉得他爷儿俩盛意殷勤，果然不去未免太不懂人情了，于是笑道："那么着，我娘儿俩一会儿过来替老太爷做。"赵自强又抱着拳道："那就很感激，天快黑了，我得赶回营去。"说毕，匆匆地向外走。江氏道："老太爷，您的这位赵连长，真是一个……"只见赵自强匆匆地又跑了进来，走到赵翁面前，低声道："爹！您酒是可以喝一点儿，少喝！涮锅子羊肉很爽口，可是不容易消化，您也得少吃。别熬整宿的了，守岁也不过就是那一句话。"赵翁道："我知道我的事，你别挂心，快回营去吧，别只说闲话耽误了公事。"赵自强看看父亲那样子，态度很是诚恳，这才放心去了。

赵翁提了两大串提包，检点了一番，各自归理了，就听到江氏在门外叫道："我们来啦，羊肉在哪儿，我娘儿俩先和您切出肉片儿来吧。"她说着话，一扯着风门走了进来，桂枝低了头站在后面。赵翁拱拱手道："我的意思是要请客，这样的意思倒是请两位来代劳的啦。"江氏笑道："这没有关系，在家里我们不做饭吃吗？"赵翁听了这话，就不再谦逊，引着伊们娘儿俩到厨房里去预备涮锅子。他究竟是个年老的人，多少抱些古礼，就在堂屋里系了红桌围，桌上陈设着蜜供和三牲，桌子面前铺上了许多芝麻秸子，为了人行来去，踩碎踩岁。江氏母女进进出出，踩在芝麻秸子上，窸窣作响。桂枝笑道："我们家有六七年没有买这种东西来踩岁了。"赵翁笑道："姑娘，你哪里知道，这是你们老太太会过日子。本来这些应年景的东西可有可无。我要不是我家自强样样办了个周到，我也落得省心。"桂枝道："老太爷，您的赵连长多么孝顺啊！"江氏捧了七八碟子羊肉进来，就笑道："你既然知道那样说，为什么不学着赵连长一点儿呢？"桂枝抿了嘴笑着，站在一边。

江氏将羊肉碟子放在一边桌子上，然后又忙着搬作料碟子，搬黄铜火锅，进进出出不停。赵翁笑道："啊！老太，切好了就得啦，让我家小林来搬吧。"江氏笑道："不！我做事就是这样，要一个人动手，一手做成功的事，自己也顺心些。"说着，抬着桌子，搬着椅子，忙个不了。赵翁手摸了胡子，不住地点头。桂枝道："老太爷，你瞧我妈的脾气拧吗？有事情愿一个人去做。"赵翁笑道："不算拧，我也是这个样子的，这不光是为了顺心，做惯了事的人，瞧见人家做事，自己不做事，心里怪难受的。"江氏一拍手道："对了！老太爷，我就是这样想着。"赵翁笑着摸着胡子道："老太，您叫您大姑娘学自强，那用不着，让她跟着您多学一点儿就是了。"

说着话时，她娘儿俩将东西已经料理清楚。赵翁叫道："小林，把酒壶拿来，咱们先喝两杯。"小林听说，提了壶进来，赵翁接着，斟了一杯，就递到桌子正面放下，笑道："杨老太，您忙了半天上坐着，多喝一盅。"江氏蹲着请了一个安道："这可不敢当！您这大年纪，倒要您敬酒？我跟您回敬一杯吧。"桂枝心里一机灵，就笑道："总算我年纪小些，我来斟酒得了。"赵翁点点头道："你这话说得有理，我就不客气了。"于是让江氏上坐，赵翁和桂枝两横头，江氏叫小林坐在下方，他死也不肯。赵翁道："他不肯坐，就随他吧，我勉强逼着他坐下来，他也吃得不顺心。不如我们吃完了，让他一个人坐到厨房里去，爱吃多少就吃多少。"小林低了头，只是呆站在一边不作声。

桂枝斟完了酒，也坐下来斯斯文文地吃着。赵翁夹了几块羊肉在开

43

水锅子里涮了几涮，然后叉着羊肉向桂枝面前的小碗里塞了下去，笑道："只管说小林坐着不能顺心吃，你可不必那样呀！老太，嗬！难得的，咱们居然在一处过年，吃一个痛快。"于是端起大杯子，向江氏举了一举。江氏喝了一口酒道："真的，人事真说不定，谁会想到今年过年叨扰老太爷这一餐呢？话可又说回来了，今年咱们在一处过年，明年又知道哪个在哪里呢？"桂枝觉得母亲这几句话未免说得太伤感了，赵翁是个老古套的人，恐怕不高兴，便笑道："老太爷大概不会在这里住几个月就搬的，我们也没有哪儿可以搬了走，怎么明年不在一处呢？"赵翁很了解这几句话的用意，便端起酒杯子来笑道："但愿大姑娘这样说着就好啊！大姑娘，你不嫌弃和我们这样老古董似的人做街坊吗？"桂枝笑道："这是什么话呢？像您这样的街坊，真是千里挑一，万里挑一，也挑不出来的呀。"赵翁笑道："那样就好，咱们永久住在一块儿得了。"说着端起酒杯子向桂枝一举，桂枝这才心里一动，觉得自己的话有些不妙，让人捞了后腿去。但是人家老人家举起了杯子，还是不能不理，就也只好陪着他，把杯子一举喝了一口。

赵翁今晚确是很高兴，说了个滔滔不绝，酒也喝得不少。江氏就笑道："老太爷您忘了赵连长临走说的话啦，酒可以喝，可别醉了。"赵翁笑着推案而起，点着头道："您这是好街坊的话，我不喝了。"江氏母女也就跟着站了起来，赵翁红红的脸，胡子半翘起来，他两手一横，拦着去路，笑道："咱们事先就说好了，吃光了，泡壶茶，吃年杂拌儿，您可别走。"江氏看这样子，赵翁已有三分酒意。醉人是撩拨不得的，遇事时将就着一些的好，便道："好吧，我们就在这里再叨扰一会儿吧。"他屋子中间放了个铁架子的白炉子，煤球烧得红红的。赵翁将她娘儿俩让到屋子里火炉边两把椅子上分别坐下，忙着沏茶和装杂拌儿碟子，都放在桌子上，然后在靠远些的一张围椅上坐下来，笑道："我虽是个老人家，也得讲个男女授受不亲，要不要，大姑娘不肯在这里坐着了！吃羊肉，喝烧酒，最容易口渴，喝吧。"他晃荡着身体，将铁炉子上面的顶盖揭开，将一大锡壶热水放在上面。桂枝怕他放不好，站起来要替他放，他连忙拦着手道："刚才你还说永远和我们住在一处呢，这一会儿你就要走了？"桂枝笑道："我不走，倒茶喝呢。"赵翁笑道：

"这就好，咱们别见外，要像一家人才好。"他说着，手摸胡子点点头。桂枝倒了三杯热茶，大家分着喝了。

赵翁放下杯子，侧耳听了一会儿，出着神道："我是醉了吗？杨老太！"江氏笑道："您没醉。"赵翁犹豫着道："我没醉吗？若是说我没有醉的话，这可透新鲜，怎么今天年三十夜，我一点儿爆竹的声音都听不到呢。"桂枝道："您忘了吗？今年戒严了，三十晚上不许放爆竹。"赵翁这就用手摸一摸胡子摇着头道："我在北京前后住过五十年，三十晚上不许放爆竹，这可是头一遭。"桂枝一噘嘴道："都为了死日本儿要捣乱，所以官家不让放爆竹！"

赵翁摇摇头道："这不怨日本儿，谁让你中国人不争气呢？我瞧那地图上，日本比中国要小到十倍，据我们自强说，日本的人口也只有咱们五分之一，咱们为什么让人家欺侮住了呢？我自强那孩子是傻，回来的时候，就要和我谈论一阵子时局，说是他要做了司令要怎样怎样。我就说，做连长的人尽连长的责任就得了，先别谈司令的事情。老太，我这个老头子，和别个老头子不同，不想儿子做师旅长，不想发几百万几十万的财。你想，我这大岁数，土在头边香啦，要荣华富贵何用？只是我就是这个儿子，儿子又是个军人。在这样国家将亡的时候，当军人的下场那真算不定。我就有一点儿私心，想早抱个孙子，若是能给赵家传一条后代根，我就什么都心满意足了。"说着，他又倒了一杯茶，坐着喝了。

江氏笑道："这还不是容易的事吗？您趁早和连长娶一位少奶奶就得了。"赵翁喝了一口茶，叹了一口气道："你不知道，我这孩子有两个新思想的朋友，自己又瞧过报和杂志的，他说不孝有三，无后为大的那句话不能成立。只要他孝敬父亲就得了，有儿子无儿子不吃紧。"江氏道："这可不像话，凭一个人怎样文明，后代香烟不能说不要，要不然，大家全不在乎，世上哪还有人种呢？"

谈话谈到了这里，算提起了赵翁无限的心事，酒也醒了，酒话也没了，手上拿了个空茶杯子，只是出神。瞧见铁炉子上放的那一壶热水，已经是开了，咕嘟咕嘟，由壶嘴里和盖缝里向外冒着白气。江氏也看出了，年三十夜别让老头子伤心，就笑道："老太爷，您叫包饺子的，面和好了吗？"赵翁道："面和好了，馅儿也预备好了，就是差着包。"江氏道："咱们在这里谈话，也别把两只手闲着，我娘儿俩可以先跟你包起来。"赵翁是个好动的人，听说之后，自己就到厨房里去，将一绿瓦盆面和一钵子馅儿全端了出来。于是江氏娘儿俩洗了一把手脸，将面和饺子馅放在炉边方凳子上，围着方凳子包起来。

赵翁拿了一块面案板放在旁边，盛着她们包好了的饺子。许久，他不觉叹了一口气道："光阴真是快啊！记得我小的时候，三十晚上守岁，我妈和我姐姐包饺子，我在旁边看着，不也就是这种情形吗？转眼就是五十年了。"桂枝道："有道是，混日子，混日子，无论什么事，一混起来就真快。我们平常烧一壶开水，要费多大的事。你看，我们随便地放一壶水在这铁炉子上，不知不觉地就开了。"这一句话提醒了赵翁，他笑道："再要不沏茶，水都会熬干了。"于是他兑了三杯茶，一手摸了胡子，向着桂枝笑道，"这位姑娘心眼很灵活，我跟前要有这样一个……我就痛快多了。"江氏笑道："我不是说了吗？老太爷这样疼她，她是个没爹的孩子，就让她拜在老太爷跟前做干姑娘得了。"赵翁摸着胡子，只是微笑，许久才道："干姑娘，那还可有可无……"他说到这里，持着犹豫的态度，最后他接着道，"将来再说吧。"桂枝听了这话，觉得话里有话，也就不好意思插言，只管低了头。

大年三十夜，没有了爆竹，仿佛就冷静了许多，这夜也就显着长了起来。大家没有了话说，包了一阵饺子，赵翁打了几个呵欠。江氏道："老太爷要安歇了吧？小林这孩子怎么不来？"赵翁道："随他去吧，他那样怕见人的人，让他在这里坐着，反而是痛苦。"江氏道："老太爷大概是要安歇了，我们把面和馅儿带回去包吧。"说着，就站起身来。赵翁以她娘儿俩是女流，不能勉强她娘儿俩在这里守岁，就笑道："放着，明天来包也不要紧，我倒没有什么忌讳的。"

江氏于是将东西料理好，带着女儿回家去。刚进屋子门，小林就端了一只白炉子来，炉子里面烧的煤球，正是火焰腾腾的。他笑道："杨老太，我们老太爷说，您许久没有进屋子来，恐怕炉子火灭了，叫我送了火来呢！"江氏口里不住地道谢。不到一会儿，小林又送了一壶开水、一大包杂拌儿来，还问道："杨老太！您有茶叶没有？若是没有，我就去拿来。"江氏道："多谢老太爷想得周到，茶叶我们这里已经有了。"小林听说没事，这才去了。江氏因向桂枝道："老太爷这种人多好，要他来做你的上人，你还有什么不愿意的吗？"桂枝红了脸道："这是什么话？他怎么会成了我的上人呢？"江氏笑道："你别着急，我这话没有说出，你若是拜他做干爷，他不就是你的上人吗？"桂枝淡淡地道："人家不愿意，您老说着也不嫌贫吗？"她也就只说了这样一句，不向下谈了。

只是如此一来，却惹起了江氏一肚皮的心事，又沏了一壶茶，靠了火炉子边下坐着，一个人慢慢地咀嚼着杂拌儿，她也不知道静坐了许久，姑娘已经是睡着了。她想了许久，又看看炕上躺着的姑娘，心想像赵连长这样的人才，不能说坏，不懂我们姑娘是什么意思，总不愿意攀这头亲。以前可以说为了甘二爷的缘故，她不愿意别人。现在她和甘二爷是算翻了脸了，为什么还是不肯嫁赵连长呢？江氏静静地想了半夜，得不着一个结论。但是爱惜赵连长的意思却为着这个更进一步。

到了次日元旦，她就加倍地注意着赵自强回来没有，然而候了一天也不见他的声影。到初二，自己还不曾起床，却听到他在窗子外嚷道："杨老太起来了吗？我这儿跟您拜年来了。"江氏笑着连道："不敢当，不敢当！我一会儿就跟你来拜年。"于是赵自强就走了。江氏受了他这一番拜年，也不知道高兴从何而起，立刻披衣下炕，匆匆地洗了脸，梳了一把头，就跟着到里面院子里来，只见赵翁屋子里有两个穿军衣的人坐在那里。江氏虽然认得赵自强，然而见了军人，总有些害怕，因之站在门口，向后缩了两步。赵自强就抢上前介绍道："这是殷连长，这是田连长，都是我的把子。"那两个连长都站起来行礼。江氏看到人家有客，不便久坐，站着向赵翁说了一声拜年，也就走了。

这个殷连长名得仁，便笑道："怪不得赵自强说这位老太好，你看她那脸上都是一脸慈善相。"那田连长单名一个青字，是个二十有零的青年。他的军衣穿得格外整齐，一点儿皱纹没有。一双裹腿紧紧地缠着，如贴在脚肚上一般，一双黄皮鞋不带着一点儿灰尘，只看那军衣口袋上插了一支自来水笔，便在衣冠上表示出他武人的文明来。他笑道："听说她还有一个姑娘，怎么不见呢？"赵自强笑道："我们这位老弟台，怎么着也忘不了女人。"田青道："人生除了衣食住三大要素，不就是女人吗？"赵翁笑着走了出来道："田连长，你还有什么不称心？听说你在城里有个女学生的好朋友，你还谈别个女人做什么？"田青笑道："嘿！了不得，老人家也会说出这样开玩笑的话来。"赵自强掏出铁壳子表来看了一看，笑道："我们先进城去吧，回头到我这里来吃午饭，统共是半日假，不要糊里糊涂地过了。"田青道："我们刚坐下，就要走吗？"殷得仁笑道："你这人有些口是心非，分明恨不得飞到城里去，你倒不愿马上就走吗？"大家哈哈笑着，走了出门，正赶上了长途汽车，也只二十多分钟，就进了西直门了。

赵自强道："关大哥家里，小田去不去呢？我看你不必去吧，大嫂子面前，给你带个信儿去问好也就得了。"田青将手向额角上比了一比，笑道："你们到了关大哥那里别再开玩笑，一提起人家讨亲，我们这位关大哥就要反对的。去是一定去，特意进城来拜年，焉有不去之理？"赵自强道："玩笑是玩笑，我又要说句公道话了。关大哥他是为了媳妇儿女累够了，所以提起来就脑袋痛。其实哪个能像他那样子，生下一大群儿女呢？"田青扯了一扯衣摆，笑道："有我们二哥这句话，我又要向爱情之途上拼命去进攻了。"三个人在大街上说着，只听到哗啦啦一声响，响了半天。殷得仁偏着头听着道："什么玩意儿？这么大声音。"赵自强道："这有什么不懂的，又是学生老爷喊口号。"说话时，只见半空里白纸招展，黑黑的一群人头在白光下拥了上前来。

赵自强拉着两个人，向街旁边退了几步，让这阵风头过去。只见最前面是二三十名除了武装的警察，后面便是三个大个儿学生，一个拿着传话筒，两个撑了大竹竿，中间横着一幅白布，上面写着铜盆大的字："收复东北打倒日阀。"这三个学生约莫有二十来岁，都是喝醉了酒似的，一张通红的面孔。那风沙迎面吹来，又在红上加了一道深灰。随着这个大标语之下，便是一群过千数的学生，在一支小白纸旗之下，都带着一张紧张而又悲惨的面孔，前面那个拿传话筒的学生将筒口紧对了扶桑三岛的东方喊道："反对不抵抗，打倒日本帝国主义！"于是后面整千的人都迎风张了大嘴，跟着这口号喊将起来。尤其是其中的女学生放着尖锐的声浪，将最后一个字拉得极长，令人听了，觉得很有感想。殷得仁道："他妈的，又是这一套不抵抗！他们怎不去抵抗呢？"赵自强是个持重的人，连忙将他一带让他偏过脸去。田青也悄悄地道："幸是他们正乱着，没有听到，要不然可是一场祸事。"殷得仁道："那怕什么！他们既是爱国的分子，就知道讲理，我要把这套理和他们讲一讲。"

三个人正如此纠缠着，却听到有一种悄悄的声音在后面叫道："你们三位在这里说些什么？"赵自强一回头，却是一个女学生，只见她穿件蓝布袄子，伸出两只手臂来，冻得像紫萝卜似的。下面的黑绸裙子，穿得短短的，露出大腿上一截黑绿色的毛袜来。下面一双黑帆布球鞋既短且圆，头上的短头发被风吹着，撒了个一团茅草。只是她那张俊秀的鹅蛋脸子，虽然蒙了些风沙，可是遮不住那水一般的秀色。便笑道："啊哟！黄曼英小姐来了，省了我们把弟不少的事。"田青回头一看，正是他的爱人，便笑道："哟！这样大冷的天，穿这一点儿衣服，你也不怕冷？"说话时，见她肩上拖下了一截围巾来，于是扶起来替伊围在脖子上。

殷得仁道："二哥！你瞧小田这一股子劲儿。"赵自强用手碰了他一下手臂，又瞅了他一眼道："你真是个猛张飞，怎么说出这种话来？"黄曼英也向殷得仁瞅了一眼，笑道："殷连长说话，好大的嗓子。"殷得仁笑道："那要什么紧？我这副老倭瓜的脸子，再配上我这一副大嗓子，这才十全十美！可是这样也好，人家就不注意我。省了多少麻烦，十天不刮胡子，半个月不洗澡，全没关系。电影院、咖啡馆，全挣不着我的钱。"

田青怕他的话把黄小姐更冲犯了，因道："我看你这样子，一定是跟着大队游行示威来着，大衣不穿，这为着什么？"黄曼英道："同学都是这样，我一个人穿着旗袍大衣，那有什么意思？"田青道："这是什么话，难道同学跳井，你也跟着去跳井吗？"黄曼英道："当着你们两个朋友在这里，不是我说你，你这个当军人的，未免也太不爱国了。"田青道："你们在当街这样大嚷大跑了一阵子，日本就打倒了吗？"黄曼英笑道："这是一种表示呀！"大家说着话就走到一家咖啡馆门口。田青道："瞧你冷得这样子，进去喝一杯热的吧。"赵自强道："关大哥那里，你去不去呢？"田青踌躇了一会儿，笑道："我不去了吧，我们大嫂子那张嘴，我有些招架不住，请你二位带个好吧。"他说着，不住地点头赔笑，将黄曼英带进咖啡馆子里去了。

赵自强和殷得仁两人站在门口，互相看着笑了一下。就在这个时候，那打倒日本帝国主义的声浪隔了几条大马路兀自传了过来。殷得仁道："老赵，假定黄小姐不碰到小田，还在嚷着没有？"赵自强笑道："当然。"殷得仁道："要是那些嚷的，男的都遇到一个女的，女的都遇到一个男的，那怎么着？"赵自强笑道："那有什么不知道的，咖啡馆像电影院一样上下客满。"赵自强说着话，在地上捡起一面纸旗子，上写着五个字："杀到东北去。"这就是刚才从黄曼英手上扔在地上的。殷连长接过来，看着笑道："改一改吧，到咖啡馆去。"赵自强笑道："这是人家的好意，叫我们到东北去呢。所以把旗子扔在我们面前。"他二人说着很高兴，忘其所以地只管向前走，忽然又一阵打倒日本帝国主义的口号传来，接着人声鼎沸，人群沸乱起来，原来是第二批学生队和警察起了冲突。大街之上，长衣短衣人纠缠在一团，有几名学生除下了竹竿上的大标语扔在地上，将竹竿和警士对打。那标语上的字，真是"杀到东北去"。

第六回

甜苦情场冷观评两面
崎岖世路密约订三年

这场武剧在当街演得是很热闹，赵殷二位连长站在马路边都看了一个够。赵自强拉着殷得仁道："走吧，关大哥还等着我们呢。"殷得仁叹了一口气道："中国人总是在这些不相干的事情上费这样大气力。"赵自强不等他把批评的话说完，拉着他的袖子，拖了他走。走过了一大截马路，听得后面兀自喊着打倒帝国主义。殷得仁道："你听，多么热闹，干吗不让瞧瞧？"赵自强笑道："从前人说，唱戏的人是疯子，瞧戏的人是傻子。没有傻子来瞧，疯子也就疯不起来了。咱们有瞧的工夫，还可以到关大哥家里下一盘象棋呢。"

二人走着路，殷得仁道："关辉武为人真好，不赌，不嫖，不抽烟，不喝酒，消遣就是不花钱的下象棋。"赵自强就叹了一口气道："你得给他想想，他哪里有钱嫖赌吃喝？一家五口子，自己还不在内。这都罢了，穷亲戚又多，这个借一块，那个借八毛，他简直忙不过来。你看，他这就是在那里受罪。"向前看时，他的大门口歇下了一副吹糖人儿的担子，关连长手上抱了个一岁大的孩子，身边站着两个女孩子，大的约莫八九岁，小的约莫有五六岁。那小女孩子抱了他的一只腿道："爸爸，我要一个猪八戒，我要一个猪八戒！"手上抱的那个孩子还不会说话呢，指手画脚地只管向糖担上指。那个大些的孩子也是鼻子里嗡嗡地哼着。关辉武跳起脚来道："不要闹，不要闹，这不是在给你们买吗？真是要命，见一担买一担。"

他说着话，偶然一回头，笑道："你们两个叔叔来了，快拜年。"他手上抱的那个孩子听说，合着两只小巴掌，带鞠躬着身子带作揖，在爸爸怀里就拜起年来。这两个大些的倒只管向父亲身后藏躲着。赵自强摸着小孩子的脑袋，说笑了两句，掏出钱来给小孩子们，每人买两个糖人儿，然后进门去。殷得仁笑道："我们关大哥在营里是忙得不得了，回家来了，又是了不得地忙。"关耀武嘻了一声道："没法子呀！你大嫂子一个人，除了我那个大小子而外，得带这三个孩子，而且洗衣煮饭，真够她忙的。我回来了，看看有些不过意，总得帮她一点儿忙。"说着话，将他们二人引到屋子里。

他们是住在正中三间北屋里，正中一间屋子里也摆着供神的桌子，地上撒满了踩岁的芝麻秸子，然而加上小孩子玩的小锣、小鼓、小刀矛以及落而未捡起来的湿屎片，大人用的饺子馅儿盆、白煤炉子。茶几上放着包杂拌儿的硬纸，椅子口是牙牌和芝麻糖、洋铁水壶。关辉武站在屋子中间叫道："来呀！你看，这屋子糟成个什么样子了！我们大小子呢？让他来扫个地。"屋子里有人答道："没过初三呢，怎么扫地？"关耀武道："我们家孩子多，平常闹得就够看的。倒了这一地的芝麻秸子，简直……"他的话不曾说完，屋子里人声音大了一倍地道："你懂得什么？为的是家里有孩子，这才买了芝麻秸子来踩岁，难道为着你这样老大个子的人用的吗？"赵自强一进门就惹起了人家家里拌嘴，这就有些难为情，便插了嘴道："大嫂子，请出来，我们来拜年来啦。"屋子里面是关耀武的妻子袁氏。她啊哟了一声手扶着房门，向外张望了一下，笑道："原来是殷连长、赵连长，大喜呀，升官发财！请坐吧！"她一面说着话，一面在胁下扣着纽扣，笑道，"乳孩子的人，真是没有办法，老是敞着胸脯子。"她笑着走了出来，赵殷二人在此，也不是外人，就随便地抱了拳头，向她拜年。

这一间小小的堂屋里，原只有一张桌子、四把椅子，除了桌子已经摆上了供物而外，这四张椅子也都让大人或小孩的东西占据了。袁氏看了这两位客，只是在满地芝麻秸子的屑子上站着，不能落座。口里连道着真是糟，就将椅子上的东西，收的收，捡的捡，胡乱着忙了一阵，又说着请坐请坐。赵自强看着，腾出了一把椅子来，正想坐下去。一低头，却看到椅子口粘着了一块芝麻糖，拿手去揩擦时，那糖片紧紧地粘在上面，哪里擦得动？关耀武看到，连忙找了一把小刀子来，将椅子板上的糖片使劲地修刮了去，笑道："有孩子的人家，就是这么着，现在自然是说我们家里不干净，可是你们将来总有这样一天。"殷得仁笑道："总有这么一天！我可不能有这样一天。话是说在这里，你们相信不相信？"袁氏一顿忙乱，把东西检理清楚了，正端了一把茶壶、三个茶杯子来向茶几上放着，笑道："殷连长，你说不会有这样一个日子，这话怎讲呢？"殷得仁笑道："我说不会有，就不会有，大家向后看吧。"

关耀武抱了那个小孩子，向袁氏怀里一伸道："给你抱吧。"袁氏道："你才抱多大一会儿，又不抱了，我还得去做饭呢。"赵自强摇了手道："用不着，我们要赶回海甸去吃午饭，至于早饭，我们是在营里吃过了的。"正说着话呢，那孩子却噗啦一声，裤子裆里屙出一阵稀的黄屎来，洒了关耀武一身，由胸襟上淋到裤脚上，斑斑点点，许久兀自点滴着。他皱了眉毛顿着脚道："叫你管你不管，你看，闹我一身，现在你可以抱他了吧？"袁氏笑着抢了孩子过去，连道："走吧，走吧，惹下了祸事了。"于是搂了孩子跑到里屋子里去了。关耀武两手牵了大衣呆着站在屋子中间，一步也走不得，口里不住地叽咕着。殷得仁笑道："老赵，你瞧见没有？这就是个乐子！"关耀武皱了眉道："说起来，真是可气。回得家来，不抱孩子吧？孩子是吵着要你抱；你抱过来吧？就是这样子闹你一身。"袁氏在屋子里道："进来吧，让我跟你擦擦呀！"

关耀武摆着头捽着衣服走进去了，却听到他夫妻两人喁喁地又在里面说话。袁氏道："你今天出城去了，知道哪一天回来呢？多丢几个钱在家里做零用吧。"关耀武道："过年才有两天，又要钱吗？我过年才发八成饷，你倒和我要来个双份。"袁氏道："你还提过年呢！过年过年，把我零碎积攒下来的几个钱全垫着花了。说起来，你得拿钱出来还我呢。"关耀武叫着道："我身上就只有这些钱，你都拿去了，我还用不用呢？"袁氏叫起来道："我不管。"说着话时，屋子里有阵脚步忙乱的声音，随着关耀武红着一张脸跑了出来。

赵自强道："怎么了？你又和嫂子在办交涉。"关耀武摇着头道：

"不必提了，皮夹子让她抢去了。"袁氏由屋子里抢出来，笑道："二位别听他的话。我过年要六七十块钱开销，他才给我三十块钱，欠人的钱哪里少得了呢？我只好拿出钱来垫着把债还了。现在把年关逃过了，他倒不认账，我能不把他的钱扣下来吗？"关耀武瞅着他的女人，有一句话想说出来，却又忍回了，向她摇了几摇头道："今天若不是大年初二，我真要说出什么好的来了。"殷赵二人怕他们真拌嘴，夹着说笑了一阵，把话扯过去。他们只有半日的假，不敢多耽搁，在这里吃点儿杂拌儿，也就只好邀着主人一同回营。刚一出大门，关耀武十二岁的大儿子就走着迎上前来叫了两声叔叔，然后伸着手向关耀武道："爸爸，给我几个铜子让我去玩吧。"关耀武喝道："这么大小子，只知道玩。我身上的皮夹子给你妈拿去了，我哪里来的钱？"那小孩伸着手出来，被父亲一喝简直缩不回去。赵自强连忙在身上掏出一块钱塞到他手上，笑道："大年初，小孩子总想玩玩的，这何必骂他呢？"

关耀武笑道："我倒不是骂小孩子，我仔细想起来，就不免发牢骚。你想我们辛辛苦苦地挣几个钱拿回家来，全给别人用了，这是为着什么？"殷得仁道："为着养家呀，这有什么不懂！"关耀武道："养家有什么好处？"殷得仁道："养媳妇，媳妇可以和你生儿养女。养儿女，儿女长大了，可以养活你。"关耀武道："这话是真吗？儿女将来会养活我不会养活我，现在不知道，若说娶媳妇生儿女，我现在总算生了不少了，有什么好处？大的要钱，小的拉我一身黄汤！"赵自强笑道："那么，以前你为什么娶亲呢？"关耀武走着路，左手取下帽子，右手在头上摸了几摸，现出他那满怀踌躇的样子来，笑道："我也说不上，只记得当年没媳妇的时候瞧着人家有媳妇自己就想，而今有了媳妇了，转想着当年没有娶媳妇的好处。"赵自强道："人都是这样，也不但是你一个。"说着话，不觉到了电车站。

大家正要上电车去，只见田青挽着刚才同去喝咖啡的那位黄曼英女士由车上下来。迎头遇见，无可闪避，只好大家打个招呼。赵自强道："我们到关大哥家去了又回来了，你们一顿咖啡喝到这般时候吗？"田青道："不，我们绕了一个弯。三位回海甸去。我有点儿事，一会儿就来。"说毕，行了一个军礼，立刻就跟着那位女士走了。远远地看着他二人紧紧地相挨，在马路边上笑嘻嘻地说着话走去。这个时候，那位女士笑容满面，似乎忘了刚才游行示威，喊着打倒日本帝国主义的那一件事。而且柔情似水，也不像有那种激昂慷慨神气的人。他两人走着走着，只见黄女士的一只手也插入连长的胁窝里去，而且她的头只管偏着，也偏到连长怀里来，看这样子多么甜蜜，人生在世，不需要一个异性来安慰一下子吗？

赵自强随着两位连长迷糊糊地走上电车，只管沉沉地想着。殷得仁拿了一张电车票向他手上一塞，笑道："老赵，怎么了？想些什么心事？你看到小田那样快活，也想找这样一个吗？你倒是现成的。"关耀武道："怎么着，老赵也有个爱人吗？"赵自强突然挺起身子来道："瞎道！我哪有这样一个人？"殷得仁道："人是没有这样一个人，不过他有个邻居老姑娘，为人很贤德……"赵自强低声道："电车上不要谈，行不行？"关耀武见他这种神气，以为这里面果然有些神秘，一笑之下，把这事揭过去了。他们坐着电车到西直门，换了长途汽车到海甸，始终是座客拥挤的当中，不能再谈到老姑娘。直到下了长途汽车，又邀着回家坐坐。路上走着，殷得仁道："关大哥，真的，他邻居那位老姑娘，人很是不错。他每次回家，真是一功而两得，一来……"赵自强瞪了他一眼道："老殷，你敢向下说？你向下说，不怕造口孽吗？"殷得仁笑道："我们先别提你的邻居，我倒要问你句切实的话，你愿意娶亲不愿意娶亲？"赵自强道："要像老关这样受痛苦，我就一百辈子也不愿娶亲。"关耀武接着叹了一口气道："不讨女人也罢。我今天不是和你两个人同来，连电车钱都掏不出来，嗐！说起来，真是糟心！"殷得仁笑道："老关你忙什么？他要说的一句话还没有说完呢，他下面一句，就是这样说：'假如像小田那样有趣，一辈子娶一百个！'"赵自强笑道："快到家了，别说了。"他说着话，便在前面走，关殷两人后面紧紧跟着。

走进了大门，恰是桂枝扫了白炉子里的煤灰，要向外倒，她看见关耀武，呆呆地站定，只管望着。关耀武看到，也是吃了一惊，问道："你不是桂枝表妹？"桂枝道："是呀，你是关家表哥，听说你在山海关，什么时候回北平的？妈呀，关家表哥来了。"她放下手上一篮子煤渣，转身向屋子里面跑。江氏口里问着哪个关家表哥迎了上来。关耀武

55

也是离开殷赵二人，走向杨家院子里来，看到江氏，就叫了一声大姨。江氏笑道："了不得，原来是关家表哥。怎么会找到我们这里来的?"关耀武走进屋来，先鞠着躬拜年。看看这里虽是两间陋屋，放着破旧的东西，却是打扫得干干净净的，心里便想着，怪不得老赵只管夸耀他的邻居好，这是事实，并非瞎说的。江氏见他向屋子四周打量着，便向他笑道："你瞧怎么着? 我们家是越来越穷呀，因为这个缘故，所以许多亲戚朋友现在都没有了来往，表哥怎么知道我们住在这里?"关耀武道："我们哪里又知道呀? 只因为这后院的赵连长是我的同事，我们还是把子啦，今天要到这儿给赵老伯拜年来了。"江氏道："这赵连长老说着有个关连长，谁知道就是表哥呀，巧极了。我是去年上半年搬到这儿来的，也快有一年了。"关耀武道："我哪里知道大姨住在这里，我要是知道，早就来看您了。我现在到后院里去拜个年。"说着，他向后院去了。

这时，殷得仁知道老姑娘是关连长的姨表妹，深悔不该在他面前说笑话。就是赵自强，也不敢再提一个字了。关耀武都看在心里，在后院坐了一会儿，又到前面来和江氏母女谈天。江氏忙着招待了一番茶水，谈些两家的事情，关耀武就问着表妹有了人家没有。江氏道："唉! 现在这年头养姑娘总是担心。说到亲事，总是高不成，低不就。再说我们这丫头脾气又大，还非得她同意不可! 表哥路上有相当的人，给我们提一个。"江氏坐在炉子边，烤着火带谈心。桂枝盘了腿坐在炕上做活，脸子是紧绷绷的。似乎她听了做媒的话就要生气，但并不是害臊。关耀武偷看了她一眼，索性说句话试她一试，便问江氏道："像我们这样的军人，表妹也赞成吗?"桂枝突然将身子一扭，发着狠声道："野蛮死了! 军人什么好?"关耀武笑道："军人都是野蛮的，那也不见得吧。"桂枝什么话也没说，鼻子里却哼了一声。关耀武只当不知，坐谈一会儿，也就走了。他心里很明白，表妹是不属意赵连长的。

他去后，江氏却不免向桂枝叨咕了几句。一个自言自语地道："这样人也不好，那样人也不好，我瞧你去挑吧。哼!"桂枝道："我自己的事我自己知道，你别管我，管我也是不行。"江氏道："你那心眼里的事情我也知道，可是你自己也得细心去想想。我们和人家做街坊，人家还有些不愿意呢。你送活儿到人家家里去，不是让人家轰出来了吗？这个样子，还打算谈别的呢！"这两句话却未免让桂枝刺扎了芳心几下。心里想着，这实在是事实，有什么公话可以去回驳母亲吗？只得低了头，忙着做针线，并不作声。然而她心里却在那里转着念头，母亲说的这些话未尝不对，像甘家那样的人家，未必能容留我。可是甘积之果然是对我有心的话，可以和他哥哥离开，我们另外赁房子住，他哥哥不愿意见我，我们不见面就是了。她如此想着，觉得有理。

到了下午三四点钟，知道是积之办公回家的时候，就在大门口站着等候。老远地看到他，就迎了上前来问道："二爷新年好哇。"积之连连点头答应好。桂枝道："怎么新年你们也不放假呢？"积之道："我们是过阳历年，你不知道吗？"桂枝道："可是这话又说回来了，海甸这地方又没有什么消遣的地方，还不如在衙门里办办公事，可以消磨时间呢。"积之笑道："总是休息的好，这样大风跑来跑去，也冷得难受呀。"这种话都说得无聊，二人面对面地站着，没个做道理处。桂枝没有说要走，积之不便丢了她，独自回家去，就向她笑道："咖啡馆不休息的，我们再去喝一杯咖啡，好吗？"这正中了桂枝的下怀，这可见知己之言究竟一猜就着，便笑道："咖啡我又不会喝的，怎么你老请我喝咖啡。"积之道："你不愿喝咖啡，那就过一天……"桂枝不等他说完，便道："大新年的，你请着我，我也不便驳回你的话，我就陪你去坐坐吧。"说着话，她倒先移了脚先走。积之看她这个样子，看不出她是什么意味，也就只好将就着她一路到咖啡馆来。这咖啡馆里，原只有两个雅座，里面一个雅座已经人占有了，二人便坐在外面这个雅座里。积之坐下来笑道："我看还是老规矩，给你要一碗藕粉吧？"他如此说着，却听到隔壁的雅座里有人咦了一声。仔细听着，那边声音又复寂然。当然，自己说一句要一碗藕粉，这个无可惊异之处，隔壁人家那一声咦着，也许不是说自己的，这也就不必去理会了。伙计送着咖啡藕粉来，二人隔桌子相对坐着，慢慢地吃喝，桂枝不说话，积之也就没有说什么话。

屋子里寂然了许久，还是积之先开口道："过年过得好吗？"桂枝道："什么好？年三十夜，差不多让债主子逼死了。"她说到了穷，积之是无可安慰的，只得淡淡地说了一句道："这在哪一界都是一样的。"

只说完了这，彼此又默然了。桂枝不知不觉地将一碗藕粉吃完了。心想，再不说话，机会又过去了，这才嘻嘻地向积之一笑。积之看到人家笑，也就跟着一笑。桂枝道："你笑什么?"积之笑道："你笑什么，我也就笑什么呀。"桂枝红着脸，将果碟子里一块鸡蛋糕捡起来看了一看，可又依然放下。积之道："你要是想吃，你就吃吧，咱们还客气什么?"桂枝摇摇头道："什么我也不想吃，我不是吃东西来的。"积之笑道："你不是吃东西来的，为什么来的呢?"说时，偏了头向桂枝脸上望着。

桂枝笑得将头向手臂下藏了一藏，抬起来，正了颜色道："我有一句规规矩矩的话问你，你不能和哥哥分开来住吗?"积之一听这句话，就知道另有一层深意，便道："我要是经济能独立了，当然可以和哥哥分开来往。我哥哥对我虽是很严厉，但是由读书到现在，都是他一手携带起来的，我不能不服从他。"桂枝听了这话，许久不能作声，手上拿着舀藕粉的铜勺子，只管在空碗里画着。另一只手却托住了半偏着的头。她虽不曾说什么，看她那样子，知道她是充分地不高兴。积之因向她笑道："你的意思怎么样?"桂枝噘了嘴道："我有什么意思呢?"她答着积之的话，眼睛可是向空碗里望着。

积之道："你的意思我也明白，对于你对我一份厚意，我是二十四分地感激。照说呢，我立刻就要和你结下盟约，一同合作。可是我现在手上一点儿积蓄没有，我们若是合作起来，一定会和我哥哥翻脸，我的差事自然是要连带地丢掉，那么，我将来怎么办呢? 你若是相信我的话，请你等我三年，三年之中我一定想出个办法来。不过三年的日子未免太长一点儿，我说这话，你不以为是推诿吗?"桂枝依然望了那些碗，不在意的样子道："是推诿不是推诿，我哪里知道? 可是谁也不勉强谁，用得着什么推诿吗? 这半年以来，全是你对我这样说，对我那样说，所以我相信你，难道人家有女儿送不了人吗?"说着话时，脸色就沉了三分。积之道："你别生气，听我说，现在世路崎岖今天不知道明天的事，我这个差事究竟能够干多少日子，现在还没有把握，所以我约你三年。"桂枝突然将声音放重来道："这不结了! 你知道世路崎岖，没有把握，为什么约我等三年?"

这几句话驳得积之无话可答，他沉默了许久，才低着声音道："你

58

要知道我约三年的限期那是有意思的。假如说，我这差事能干三年，我每月极力地节省下来，可以多出五十块，每年六百，三年可到二千，以后就有办法。万一干不了三年，打个对折，也还可以节蓄一千块钱，那个时候，有点儿资本在手上，再去找出路，也比较胆大些，有了钱，什么事都好办了。你叫我现在和你约一个短的时期，到了日子我办不到，那岂不更糟糕？所以我把日子约长些。假如一年半载有了办法，当然一年半载之内就合作起来，那就用不着三年了。"桂枝红了脸道："你误会了我的意思了。我不是说时期迟早那两层的事，我是怕日子久了有什么变化，第一就是我妈，她不能是那样好说话，可以让我随便地说话，到了那个时候，她要我怎么着，我能够不怎么着吗？"

积之听了，就向她微笑地望着，看了有一会儿，这才道："什么叫怎么着？"桂枝微笑道："好好地说着正经话，你又开起玩笑来了。"积之道："不是我喜欢开玩笑，因为你的话是个开玩笑的资料，所以顺便我就说上两句。"桂枝低了头，玩弄着那个铜勺子道："我觉得我这就开通多了，要是早两年的话你要请我上咖啡馆来，杀我的头，我也不肯来呢。"积之道："多谢多谢，总算你肯赏面子，可是这个面子，要你赏到底才好！"桂枝道："怎么叫赏到底呢？"积之将手臂伏在桌上望了她，做个恳切的样子，正色道："这很容易明白，就是我要求的事……"于是笑了一笑道，"这话不是那样说，就是我刚才所说，订约三年的话，你看这件事怎么样？请你给我一个确实的答复。可以等，当然是千好万好。若说是世路崎岖……"桂枝下巴一昂道："哪！你又说出这种话来！你若是有一番真心待人，管他是不是世路崎岖，反正我就顺着这条路走，有关过关，有桥过桥，走到哪里是哪里。现在还没有动脚，你就怕前面走不通，那还行吗？得啦！我知道你的意思就是了。"她说着话，将面前放的一只碗和铜勺子向前推了一推，手扶了桌子站将起来。脸子绷得紧紧的，脸朝着房门，有个要走的样子。

积之连忙起身，走到房门口去拦着道："你千万别急，有话咱们慢慢地商量。"桂枝道："我出来了这久，怕我妈叫我，我得回去瞧瞧了。"积之伸着两手拦住门道："可是我们说的话还没有决定啦。再坐五分钟，行不行？还是像那天一样，再来一杯茶汤。"桂枝皱着眉道：

"我实在要回去，不能耽搁了，你不是说慢慢商量吗？那好办，我们慢慢商量就是了。"积之见她老是面孔向外，没有转身的意思，一定这样挡着她的去路，恐怕她误会自己有强迫的意思在内，便道："你若有事，我也不便强留，但是今天的话没有说完，或者是明天，或者是后天，我们再到这里来谈谈，你看好吗？"桂枝点着头道："好的。"积之笑着，抬了两下肩膀道："你这是随便说的话，没有诚意。你是答应明天来，还是答应后天来呢？而且……"桂枝正着脸色道："说来说去，无非是这些话，我来做什么？"积之道："我这又要问你了，为什么你答应好的两个字呢？"

桂枝也不觉扑哧一声笑了，便道："你不用问，现在我是将就着啦，你叫我什么时候来，我就什么时候来，我可不敢误卯呀！"说着又是一笑。积之看到这种样子，绝对是不能将她挽留下来的，只得放下来手，点着头道："言重言重！就是明天这时候，我们在这里相会，不见不散。"桂枝脸上带着淡笑，答道："好吧。"积之笑道："不行不行，你答应得这样随便，知道来不来呢？"桂枝道："那么，要怎么答应呢？"积之道："你要说就是那样办。"桂枝微点着头道："哦！就是那样办。"那句话最后一个字，却拖得极长。积之道："你瞧，你总是这样随便地答应着我，不过我知道，你是和我开玩笑，明天来是会来的。"桂枝也不再和他说什么了，一把拉开了他的身子，就跨步走出这雅座的门去了。积之为着把明天的约会订得更切实些，就跟着在她后面，一路走到门口。桂枝回转身来道："你别送，我不愿意你送。"积之笑道："不要我送，我就不送，可是……"桂枝笑道："我明天不来，你老等着吧。"说着一扭身躯走了。积之觉得她这个时候态度非常之活泼，自然心里也是很高兴的。她说明天不来，那正是会来，明天老早地来等她就是了。

积之如此想着，一头高兴，走回雅座开发点心账。自己还不曾跨进门，却听到隔壁雅座里面有一人叫了声"积之！"这声音一听就明白，乃是兄长厚之。这可奇怪，他是什么时候来的？大概刚才和桂枝说的话一齐让他听了去了。情不自禁地心房就卜卜跳了起来。正犹豫着，第二声积之又叫了出来。这真让他为难，然而如何躲闪得了呢？只得硬着头皮向隔壁雅座里走了去。

第七回

数语绝恩情闭门痛哭
一肩担道义酌酒商谈

　　甘积之和杨家老姑娘在乳茶店里这一种密会，自己料着很是安全的，不料偏偏地顶头遇着了兄长厚之。不用说，自己和老姑娘说的那一番话，完全是让兄长听去了。无疑地，兄长必定要大大教训一番。只是这种教训，在咖啡馆里听着，连带着会有一班旁听的，让人家讪笑起来，未免面子上难看。为了这一点，自己只有闪开为妙，到了家里去，哥哥要怎样地骂，就让他怎样地骂得了。他如此想着，也不管哥哥是怎样一副颜色，抢着会了乳茶铺的点心钱，低了头就回家去了。他到了家里，向书房里一溜，心里兀自怦怦乱跳，他心里想着，绝不要让哥哥如何大生气，哥哥说着什么时自己认错就是了。他枯坐在桌子边，两手托了头，只管去转念头，如何而后可以平哥哥的气，哥哥会说些什么，自己怎样地去认错。他如此想着，他心里十五个提桶打水，七上八下地幻想。可是甘厚之并不把这件事当了"紧急公文"，到了晚上九点多钟方始回家。积之等着哥哥的申斥呢，也还不曾睡。然而厚之回得上房，还自和嫂嫂谈话去，并不曾留意这件事。积之想着，大概哥哥以为彼此都是个五尺堂堂的汉子，不必让我太难堪，想着是已经不说了。这倒放下了一份心事，安然入睡。

　　到了次日起来，也依旧照常办公，心里深感侥幸，以为已经闯过这个难关去了。然而这一日下午回来，可发生问题了。女仆来说，太太请二爷到上房里去谈话。积之听说，料着有故，心里又怦怦跳了起来。甘太太坐在堂屋里一张围椅上，口里衔了卷烟，心境很是泰然，看到积之进来，却向他微微一笑。积之站在门口道："嫂嫂叫我有事吗？"甘太太用手指了对面一张椅子道："有话坐下来慢慢地说，你忙什么？"积之本来想笑出来，借着一笑就可以溜走了。然而甘太太的脸上已经没有了笑容，怎好闹什么滑稽呢？只得退后了两步，在对面椅子上坐下。甘太太喷着烟，又微笑了一笑，然后将两个指头捏着烟卷，用食指弹动烟卷上的灰，以便向痰盂子里落去。望了积之的脸，似乎有一句很可考虑的话要问出来的样子。积之虽然满肚皮都罩着疑云，然而在嫂嫂未说出什么话来以前，他自然也不便作声，嫂嫂的那一笑一看，真是闹得人窘极了。

甘太太很从容地道："你哥哥对我说，你和杨家老姑娘已经订婚了，这话是真的，我并非和你开玩笑。你觉得老姑娘不差，你就和她订婚得了。可是……"说着一笑。在这"可是"两个字之下，她把那句话忍耐下去了。积之也正色道："真的没有这回事。"甘太太道："你不要怪做大嫂子的用话来吓你，其实你没有和她订婚，那就很好！要不然，你哥哥会发脾气的。你为了那样一个人来牺牲你的职业，那未免不值。像我们这种门第，像你这样的资格，难道还找不到一个好媳妇？你别忙，准在半年之内，我和你找一位鲜花一样的人儿。可是有一层，你必得和老姑娘断绝了来往。"积之望了地上，很踌躇地低了声音道："根本上我就和她没有什么来往。"甘太太笑道："你又当面撒谎。你哥哥在乳茶铺里遇到了你，你是约了人家三年后再说呢！干吗约上这样长的日子？"积之明知无可抵赖，红了脸说不出话来。

甘太太道："你哥哥昨天回来，气得话都懒说的，我问了许多遍，他才说明了，恐怕他的意思就要下条子把你的事撤除了。我就劝他说，自己兄弟们，何必生什么气，有什么话当面说就是了。可是他说，他决计不和你说，说也无益，因为你是不肯听他的话的，何必白糟蹋那一口气呢？因为如此，我就对他说，这些话让我来转告你好了，免得兄弟两个人为了这些话倒丧失了和气。"积之听了这些话，简直无话可说，低了头只管不作声。后来还是甘太太道："你也不必为难，这话一说一了，只要你肯和老姑娘断绝了来往，你哥哥也就不咎既往。再说在一个月以

62

前，她已经让我们推辞得不再上门了。若不是你昨天去约会她到乳茶铺去，你们已经是不会有来往的了。老实说，这不都是你惹出来的麻烦吗？我不会说话，我只有这几句，爱听在你，不爱听也在你，言尽于此，你自己斟酌吧。"说毕，她抛掉了手上那一小截烟卷头子，又拿了一根烟卷燃着火重吸上了。她昂了头，靠着椅子背，微微带了一些笑容。

积之坐在堂屋子里，有许久许久的时候，突然想得了一件什么事情似的，站了起来。向甘太太作了一个揖道："嫂嫂，诸事都请你维持吧，我现在觉悟了，我照着你的话办就是了。"甘太太口里喷出一口烟来，向他微笑着。积之看事不妙，又再三地央告着。甘太太对他注视了许久，见他已有软化的样子，这才笑道："你果然是觉悟了，我自然会帮你的忙，你放心好了，我决不让你为难的。"积之见嫂子说这话时，态度是很诚恳的，料着不会戏弄自己，而且哥哥的事嫂嫂能做八成主，嫂子说了这话，那比哥哥说的还要灵些，这也就大可以放心了。

不过为了这样一个重大的警告，他软化到了二十四分，只得由衙门里回来就向书房里一缩。整整有一个星期之久，也不敢走出门来一步。老姑娘心里这就有些着急，什么事把他得罪了，在那天会面之后突然和我不见面呢？难道说，那天和我说的言语全是一篇假话吗？她如此想着，这个疑问就更加深了。她照着以前的办法，当四点多钟的时候，就到大街上去迎候着积之，以便在路上谈话。不料积之的行踪大为变更了，直到五点钟的时候还不见他回来。冬日天短，到了五点钟，天色已经漆黑了，老姑娘纵然有那静等的决心，可是时间上也不许可她。所以她连等两天，都是垂头丧气地走回去了。

到了十日之后，她有些不耐烦了，等着甘家一个女仆出来买东西的时候，两下相遇着，她就笑道："王妈，去年你和我做了不少的事，大年下，我也没有给你钱花，实在对不住。"说着，在身上摸出两张毛钱票就塞到王妈手里，笑道："我也没有什么东西送你，你别嫌少，拿去买一包茶叶喝吧。"王妈无缘无故接了她两张毛票，倒不知人家命意之所在，可是人家给钱总是好事，笑着向桂枝请了一个安，连声道谢。桂枝笑道："你们家那些口子，上上下下，就是你一个人，也真亏着你忙啊!"王妈道:"做惯了,倒也没有什么,我很自在的。"桂枝道:"你们老爷常在家吗?"王妈道:"老爷总有大半天不在家的。"桂枝装出很自然的样子,一点儿也不犹豫,向王妈问道:"你们二爷呢?也是大半天不在家吗?"王妈听到她提上了二爷,向她脸上望着一笑,她眼睛下的鱼尾纹皱着叠上了几多层,笑道:"大姑娘,我和你说两句话,你可别生气。"桂枝听了这话,心房就扑通跳了一下。然而她的态度却依然很是镇静,笑道:"你二爷的事,我生什么气呢?"王妈看她很不在意,就把老爷回来如何和太太议论,议论之后,太太如何劝老爷,如何老爷告诉太太把话来吓二爷,如何二爷认错,要和老姑娘断绝来往,一头一尾详详细细地向桂枝告诉了。

桂枝听了这些话,只气得脸上红一阵子青一阵子,却笑道:"那是你们老爷太太多心。我一个大姑娘家,要和爷们儿来往些什么?这话就是这样一说一了,以后可别跟别人说了。"桂枝说到这里,嗓子哽着,什么话也说不下去了,掉转身躯就向家里走。到家以后,恰是母亲不在家,她将房门一关,倒在炕上,两手扶着一个大枕头,哇的一声就哭将起来。自己也不明白是何缘故,伤心到了二十四分,紧紧地搂住那个枕头,只管哭个不歇。过了一会儿,江氏由后面院子回来了,在屋子外面就听到桂枝呜呜咽咽的哭声,先就吓了一跳,及至走到屋子里来,那卧室门已是双扇紧闭,推了两下,那门也不见开。江氏想着,这可奇了,大正月里的,我既不曾说她什么,别人也没有什么事得罪了她,为什么这样大哭起来呢?于是砰砰砰乱捶着门道:"喂!开门啦,孩子,你怎么啦?"桂枝哭的时候,只想一口气哭了出来,泄出胸中的积愤。至于有什么人来听到没有,这一层她却不曾加以考虑。这时两扇房门捶着响,她才忽然想到,这样大哭而特哭,母亲岂不要追问一个缘由?而今母亲来了,这哭声还是停止不停止呢?若是停止呢,哭可以随便停止,哭得未免无理由。若是不停止呢,紧闭了两扇大门,闹得母亲不知所云,倒要大吃一惊起来。她伏在炕上,一时想不出一个妥当的主意,却哭得更厉害了。

江氏乱捶着门道:"怎么了?怎么了?倒是打开门来和我说个清楚明白呀。"说时,又连连地捶了几下门。因见门不肯开,便道:"你开门不开门？你不开门，我就要到后面把赵连长请来，捶开这门了。"桂枝听到要把赵连长找来捶开门，这可是与颜面有关的事情，先且不开门，在炕上跳起来答应着道："你发了疯了吗？为什么把外人找了来？"江氏道："你这孩子倒真是发了疯了，开口就骂人，连我也骂上了！"桂枝也不再说什么，跑了过来，扑通几下将房门开着，然后扭转身又向炕上一躺，面朝了墙角，并不作声。江氏看了她这情形，真有些莫名其妙，手扶炕沿，俯了身躯，凑着她面前问道："你这是为什么？"桂枝在身上掏出手绢来擦眼睛，窸窸窣窣地哭着，还是不理会母亲。江氏道："你说不说出原因来？你再不说，我可急了，你是受了人家欺侮呢，还是别的事情呢？"桂枝道："什么事情也没有。"江氏道："什么事情没有，你为什么这样哭着闹着？"

桂枝一想，这话若不和母亲说明白了，恐怕母亲会疑心到什么不妙的事情上去。因道："我什么事情也没有，就是那甘家一家人，狗眼看人低，他瞧我不起。"江氏这才明白了，她原来是为了与甘家闹脾气，因道："我们早就没有和他来往了，你怎么还会和他们闹脾气呢？"桂枝只用手绢擦着眼泪，并没有作声。江氏道："这可怪了，久无来往的人，你倒会因为他们这样哭起来，这也没有什么关系，以后我们永不来往就是了。为了他们来哭，那犯得着吗？"桂枝怎么好去答复她这句话，只有继续地忍住了眼泪，低了头坐在炕上。可是她这样受气，江氏心里却很快活，她以为桂枝所以不愿意答应赵连长的婚姻，就是为了有个甘二爷把她牵住了。现在甘二爷和她断绝了来往，再要提赵家的婚事，她也就不再推辞的了。

江氏如此想着，心中倒反而十分欢喜。当天她也不说什么，过了一天，她闲闲地和桂枝谈话，又说起赵连长为人甚好，看看桂枝的态度如何。桂枝虽没有加以赞成，却也不加以反对，只是微微一笑。江氏看了这种情形，却又增长了几分把握。过了一天，江氏等着赵连长回家来了，便装着来打听关连长，到后院里来和他谈话。赵自强笑道："老太太打听关大哥，这算打听着了。我今天请把兄弟在家里喝春酒，回头来了，我让他到府上去坐吧。"江氏便道："新年大正月的，我也应当请他吃点儿什么，劳驾，请赵连长给他说一声儿，我在这里等着啦。"赵连长哪知道她会有什么文章在里面的，自然就答应了。

约莫有一小时，关、殷、田三个连长陆续地来了。赵翁笑着将大家一一安排妥当了，笑道："我看到你们哥儿们这样人强马壮的，我也是十二分地高兴，但是每回你们在这儿笑着闹着，我十分欢喜，可是你们都走了之后，我又十分地寂寞，倒不如你们不来了。"殷得仁搔着头发，微微地笑道："老人家都是喜欢热闹的，我就不那样想，根本不图个什么热闹，自然也就不知道什么叫作冷淡。"赵翁笑道："因为如此，所以你不娶连长太太了。可是你扛枪杆儿的时候，可以不要太太，到了将来告老还乡的时候，你还是不要太太吗？你看我这样大岁数，只剩孤单一个，住在这半乡半镇的地方……"他说到这里，怕儿子有什么误会，看了一看，他微笑道，"这话可又说回来了，我就是怕孤单了，才搬到这里来，好靠近自强。你现在没有娶亲，哪来的儿子？将来到了我这大年岁，看你寂寞不寂寞。"

田青在军服的小口袋里拿出一条小小的白手绢来，放在膝盖上，折叠个不了，脸上倒微微地放出笑容来。赵翁以为他有什么议论，手摸了下巴底下的长胡子，望了他道："田连长，你的年纪最轻，我说的这些话，你一定入耳吧？"赵自强怕父亲谈来谈去，又会谈到自己的婚姻上面去，口里连连地道："菜端来了，大家吃饭吧。"他说着话，就忙着在中间屋子里桌上陈设碗筷，铺摆椅凳，闹成一个没有工夫理会他人说话的神气。那小林看到连长在家，做事是格外地殷勤，已是将几盘冷荤先行端到桌子上来。赵自强向首席酒杯子里提着壶先斟下一杯，口里先道："关大哥坐。"

这样一来，大家只有停止了谈话，坐下来喝酒。赵翁父子先坐了主位，大家也就不能不坐下。赵翁举起筷子，向各冷盘子里指点了一阵，连道："请请请。我也没有预备什么好菜，不过大家聚会一下，取个乐儿。假使各位高兴的话，不妨豁上几拳。"赵自强向赵翁微笑道："你又想闹一场醉，何苦呢？这几天，我心里老是不高兴，听说锦州丢了，枪子儿没放出去一个，又丢掉一大片国土。走到外面去总听到人说，你们东北军扛着枪杆总是向后转的，我就气得死去活来。我不是个师长，也不是旅长，我有什么法子？若是我至少是个团长，我也要带了一团人和日本见个高下。纵然说我违抗军令，至多也不过拿我去枪毙，有什么了不得？"殷得仁端了酒杯子，昂头一饮而尽，放下酒杯子，又用手按了一按，表示他那十分沉着的样子，望了赵自强道："你这话对的。我是什么也不怕，无论做什么，只求干个痛快！海阔天空，我就是一个光人，无论要干什么，我也敢放了手去干一番。你不像我，还有个老太爷呢。"

赵自强听了这话，偷眼看了赵翁一下，不敢再说什么。赵翁右手端了杯子，左手拧着几根长胡子，微微地笑了一下道："你不觉得我说这话是假话，我就说了。拿儿子去当兵，那就是把儿子送给国家的一件事。不瞒诸位说，我自小就好瞧个鼓词，可是哥儿姐儿的那一套我不爱瞧，什么《精忠传》啦，《三国演义》啦，《七侠五义》啦，最是对我的劲儿。我总想让自强轰轰烈烈干一番，别的我倒是不挂虑。"田青向殷得仁笑道："老太爷说的还是英雄主义，这年头儿，人要平凡，英雄是在打倒之列的。"赵翁放下了酒杯，两手扶了桌沿，头向前一伸，望了田青道："老弟台，你怕你说的那个我不懂呢？我早就知道多着啦。我在城里住着的时候，左右的几家街坊，他们的少爷在大学堂里读书，常常是谈起这一套，我都听腻了。中国哪有英雄，有英雄也不会把国家弄得这个模样儿，现在望一个能替国家担担事的人，还都没出世呢，还要打倒这个，打倒那个，田家兄弟，你年轻，也喜欢说这些新鲜话。"田青笑道："我倒不是说新鲜话，我是佩服老太爷还有这样高尚的志向。"殷得仁举起酒杯子，高过于顶，大声道："老太爷这话不错，我们恭贺一杯。"

大家听了，也就真个齐举着杯子干了一口。关耀武坐在赵自强对面，向他点了两点头道："你老太爷倒有这样高的见地，不易，不易！若是你能对一头亲事，给老太爷抱一个孙子，我想老太爷更要放了手让你去做了。"赵自强提起酒壶来，隔了桌面向关耀武斟酒。他两手捧了酒杯子来接着，赵自强笑道："我这杯酒是向你特意敬的啦，我希望你以后别劝人学你的样。"关耀武接着酒，各自归了座位，他就笑道："你觉得我一个媳妇，跟了一大群孩子，够我受罪的吗？"赵自强笑道："我倒不知道，你自己觉得怎么样呢？"田青将一只手乱摇着道："你两人全计较的不是那一件事。男女婚姻，要以爱情为转移，不能在爱情以外去找目的……"

殷得仁筷子上夹了一块鸡骨头，向他一挑道："你得了吧，你以为娶媳妇的都是你那个路数呢？"田青笑道："当着老太爷在这里，这话可得分个明白。你说不能照着我的路数，我有什么坏路数不成？"殷得仁夹了鸡骨头在口里咀嚼着，只管向田青微笑。田青更急了，笑道："你这话得说明，我究竟是什么路数？"殷得仁喝了一口酒，将胸脯挺起来，向了田青望着道："我老大哥就直言无隐了。就是照着爱情说话，彼此相恋，谁也不能光享权利，谁也不能光尽义务。可是我只看到你请黄女士吃馆子瞧电影，可没有瞧见黄女士请过你。只看过你送黄女士的东西，没瞧见黄女士送你的东西。只瞧见你给黄女士提大衣，扶手膀子，没瞧见黄女士……"赵自强叉着手拦住来道："你这话又是外行话了。你以上所说的，那都是恋爱原则上规定了的。"殷得仁道："那么，男女恋爱未免太不平等了。"

赵翁哈哈笑道："我来说一句实话吧。现在许多女学生没有嫁丈夫以前都说守独身主义，可是有人来做媒，她就不守独身主义了。男人的意思又何尝不是这样，找不到女人的时候，就守独身主义，找得到女人的时候，就要组织家庭了。"这一说，大家便哈哈大笑起来。

殷得仁一拍巴掌道："我敢起誓，我决计不娶亲。到了老来，我还有侄子家里可去，我就在侄子家里养老得了。"关耀武笑道："我那些儿子，总也算是你的侄子，你打算靠他们养老去吗？连我自己还不知道靠谁养老呢，你倒是愿靠他们养老吗？"这句话自然问得殷得仁很窘。可是他毫不在意，将手一拍胸道："我们当兵的，两只肩膀挑着一个忠字和一个义字，天职就是流血，流血是家常便饭，在这种情况之下，我们要家庭做什么？干脆，一个人留着两只手扛枪杆得了。"三位连长听了这话，精神都很是兴奋，情不自禁地脸上红红的。只有赵翁端了酒杯子喝酒，手摸了胡子，却是默然无语。关耀武笑道："别说了，老太爷看着这种样子，有些说大话救命了。"赵翁摇摇头道："你看到我没有作声，以为我不赞成你们这些话吗？那可不然。我觉得当军人的人，都应该替国家挑挑担子。譬如我们当米店里掌柜的，都应该去和东家挑挑担子。要这个样子，才对得住平常捧着人家一只饭碗。俗言道：养兵千日，用在一朝，平常要你们干什么？不就是除了上操而外，要你们知道怎样保护国家，挑着一副什么担子吗？我不作声，我是另有一个念头。"说着，又端起酒杯子来，在杯沿口慢慢地抿着酒喝，心里有一句话，想要说出来。他另一只手摸了几摸胡子梢，再转了一个念头，把他想说的话又忍了下去了。

田青心里想着，今天到赵家来赴春饮，是要引着老太爷开心的。现在大家说的话，老太爷表面虽愿意听，心里可感着难受，这样地只管说下去，大家要闹得不欢而散的了。于是在赵自强面前，拿过酒壶来，摇摇着沙隆沙响了几下，站起来笑道："我应当敬老太爷一杯酒，但不知老太爷可赏光？"赵翁道："我倒是可以勉强喝一杯，但不知道自强可让我喝一杯？"赵连长将父亲面前的酒杯子拿过来，接着田青的酒，笑道："家父今天很高兴，三位敬他老人家一杯得了，可是只能敬他老人家一杯。要多敬几杯的话，那可只好让我代表了。"田青笑道："这么着吧，我放肆一点儿，和老太爷来豁两拳，酒还是让赵连长代喝。大家看着这个办法，妥当不妥当？"说着，一面卷起袖子来，一面向殷、关两人使着眼色。赵自强在一边看到，早就明白了他的意思，因道："好吧，豁豁拳，也可以热闹热闹。"说着，回过头来向赵翁道，"老爷子，你就跟他们豁几拳吧。他们欺侮你老呢，你就和他们豁上几拳。"田青站着，依然不曾坐下去，伸着手连连向赵翁伸了几下道："老太爷来来。"好喝酒的人对于有人提倡喝酒，那总是赞成的，也就伸出手来，向田青对挥着。接着就五呀六呀，高声大喊起来。赵翁的拳豁得很不差，十拳之间田青输了七拳。于是殷得仁、关耀武说着向前线增援和赵翁接着交战起来。这一阵大大的热闹，把赵翁一大肚子牢骚完全遮掩过去。

酒席吃过了，赵自强就向关耀武道："你不到前面院子里去坐坐吗？"关耀武并不知道江氏有到这里打听消息的事情，赵自强忽然叫他到前面院子里去，他心里忽然一动，想到何以有这样一个动议？莫非要我去和他说媒吗？他倒是怕别个人注意，于是向赵翁道："我一进门就吃着喝着，前面我那亲戚家里还没有去过。现在我该去拜个晚年，要不然人家现在家道贫寒，倒要说是我瞧不起人家了。"他说着这话，已经站起身来向外面院子走去。他这一去，就发现了无数的曲折文章了。

第八回

愤语激青年辞官遁去
热心怜少女挟纩亲来

赵自强在酒酣耳热之际，忽然转着话锋，提到了前院的杨老太太。关耀武觉得他这个提议不能是毫无意思的，因之立刻就到前面院子里来会江氏，在院子里先叫了一声拜年的来了，然后推着门走进屋去。江氏迎出来笑道："表哥来了，桂枝快沏茶。"桂枝应声走出来，她今天穿了一个簇新的花点子旗袍，照着旗族人家规矩，依然还拖了条长辫。在额头前面，她长长地留了一剪刘海儿发，这很可以表示，她虽是二十以上的人，依然还保留着她的处女之美啦。因为她脸上虽也和别个旗族姑娘一般涂抹着很浓厚的脂粉，但是她的皮肤却较之普通人细腻得多，一笑起来，在红嘴唇里露出两排白牙，这都不是其他二十岁以上的姑娘所能有的美态。关耀武和江氏鞠着躬拜了年，又和桂枝抱一抱拳头。心里立刻就想着，有这样好的姑娘，而且粗细事情都能做，我们把弟还有什么不想的，只是有了院邻这一层关系不好开口罢了。这话又说回来了，像表妹这样的人才，至少也要嫁个赵自强一般的人才对得住她。

在关耀武这样进门的一刹那之间，他望着桂枝的脸上，已是连连地转了好几个念头。桂枝看他如此注意，倒有些不好意思，不由得先低了头，提了茶壶斟着茶道："怎么回事？表哥今天老望着我，我今天脸上还有一些什么特别的地方吗？"关耀武笑道："我会看相，我看你脸上鸿鸾星照命，喜信要动了。"桂枝端了一杯茶放到旧的茶几上，推到他面前来，一面鼓了嘴道："大正月的挑好的说吧。"关耀武索性偏了头望着她道："鸿鸾星照命，这句话还坏吗？你知道什么叫鸿鸾星？"桂枝摇着头，将耳朵上两只长耳坠子摇摆得在脸上打了几下，鼓了嘴笑道："我不晓得。"说完了这四个字，她就走进里面屋子里去了。江氏和关连长隔了一张椅子坐着，将茶杯又推了一推笑道："到我们家来，真是怠慢得很，吃没有吃的，喝没有喝的。"关耀武道："吃也吃了，喝也喝了，现在都用不着，我是特意拜年来了。"

江氏说着话时，手只管在身上去掏铜子，笑道："不吃不喝，烟卷总要抽两根。"关耀武连连摇着手道："烟卷也不要抽，等着我们表妹出阁的日子，我再来喝你一杯喜酒吧。"江氏笑道："你老是提到这句话上来，还是真有心跟你表妹做媒呢，还是开开玩笑的？"关耀武道："真的呀！怎么会是光开玩笑呢？"桂枝一个人坐在屋子里炕上，两手正互相剥着指头，听外面说些什么。现在听到关耀武说真个做媒，这就不由得她心里扑通跳了一下。于是坐着靠近了墙一点儿，侧了耳朵再向隔壁听了去。这个时候，关耀武的声音忽然小了起来，唧唧哝哝，不知他说些什么。因为他的声音小了，于是乎自己母亲的声音也小了。仿佛听到江氏这样说了一句："我们还有什么不愿意的呢？"桂枝听了这句，心里头更是怦怦乱跳。不过自己没有把话听出个头绪来，究竟是不是说到自己头上还不得而知。在这个暧昧的情形之下，就是要反对也反对不得，若是母亲不承认时，倒要说是自己多心，做姑娘的人对婚姻问题多心，这可是不体面的事。因之自己在这想听而又不便公然听的时候，就横躺在炕上，侧了脸，静静地睡着，事实上她可是在听屋子外面人说话。不过外面屋子里两人说话的声音已经是越来越细，索性是连一个字都听不出来。这种态度很明显表示着，这两个人说的话是瞒着自己的。自己虽不能干涉人家，但是心里头更觉得难受。

关耀武谈了很久的话，然后才大声了一句再会，就这样走了。桂枝心里揣摩许久，觉得这一席话，必定与自己有莫大的关系。这一天是晚了，来不及做什么主张。到了次日，起了一个早，打开大门，在街上一站，见甘家双扇紧闭，还不曾开门，想必积之不曾出门。自己就两手向胸前一抱，靠了门墙站定，两只眼睛如放出两道电光一般向甘家的大门注射着。不到半小时之久，那门呀的一声开了，甘积之满脸笑容由里面走了出来。他一掉头，已经是看到了桂枝。然而他装作不知道，将大衣领子突然向上扶起，遮住了两边脸子，打算径直走去。桂枝立刻跑着跟了上去，抬着手在空中连连招了几下道："甘二爷，甘二爷，公忙呀！说两句话，成不成？"

积之这不便再装模糊了，只得停住了脚，回转身来，向她点着头道："老姑娘起来得真早。"桂枝道："这一程子，二爷出门去非常之早，回来又非常之晚，为着是躲开我吗？"积之笑着连道："不是不是！不过我公事实在忙得很。"桂枝道："公事忙也不至于忙得这样早去晚归呀。衙门里办事不是有一定的时候吗？"积之笑道："不过近来的确事情忙一点儿。"桂枝也不去追究这个问题，跟着身后和他一直地向前走着。把海甸的街道都走完了，桂枝突然地站住了脚重声道："别走了，二爷，我有两句话说。"积之向她笑道："你没有说什么，倒先有生气的样子。"桂枝道："老实说，我心里早就有气啦，不过不敢发出来罢了。我听说二爷怕丢了官，所以不敢和我见面，这话是真吗？"积之道："上次我们在乳茶铺里谈话，我已经把许多话都告诉你了，现在你还不明白吗？"桂枝道："我明白，你是怕得罪哥哥，得罪了哥哥，事情就靠不住。不是我说句藐视二爷的话，像你这样一定靠着哥哥吃饭，一点儿事情也不敢做主，那倒不如干干脆脆和我断绝了关系的好。因为你没有哥哥，就没有饭吃，别的事情哪里谈得上呢？你别以为你是个二老爷，比我们身份高了许多，可是我们虽然不成，自己还凭着自己十个指头吃饭，若是像你那样靠定了一个人，我们未必靠不着，而且老早地就发财了。哼！你瞧不起我，我才瞧不起你呢！"

这一阵冷嘲热讽把积之臊得满脸通红，对人是一句话也说不出来。桂枝冷笑道："你也没有什么话可说了。你说的等你三年那句废话，留着去骗别人吧，我不爱听了。我今天是特意来找着你，回你一个信。"说毕，桂枝并不等他的回答，就这样走了。积之站在路中间，望了桂枝背转去的后影，觉得她后脑勺子都僵直起来，那是气极了的表示。心里这就想着，自从认识她以来，向没有听到她说这种严重的言语，今天用这种话来指责，当然是她气极了。然而她说的话并不算过分，自己实实在在是靠着哥哥过日子，是哥哥身上一个寄生虫，她藐视我那是应该

72

的。这话又说回来了，她是一个看得起我的人，都是这样藐视我，此外的人对我的议论那是可想而知。我决不能就坦然受之的，让人家去这样蔑视。我一定得奋斗一下，做些成绩给人看看。

他这样一路地思索着走到衙门里来，办事自然没有精神。厚之看到了，却把他叫到局长室里去，当面教训着道："这是衙门里，不是家里，在这里拿薪水的人，都要打起精神来做事，若是每天只写个到，在这儿混一阵了事的人，我用他不着。谁要这样办，谁就跟我滚出去。"厚之坐在公事桌边，两只手按了桌子瞪了两只大眼望着人，做出那全身用力的样子来。积之只好垂了两手，直挺挺地站在角边，等候哥哥将话骂完。不过厚之最后的一个滚字，却不是他所能忍受，红着脸道："我也并没有犯什么重大的错过，何至于就犯上一个滚字？"厚之一拍桌子道："我叫你滚，你有什么办法？"积之也不再说话，立刻走了出来，回到自己办公事的屋子里取了一张稿纸，匆匆地在桌上写了一个辞呈道：

敬呈者积之备位属员，奉公守法，自信无甚过错。而局长屡加斥责，不假辞色，反躬自问，其道莫由。或者因积之有因人成事之嫌，乃蹈局长内举避亲之戒，为抽薪于釜底，遂煮豆而燃箕，壮士断腕，自非得已。积之束发读书，尚知自爱，雅不愿以一枝之寄而受三字之冤，特此具呈，请免除科员本职。既保留积之之人格，亦稍释局长之重负。临颖不胜惶恐之至！敬呈局长甘。

科员甘积之谨呈

积之誊写好了，交给听差，让他送给局长，自己穿上大衣立刻走出衙门，向回家的路上走来。他到了此时，觉得海阔天空，到什么地方去都可以，绝不受任何人的拘束，心里痛快得多了。回到家里，什么人也不去理会，很快地就去检理箱子，捆卷行李。他在屋子里收拾了有一个钟头之久，老妈子进来送开水才看到这种形状，也很吃惊地问道："二爷，你这是做什么？"积之微笑道："到哪儿去吗？这个连我自己也说不定。"老妈子道："说不定到哪儿去，为什么搬了走？"积之笑道："难道这一点你都不知道，这里并不是我的家呀！"他两人在屋子里说了许久的话，甘太太在上房里，略微听到一二句，这就很是诧异，立刻走到积之屋子里来看个究竟。这时积之在床底下取出一个白藤丝大提包，将桌上的零碎用具，一件一件地用报纸包着，向藤包里塞将进去。甘太太道："呀！二弟，你这是怎么了？"积之这才站定了向嫂嫂笑道："嫂嫂大概还不知道，我已经向哥哥辞职了。我既然辞职了，我要表示从今以后不做寄生虫起见，我得今天搬进北平城里去另找新生命，去营我的独立生活。"甘太太望了他，做了许久迟延的样子，才道："你这话是真的吗？"积之笑道："嫂嫂也不看一看，我什么东西都预备好了，这也不像个说谎话做圈套的样子啊！"

甘太太听他今天说话的声音已不是往时那样和气，就知道积之也下了不合作的决心，绝对不是假话，便向积之道："你在局子里和你哥哥发生了冲突吗？"积之淡淡地笑道："这也无所谓冲突，他是局长，我是属员，照理我应当受他的申斥的。"甘太太道："你何必这样地决绝呢？有什么话，总可以慢慢地说得清，若是你哥哥错了，他回来之后，我可以替你评评这个理。若是你错了，你哥哥随便说你几句话，那也不要紧。无论你怎样委屈，总等你哥哥回来再说。"积之摇摇头，笑道："我不想见他了。见了他的面，无非是再教训我一顿，我又何必那样贱骨头？"他说着话，又把桌上的东西连连地一阵收拾。甘太太道："你真的要走，我们也不能拦住你，只是你兄弟二人究竟为了什么事起交涉，我并不知道，总应当让你哥哥回来了你再走，我也有个交代。"积之板住了脸道："嫂嫂，你以为我做了什么不正当的事情，背了哥哥逃走吗？如果是这个样子说，我就在这里等两个钟头，等哥哥回来再走。只是有一层，我是要走的人，请你对哥哥说，不要再骂我就行了。"甘太太真不料他今天的态度会强硬到这种样子，红着脸道："好吧，等你哥哥回来了，我这样和他说就是了。"说毕，她走开了。积之依然去收拾行李。

果然，不到两小时之久，厚之就回来了。厚之一回到上房，甘太太就迎着他叽叽咕咕说了一阵。大概是把积之的话转达了，因之上房里也就一切寂然，并没有听到什么声息。积之就走到院子里来，对了上房的窗口喊道："嫂嫂，我走了。哥哥回来了，你可以证明一下，我并没有做什么坏事吧？"厚之在屋子里依然没有说什么，却是甘太太由屋子里走了出来，放出很和蔼的样子来道："二弟，你就不必走了，这话就这样一说一了，明天你依然到局子里去办事。只要你下次不和你哥哥再闹别扭也就行了。"积之冷笑道："下次吗？我自己也不能和我做那个保障。"他说到此处也不再说了，自己到街上去叫好了两辆人力车子，把铺盖行李一阵风似的搬出了大门。甘家的男女仆人没有主人翁的话，当然也不敢拦阻他，让他从从容容地走出了大门。积之存心是要气他哥哥一气，将拖行李的车子全放在大门口，自己却走到对过大门里来向杨家母女辞行。

恰是这天下午，杨氏母女都出门去了，他喊了一阵，惊动了后院里的赵自强。他一直地迎到大门口来，问道："哦！是对过的街坊，找杨老太太有话说吗？"赵自强是个不留心的人，甘积之是个留心的人，他记得有一次在大门口遇到这个赵连长，曾瞪了他一眼。从此以后，桂枝就和自己丧失了感情，在这里面，似乎赵连长有些作祟。现在见了他，不觉酸甜苦辣，一切的味儿都有了，因故意装着笑容道："没有别的事情，只是我有一件不得意的消息。要告诉杨老太太，就是我怕人家说我靠了哥哥吃饭，我已经把差事辞掉了。现在我带着行李，离开了家庭，到城里去找事。"赵自强哪里知道他有什么用意？觉得这个人倒还有些志气，便道："甘先生到城里去寓在什么地方呢？"积之心想，让他知道自己的地址也好，他若是转告了桂枝，桂枝若同意于我的话，她一定还会到城里去找我的。便道："我现在是个穷措大了，当然住不起旅馆，也不愿意去吵闹朋友，我就住在川东会馆里。赵连长进城顺步的时候，可以到我那里去玩玩。"说毕，取下帽子点个头就走了。

赵自强根本不知道他和桂枝发生了爱情，关于他三角恋爱的那个疑团更是做梦也不会想到。以为他来告诉人丢了差事，还是乞怜的意思，哪晓得他是一种气话呢？当天时候到了，他不曾等着江氏母女回家，就已回营去。第二次是三天以后才回来，一进门，在前面院子里遇到了江氏，打过招呼之后，就告诉她道："对过甘二爷上次到这儿辞行来了。

75

他的差事丢了，你知道吗？"江氏笑道："我们不过也是一个平常街坊，没有什么来往，他的差事倒丢了。"说着，向赵自强身上打量了一番。心里可就想着，为什么要你报告我们这样一个消息呢？大概甘二爷丢了差事，他心里是很得意了。江氏心里如此想着，她并不去和桂枝说。她想着甘二爷的一举一动，姑娘都是知道的。这次且不说破，看姑娘还是知道不知道。

这个时候，桂枝的确也注意积之的行动，以为那天用那种气话去刺激了他一番，他多少总有一个回响的，且静候两天，看他情形如何。不料直候一星期之久，并不见一点儿消息。不得已，还是用上次那个法子去向甘家的女仆去打听下落。据女仆说，有一天，二爷由衙门里回来，收拾铺盖行李就走了，看那样子，好像是和老爷生气，但是老爷在家里什么话也没有说他。据我们太太说，老爷把他荐到城里去了，他已经有了好事情呢。桂枝道："是哪一天走的呢？"女仆道："仿佛是元宵节那一天，那天吃元宵，家里短少了一个人啦。"桂枝一想，正是元宵节那一天曾用话去刺激他的，不料他当天就走了，这分明是他进一步地躲开我了。心里这样想着，也就不必再盘问什么，径自回家了。

这次回家，也像上次听了老妈子的消息一样，恨不得立刻就关上门来痛哭一次。只是母亲正在凳子里做活儿，不容她再哭，因之伏在外面茶几上装打瞌睡，极力地把眼泪忍耐住了。江氏在屋子里看到这种情形，料着她又是犯了什么心事，心里便想着，正好借此做最后的努力，话里套话探探她的口气怎样。便道："老姑娘，你把绳子上晾的两双线袜子拿了进来。那都是赵连长的，我得给人家缝一缝。"枝枝没有说什么，拿进两双袜子来，向炕上一扔。江氏道："这点儿事还要我做啦，你就找两块布，给赵连长缭上袜底吧。"桂枝将袜子拿在手上看了一看，因道："袜子底并没有坏，好好的加块底做什么？""江氏道："你不知道，赵连长是个会过日子的人，他知道每天上操场总是难为鞋袜的，所以赶紧先补上底。据我看，这个人样样都好。"桂枝也没有说什么，在破木橱子里抽出一只抽屉，在里面翻拣了一阵，拣出两块布，就在炕上开始补起袜来。江氏见她始终是不肯开口，有话也简直没有法子向下说，心里也就不住地转着念头，要如何再提上心里一套要说的话。约莫

76

有一小时之久，桂枝把四条袜底都快缭补起来了，江氏依然不曾把心里要说的话说出。

就在这时，听到院子里轻轻地有两声咳嗽，接着有人问道："前后院全没有人在家吗？"桂枝放下针线，立刻把门开来一看，只见一个二十附近的姑娘穿了一件枣红大衣，头上戴了白绒线的帽子，脚下是长筒袜子黑皮鞋，很像是个女学生，便道："你找哪一家的？我们这儿姓杨。"那女学生看她也是个姑娘，说话又很客气的，便道："请问，这儿不是有一家当军人的赵家吗？"桂枝道："对的。赵连长的老太爷住在这儿。"那女学生道："我刚才到后院子里去了，看不见一个人。"桂枝道："他们家主仆两个进城去了。"那女学生踌躇着道："这样远的路，要我空跑一趟，真是不巧得很。"桂枝看她胁下夹了一个大包袱，便道："你若有什么话，我可以替你转告一声。若是不要紧的东西，放在我们家也不要紧，我们给你转交就是了。"那女学生道："我这包东西就是托赵连长转交的，又转一道手……"说到这里，她很现出犹疑的样子来。江氏在屋子里迎出来道："这位小姐贵姓，是由城里来的吗？"她答道："我叫黄曼英，一提起来这里赵连长就知道的。"她说着，有个转身要走的样子。江氏道："这样大冷的天，你由城里跑来跑去，怎受得了？依我说，你可以在我们家里稍微歇一会儿，喝碗热水再走。屋子虽是不干净，倒是很暖和的。"

黄曼英看到人家这样子客气，一定拒绝了不进去坐坐，似乎也是太不给人家面子了，只得点了头，笑着走进人家屋子里面来。桂枝也是和这位黄小姐有缘，三言两语谈得很投机。黄曼英早是听到田连长说了。赵连长心目中有个爱人，是同院居住的杨家姑娘，大概就是这位姑娘了。女人们总喜欢和自己的爱人谈别人家的爱情，同时也喜欢看别人的爱人，这虽是与自己毫无干涉的一件事，但是觉得是一种有趣味的事。黄曼英始而是为了好奇心的冲动，要和桂枝谈谈，及至谈得久了，觉得桂枝为人也很不坏，就把那个白布包袱打了开来，却是一件灰绸的背心和两双毛线袜子。黄曼英笑道："这件坎肩里面装的是丝棉，是我自己缝的，这两双毛线袜子，我自己结了一半，请人家代结了一半。这些时候，田连长因进城路远，营里事忙，总没有去得成功，他写了信给我，叫我交到赵连长家里。只是他没有约个日子，我也不知道哪天送来为妙，因之把东西赶着办成功了，今天就跑了来。至于扑一个空，我倒是想不着的事。"桂枝道："这都是黄小姐和田连长办的吗？"

黄曼英听了这话，倒有些不便直率地答应，伸手理着头发只管微笑。桂枝道："这不要紧，你放了下来，我们交给赵连长，这就转到田连长手上去了。我们知道这是要紧的东西，绝不会弄坏的。"黄曼英笑道："你那样说，我这人也未免太小气了。这东西掐不了一片下来，咬不了一块下来，我还有什么不放心？"她说着将包袱卷了一卷，放到炕上，起身就有要走的样子。桂枝忽然失声道："哟！黄小姐，你走不得，现在来不及进城了。"黄曼英道："为什么？城门关得这个样子早吗？"桂枝道："现在长途汽车四点半钟过去，这个时候，五点钟了。你若坐了洋车进城，在半路上天就黑了。"江氏道："是呀！现在天黑得早，一个大姑娘家可有些不方便。"黄曼英抬起手表来一看，可不是快到五点钟了，也不知道为什么谈话谈糊涂了，忘了赶长途汽车进城。立刻为难起来，沉郁着脸色，不知如何是好。

江氏道："黄小姐，这不要紧的。你若是不嫌脏的话，就在我们炕上委屈一夜，我们家又没有一个男人，很方便的。"黄曼英看看窗户外面，天色渐渐有些昏黑，若不在杨家借住，势必要住旅馆，这海甸小地哪来的旅馆？便有小客店，是否让一个大姑娘下榻还是问题。便向江氏道："我怎好打搅您娘儿俩呢？"江氏看她的神气大有允可的意思，便笑道："黄小姐若是不客气的话，我这就去买菜，给你预备晚饭。"黄曼英笑道："这个您就不必多心，让我来做东，请您娘儿俩吃个馆子。您若是不答应，我也就不在这儿住。"桂枝道。"黄小姐一定要请我们，我们倒也不必推辞，只是这前后两个院子没有一个人照应，怕会出乱子。老实一点儿，我到小馆子里去叫两样菜，叫几十个饺子，回头送来了咱们大家吃，黄小姐会账，这不也像黄小姐请了我们上馆子一样吗？"黄曼英连连点着头道："这位杨家姑娘倒是痛快，我就是这样子办。"

于是江氏忙着点灯抹桌子，桂枝忙着烧水叫菜，母女两个人忙了一阵。黄曼英看她母女二人殷勤招待，越觉得桂枝这个人不错。到了馆子里的送菜来了，桂枝放好灯，搬好凳子，将筷子碗一齐都用纸片擦干净了。然后挽着黄曼英一只手，抓住她的衣服，让她上方坐了，笑道："我们是借酒敬客，没有什么话可说的，只好说句招待不周了。"江氏坐在一边，斜了眼看着，只管抿嘴微笑。黄曼英笑道："老太太，您为什么老望着我笑？"江氏道："我瞧我们孩子真跟你有缘，说得很是相投。"黄曼英笑道："倒不是有缘，是您家大姑娘为人热心。"桂枝笑道："凭你自己说吧，是谁做事热心呢？这样远的路，不怕风不怕冷，二三十里地，送了几件东西来。"黄曼英听说，不由得红了脸，低着头吃了两个饺子，终于她想出一句话来，瞅了桂枝微笑道："你怕你的事情，我不知道呢。"这样一句轻描淡写的活，竟说得桂枝脸上的红晕直红到耳朵根里去。

江氏见黄小姐老远地送了衣袜来，本就受了极大的冲动，现在黄小姐又说知道桂枝的事，这不用说，关连长要出来做媒的事，黄小姐也是知道的了。这倒是个好机会，可以借着黄小姐现成的事实来影射自己姑娘了。便笑道："黄小姐和田连长真是一对儿，听说田连长到城里去，总是和黄小姐一块儿出去。"黄曼英夹了一些菜，在嘴里咀嚼着，微笑了一笑，低声道："那也不见得。"江氏见这一句话，她并不难于接受，又进一步地问道："我们有那口福，喝你一杯喜酒吗？"黄曼英笑道："早呢，早呢，提不到。"江氏就正着脸色道："现在有许多人家都不愿意把姑娘许配给军人，其实只要人好，在那军界做事也没有关系。譬如黄小姐不就是和田连长很好吗？"黄曼英笑道："你提到这个，他去投军，就是我鼓吹的。他原是沈阳人，在北平当大学生，日子过得很舒服的。'九一八'以后，他家让日本人抄了，不但念不成书，家也回去不得，他急得要自杀。我说，你若是决定了自杀，何不投军去？反正是拼命，这样拼命还拼得出一些道理来啦。当兵怕什么？这年头只有当兵去可以出一口闷气。军营里不收女兵，军营里若收女兵，我也当兵去。"江氏向桂枝笑道："你听听！"她只说这样三个字，不但桂枝觉得有深意存乎其间，就是黄曼英也就扑哧一声笑了。

第九回

谑语岂无由东床暗引
突来良有以西席闲筹

黄曼英在杨家借住的这一宵，给予江氏母女一种莫大的冲动。江氏对于黄女士，固然赞成的一方面。就是桂枝自己也就想着，军人不见得就是我们心里想着那样不好的。你看黄小姐要嫁的田连长，不也就是一个学生出身的人吗？赵连长虽然是没有田连长那样活泼年轻，可是人很忠厚，也很有可取。由赵连长再反映甘积之一下，人也斯文，相貌也很俊秀，可是你听听他说的话就前后不相符，只想做官发财，别的事一概可以丢下，这样看起来，还是赵连长好。她心里有了这样一个转变，所以到了黄女士要问她的话时，她也只好低首无言的了。

吃过了晚饭，江氏悄悄地在街上赁了两条三新棉被回来，在炕的另一头将这两条被铺好，却将原来自己的铺盖展开在对方，中间隔了一个很大的空当。江氏向曼英笑道："外面赁的被单，我们不敢说是干净的，让我们娘儿俩来睡。我们自己的铺盖是洗了过年的，你放心睡。"说着用手向炕上指着。曼英啊哟了一声道："您这样客气，倒叫我不好意思了。还请您把铺盖连在一处吧，我也好和您们大姑娘躺着谈谈心。"江氏笑道："不能。你在城里睡惯了铁床的人，到我们这儿来睡土炕，这就受了委屈了，难道还要你委屈上又受委屈吗？"曼英见她还在客气着，自己就走上前去把铺盖连着一处，用手拍了几拍棉被，笑道："这就很好，我们一路同睡吧。"说着，就伸手来抓桂枝的衣袖。桂枝笑道："在我们这里，你是怪不舒服的，我们还要挤你啦。"曼英笑道："你娘儿俩这样说着，我倒成了大小姐了，大姑娘躺下吧，我们还可以聊个天儿啦。"江氏母女也觉得她为人很洒脱，不能太违拗了她的意思。于是桂枝和曼英并连在炕上横躺着，江氏睡在桂枝的外边。

桂枝因为曼英由城里来的人，恐怕她不惯摸黑，并没有熄灯，两个人睁着眼睡在一头，当然不能不说话。曼英认床，又睡不着，就笑向桂枝道："大姑娘，你在家里没事的时候也看看闲书吗?"桂枝道："我认不了三个大字，还看什么书?"曼英道："没有平民学校吗?"桂枝道："这儿燕京大学办得有平民学校，倒是不收学费，可是我这大个子还去念书，也有些不好意思。"曼英道："这有什么关系? 越是大个子，越见得念书是真情。"桂枝道："这话可说回来了，我们这大个子就是念书念成了功，又有什么用处?"曼英道："怎么没有用处? 譬如说，将来你出了阁做了太太，老爷出门了，你在家里管管账，和老爷通通家信，这也是好的。"桂枝两手扯着被头，向头上一盖，笑道："我不跟你说话了，你总是拿人开玩笑。"曼英道："我说的是真话，难道一个做姑娘的，就永久不做太太吗? 做太太，我这话就没有说错。"桂枝由被里伸出头来，笑道："那么，你将来呢?"曼英笑道："我吗……"她只说了这两个字，就不向下说了。昂起头来，向江氏这边看看，她闭上眼睛，鼻子里一呼一吸地作声，大概是睡熟了。于是将身子挤一挤靠近了桂枝，两手抱了她的肩膀，嘴对了她的耳朵，悄悄地问道："我问你两句话，你别害臊，老实地告诉我，那位关连长和你做媒的事，你的意思怎么样? 你若是愿意的话，我可以帮你一点儿忙。"

桂枝将身子一扭，鼻子里哼了一声道："我不知道。"曼英将身子躺好了，叹了一口气道："你这个人不服老实，我还有什么可说的呢?"桂枝见她有些生气的样子，就低声问道："黄小姐，我这个人是最老实不过的呀，怎么倒是不服老实呢?"曼英道："关连长对田连长说了，让我征求你的同意，你究竟是什么意思? 你要是不反对呢，他们就把话向下说。你要是反对呢，当然，也就不必多此一举，这话用不着说了。"桂枝道："这样子说，敢情你来是有意思的。"曼英道："这个你用不着管，你就答应我，赞成呢，反对呢? 反对你就说反对得了，赞成也没有什么关系。"桂枝翻了一个身，将脸朝里道："你老是和人开玩笑，我不说什么了。"曼英道："这个样说，大姑娘，你赞成是不会赞成的了，你反对不反对呢？"桂枝脸朝里睡着，依然是不作声。曼英道："中国旧式的女子，真是没有办法，这样的婚姻大事，为了害臊，倒不肯说出来。"

桂枝翻转身来，本待将话说出，仔细想着，母亲不知道是真睡着了没有，黄小姐又是个初次见面的人，怎好和人家谈心？所以身子虽然是翻转过来了，依然不曾作声。曼英始而以为她掉转身来，必有话说，及至她掉转身来，倒闭了眼睛要睡觉了。曼英看她的样子，料着她已经是愿意了。不过大姑娘的脸嫩，不好意思说出来罢了。因笑道："你不说也罢，反正我明白你的心事就是了。"桂枝听着，依然是不作声。曼英将两只手摇撼着她的身体道："我这些话你听见了没有？"桂枝咯咯地笑道："我不知道。"曼英笑道："我说了这些话，你都不知道，假若我说你杀了人，我包你知道了。"桂枝不加辩驳，又是一笑。在这一笑的当中，又给了曼英几分把握，于是大家安然入梦。

到了次日清晨起来，漱洗过了，依着曼英的意思就要进城去，江氏就留住了她，说是早上冷，还是下午进城去吧。曼英倒也很喜欢桂枝为人朴实，不肯马上就离开了这里，再在这里谈上一会儿也好。因笑道："我倒愿意在这里再坐一会儿，无奈你们大姑娘不愿意。"桂枝啊哟了一声，要问一句话，还不曾说出来。曼英道："你果是愿意和我交朋友的，为什么我问你的话，你总是不答应我呢？"江氏坐在一边，也早就明白了，笑道："我的大小姐，她怎能够比得起你这种文明人呢？有些话，你就问她一百辈子，她也不肯说出来的。除非你和她混熟了，将来她可以告诉你一句两句的。"曼英道："我昨晚上问她的话，老太，你都听见了吗？"江氏笑道："我听见也没有关系，我这样大年纪的人，总要自量，谁的事我也不敢问的。"桂枝这才知道母亲昨夜是假睡着，深自庆幸不曾向曼英答应一个字出来。至于曼英呢，冷眼看这娘儿俩的态度，都觉得杨赵两家大有结合的可能。

当日在杨家坐谈了半上午，后面的赵翁带着听差小林回来了。江氏听了赵翁的声音，先就到后院子里来报信，她一进院子里先就叫了一声老太爷。赵翁迎出屋来拱着手道："昨晚上多蒙您照应。"江氏道："照

82

应什么，昨晚上来了一位客，我娘儿俩忙着招待，把照应后院的事差不多都忘了。您说是谁?"江氏说着，就走近身两步，低声道，"就是认得田连长的黄小姐来了。"赵翁摸着胡子哦了一声，继而微笑道："年轻的人总是性子急，昨天我要知道黄小姐会来，我就不该进城去了。请您招待她坐一会儿，我笼上了火，烧好了水，就请她过来。"江氏回去了，赵翁却大为起劲儿，自己帮着小林笼火烧水，收拾屋子。

这儿还没有归理清楚，院子里就有人叫着道："老太爷回来啦?"赵翁隔了玻璃窗向外张望着，见一个女学生样子的人，夹了一卷包袱走将进来，就亲自来开了风门，让着曼英进来，笑着连连拱手，两拳抱着，高举过鼻，笑道："你就是黄小姐了。这样的冷天，老远地要你跑了来，真是过意不去。"赵翁虽然年迈，说话的声音却是非常之高朗。曼英进门之后，抢着鞠了一个躬，连忙地向赵翁摇了两摇手，笑着低声道："您别嚷，您别嚷，我到这儿来的意思，他们一点儿也不知道。"赵翁笑着点了几点头，支着手，请曼英在火炉边的椅子上坐下。赵翁坐在对面椅子上，又摸了胡子，只管出神。

黄曼英低声道："老太爷，恭喜您，这一杯喜酒我算是喝成了。"赵翁微笑道："杨太太的意思我是知道，她没有什么可说的，这就瞧姑娘的意思了。"曼英笑道："这个何消老太爷说，我自然是知道的。我的意思也就是去探探这位姑娘的意见怎么样。据她昨晚和我说的话，她并没有什么可以反对的。"赵翁道："不反对是不反对，她总也没有说什么赞成的吧?"曼英笑道："您老人家这可说的是外行话了。哪个姑娘家自己肯说愿意出阁的话?"赵翁微笑道："那有什么不肯的? 譬如黄小姐自己和田连长的事，有人问你，你能够不说吗?"曼英笑着摇了两摇头道："我们这种人，又当别论了。"她说这话时，脸上微微地有些红。赵翁一抱拳头，笑道："我们不说笑话了。诸事都仰仗黄小姐，你若是看着能说合的话，这就请你说合着。好在这两家是院邻，谁也知道谁家的事，用不着撒什么谎的。"曼英推开着风门，向前面院子里张望了一下，然后带上门来坐下，笑道："老太爷还是这样大的嗓子说话，让前面院子听了去了，我这一条计就不灵了。"赵翁笑道："我的嗓子根本就是这样大，这可没法子。"说着，哈哈大笑了一阵。

他不这样，前面院子里倒不注意，他一笑之后，桂枝首先听着了，心里想着，这个老头子人是很古板的，照说不是会和年轻姑娘开什么玩笑的，何以和黄小姐说话如此大笑？而且这种笑声是一种得意的样子，莫不是黄小姐和他说的什么话，让他太高兴了吧？想到了这里，自己想到院子里来听听，可是碍着母亲当面，又不好意思出来，于是假装着添白炉子里的煤球，将炉子端到里外院子的隔扇脚下，拿了一双长火筷子，只向炉子眼里捣灰，两只耳朵却是极力地向后院去听着。听得赵翁道："当花的钱，那总是要花的。那孩子也是个当家过日子的人，衣服首饰这些话那都好说。"桂枝听到这里，却不由得心里连连跳上了两下，心想，听这种话头，分明是和我做媒的那种话了。果然提的是我，话说到了这里，就有了大八成了，难道我就这样地默然受之，不说一句话吗？若是再不说一句话，我这件事恐怕就要成功了，到了那个时候，我再要说什么不愿的话，那就迟了。

江氏忽然在身后叫起来道："老姑娘，你这是怎么了？拿了一双火筷子只管在炉子眼里捣。我瞧你，总捣过一百下了。你再要向下捣，非把炉子捣通来不可！"桂枝这才醒悟过来，心里想着我镇静一点儿吧，别露怯了，就笑道："煤球烧大发了，变成了一块，不这样捣，碎不了。"她赶快地添上了煤球，立刻就向屋子里一钻。江氏道："那位黄小姐到后面院子里去了有这样久的时候，也不知道是不是在咱们家吃午饭，你瞧瞧去。"桂枝道："我不瞧，我也不管。"江氏道："你这是什么话？昨天人家请你吃了，今天你不管？"桂枝道："我不是说我不管招待人家，我不管到后院去找她。"江氏道："你不去，我去，要不然，人家真会说咱们太不懂道理。"江氏说着，人就要向外走。桂枝跑了上前，一把扯住她的袖口道："你也别去。"江氏倒为之愕然，望了她道："那为什么？"可是桂枝脸上就带些微红，而且又由微红里，泛出一些微笑。江氏看了这种样子，倒有些尴尬，便道："你是不是说人家在谈心，咱们别去打岔？"桂枝鼓了嘴道："我哪里知道？"江氏看了这样子，心里也明白过来，就跟着一笑。这样一笑，桂枝更有些疑心了。江氏心里料着黄曼英是不会来吃饭的了，也就不再说什么。

直到这日下午，黄曼英才笑嘻嘻地走了出来，隔了窗户叫道："杨太太，我要进城了，打搅你啦。"江氏听了这话，不能不走出来送她。她看见江氏出来了，赶快就向前走，到了大门口，她站定了，等着江氏走近来，才低声笑道："老太太，老实对您说一句，我这回出城来，是替你们帮忙来了。据现在的情形看起来，大致是不错。这就不知道你们的意思怎么样。大概一二天关连长就会到府上来，等他到了府上的时候，有什么话只管对他说就是了。"江氏回头望了一望，笑道："多谢你费心，我也就是为我们姑娘难说话，老是拿不定主意。"曼英道："我看她没有什么不愿意的了，恭喜你呀!"说着，她笑嘻嘻地走了。

她们这样鬼鬼祟祟的做法，桂枝何尝不知道？不过她以前有个甘二爷横在心里，就觉得世界上没有第二个人可以让她看进眼里。现在甘二爷不知所之了，打破了她迷信白面书生的主义。她虽觉得赵连长不是自己心里所最喜欢的男人，然而没有第二个人再赛过他的了。他那诚恳的行为、和蔼的态度，都可以说比白面书生还好。若是公然地说不嫁赵自强，这在自己心里很觉有些说不过去，所以她心里虽是委决不下来，可是只管委决不下来，明知赵家在极力地托人做媒，然而却不好意思说出来自己不嫁他。这样地过了一天，又过了一天，混混的就是一个星期之久。

这日上午，天气很好，既没有风沙，又不冷，桂枝闲闲地靠了大门框站定，眼光注视着甘家的大门，不觉得在心里翻起陈账来，记起从前的那些经过，心里想着，究竟还是守旧的女子好，假如我是个文明女子，积之认识我这久，他要我怎样我就怎样，必定要上他一回大当。男子们原来都是这样靠不住的。他还约我等三年呢，就是三个月，他也不用我等呢。正如此想着，赵连长手上提了一串猪肉走了回来。他低了头在那里走着，似乎在想着什么心事。偶然一抬头，看见了桂枝，忽然顿了一顿，站住没有动。桂枝猛然想起这几日事情的发生，不觉脸上一红，转身就想跑。这样想着时，身子一扭，可是她第二个感想又跟着来了。若是掉转身子一跑，这不是明明地表示着，自己是知道最近这一件事情的吗？因之立刻站定了，并不走开，等着赵连长走了过来，就向他笑道："赵连长回来了。"赵自强取下了军帽，向她一点头，笑道："已经有好几天没有回来看老人家了，今天应该回来的。"桂枝索性放出大方样子来笑道："这又是买回来给老太爷煨汤喝的东西了。"赵自强点点头道："可不是？我们老爷子是个很省俭的人，我不给他买回来，他总不肯自己买着吃的。老太太在家吗？"二人都绷着脸，在绷着脸的脸上放出一丝勉强的笑容来。桂枝道："我妈在家，多谢您惦记着。"赵自强点了头说声再会，很快地提了那串肉走进里面去了。

赵翁看到了他，点着头道："我算你今天也就该回来了。前天田青在这里拿了东西回营去，他对你说什么来着没有？"赵自强道："说了，您也是太热心。"他说着这话就把东西送到厨房里去，交给小林去做。赵翁在上屋子里叫道："自强，你来呀，我有话和你说呢，那菜急什么？"自强在厨房里又犹豫了一会儿，方才到上房里来。赵翁捧了一管旱烟袋，在铺了皮褥的椅子上坐下，于是取下旱烟袋，指着对面一张椅子道："你坐下，我有话和你说。"赵自强未曾坐下，先嘿嘿地笑了一声。赵翁道："我有正经话和你说，你只管坐下。"赵自强笑道："您不用说，您要说的话我全知道了。不过这件事，不是这样子急得过来的。"赵翁道："不是我急，我们和人家是街坊，不是这件事倒也罢了。既然提起来了，就当赶快办起来。要不然，咱们两家的人天天见面，叫人家姑娘难为情的。"赵自强道："您老人家不知道，这里面多少还有些讲究，不是这样急着办成功的。"赵翁道："这个里面还有什么讲究？你说。"赵翁口里吸着旱烟袋，只管望着赵自强。他无话可说，用手摸摸脸，又摸摸脑袋。赵翁道："你为什么不说？"赵自强道："关连长和她们是亲戚，究竟她们家的意思怎样，他必然知道，我看还是问清楚了他再说。"赵翁道："你天天在营里和他见面，难道就没有和他提到过这件事吗？"赵自强笑道："他不行，我想到城里去问问关大嫂子去。她是个快嘴快舌的人，一定会把什么困难的事说了出来的。"赵翁听他如此说，不住地将手去摸着胡子，他心里就想着这孩子一定要去问问关连长的媳妇，也许这里面有什么关系，就点点头道："那也好，你就去吧。今天有工夫去吗？"赵自强道："今天倒有工夫。"赵翁听说之后又点点头，很和蔼地道："好吧，你就去吧。"他抱着那不得不然的态度，这样地答复了。赵连长听说，他果然不再犹豫，立刻在家里收拾收拾，就向城里来。

他到了城里，并不去会关耀武的媳妇，却记住了甘积之那天告诉的地址，向会馆里来找他。转了许多胡同，才把这个会馆找着。到了门口，问明了长班，给了他一张名片，说是要会一位新搬到会馆里来的甘二爷。本来到会馆里会客，也用不着费许多手续。既是他这样地周到，说不定他和甘二爷是什么交情，只好拿了名片到甘积之屋子里来。积之这一程子思想大变，买了许多的新思想书看。这时，正将一本半新的《唯物史观》放在桌上，拿了一支红铅笔看一句圈一句。长班走进来，问他道："甘先生，有个人要会你。"说着，把赵自强的这张名片放在桌上。他一见之下，呀了一声站起来。拿了名片在手，颠上几颠头："他会来拜访我，这真奇怪了，好吧，请他进来，我看他说些什么。"长班出去，将赵自强引了进来，他却是很客气，抢着进门来，就伸出手来，和甘二爷握了几握，然后笑道："兄弟来得冒昧得很，请你原谅。"

　　积之虽是不接近军人的，可是人家这样和气，却也不能不笑脸相迎，就挪开椅子，让他坐下笑道："我们这样寄住会馆的人，有朋友来探望，那就很不错，哪里还敢提到冒昧两个字？"他说着话，好像想起一件什么事，立刻拿起两本书向桌上一盖，在他这本书一举未曾盖下之前，赵自强已经看得清楚，桌上放了一张当票，当票上面放有两块现洋。甘积之放下的书就盖在这当票上，而且装出一种很不经意的样子。在这上面，很可以知道他是很想把这当当的穷相掩盖起来的。再看这屋子里，除了床头边两只方凳叠架了两只半旧的箱子以外，并没有别种贵重的东西。这床根本就是一个木板架子，那四方桌子上连桌布也没有，只是厚厚地垫了几张报纸。倒是乱七八糟的，堆了书本不少。就在这上面，又可以知道如何地穷。把自己原来猜想他升官晋职的思想完全消灭了。这就向他笑道："我今天来得固然是有些冒昧，可是我多少有点儿事情来商谈的。"积之笑道："赵连长，有什么话你只管指教吧。"他说着，将桌子角上的老瓷壶提起，斟了一杯白开水，放到赵自强面前，笑道："真是对不起。到我们这里来，连茶烟都没有的。"赵自强笑道："请你不必客气，我要是客气，就不这样冒昧地跑着来了。上次你托我转告的话，我已经对杨家老太太说了，她没有说什么。"说时，就看着积之的脸。积之笑道："我也猜着她们不会说什么的。"赵自强道："甘先生在海甸，不是同令兄住在一处吗？为什么一个人搬到城里来住呢？有什么高就吗？"积之笑道："高就没有，低就难道也没有吗？"说毕，呵呵一笑。

赵自强还不曾领悟到他的意思，便道："甘先生现时在什么机关就职呢？"积之道："不瞒你说，我想投到铁路上去当一名小工。现时来衣服没有脱下来，我就这样干了。赵连长，你不要以为我是开玩笑的，这是真话。我觉得一个人要凭自己的本领去找饭吃，无论干什么，精神上都是痛快的。反过来说，倚靠别人做事，就混到了简任职特任职的大官，或者千百万银子大财，精神上还有一种痛苦。在海甸，不是人家叫我二老爷吗？这就表示着，我不过是老爷的一个副字号，没有了老爷就没有了我。"赵自强笑道："甘先生太谦逊了，跟着在令兄机关里做事，这也算不得一种依赖，只看自己有没有这个才具，你不到令兄机关里就事，他一样地要找别人。再说一句老实话，现在做官要什么真才实学，假如我有一万支枪，我就有做省长的希望，绝不能说令兄机关里的事你干不下来。"积之道："赵连长，你倒是个痛快的人。不过，清官难断家务事，我丢了老爷不干到城里来住会馆，当然有我的苦衷。"

赵连长听他这一番话，他的行动竟是与老姑娘丝毫无干。想了一想，微笑道："海甸的人都说你升了官呢，哪知道你有一番苦衷搬出来的？"积之笑道："那杨家老太太以为我也升了官吧？"赵自强道："倒是不曾提到。"积之笑道："做老爷我是不想做了，不过我一定要自己去找一条出路出来，然后再回到海甸去，也让海甸人看看，我并不是除了依赖兄长就不能吃饭的。赵连长，你今天来看我，我是很感激，倘若您遇到了海甸的人谈起我来，请您不必把我的情况告诉了他们。"赵自强踌躇了一会儿，因问道："甘先生，你决定了去做小工吗？"甘积之笑道："恐怕是不免走上这一条路。"赵自强想了一想，才道："假使甘先生愿意的话，我有现成的一条路子，可以介绍甘先生去，事情虽然不大高明，比做小工可强得多。我们旅长在南苑大红门办了一个平民小学，现在缺少一个主任教员。每月连伙食在内二十四块钱，你若是肯干的话，当然是凭本事挣钱，人家不能说你是依赖着谁的了。"

积之猛然听到他肯介绍事情，心中却是一喜，但是同他并没有友谊，而且还不免疑心他是情敌，他凭着什么要给我介绍一个职务呢？于是踌躇了一会儿，然后笑道："贵上找先生，何以会请赵连长出来找人呢？"赵自强笑道："旅长要请先生，当然找不到我头上来。只因为那个主任教员是我的亲戚，他现在不愿干，要回保府原籍去，急于要找一个替代的人，无奈事多钱少，而且没有本事的又干不了，所以始终是找不着人来干。昨天他还写信给我，问我有人没有。详情我也不大清楚。我想起甘先生搬进城来，也许没找着工作，所以来问一声。假使甘先生愿意干的话，不妨到大红门去和他接洽一下子。"积之见他有这一番盛意，当然不便在当面太加拒绝，便笑道："赵连长有这一番好意，我就去试一试吧。"赵自强正色道："我这番意思完全是看到你是个有奋斗精神的青年，现成的机会落得为您帮一个忙，并没有别的用意。"

这样说着，倒弄得积之红了脸，站起来拱了两手道："赵连长说哪里话？我知道你们军人都是直爽的。我现在心里所踌躇的，就是这种事情我并没有干过……"赵自强摇着手道："没关系，你当然由学校出身的，难道现在去教小孩子念人刀手尺，还办不到吗？"说着，他在身上拿出一张名片，又用随身带的铅笔正正当当地写了几行小字在上面，然后交给积之道，"你拿去准成。你别疑心着，这又是依赖着我赵连长介绍的，你想，你一个大字不识，我能介绍你去吗？再说，我回到海甸去，决不对人提一个字，我要对人提一个字，我不是姓赵的子孙。"积之听了这话，脸色一正，突然地站了起来，握住了赵自强的手，连连摇撼了几下，他也是由踌躇而决定、由怀疑而感激了。

第十回

闻语警芳心封侯愿渺
听歌有羡色报国身闲

这一种热情流露的握手，不但是甘积之心里很是痛快，就是赵自强自己，他也觉得做的这一番举动不是平常人做得出来的，谁肯和一个有情敌嫌疑的人去找饭碗呢？他另一只手索性一块儿来和积之相握着，连连摇撼了几下，因道："甘先生，你别看我是个武人，武人也分几等看法。"积之说："说起来惭愧得很，以前我不大了解赵连长，现在知道是我错了。"他说毕，便格外现着一份亲热，只管敬茶敬烟。赵自强也只希望他有这种了解，闲谈了一会儿，因出城路远，不敢多坐，也就告辞走了。

他在电车上，在公共汽车上，都一路断续地想着，看起情形来，甘积之和老姑娘不像有什么爱情。本来的，他一个做二老爷的人，为什么要娶一个穷家丫头呢？我今天去拜访他，这是多此一举。可是话又说回来了，假使我今天不去拜访他，我始终就不能明白，他和杨桂枝究竟是怎么一回事。于今看起来，简直是我多心，错疑了人家好人了。怪不得人家说，军人的脑筋简单，我实在是够简单的了，怎好说当街坊的人就会有爱情关系呢？老姑娘既然并不是我理想的那种人，那么黄曼英前去说媒，当然不会拒绝。一来她对我感情很好，二来论资格、论年龄，我都可以做她的丈夫，不是她心里另有人，她还有什么拒绝我的道理呢？无疑地，这件婚事是成功了。只可惜在今天以前，自己总觉得桂枝是个不喜欢军人的人，太对她冷淡了。若是和她早就表示好感，恐怕用不着三弯九转地托人去讨她的口气，这事就成功了。假使我要娶的话，虽不能请一个月的假也可以请两个星期的假，在这两个星期之中，我不要糊里糊涂地过去了，必得要好好地快活一下子。桂枝在海甸这街上总算是数一数二的姑娘，娶得这样美丽的姑娘，也就心里满足的了。

他想到了这里，在公共汽车上的卖票生是他的熟人，就问道："赵连长，你心里有什么高兴的事情呢？怎么一个人想着笑起来呢？"赵自强道："我笑了吗？我自己倒不知道。"卖票的道："这就可以知道你正在想什么得意的事了。"赵自强微笑着道："有什么得意，我想我若是有孙猴子那个能耐就好了。招来天兵天将，腾云驾雾，杀到日本去。"全车的乘客因为他是个军人，他说了这话，大家都笑了。卖票生道："到了海甸了，你下不下？"赵自强道："时候不早了，我要回营了，不下了。"他说着这话时，海甸的街屋已经在窗子外，他想着回家去一趟，只耽搁十分八分钟，那也不要紧。回家的时候，一定可以看到桂枝的，看她今天对我的感情究竟有什么特别之处没有。于是向卖票生道："停车停车，我要下。"卖票生道："还没有到站呢，赵连长今天一定有什么好事，要不然，不能够这样子乐大发了。"赵自强微笑着，始终是不作声。说话时，汽车已经停了，车子上有两个客人下去。卖票生见他两手按着膝盖，抬头看了汽车棚顶，一句别的话也不说。卖票生笑道："赵连长，都下去了，你下不下呢？"赵自强忽然回转头来，看到车门是开的，笑道："不下吧。下下。"他说着话，已经跳下了车。但听到车子上的人哄然大笑。自己也不敢回头，只管向家门口走着去了。

他心里想着，一走进大门，必定就可以遇到桂枝的。可是事与愿违，杨家紧掩了屋外的风门，一点儿声息也没有。自己回家来，唯一的理由是探望父亲的，当然继续地向里院里走。赵翁在里面屋子里看到，就问道："这个时候，你还回来做什么，还不快回营去？"赵自强道："没有什么事吩咐我吗？"赵翁道："我没有什么事，你去吧。"赵自强见父亲催得这样紧，只得不进屋，转身向外走。可是他走的时候，那脚下的皮鞋走得呱呱作响，似乎是前后院子里都听到了。果然，他这样走法很有些效验，当他走到前院的时候，桂枝却把窗子中间一方小玻璃糊上的活纸片掀了起来，在玻璃里面露出了一张白脸。赵自强自然也是回头向这里看看，正好两个人打了一个照面。在那一刹那之间，赵连长是不便突然地驻足而观，可是老姑娘的脸上泛起两朵红云，已经把那张白脸缩回玻璃窗子里去了。

桂枝这样一缩，把一个躺在炕上的江氏却大大地吃了一惊，坐起来问道："什么事？"桂枝道："没什么事。"江氏道："院子里是谁来了？"桂枝没有答复，走向小桌子边去倒茶喝。江氏道："你听见没有，我问你是谁在外面。"桂枝道："没关系，是人家走过去。"江氏听了这话，却不免扑哧一笑。原来自己的姑娘都叫赵自强作赵连长。自婚姻问题正式发生而后，她绝口就不提赵连长三个字。这次逼得她不能不说了，不好意思叫"他"，也不好意思叫赵连长。现在姑娘说是人家，这就一针刺一个血眼，知道决计是赵连长的了。心里佩服姑娘辩才之余，所以就扑哧笑了。桂枝明知道母亲笑着是有原因的，这也就不去过问。可是有一层，由种种方面看起来，赵家的婚事竟是越说越真了。若照着现在这个态度，这件事当然是成功。不过赵连长这个人虽是不错，然而自己心目中向来不打算有一个军人丈夫，若是嫁一个军人却并非夙愿。想到这种地方，又不免发起愁来。记得街西头刘家妈，她的丈夫也是当军人的，何不顺便去请教请教她，军人的生活究竟是怎么样？当时搁在心里，也没有什么表示。因向江氏道："妈，你准是中寒了，躺着就多躺一会儿吧。刘家妈家里不是有丸药吗？我去讨两颗来，给你发发汗吧。"江氏道："用不着，我多躺一会儿倒是可以。"说着就躺下了。桂枝心虚，怕勉强要去的话，会引起母亲的疑心，当日也就不说了。

到了次日，江氏还是精神疲倦。桂枝道："非得吃点儿丸药不可。"做过午饭吃了以后，自己就向刘家妈家走来。他们这儿也是前后院，前院是个私塾，有个牛先生在那里教书。后院就是刘家妈带了儿子过活。桂枝走到后院，刘家妈正在屋子里洗白菜帮子，看见桂枝，在瓦盆里拖出两只湿淋淋的手，向她笑道："稀客！老姑娘有工夫来坐坐？"桂枝笑道："无事不登三宝殿，有点儿小事求您来了。"刘家妈笑道："你说吧，挑我能帮忙的。"桂枝道："我妈昨日中了寒。"刘家妈道："你要丸药，有有有。来了，就坐一会儿走，别忙，里面屋子里暖和暖和。"说着，她掀起围襟，一面擦手，一面引桂枝走进屋去。桂枝道："刘家妈，您真省，吃不了的老白菜帮子您还留着呢。"刘家妈答道："丢了怪可惜了的，抓把盐腌起来，就小米粥喝，倒是一碗好菜，不信，你试试。"说着话，让桂枝在炕上坐着，在炕眼里掏出一把瓦茶壶来，倒了一杯茶给她喝，笑道："穷家烟卷也找不出来一支给你抽。"桂枝道："谁家不是这样呀？我也不会抽烟。"刘家妈道："你妈会抽烟呀。"桂枝道："哪抽得起烟卷？买一点儿关东烟叶子抽抽罢了。我嫌那味儿难闻，我妈也就不抽了。"

刘家妈说着话，亲热起来了，在炕边一张破椅子上坐下了，点点头道："也亏你娘儿俩熬着过这日子。听说你们后院搬进一家院邻来了，干什么的？"桂枝心中一想，是机会了，便道："是个当连长的。"刘家妈道："又是当军人的，有孩子吗？"桂枝笑道："人家还没有家眷呢。这儿住着一个老太爷和一个听差的。那连长几天回来一趟，倒是很安静的。"刘家妈道："这老太爷有多大岁数了？"桂枝道："大概有六十多了吧？"刘家妈却叹了一口气道："这样大岁数，干吗让儿子当军人呀？"只有这一句话，不必再问其他，就知道刘家妈对于当兵这一件事情充分地不满意。因笑道："由大兵升到了连长，那可是不容易。人家靠了这儿子，吃喝穿住什么都全有了，您怎么倒说是不好的意思呢？"刘家妈道："升到一个连长这当然是不容易的事情。若是一个大兵升到这步田地的话，恐怕脑袋瓜已经抓在手上玩了无数回。因为这样，所以我说别把儿子去当兵。"

桂枝正有一句话想要问出来呢，却听得窗户外面微微地有人咳嗽了两声。刘家妈笑道："是牛老先生吗？请进来，我正有事要求着您呢。"说时门外又咳嗽了几声，然后那位牛先生走了进来。桂枝看时，倒是一位年近六旬的老先生。身穿一件铁灰棉袍，拖着下摆一排纽扣不曾扣着，上身穿了一件黑布棉马褂，也是将胸襟敞着。在这里，可以看到他棉袍子胸襟上腻了无数的油酒污痕和烟火烧迹。头上戴了一顶三块瓦的皮帽子，可是皮这个字也不过徒有其名，那皮子被风雪蛀虫所伤，很像是水渍的棉絮。两只袖口抹遍了油腻像膏药一样脏。他笑着满脸的皱纹，用手摸了他那苍白色的山羊胡子走进屋来。一进门，就向桂枝连拱两下手，笑道："原来是杨家老姑娘，咱们住在一条街上，倒有半年没

93

见了。"桂枝只得起身相迎，向他点了一个头。他笑道："老太太好哇？你娘儿俩辛苦啊！"桂枝被这老先生几句客气话说着，当然不便掉转身就走，又只得坐了下来。

牛先生究竟念了几句书，就在窗户边的一张破椅子上坐了，脸子可正朝望着她们。手摸了胡子两下，然后笑道："你们为什么提到了当兵？"刘家妈道："老姑娘搬来了一个院邻，是个当连长的，老太爷有六十多了，我倒替人家担忧。"牛先生点点头道："您是过来人，成为惊弓之鸟了。"刘家妈昂了头微微地叹了一口气道："别提到过去的事，提起来了真叫人伤心。我们小孩子爸爸，娶过我来十五年，没有在一块儿过活着三个月整的。中间有三年，他跟着军队走，音信不通，不是我娘家还有几个钱津贴我一点儿，我早就饿成人干了。他总是对我说，现时不能常在一处，那也不要紧，只要不断你的吃喝就得了。你熬着吧，熬着我当了营长就好了。我也相信他这话，看到许多人当营长都很自由，果然比兵士好得多。我也这样想，谁叫我嫁一个军人呢？那也就只好熬着吧。那年打南口，他已经升到连长了，眼看到营长就只差一个台阶了。可是有一次让他带一连人去抢山口子，就只剩三个人回来。我们孩子的爸爸就是这一天阵亡了。那个日子我才三十八岁，老不老，少又不少，怎么办呢？也就只好带了孩子熬着吧。说起话来，这事又是六七年了。牛先生，您说我嫁了这样一个军人，还是他生前我享着福呢，还是他死后我享着福呢？他丢下两个男孩子、一个女孩子，倒要我把他们喂养大来。这几年，自己和孩子们的穿衣吃饭那还不算，还要供给孩子们念书，我这样嫁丈夫为着什么？简直是前辈子欠了债，现在还债来了。"

桂枝听她说了这番话，不由得心中倒抽了一口冷气，原来嫁军人的下场是这样的，坐在炕上，两手按了炕席望了刘家妈的脸，人倒呆住了。牛先生也是两手按了双膝盖，看着刘家妈的脸，连连摇晃了几下道："忽见陌头杨柳色，悔教夫婿觅封侯！有道是醉卧沙场君莫笑，古来征战几人回？"桂枝和刘家妈都不懂他说什么，并没有去理会他。牛先生见人家向他发愣，自己未免有些不能下场，就向刘家妈道："大嫂子，您找我来，有什么说吗？"刘家妈哟了一声，笑道："您瞧，我只管说话，把正经事倒耽误了。”她说到这里，却又叹了一口气道，“不瞒你说，这孩子的爸爸虽是和我会面少离开多，可是我们恩情很好的。明儿个是他的阴寿，我总记得，我想起他的好处来了，我就要烧两个纸包给他。请您没有别的，写两个纸包袱皮。”桂枝越听这些话，越是觉得毛骨悚然，这些话无非是越听越难受，实在不愿向下听了。因道：“刘家妈，您有事，我就不坐了，请您把那丸药给我吧。”刘家妈因为人家母亲有病，也就不敢久留人家，只得给了她丸药，让她回去。

桂枝走回家来，脸色是异常地不好看，不声不响地将带来的一小包丸药放在桌上，看到炕上有母亲未曾做完的衣服，拿起针线衣料来，就坐下开始缝联着。江氏看着姑娘这样垂头丧气的样子，倒有些莫名其妙，以为桂枝到刘家妈去讨丸药的时候，受了人家什么闲言闲语了。自己躺在炕上，就轻言细语地向桂枝道：“我这病又不要什么紧，谁叫你去讨丸药呢？碰了人家的钉子，这又该噘了小嘴了。”桂枝道：“我碰了谁的钉子？刘家妈可是第二句话也没说，一听到我们说要丸药，立刻就答应着拿出来了。”江氏道：“既然人家并没有得罪你，你为什么生气呢？”桂枝只管低了头缝衣服，随口答道：“我心里烦得很嘛。”江氏道：“一个人高兴也罢，心里烦腻也罢，总是有个原因的，听你的话，倒好像无缘无故地就烦起来了。”桂枝道：“当然是有缘由。”江氏道：“那为着什么？”桂枝道：“你别问我，你一问，我一说，心里就更烦了。”江氏听说，心里可就想着，这事情有些怪了。去的时候，还是高高兴兴的，为什么回来就噘着嘴？而且她又说刘家妈并没有把话得罪她，那究竟是为着什么呢？

江氏心里如此想着，当然也是两只眼睛只管望了桂枝的脸。桂枝立定了主意，不开笑容，也不对母亲说什么，就是终日做出闷闷不乐的样子，在当日江氏自然是找不着原因。可是过了两日，桂枝还是这个样子，江氏心里就有些明白，一定是赵家的婚事她有些不满意，也不知道那天在外面听着什么言语了，勾起她这一肚子的心事来，所以只管生气。这个年头是自由的年头，既然姑娘不愿意这头亲事，有话也是白说，不但不会成功，成了功也是让上辈人跟在后面受气，那又何苦呢？因之江氏忽然省悟过来，也就绝口不提这件事。其间有半月之久，把曾经一度热闹过的杨赵婚事就清淡下来了。半个月之内，赵自强至少是回家来看过父亲三次，然而一次也不曾遇着桂枝。最后一次，曾听到桂枝说话，可是自己的皮鞋声在前院一路响着时，里面的声音就突然停住了。赵自强看到这种情形，觉得也有奇怪，心里想着，大概是她烦腻了我们这种人物吧？因为如此，每次走到前院，忍不住的咳嗽声终于也就强忍下来了。

过了两三天，上次来和桂枝做媒的那黄曼英女士她又来了。她和赵翁谈话，谈得很晚，因之还是在杨家借宿。在炕上睡觉的时候，她就和江氏闲谈些北平城里最近的情形，说是西单牌楼现在也添了个西安市场，和东安市场差不多。又说戏馆子里现在好多地方是男女合演，又说电影上的人现在能够说话，中国电影就说的是京话。有声电影真是有趣味，连放茶碗到桌上都有声音。桂枝听着，不由得心中大动，就向江氏道："妈，我们几时也到北平城里去玩两天吧？让我也去开开眼。"江氏道："你倒说得好，进城去开开眼，别说买票的钱咱们花不起，就是这一两顿饭、一场睡，也没有办法。"黄曼英这就说话了，她笑道："我到海甸来，可以在你们家吃，可以在你们家住；你们到城里去，就不能在我们那儿吃、我们那儿睡吗？"桂枝道："你府上的人我们都不认识，怎好去打搅呢？"黄曼英道："你这话就说得更不对了。我初次到这儿来的时候，和你娘儿俩可都不认识。你们留我吃，留我住，我都不是同意了吗？二位若是到我家去，还有我引着呢，那更是不要紧了。"

桂枝听她如此解释着，就没有向下说话。江氏对于这件事根本上就没有加以注意，她认为黄曼英是客气话，说过也就完了，因之她也是不曾作声。黄曼英就笑道："你娘儿俩以为我是说假话吗？怎么不言语呢？"江氏道："真的吗？我们还要到城里去打搅你啦。"黄曼英道："你娘儿俩若是肯赏光的话，多了我不敢说，我请你们两三天，听一回戏，看一回有声电影，再玩一天市场。"桂枝在乡间去得久了，一样地像城里人羡慕郊外风景，她也很想到城里去看看。现在经黄曼英一再地说着，实在忍不住了就笑道："你要是不客气的话，借一间屋子，我们歇歇腿就是了。到那里去，我们自己会花钱，你别请客。"黄曼英道："这事都好办，到了那时候再说。"大家商量了一阵子，竟是决定了进城去玩三天。江氏虽不便怎样地来凑趣，却也不便说不去，以至于扫了姑娘的兴。

到了次日起来，黄曼英又重申前请。江氏因桂枝这一程子都是怨天怨地的，好容易的她高兴了，若是不去，恐怕又会引着她生气，只得将家里东西收拾收拾，拜托赵翁带看着门户，这就带了桂枝随黄曼英进城来。黄曼英虽是个学生，家里并不富有。一双父母带一个小兄弟，住了人家一个小跨院，到家以后，引着娘儿俩见着父母，黄家夫妇却是殷勤招待。当天晚上，就买了三张戏票，让曼英陪了桂枝娘儿俩去听戏。桂枝为此事而来，当然是一团高兴，随着人家前去。

这是北平新式而又伟大的戏院子，当她们到了门口的时候，那送客来的汽车早是把一条马路都塞住了。她们坐的三辆人力车子正拉不上前，这后面却来了一辆汽车，按着喇叭呜呜乱响。黄曼英叫道："得了得了，我们下来吧，别为了省两步路，让汽车撞死。"三个人在汽车缝里跳下车来时，后面那车上的人也下车了。下来的是一男一女，年岁都不大。那个女的忽然叫起来道："密斯黄。"曼英回头看到了，笑道："原来是密斯柳。你是听戏来着，我们也是来听戏的呀。"密斯柳道："戏馆子里见吧。"说话时，她已经先进戏馆里去了。

曼英三人跟着进去，找到了座位，抬起头来看时，却向西楼头级包厢里的人点了几点头。桂枝看时，便是那个密斯柳。她穿了一件杏黄色的绸料旗袍，在灰鼠大衣里面微微地露出一些衣襟来。头上的头发烫着蓬得高高的，两个耳朵下亮晶晶的有两粒珠子大的东西，在那里摇摆不定。这样东西一猜就着，知道是钻石耳坠子。同时她伸出一只手来摸头发，又露出手指上一粒亮晶晶的戒指来。那个男人坐在她身边，也就不过三十上下，西装平平直直地穿在身上，一点儿皱纹没有。只是有一层和别的摩登少年不同，头上的头发却剪得光秃秃地露了顶。他们那个包厢的栏杆上，吃的喝的、烟卷筒子、水果碟子、茶壶茶杯，摆了一大长行。身后有两个穿军衣的，直挺挺地站着。桂枝料着那个女子并不是女学生，不然，何以满脸都擦的胭脂粉？可是黄曼英又叫密斯柳是什么缘故呢？她们女学生互相称呼，不都是叫着密斯吗？那么，那一个人为什么独穿得这样阔？

她正如此想着，就不住地抬头向包厢里看去。黄曼英看出她的情形来了，轻轻地将她的手胳臂一碰。桂枝一回头，曼英低声道："你看不出来吧？这个阔太太在半年以前，也和我一样是个穷学生，后来在一个地方让这位旅长看上了，就把她讨了去做新太太。"桂枝道："怎么叫新太太呢？"曼英道："你想呀，这个年头讲究男女平权，认识几个字的女学生哪个肯去做人家的姨太太？可是现在好一点儿的男人，差不多都让人家预先抢去了。虽然是不难在人家手上把男人抢过来，可是一定要把那个人轰了出去就不大容易。只有办着两头大，各自成家，除了共一个丈夫，别的事情谁都不管谁。当然，姨太太是不许叫。大太太呢，原来的人又不答应，所以自从革命以后，出了一个名词，叫新太太。"桂枝道："那其实还是姨太太罢了。"曼英道："不，从前的姨太太不能同老爷并坐并行，而今的新太太可是一切都像人家原配太太一样，什么事都可以当权。尤其是交际这样事情，完全是新太太的。"桂枝点点头道："哦！原来是这样的。设若老爷讨了新太太之后，再讨新太太呢，那是不是叫新新太太？"曼英笑道："这个我倒没有听到说过。"江氏笑道："瞧戏吧，跑到戏馆子来聊天来了。"桂枝虽不便再说话，可是她看看戏台上，必定就要看看包厢里。心里这就想着，多少嫁军人的都阔得了不得，向来都是耳朵听见，于今亲自看到，这话倒的确是不错的了。

她如此想着，到了戏台上休息五分钟的时候，桂枝究竟是忍耐不住了，就向曼英笑问道："这个旅长叫什么？"曼英道："他姓马，两年前并不怎样的阔，时来运来，两年之内就做到了旅长了。"桂枝道："他原来是什么职务？"曼英道："不也就是一个连长吗？"桂枝道："现在东三省的事情不是还没有了吗？当军人的人都应该忙着啦。他怎么有工夫来听戏？我瞧你们田连长，要进一次城，准得等一个礼拜，还是忙着来，忙着去。怎么当了旅长的人倒是这样清闲自在？"曼英笑道："田连长就是田连长，为什么带上你们两个字。我又不带军队，哪儿来的连长呢？"桂枝瞅了她一眼，微笑道："我这话没有错。"曼英笑道："错了也没有关系，我是无所谓的。"桂枝不肯闲谈了，把话又引上了正题，因道："我听说一个连长要升到旅长，那不是容易的事呀。"曼英道："这瞧人的运气罢了，那人的运气来了，关着大门都抵不住的。上司要把他升了起来，你叫他有什么法子呢?"桂枝道："他就是这样凭空升了起来，没有打过仗吗?"曼英道："你看他这样翩翩少年的样子，能够去打仗吗?"桂枝道："照你这样说，当兵的人也有捡到官来做的。"曼英道："谁说不是呢?"

江氏听到姑娘老是问那个旅长，好像有十分欣慕的样子，心里就一动，因道："本来嘛，现在只有干武的是最容易升官发财的了。"桂枝道："若是做武官的人都像这位马旅长一样，带了新太太来听戏，那么，倒也可以干了。"她这几句话本是普泛地说人，可是黄曼英听了，已明了她的志趣了。

第十一回

俯首许婚姻芳情脉脉
关心到士卒喜气洋洋

这一晚上，除了听戏而外，所有大部分的时间都是在讨论马旅长。散戏的时候，她们走出戏馆子的大门，恰好那位马旅长也带了新太太由里面出来，在大门口又是不期而遇。那马旅长向黄曼英道："密斯黄，刚才怎么不到包厢里来坐坐？我有许多话要和你说呢。"黄曼英道："刚才我陪着客呢，不便到你包厢里去。改天再到你公馆里去看你，可以的吗？"那位马旅长就代表新太太答话了，笑着点头道："可以的，可以的，欢迎得很。"黄曼英还要说什么，出戏馆子里的人一阵拥挤，就把大家分开来了。

回到了黄家，曼英送着她娘儿两个回房来安歇。桂枝又笑了，她道："刚才那位马旅长，人倒是挺和气，还叫黄小姐到他家里去坐呢。"黄曼英道："一个旅长，那算什么？不过一个人总看自己的机会罢了。田连长的同班同学，现在当师长、当军长、当总指挥的全有。"桂枝听了这话，不免有些纳闷，他有那些个阔同学，怎么还是在当连长？黄曼英和江氏坐在靠壁的椅子上，桂枝是坐着靠了床栏杆，正好和曼英对面。她且不望着曼英，却偏过脸来向江氏道："田连长他们不都是同学吗？"这个他们，桂枝是暗暗地把赵自强也包括在内了。曼英笑道："不是那样的。赵连长听说是教导队出身，田连长原是学生，考取了军官学校以后，就编到军队里去当兵。"江氏情不自禁地哟了一声道："田连长原是当大兵升上来的啦。"曼英道："可不是？现在做军官的，总是要由大兵一步一步上升着去的了。当了大兵，才可以当排长连长，当了连长营长，才可以当团长旅长。想一步跳上去，那是不行的。"桂枝向曼英微笑道："这样说，将来田连长准可以上升到旅长去。"曼英微笑着，倒没有加以答复。当晚夜深，也只说到此处就不向下说了。

到了次日，曼英又带了她们娘儿两个一路去看有声电影，这天晚上没有什么事情，又在屋子里闲谈，而且还加入了黄太太。江氏便道："家里的事情一丢两三天，究竟有些放心不下，明天不逛市场了，起早便回海甸去。"黄太太手上捧了一管水烟袋，是斜了身子向她们坐着的。她连呼了两袋水烟，在身上掏出手绢来，将烟袋嘴擦抹了一番，然后按上一袋烟丝，两手捧了递到江氏手上笑道："您抽一袋水烟吧。"江氏接着水烟袋笑道："您住在城里的人，还抽这个啦。"黄太太笑道："抽这个抽惯了也是一样，这可比抽烟卷省钱多了。海甸也有抽水烟的吗？"江氏呼着烟道："那简直是找不着。现在城外的人也学得繁华着啦，什么不同城里一样哇！"黄太太道："您不轻易到城里来吧？"江氏道："可不是？黄小姐到海甸去，一说城里比以前更繁华了，我们这姑娘她一时高兴，非来不可，她们又把我拉着，我也只好来吵闹您两天，明天该回去了。"

黄太太道："您不是重托了赵家老太爷给您看守着屋子吗？"江氏道："是的，不过自己家里的事总不能老托着别人去办。"黄太太道："赵老太爷不是为人很好的吗？"江氏道："为人很好的。就是赵连长为人也很好的。漫说托他看看门户，就是再重一点儿的事，托赵老太爷帮帮忙，也不要紧，不过我们总不好意思。"黄太太道："我听到我们孩子说，赵老太爷还想给府上攀亲呢，这事大概没有成吧？"

桂枝听到了这里，总有点儿不好意思。但是在人家里做客，又没有地方可以走的，于是偏过头去，只看那墙上贴的月份牌美人画。江氏呼了一口烟，点着头道："这事是有的。不瞒……"她说不下去了，又端着水烟袋吸了一口烟。见桂枝的头还不曾回转来，这就从从容容地道："不瞒您说……"她想吸烟，见左手所捧的烟袋下夹的纸煤，头上火星小些，于是将右手两个指头抡搓着纸煤，眼睛望了纸煤头上的烟，慢吞吞地答道："这个年月，那是维新得多了，婚姻大事总不能全凭父母做

101

主，我还有什么不明白的，所以有人提到孩子的亲事，我总不敢一口答应。其实赵家这门亲那自然是很好的。"说着，她又呼噜呼噜抽起水烟来。黄太太微笑道："这样说，倒是愿意了，大姑娘怎么着，你让我们喝这碗冬瓜汤吗？"

桂枝看了壁上的美女画，只是望着，不肯回转头来。黄太太道："这话我就实说了，赵家是实心实意地要攀这一门子亲，赵老太爷倒亲自来找着我们先生托着圆成这件事。我们本来想到府上去说合，无奈您两家住在一块儿，我们这话也有些不好说，所以请您娘儿俩到城里来玩玩，顺便地就和您娘儿俩谈谈这件事。您要是觉得可以谈谈，咱们就谈下去。要不，那也没什么关系，好在是在我这里说话，谁也不会听到，我们这个做媒的，和平常做媒的不同，全用不着撒谎。赵家的事，您比我们还清楚啦。"江氏道："黄太太，您好说。撒谎，您图什么来着？我不是说了嘛，我是没有什么话说。"黄太太道："大姑娘，这是终身大事，你说呀。咱们全是女人，说了有什么要紧？"

黄曼英走向前，拖着桂枝一只手道："你老瞧着那张画做什么？"桂枝被她施劲地拖着，不得不回转头，于是将脖子一扭笑起来了。黄曼英道："大姑娘，这就是你的不对。我们很费了一番心思，把你两位请到这里来，你不跟我们说一句话也罢了，怎么连一个字也不答复我们？这简直是瞧不起我们啦。"桂枝被她这话一逼，不能不说话了，便笑道："你这话我们可不敢当，我们哪里能够那样不懂好歹。"曼英道："这不结了，你为什么不理会我们呢？"桂枝有一句话是要说出来，可是说到嘴边，她又忍回去了，只是向人微微地一笑。曼英两手连连鼓了几下掌，顿着脚道："她答应了，她答应了。这冬瓜汤，咱们算是喝成啦。"黄太太瞅了她一眼道："你真是孩子气。我们这儿正明公道地说着，有你这样一闹，人家一难为情，这话怎么好往下说？大姑娘，你别理她，咱们还是正经地向下说。我这个人你总也看得出，绝不叫人去上当的。你有什么话，尽管对我说。"

江氏已经是不抽水烟了，端端正正地将烟袋放在桌上，将纸煤缓缓地插入煤洞子里去。在这种动作的期间，自然是犹豫了一阵，这犹豫的期间，就让她想得了可说的话了。因向黄太太道："你别问她了，我仔细想想，也没有什么难处。若是赵老太爷看得起我们，愿意结亲的话，我只有一点儿小小的请求，就是我这么大的年纪，只有这一个孩子，我娘儿两个总不能离开。我也并不是靠姑爷来养活我，我的庄子上若是每年都收着粮食的话，总还够吃喝的，我就是舍不得姑娘。只要像现在一样，老做街坊那就很好了。"黄太太道："这有什么难处。漫说女婿有半子之劳，养丈母娘是应该的。就算不应该，赵连长家里人口本少，添您这一口，也不算什么，这个您都可以不必挂在心上，我们想着，一定可以办到。"

江氏耳朵虽是在听黄太太说话，两只眼睛自然是完全注射在桂枝身上。桂枝两只手按在膝盖上，自己低了头去看自己的手，什么话也不说。黄太太自然也是很明白江氏的意思，她自己是千肯万肯，只是不知道姑娘的意思究竟怎么样。所以江氏说的话总是不着边际，而且说话的时候态度很是不安，好像怕说出话来会引起姑娘的反对似的。黄太太知道这一道关键，完全引到桂枝身上去了，这就向桂枝身边走来，挨着她的椅子边坐下，然后用手按着桂枝的手道："大姑娘，你有话只管说。若是你愿意的话，那倒没有什么。假如你是不愿意，啰里啰唆，我们只管说下去，那是多么讨厌。"

桂枝低了头，脸不免红红的，被人迫着，不知怎样是好。现在黄太太说到讨厌两个字，这让她不能再行默尔了，便故意板着脸道："哟！您这是笑话，我们怎么敢当呢？"黄太太笑道："这样子说，你是不反对的了，那么，就照着这个样子望下说。你瞧怎么样？"桂枝听了，却是不作声。黄太太道："说呀！究竟怎么样？"说着，她就伸手在桂枝的肩膀上轻轻地拍着。江氏道："你这孩子，人家黄太太好心好意地和咱们说话，咱们好意思不理人家吗？"桂枝板住脸道："有话你不会对人说吗？老逼着我说，逼得我怪难为情的。"说毕，她又禁不住一偏头笑了。

黄太太向曼英看时，曼英连连点了两下头。黄太太笑道："这个样子，大概是不成问题的了，明天你寄封快信到西苑去，让小田向赵连长通一个消息，叫他也好宽心。只要彼此两家都愿意了，这事就算是定规，至于文定那些事情，迟几天倒也没有关系。"曼英道："你这话就说得不对，你说两家愿意就算定规，那是我们的看法，若照当事人说，不文定人家是不会放心的。"江氏道："这虽是一句笑话，不过我们是院邻，一说妥了，倒是放了定好，因为那样看，彼此认明了是亲戚，遇事到底方便些。"黄太太笑道："您府上愿意快办，不用提，赵家更是愿意快办的，那么，老老实实就通知赵连长去择好日子吧。"曼英也走到桂枝身边，将她一只胳臂挽在手上，向她笑道："到了现在，你还不肯说话啦！你的嘴真是紧。"黄太太笑道："这年头，男女平权，要什么紧？你瞧我们曼英，她常是去找小田，小田也常到我们这儿来。我就把他当自己的儿子一样看待，这有什么关系。"曼英回转脸来，瞅了她母亲一眼道："干吗又拉上我来做陪客？"桂枝点点头，哦了一声道："你也怕害臊哟！"她这一个动作不啻表示她已经同意赵家这段婚事了，说是我怎能不害臊呢？这给予江氏一种莫大的安慰，这事情算是完全定妥了。当晚和黄太太略微谈了一些放定礼的手续，也就各自安歇。到了次日，江氏放心不下家里，一定要回去，黄太太母女因大事已妥，也就不再挽留。江氏母女走了以后，曼英把经过的情形就写了一封快信寄到西苑去。

田青接到这封快信已是下午十二点钟以后，在军营，这是士兵午睡的时候，在一天的课程中是最闲的一个时候了。他拿了这封信就向赵自强这边来。就军营说，北平西南北三苑是比较设备完全的营房。他们一连人各住一幢楼，楼上是卧室，楼下是饭厅与教室。田青是第八连，赵自强是第九连，恰好是两幢楼房并连着。田青先在楼窗户外一看，只见赵自强背了两手站在屋子里，两脸通红的，好像是生气。推门走进他的小屋子来，赵自强没说话，先叹了一口气。田青笑道："你是想媳妇想大发了吧？为什么生气？"赵自强摇着头道："不是说笑话，我若有一点儿办法，我不拿枪杆。这回听说总司令要来检阅了，各营拼命地补充起来。我这连补充了二十名弟兄，他妈的，没有一个不是铁屎！别的不说，教了他们两个礼拜，连箕斗册子（注：十五年前旧例，兵士之三代履历，军营术语，曰箕斗册子，亦曰花名册子）全闹不上来。"田青笑道："我那连稍微好一点儿，可是也有一两个饭桶，你别性急，慢慢地教他们得了。"赵自强道："我还没有耐性啦。我是听你说了，别打

104

他们，打他们最叫他们丧廉耻，可是……"

他说到这里，正好有两名新兵由窗户外经过，举手行着礼。赵自强道："进来，我问你们话。"两个兵士走到门口站定。前面一位是大个儿，大黑的脸倒配上一双白果眼。赵自强道："你最不行了。你别慌，慢慢地背一背你的箕斗册子。咱们只当是平常说话，你别慌。你姓什么叫什么？"他道："我叫大个儿李。"田青站在后面，忍不住扑哧一声笑了。赵自强回头向田青皱了眉道："你听听，若是总司令检阅的时候，抽查到了他，我怎么办？"那大个儿李挺着身子，翻了白眼，作声不得。赵自强嗐了一声道："你在外面拉洋车的时候叫大个儿李，当了兵还叫大个儿李吗？这两个礼拜，排长对木头说的话吗？"大个儿李道："排长跟俺取了个名字，叫李长发。"赵自强道："这不结了，再来，你叫什么？"他道："俺叫李长发啦。"田青忍不住插嘴道："别带那个啦字。"赵自强点头道："凑付着吧。你保人是谁？"他道："保人是张三德。"赵自强道："你哪里人？""俺山东济南府。""多大岁数？""二十九岁。""祖父是谁？"李长发愣了一会儿，垂着的手抽了两抽，慢吞吞地道："他是俺爷爷。"赵自强一跳脚道："田连长，你睢，这小子该揍不该揍？祖父是他爷爷，他真聪明，他会知道。"田连长实在没法振作尚武精神，也是哈哈一笑。赵自强道："你祖父是你爷爷，我不知道吗？我问你爷爷叫什么名字？"他恍然大悟了，哦了一声道："排长给他取了个名字，叫李有道。"赵自强摇摇头道："你真会把我气死。不用说了，下去好好地背熟来吧。"

他退下去了，他后面站着一个瘦小的黑汉子，尖尖的脸，眼珠直转，这分明是比较精灵些的样子。赵自强道："你叫什么？"他抢了道："我叫阮得明，河南新乡人，年十六岁，二十一年一月入伍，保人皮克勤，祖父阮守道，父阮大海，左五斗，右三斗。"田青笑道："核桃拌豆腐，一哆嗦一块，这小子倒背了一个滚瓜烂熟。可是你忙什么？刚问到你叫什么，你就报上来了。"赵自强平伸着两手，连连摇了几下，叹着气道："我连连遇到这么几块磨咕，叫我怎么办？下去吧。"那个兵倒纳闷，自己说的前后颠倒了呢，还是错了呢？只好垂头丧气地走了。田青笑道："你交给班长排长得了，你急什么？"赵自强道："有了检阅的消息好多天了，知道总司令哪一天来？我若是不管，到了那个日子出了乱子，是谁的责任？"田青笑道："先别管这个，咱们谈一谈私事吧。"说着就在身上掏出那封信来，双手递给赵自强，顺势作了一个揖，连说恭喜恭喜。

赵自强笑道："别开味了，我气得要死，你倒恭喜我！"田青道："真的，我应当恭喜你，那婚事成功了。不信，你瞧这封信。"赵自强将信接到手上看了一遍，不觉抬起手来，搔了一阵头发道："这……这……你们那未婚夫人不至于和我开玩笑吧？"田青道："是开玩笑，不是开玩笑，这用不着我说，你想一想得了。"赵自强笑起来道："这个日子请假怕是不容易。"田青笑道："刚刚提到头一句话，你就要结婚，这也未免太快一点儿吧？"赵自强将那封信向身上衣袋里揣了下去，抬了两抬肩膀道："我的话也不是那样说。我……我……"他笑着摇了两摇头道，"我说什么来着？说到嘴边，我又忘了。"田青笑道："我倒不管你说什么来着，可是那封信我给你看，已经是天大的人情，干吗你向自己衣袋里揣了下去？"赵自强笑道："我说着话呢，不知不觉地就把这封信揣到袋里去了。我要你的信做什么？你拿去。"说着将信向田青衣袋里一塞。田青笑道："请假你是不用请，不过明天你应该回家去一趟，瞧瞧应当是什么时候放定礼。"赵自强道："营长说了，这两天别离开，不定什么时候有事。若是走开了，倒好像是存心不服从命令，那可不好。"田青道："既是如此，你今天就回去一趟，快去快来，不见得下午了还有什么事。"赵自强道："现在就快一点钟了，我要跑回家去，怕回营来误了二至四的操。六点该我上讲堂讲操典啦。"田青笑道："真巧，赶上你今天是太忙。我得去写回信，回头就上操了。"

田青笑着去了，赵自强向那块薄板架的床铺上一倒，床铺板咯吱一下响，他也不管，架起脚来抖颤着，眼望了楼板，心里想着，那话真是说不定，那位老姑娘居然可以许配给我了。往北京城里说，当然不能说她就怎么样漂亮，可是在海甸说就是一等人才。她那漆黑的头发、溜圆的手胳臂，还有……这都不用想了，全好。有一次，我送两碗吃的东西到她家去，和她的手碰了一下子，事后总觉得软绵绵的、暖温温的，说不出来有那么一种好处。我要娶了她做媳妇，新婚那天晚上，第一下子，我就得握住了她的手，把以前我心里这一份痛快详详细细地告诉她。我想她一定是低了头，抿了嘴，只管微笑。那一个姿势在一对大红蜡烛下看着，那是多么有味。他心里想着得意，手也就不觉得向床上一拍。

他自己无缘无故地拍上一下子倒也无所谓，把一个刚进门的上士王士立倒吓了一跳，向后连退了两步，以为连长是向他发什么气呢。赵自强看到门口一个人影子一闪，不知何人来了，也就跳了起来。看到上士在那儿站着啦，便笑道："我刚才一高兴，拍了一下床，你吓着了吧？没关系，将来你可以多喝我几杯喜酒就是了。你娶媳妇的时候，办的是什么酒席？"这几句话真有些突然而来。他想，为什么连长好好的向自己说起娶媳妇的事来了。可是连长问了，又绝不能一句话都不答复，便笑道："我还没有家眷呢。"赵自强摇着头道："别耽误了，有机会就说一个吧。我知道你一定是说现在手边没有钱。其实遇到彼此情投意合的，那也用不着花什么钱。再说，你现在先定好了，将来有机会再娶过门，那也要不了多少钱。"

王士立一想，赵连长哪里来这种经验突然地告诉我听。而且，谁也没有惦记到娶亲的这件事上来，他为什么把这话来告诉我？可是心里尽管疑惑着，表面上却不好有什么表示，就向他笑道："连长说得是，我托重你，将来看到相当的和我说上一个。"赵自强微笑着点了头道："那一定，我路上没有人，我也可以托我们亲戚，和你找一个相当的人。我们亲戚家那老太太十分地好，而且又热心，遇到这些事，一定可以帮忙。一个人只要是吃过苦来的，总会做好人。"赵自强说到这里，他对他的新岳母不免夸张一阵。然而王士立却是茫然，他的什么亲戚，亲戚什么样一个老太太，这完全不知道。而且与赵连长共事多时，也从来不曾听到说他有什么亲戚，现在忽然大事夸张起来，这倒不解何以半夜里会杀出一个李逵来。

赵自强看他有些犹豫的样子，这才想了起来，自己并未言明快要订婚，人家知道什么亲戚？再说，这婚事也不算就成功，怎么好对人说杨家就是自己的亲戚呢？这就向着人有些难为情了。于是向王士立道："我今天太高兴了，所以说了许多高兴的话。过些时候，也许你就明白了。"王士立道:"是的,补充来的那些弟兄这几天总算教导得有些上轨道了。将来比较起来,也许是咱们的成绩最好。"赵自强听他如此说着,倒哈哈一阵笑了,他不但是听了说那蠢猪一般的新兵,他会高起兴来,就是到了讲堂上去讲功课的时候,看到他那新的弟兄都一视同仁,并不烦恼。在严厉之中,对弟兄放出仁慈的样子来,以为他们为了穷来当兵,根本缺乏知识,怎能怪他呢?

到了下午四点钟,伙夫们由大厨房里抬着吃的东西上饭厅去了。这里一大桶是杂和面的蒸窝头,虽然是热气腾腾,那热气里可带着霉味。另一桶子便是熬白菜。提到白菜,不是粗糙的食品,南方将北京的白菜烧肉吃,还是时髦菜呢。然而在军营里头,自从八九月间,白菜上市一个多月以后,价钱不大了,于是就吃白水加盐熬白菜,一直吃到春去夏来白菜价钱上涨为止。赵自强当大兵的时候,领教过这白菜的滋味二年,现在那桶白菜由他面前抬过去,不由得感慨系之了。因为当连排长的人,他不必和兵士同吃了。兵的厨房,一连人一个灶两口锅。一口锅永远是蒸着小米饭,或者窝头,一口锅永远是熬着极贱的菜蔬。午饭以后,一锅白开水,外带过时不候。当军官的人好容易熬出头了,他们永不想再光顾大厨房,所以一连之内便另有一个吃饭的小组织,那叫小厨房。一连里面,约莫有一桌人,可以吃这小厨房里的饭。这里虽不必餐鱼顿肉,至少是大米白面可以充量地吃。

赵自强这天实在高兴极了,在屋子里坐不住,在楼下饭厅外来散步。他闻到窝头的霉味,又闻到白水熬白菜的那一股似酸非酸、似发酵非发酵的怪味,他心里大为感动。当大兵的人每月拿八块大洋,还要打一个八折。就是这样的伙食,至少也要扣三块钱。新来的弟兄又要买一床官被、一床白被单、一双手套,得四五块钱,按月也要扣上一份。哪有钱剩?老百姓都不满意大兵,他不想大兵为国家拼命,也许终年不看到一个铜子。这还说是按月发那八成饷的话。假使两个月发一回饷呢,伙食已经吃了六块钱,当大兵的人反而要欠公家的了。拼了命来当兵,一年发半年的饷,至少要亏空二三十块钱的债。那一班报馆里先生提起笔来就说中国的兵多而无用,国家养兵养穷了。其实这不怪兵。只怪老百姓穷得无出路,非当兵没饭吃。而且国家并不会穷在啃窝头的大兵身上，应当穷在住洋楼坐汽车的将官身上。

他想到了这里，我也是个军官，比士兵舒服多了。我快要娶太太了，将来就有儿子，我得做好人。他由发过感慨之后，动了仁慈心了。他悄悄地向饭厅里面看去，一个兵带着一碗菜汤、一碗窝头，满地里蹲着吃。（注：无桌椅。）心里这又感动一下，无论哪一种老百姓，除了叫花子而外，有这样吃饭的吗？当时走上楼去，见着王士立，就向他笑道："明天我拿出两块钱来，买几十斤咸菜给弟兄们吃，回头怕我忘了，明天提我一声儿。"王士立答应着，心里可就想，我们连长一高兴起来，连弟兄们都有咸菜吃了，真是一人有福，好带一屋。

赵自强见王士立有笑容，一定是赞成自己这种主张，笑嘻嘻地道："我老早就是这样想的了。不久的时候，我还得请你吃喜酒呢。"王士立这才明白了，连长这一程子常谈到娶太太的事，莫不是他真要娶太太了。便笑道："你要娶太太了？那好。"说着，有个胡排长来了。赵自强笑道："听见没有，我要娶媳妇了。人是真不坏，今年二十一岁，粗细活全能。心眼儿比我灵活得多。可是，一点儿什么习气都没有。你们信不信？"其实谁也没有说不信，他倒是多心了。自这时起，赵自强脸上老是带着笑容。吃饭脸上是笑，谈话脸上是笑，一个人站着是笑，坐着也是笑。这个时候，到了五六点钟，天色就黑了。赵自强倒吃了一惊，今天的日子怎么过得这样子快。天气还冷着呢，到了晚上，更是二月春风似剪刀。可是不知道是什么缘故，今天在自己小屋子里怎么也坐不住。本想找同营其他的连长去谈个天儿，可是娶太太的事那三个连长全知道，说起来又怕他们笑话。因之一个人也忘了冷，走下楼来，只管在院子里徘徊着。

那漆黑的天布着缭乱的星斗，差不多每晚如此，这也没有什么意思可言。然而今天看到，就特别地感觉兴趣。靠了墙，抬头只管向天上望着。心想，这星光也照着自己家里的。不知道老姑娘今天晚上回海甸来是怎样的情形，见了我父亲恐怕有些不好意思。女人害羞的样子最是好看，我过两天回去了，得瞧瞧她究竟是如何地害羞。假使她见了我的话，我们男子汉别那样小家子气，还照常地和她笑着点头得了。她还是理我呢不理我呢？哈哈！这一定是一件有趣味的事。他心里笑，嘴里头也就不由得笑出声来。正是他如此高兴的时候，忽然听到了集中的号声，什么事，这得瞧瞧，记得自己没有系武装带，没有挂指挥刀，赶快上楼。可是当他走回自己的屋子以后，他又扑哧的一声笑了。

笔者按：文中所言军中生活是十五年前北方募兵时代情形。下仿此。（卅五年十二月注）

第十二回

寒贱苦从戎病夫落伍
牺牲甘解甲战士多情

原来这一番集中的军号声是很平常的事，乃是晚间九点钟点名以前应有的举动。今天的值日官另外有人，赵自强无须前去，自己匆匆忙忙地跑上楼来穿衣，那简直是毫无意思的举动。所以他自己一想，也不由得笑将起来。但是他的清醒时间究竟是为时很暂的，过了十分钟，他坐在床铺上，又沉沉地想起来了。他想着，无论如何，明天要抽着片刻的工夫回海甸家里去看看。这不为着别的，媒人和两方面都说得一切妥当了，若是男家不向女家去有一点儿表示，这倒好像男家有些打退堂鼓，岂不是把事情无形搁下来了？哪怕回去十分钟呢，也应当回去一趟。可是这话又说回来了，这几天正是总司令要来检阅的日子，设若自己回家去的时候，正是总司令来检阅的时候，那就要闯下乱子，不知道要怎样地收拾了。

他坐着沉沉地向下只管想，忽然眼前一黑，原来是熄了灯了。在熄灯以后，也无事可做，他慢慢地躺下，又慢慢地想着，觉得杨家桂枝姑娘既不是那十分维新的人物，但是她的装束、她的动作，也并非顽固到那样极点。这正是自己平常想的那标准人物，不但是娶她来做媳妇，就是平常市民公选，选个什么区长里长，自己也一定投这种人的票。自己觉得是个半新不旧的人，也就只有这种半新不旧的人才配自己对劲儿。他这样想着，便觉得是和父亲商量，向杨家求婚的这件事那是千万耽误不得。假使我是杨桂枝的话，我心里一定是这样地想着，赵家哪天应当

111

来提亲了，哪天应当来放定了，哪天应当择定喜期了。在一个要做新娘子的人，对于这种事情，都少不得一样一样去想象的。然而自己若是不回去的话，那会让她第一个哑谜就揭不开来，她岂不要大为扫兴？杨家的事自己是知道的，这婚姻在桂枝本人可以做一半主。现在若把桂枝得罪了，就是这件事有一多半难望成功。万一事情坏了，那岂不是合了一句俗话？把煮熟的鸭子给飞了。

如此一想，他心里的事放搁不下，哪里睡得安稳？一人在床铺上，翻身向里睡一会儿，又翻身向外睡一会儿，眼睛虽然闭着，神经倒更是敏锐，醒着的时候，所不能想到的事于今都想到了，假使我现在把杨桂枝娶到手了，以后我就真正有了家，免得父亲带了一个听差，住在一所深院子里，缝联补破，烧火煮饭，一切都是自己料理，仿佛是个挂单的和尚。等到有了儿媳妇进门，这些问题自然也就迎刃而解。再过两年，我父亲一定可以抱孙子了。到了那个时候，我就是随军在外，也有人安慰我的父亲，我不必像现在一样，觉得老是对父亲不住了。他越想却越是兴奋，越兴奋却也越是要想。自己也有点儿省悟，这样地想下去，何时为止？非想到天亮不可！真想到了天亮，明天起来，当然不能有什么精神。军人是首重振作精神的，若是明天就是检阅的日子，自己没有精神，那如何能对付过去这一个难关，自己赶快去休养精神吧，养好了精神，渡过这个难关以后，再来安心安意地进行婚事，那总不算迟。今天晚上，第一项工作还是睡，别的可以不想了。于是按住了心上的思潮，下决心去睡。无如神经兴奋起来了，却也是不听人的指挥，窗子外面，风过天空声、那树枝经寒风摧折卜突打击屋瓦声、士兵屋子里的鼾呼声，却是一阵一阵送到了耳朵里来。耳朵既是未曾聋，人是醒的，这声音绝没有不听到之理。既是声声都听见，自然就睡不着了。

也不知是什么时候，他自己用了一些玄术，弄得自己和桂枝见面了。桂枝今天打扮得是更为艳丽，穿了一件粉红色长衣，在漆黑的发鬓角下倒插了一朵红花，这陪衬着她的面貌别有一种洋洋的喜气，莫非她是做新娘子了。要做新娘子，那当然是嫁我。他如此想着，似乎桂枝已把他的心事洞若观火地猜出来了。她瞪了眼道："你不要做那些梦想，以为我能嫁你吗？"赵自强这倒炸了，嫁我不嫁我，那不要紧，为什么放出这种骄傲的样子来，便道："这又不是我胡说的，自有人做媒为证。你忽然变了心，莫不是要嫁甘二爷？你要知道他现在穷得要死，连饭碗都找不着，还是我给他想的法子呢。"桂枝道："你不要在身后糟蹋人，我嫁他是嫁定了。你听，他接我的花马车来了，那不是奏着音乐队吗？"赵自强听说，仔细一听，这可不就是吹着军号吗？然而这号声并不是爱情曲子，乃是起床号，赵自强猛然一个翻身坐了起来，啊哟！哪里有什么人结婚，原来是自己做梦。这用不着什么考虑了，自己赶快起床。

当连长的人那总是比士兵自由而且舒服得多。在赵自强刚起床之后，他的随从兵已经进房来了，和他整理床铺，送洗脸水来。这个日子，依然是夜晚很长，赵自强刚到窗边一望，就看到天色依然是银灰的，星星是稀了，几个如杯口大的亮星好像是小电灯泡，在半空里很孤零零地向下沉着。那郊外的寒风在早上它是更有力量，犹如带着稀薄的锋口向人脸上刮着。赵自强看了天色，在寒气中打了两个呵欠，心里正想着，当兵的人实在太苦，这样早就起来，叫那年轻的姑娘嫁给军人……赵得全，有。刘进升，有！一种点名的粗暴短促声由寒风里传了过来。他又想了，我不要不知足了，当连长的人从从容容起床，从从容容穿衣穿鞋、洗脸漱口，太自由了。可是他们士兵呢？军号一响，第一个是班长骨碌跳了起来，十分钟之内连床铺都要整理好了，然后到院子里集中站队，听候点名。这十分钟的工夫，在我只是由床面前走到窗口来罢了。裹腿是不曾打，摸摸衣服，领下的纽扣也不曾扣着。都是人，这也就可以满足了。他想到这里，心旷神怡起来，把服装整理好了，也就到了七点钟，这就上操了。

这时，天上的星星是没有了，然而天空也只有一点儿微微的亮，昨晚上的宿雾兀自笼罩着全操场未曾全收。平常中产之家的人，在这样的寒天出来，在皮袍子之外，纵然不穿一件大衣，也要卷上一条围巾。可是大兵们怎么样呢？只是上身穿一件破皮袄，下身一条棉裤。皮袄大半掉了毛，那还罢了，不堪的就是棉裤。那里面的棉絮差不多总是旧棉絮重弹的，这哪能够有什么暖气？赵自强心里想着，走到了院子里，就和排长带了兄弟们向操场来。兵士们到了操场，立刻就做跑步运动。赵自强也就跟着他们跑了起来。原来早上起开跑步，这是北方军队特有的办法。天气冷到点水成冰，衣服不能抗冷，周身的肌肉都不能去听自己的指挥，而且兵士还托那其冷如冰的枪杆呢。这还怎样地去下操，所以一到下操时，不问一切，首先就开跑步起来。跑得周身出汗有了暖气，这就开始操了。

这一天早上却是特别地冷，天亮了许久，太阳还不曾出来。半空里阴暗暗的，好像是要下雪。赵自强究竟是昨晚上没有睡得舒服，他没有那样拼命地跑，身上倒也不感觉怎样的冷，只是两只手垂在外面，手指头冻得生痛。本待戴上袋里的一双手套，可是看着大兵们就不想戴了。当军官的人愿意人家说他不如兵士能抗冷吗？因为这一两天，军士们买的手套原放在储藏室里的，现在快要检阅，都拿出来，预备着摆样子。连长戴了手套，兵士岂能不戴？因之赵自强将手挪搓着，站在一边，看排长们教操。可是站住了不要紧，这宿雾里刮来的冷风，把两只耳朵吹得如小刀子不断地修割一般。北方军帽都有两个皮护耳，但自有护耳以来，未曾见人将这护耳取下过，所以赵自强站在这里，只管是觉得耳朵冷，却永不能记起帽子上有两只护耳可以放下来的。他想着，这样地跟着看操，这身上的冷决计是除不了的，于是把一连人集中了，自己就站在队伍面前训话。对于这些弟兄们要谈什么高超的思想当然是不必，这就向大家道："我这两个礼拜告诉你们的话，你们都得记着。我们总司令来检阅我们的军队，若是我们能考个第一，这可大大地有面子，将来总司令赏下来……"

赵自强提起全副精神来说话，打算把身上这一股子冷气可以去掉。就在这个时候，却看到队伍里有个兵士，脸上变了色，扛了一杆枪，只管有些东歪西倒。便叫道："盛世民你怎么了？"盛世民不敢答话，立刻挺了胸脯子，将枪扛直。但是他这种强自支持的办法究竟不能持久，不到几分钟工夫，他的身子又晃荡起来了。赵自强看他那样子，知道他身上有了病，正想问明了情由叫他就下去，那兵士已是等待不得，连枪和人身子向前一栽，滚倒在地上。赵自强看了人家这样子，当然是不能再加责骂，叫两个兵士先把他搭回连部去。这两名兵将他搭到了寝室里，就问道："你是怎么了？"盛世民哼道："裤裆里又痒又痛，简直是要了命。"

一个兵道："哈！这是绣球风，是咱们当大兵的人专有的病。他妈的，被服厂的人偷工减料，只顾自己发财，把这样麻包似的棉袄给当大兵的穿。"说着，用手摸摸裤裆道，"你瞧，冷风钻进去了，就是绣球风。这个症疾可不大好治。你和连长商量商量，想法子在营长那儿请病假出去。你千万可别上军医处那儿治病，我是知道，你是内科，给你一点儿苦硫吃吃，你是外科，给你涂点儿凡士林，好药是有，犯不上给当兵的治病，人家还可以拿出去卖钱呢。反正打扣头卖给干这行的，还怕没人要呀！病治不好，你死了是活该，有人报上烧埋费去，还可以沾点儿光呢。"这个大兵叫余守直，是在高小毕过业的人，一排人算他最机灵。盛世民也是个当兵未久的人，听了这话很是有理，于是由班长讲情起，转商到营长那里去，这位营长就极不愿本营有发生绣球风的人，他既是要请病假出去，也就落得放他一条生路，批准了让他出去。赵自强这两天不能出去，正苦着没有办法写信回去，不知道实况如何，也不好在信上怎样地措辞。现在盛世民出来，倒可以借着他的口回去报告一个消息。于是给了盛世民一块钱，吩咐了他一些话，叫他看看自己的老太爷。盛世民觉得这连长太好，千恩万谢地出营去了。

他在营门口雇了一辆车子，一直拉到海甸赵家。当他到了赵家门首时，天上那密密层层的鹅毛雪片只管涌将下来。有时在雪里吹上一阵风，卷着那雪阵打起胡旋，向人身上直扑。盛世民身上有病的人，哪经得住这种严寒？下得车来，进了赵家大门，就蹲在地上哼了两声。桂枝正把院子里地上的煤球用筐子向屋子里搬，昂了头望着天道："天也是和穷人为难，到了这个日子，还下这样大的雪。"她忽然听到一阵哼声，倒吓了一跳，立刻跑了出来，向门口来看看这是什么事情。她看到盛世民蹲在地上脸色灰白，不由得向后倒退了两步，手扶了墙向他看着道："你是做什么的？"盛世民望着她，是位大姑娘的样子，便道："小姐，这是赵连长家吗？"桂枝看他身上穿了灰色袄子，虽没有肩章帽子，总有些像军人的样子。原有些害怕，现在经他一问话，觉得这人也没有什

115

么不可以接近，就答道："对了，这里是赵家，你找谁？"盛世民道："我要见他们老太爷告诉一句话。赵连长本来是要回来一趟，因为这两天正赶上总司令要来检阅军队，他离不开身。他说杨家那件喜事，他一定办，让老太爷先给人家回个信，免得姑娘着急。"

盛世民做梦不想到男女二家是院邻，而且碰到了本人，敞开来这样一说，臊得桂枝羞又不是，恼又不是，只瞪了两眼望他。盛世民还是不解，就道："大姑娘请你向里面言语一声吧。我身上不舒服，嚷不出来。"桂枝本想骂他两句，一看人家这样子却也是不忍去骂，一转身就回家来。江氏道："你在大门口和谁说话啦？"桂枝道："一个大兵，瞧他那胡说八道的。"江氏道："胡说八道，你不理他也就完了。"桂枝顿了一顿，才道："他来找人的，我怎能够不理他呢？"江氏道："他找我们呢……"桂枝道："你瞧，你真想不开，是找我们的，我还不把他引了进来。"江氏这算明白了，乃是找赵家的。自己先到大门口看看，然后再进后院去。桂枝在屋子里，先听到赵老太爷走了出来，就是一阵忙乱，在大门口谈说了许多话，将那个人竟搀了进去了。江氏也是在里面忙乱着，未曾走回家来。

桂枝在家度雪天也是无事，端了一杯热茶靠了窗户，隔着玻璃只管向外面看着雪。那后面院子里的说话声略微可以听到一点儿，只听见赵翁和自己母亲都不住地叹气，似乎很可惜这个病人似的。约莫有两小时之久，江氏才回来，桂枝这就埋怨着道："你也没有七老八十的，为什么说起话来，就这样没结没完？"江氏道："并非我喜欢说话，听了人家的话，怪可怜的，就这样谈下去了。平常我们瞧见当大兵的，心里老早地就不高兴。其实据当兵的人自己说起来，那一份可怜简直不是人。以后咱们见了大兵，多可怜可怜人家吧。"桂枝道："你这样没头没脑说上一阵子，究竟为的什么，我倒有些不懂。"江氏想了一想，笑起来道："我是一肚子的话憋不住了，所以一见你的面就说起来。你猜怎么着，嗐！"她在不曾说出肚子里的话以先，又是这样很凄怆地慨叹着。桂枝知道母亲是个心软的人，这必定是那个人说了一些苦话，所以引起了她一肚子的慈悲，若是只管问母亲，这话一定很长，就低了头不再去和母亲说了。

在这天晚上江氏又到后面院子里去看这病人，而且在箱子里寻了一双旧棉袜子送给盛世民。因为这是男人的袜子放在箱子里，也是白放着。今天撞上赵翁家里煮羊肉饺子，一定也要江氏在那里吃，而且把桂枝也叫了去。那个盛世民在暖和的屋子里休养了半天，精神好得多。当兵的人整个月不见着一回肉，见了饺子口水直流。赵翁也让他在藤椅子上半躺半坐地吃了两碗饺子。他肚子吃饱了，病越发是减除了，闲着无事，就和大家谈谈军队生活。他除了说军营里平时是怎样劳苦而外，又提到了战时受苦的情形。他谈了两三小时，不但是谈到江氏母女替大兵可怜，就是赵翁把儿子充军人卫护国土的念头也有些冰冷。盛世民又说，在军营里当军官，至少当了营长以上的官上了阵线，是会安全些。若说连排长，那是和弟兄们一样受罪。排长是不必说，打起仗来，他带了一排人先上前，连长也是紧紧地跟着三排人。打起仗来，有整整的全旅全团不回来的，连长哪全得了？江氏道："不打仗，没有功劳，哪里升得了官？"盛世民道："劝人去当兵的，总是说可以升官发财。其实几万人里头才挑出一个师旅长来，除了自己要有那能耐而外，还要命运高，上个十次二十次火线才有升大官的希望。别说上了火线，那枪炮子弹打得天上是火，地下是烟，在火线上有个三天四天的话，耳朵都会震聋，两三天不吃饭，两三天不喝水，那是极平常的事。我也想破了，不干也罢。我们八块钱饷，折成六块四毛钱，还要四五十天发一回，扣了伙食，能买双袜子，寄一封家信，就算不错。所以当大兵的人七八年不回去那是常事。你叫他拿什么脸子回去？"这些话说得江氏默然无言。

这天晚上，江氏一人睡在炕上，仔细想了一想，听说连长是六十块钱薪水，二十块钱办公费，若是打个八折，只好六十四块钱，又要拿钱出来办公，又要扣伙食，还是四五十天一回，一个月也就不过三十来块钱罢了。自己的姑娘无论是说性格、模样和她的能耐，哪一样不是百里挑一挑出来的？凭着这样的人难道要挑一个挣二三十块钱的姑爷还找不出来吗？你看，赶上定亲，两家都答应了，这是多要紧的时候。可是这位赵连长倒在这个日子遇到了总司令检阅军队，抽不开身来。将来说成

117

了，也许办喜事的那天，他也抽不开身来呢，那不是一件笑话吗？好在这两天，他们赵家人也没有来提起婚事，马马虎虎的，能混一天就混一天，混到了十天半个月，我老不开口，赵家也许知道我们是不乐意，那么，以后他就不会提了。江氏想了这样一个笨主意，自第二日起，不但是不肯做一点儿表示，而且也不大向后面院子里去。头二三日，赵翁还不介意，到了一个星期之久，赵翁知道事情不妙了。

这天赵自强回来，赵翁只告诉他杨家没有提到婚事，过两天再说也不要紧。赵自强也疑到事情有变，坦然地回营去了。过了两天，他再回来，赵翁口里衔了旱烟袋，坐在睡椅上只管抽着，许久才道："杨老太的意思我是看出来了，她觉得你是个军人，不能常在家里待着的。她只这个姑娘，她总望姑娘常常在眼面前。你有公事在身的人，这怎样能办得到？所以她很淡淡的。"赵自强在这半个月中，本来十分地厌倦军人生活，听说杨家姑娘不愿许配军人，不但不嫌杨家反悔，而且觉得人家这态度是应当的。于是低了头在他父亲对面椅子上坐着，半天没有作声。赵翁嘴里衔了烟袋嘴子，吧吸吧吸抽着烟响。许久，他才道："你看这件事怎么样？攀亲戚总要两方面愿意，一点儿也勉强不得。现在杨家老太太和她姑娘都不愿意，我们勉强着人家的意思来凑合成功，到了将来，那要是大家不顺心的，这又何必呢？"

赵自强依然是低了头坐着，说不出他心里所要说的那番话。很久的时候，他半昂着头，却叹了一口气。赵翁瞧他那种神气，倒有些恋恋不舍，因道："并不是我不赞成这件婚事要来打退堂鼓，只是人家已经很不愿意了，我们还能找着人家去碰钉子吗？"赵自强道："我不说亲事的话，我觉得军人生活实在没有意味，战事的景况怎样那是不必去说。平时的景况呢？也就不过是吃一饱穿一身吧！一个月虽说有几十块钱薪水，真能拿到手的有几个钱呢？"赵翁又吧吸吧吸抽上烟了，将眼睛微闭了一会儿，然后向他道："你的意思我也懂了，可是我已经辞事不干了，你若是辞了差，咱们这一家子指望着什么吃呢？"赵自强道："我当然得另外去找出路。我看这海甸地方倒缺少个外科医生，这一件事要干出了头，我想准是比当连长强得多吧？再不然到学校里去弄个兵差教员当当，也很不错啦。"

赵翁道："前天那个盛世民来谈了一阵子，我觉得当兵的人实在也是苦，若是你有办法改一条路走，我已没有什么不赞成的。只是你这样干，有没有把握呢？"赵自强心想，这哪有什么把握？但是若在父亲面前说没有把握，未免叫父亲不放心，就点点头道："我倒有个六七成把握。"赵翁道："若有六七成把握的话，你就改行也好。"赵自强默然了一会儿，向着父亲道："据你瞧，杨家老大太对咱们这个办法也赞成吗？"赵翁道："这个我哪里说得上。回头你走了，我请她们来谈上一谈就知道了。"赵自强道："嘻！当军人的人，身体真是不能自由。你瞧我才出来多早一会儿，这又要回去，要不然会误了操。"说毕就站起身来向外走着。赵翁想着，其实儿子回家来哪一次不是匆匆忙忙地来去，单是到了今天，他就感觉得不自由了。

赵自强走到前院，正好遇到了江氏，他就伸手行了一个礼，然后笑道："好几天不见，老太太好哇？"江氏见人家客客气气地招呼着，怎好不理，笑着点头道："赵连长很忙啊？"赵自强道："这两天赶上了检阅，营里一阵胡忙，总是抽不动身，有许多要办的事都耽误了。"她听说许多要办的事，当然杨赵联姻这件事也在内。提到了这里，江氏怎样地好往下说，便扯开来道："院子里怪冷的，到家里喝碗水去吧？"她是一句客气话，以为说了这句话，彼此就可以走开了。然而赵自强并不那样办，就向她道："水倒用不着喝，谈一会儿……"他一面说着，一面在衣袋里掏出闷壳子表来看了一看，笑道，"不要紧，我还可以坐着谈个十来分钟。"江氏是自己请人家来的，人家来了，倒不让不成，因之也就只好向前开了风门，将赵自强引到外面屋子里来坐。桂枝自然是做梦不会想到赵自强到家里来坐的。她正舀了一盆热水，在外面屋子里洗手，两只袖子卷得高高的，露出两只溜圆的手臂按在水盆里。看到人来了，却不能抽出两只湿淋淋的手臂就走，因之也只好向赵自强点了个头笑道："赵连长回来了。"赵自强被她这一笑一叫，便觉得周身有一种说不出来的感触，连连点着头道："是的是的。"桂枝擦了手，将那盆水泼了，然后回到里向屋子里去，很不自然地隔了门帘子，咳嗽了两声。

江氏将赵自强让在椅子上坐了，立刻就在屋子里进出了两三趟，口里道："我们家里的烟卷呢？"赵自强摇摇手道："你别客气，我不抽烟卷的。"江氏这才倒了一杯热茶来，在他下手坐了，就笑道："赵连长真是个发财的人，烟卷也不抽。"赵自强笑道："当军人的，发财的也有，可是一千一万里面，也难挑一个。挣钱不多，靠不抽烟卷，也省不出多少钱啦，不瞒你说，我要改行了。"在人家并未和他谈到什么职业问题的时候，他忽然说是改行了，这就不由人不惊异一下子。江氏望了他道："怎么着要改行了，有什么高就吗？"赵自强哪里说得出来什么高就，把自己对父亲所说的话又对江氏谈了一阵。

江氏在外面屋子里虽不曾说话，在里间屋子里偷听的桂枝心里早就明白了，这不就是为了我家有点儿不愿和军人攀亲，他就要把连长辞掉吗？照这样说起来，他对于我的婚事总算是肯将就的了。为了娶媳妇连事情也肯丢了，男子们对于女子要是中了意，什么事都可以牺牲的，至于吗？这老赵也真是个傻子。她如此想着，就不由得扑哧一声笑了。这种笑声恰是让这个有心的赵自强心里就想着，不用提啦，一定是她赞成我这个办法。我猜到了她心眼里去了，她还有个不乐的吗？他虽是和江氏说着话，脸上可也就笑嘻嘻地带着快活的样子。

江氏道："赵连长，你自从到军营里去起已到今天，也很是不容易的事呀，你干吗忽然地灰心起来呢？"赵自强左手取下军帽，右手在头上连摸了几把，微笑道："那是一言难尽。"说到这里，拿出挂表来看了一看，已经是没有时间再容许他说话了，就站起身来道，"下趟回来再谈吧。"江氏心想，这位连长无缘无故地跑来坐一会儿，只说要改行，你改行不改行，告诉我们做什么呢？莫非知道我的意思，不肯要军人做姑爷，他就要改行吗？那也真叫傻了。她如此想着，也是一笑。赵自强一想，一说要改行，未来的夫人笑了，未来的丈母娘也笑了，这样看起来，这一行真是不能不改了。他肚子里闷着这样一个哑谜，就低了头走着，一路想了回营去。

他走在路上，听到军号声，看到西苑那白色的楼房，以至于身上这灰色的衣服，觉得没有一样不陈旧得令人烦腻起来。假使自己不改行，娶亲以后，一个在家里，一个在营里，漫说那是误了夫人的青春，自己娶媳妇为什么的？我若是改行，无论干什么事，两口子总是可以在一处的呀。怪不得人家有姑娘不愿嫁军人，嫁了人是个空名，实在是在守空房呀！他越想越对了，非改行不可！现在又不是什么紧急的时候，辞差总是辞得掉的。为着爱情牺牲这个连长吧，明天就辞职。他想着回到了连部，已经不再有一点儿犹豫，便想找着那位上士来，商量如何请辞。至于平常所念到的什么抗日、什么报国，已经没有一点儿放在脑筋里。在这里，我们可以看看他怎样去找他的新生命了。

第十三回

弃职见知音佳人默许
承家得来者壮士狂欢

赵自强有了那一番经历之后，他发现了军人生活究竟是可以厌倦的，而且把算盘仔细打上一打，也极是不合算。所以到了连部里，找着上士王士立，就讨论这件事。王士立忽然听到说连长要辞职了，这倒不由得大为惊异一下，望了他的脸，许久许久说不出一个字。赵自强正色道："真个的，我不干了。要说一个大兵想不干不容易脱身，我一个连长不干了，想这个位子的人有的是，还怕走不了吗？"王士立道："这不结了？想干连长的还多着呢，为什么把现成的连长倒弄了不干？你私地里和知己朋友商量商量吧。咱们私下说一句话，由兵士爬到连长，这就费大了劲，你若是不干了，以先吃那几年苦，都有些白费劲了。要是知道爬到连长还没有意思，压根儿就不该来扛枪杆。"这三言两语，倒说得赵自强回不出个二来，停了许久才道："以前来扛枪杆，那是以前的心眼。现在不愿扛枪杆，是现在的心眼。"王士立究竟是地位低一些的人，听他如此说着，不敢向下追问了，只好向他继续地微笑着。

赵自强由家里走向西苑来的时候，他是一个人想着他一个人的理，只想到这连长职位所挣来的钱太不能有什么作为了，而且也不如挑桶卖菜的，还可以享那家庭之乐。人生在世，都为着什么呢？就为这样听着军号响起床，听着军号吃饭来的吗？他一个人越想越理由充足，恰是不曾有一个反面的感想来拦住他一下。这时王士立虽是轻描淡写地说了两句，可是仔细想来，他的话也有理由，一个扛枪杆的人爬到了当连长，那实在是不易，如今辞职不干了，岂不是前功尽弃？这倒可以容纳王士立的话，可以多和一两个人商量一下，便是不干，也不急在一两天。这样一个懈怠的念头，把当日急于要改行的主张差不多取消一半了。

这天过去了，到了次日十二点钟的时候，弟兄们午睡了，赵自强闲着无事，走出了营门，也到旷野的地方去走走，借此也好想想心事。出了西苑不远，便是到万寿山去的一条御街。由街上经过，那酒饭馆里刀勺乱响，接着一阵阵的油香味向鼻子里钻了进去，把人家的食欲就不知不觉地跟了香味走，伸手挑开一家酒馆临街的棉布帘子，走了进去。一个伙计迎上来笑道："赵连长，少见，好久不照顾我们了。"赵自强笑道："两个月没发饷照顾你们什么？吃了东西，可以不给钱吗？"伙计笑道："赵连长真是好人，今天发了饷，今天就来照顾我们了。"赵自强笑道："你真会说话。不说我没有钱也肯赊给我吃，倒说是我今天来吃，就是发了饷。我倒要问你，怎么就知道我今天发了饷？"伙计笑道："有位关连长，你也认识吗？他自己说的，每逢发饷，就要到这里来喝几盅。他今天又来了，我想一定是发了饷。"赵自强在路口一副座位上坐下，两手互相搓着，笑道："你把我们玩透了（注：即挖苦更进一层之意），我们不发饷，就不能吃小馆子吗？"

这句话伙计没有答复，后面雅座里有人笑着代答了起来道："这话是一点儿也不假。"说着话，那人一掀门帘子出来，正是关耀武。赵自强笑道："果然你在这儿喝上了，你一个人发了饷吗？"关耀武道："一年苦到头，清淡的日子过得久了，不问发饷不发饷，我总得舒服一下。来来来！咱们一块儿喝几盅。"说时，拉着赵自强就向雅座里走。赵自强一看桌上有一碟炸丸子、一碟炒疙瘩，一个小锡壶放在一边。杯子里满上了白干。碟子旁边放着七八枚生蒜瓣。赵自强笑道："大哥，你的吃喝简直是老土，干吗闹上这些个蒜瓣？"关耀武见伙计送上杯筷来，斟了一杯白干，放到对面位子上，让赵自强坐下，笑道："要什么紧？嘴里让蒜瓣熏臭了，太太在家里，我在营里，也熏她不着。就算熏着了，嫁了我们这管吃蒜瓣的，她就得认命。你说我这话对不对？嗬！老兄弟。"说着，他端起酒杯子来，喝了半杯，筷子夹了个炸丸子向嘴里一送，带了笑容，咀嚼得很有味。

赵自强道:"大哥,你今天真够痛快的,大概是多日子没回家,没有受大嫂子的啰唆吧。"关耀武倒不置可否,只是向人微笑着。赵自强笑道:"我就猜着你没有受家里啰唆,要不然不会这样痛快。"关耀武道:"提起这个,我倒要反问着你一句了。你今天又是什么事痛快?一个人溜来喝酒。"赵自强端起酒杯来抿了两口,笑问道:"你这句话可问到反面来了,我不但是不痛快,反而是在这里发愁。"关耀武道:"你为什么发愁?杨家那姑娘已经答应给你啦。"赵自强道:"答应给我,没有那样容易的事。"说时微笑着摇了两摇头。关耀武手按了酒杯,睁着大眼问道:"怎么着,她们还能反悔吗?说不得了,我给你去跑一趟。"赵自强笑着摇摇头道:"这话还不是这样地简单,我自己也有心事,我想不扛枪杆了。要不是王士立叫我考量考量,今天我就不干了。"关耀武手按了桌沿,站起来,瞪了眼,望着他问道:"你哪儿有了新出路,我倒要打听打听。不干了,你打算去干什么?"赵自强道:"我也想了,有两条出路,一条是去干外科医生,一条是做生意买卖。"关耀武还是站着的,向他望了道:"老兄弟,你有了疯病了吗?怎么会说出这种话来?"说毕,他才坐下了。赵自强没作声,端起酒杯抿了一口。

　　关耀武道:"老兄弟,咱们由当大兵干到现在,熬着是爬过一层皮,换了三百六十根骨节啦。你要说,是有个什么天长地久的好事情,你弄了这个去干,那也罢了。说起来,你自己还没有把握,不知是当大夫呢,还是当掌柜的。要说当外科大夫,多少要带点儿江湖味,咱们见人说话,不能够那一套。而且没有人介绍捧场,这幌子还恐怕挂不出去。当大夫可不像拉夫,没病的人不能拉来瞧,有病的人他不信任你,你也不能拉他来瞧。我有个朋友,医理很好,挂牌子,领证书,租房,足闹一起。在家候了三个月,也没病人上门。他可是当内科,外科更不必提啦。你说做买卖,你要做什么买卖呢?无论哪行买卖,总得先垫出本钱来,我倒要问你,你垫出多少本钱来?"

　　这一篇话问得赵自强哑口无言,喝着酒,吃着菜,许久才答应了一声道:"各有各的看法。"关耀武道:"怎么各有各的看法呢?"赵自强道:"譬如你吧,有媳妇有孩子,终年也不能回去过一整天,有家等于无家……"关耀武听他如此说着,这就不由得哈哈大笑起来,因道:

"我以为你受了什么大刺激，非丢了枪杆不可！由现在看起来，敢情你是为了要娶媳妇！"赵自强又端起了酒杯子喝上一口，这才笑道："也并不是那样说。"关耀武道："什么不是那样说，我瞧着完全就为了这一点关系了。杨家说了什么不愿意的话吗？"赵自强道。"她说是没说，那意思之间，好像说是把姑娘许配给当军人的，那可是……"说着笑了一笑道，"我也说不上。她们那意思，就是说怕耽误了姑娘的青春。"关耀武一摆手道："你不用说，我明白啦。这一档子事，只怪我偷懒，没去说一说，差一点儿不把事情弄僵了。今天咱们先宽心喝两盅，明天我到杨家去说说看。她要是凑付着可以给扛枪杆的，这就千好万好。万一说不妥，也得问明，你不扛枪杆，她倒是给不给呢？设若你这里把事辞了，她还是不给，那可要闹个两头空。"赵自强道："其实我倒不为的这个。"关耀武笑道："得啦！你有点儿色迷啦，还在我面前说这些个呢。你先别着急，我慢慢地给你说合着就得了。"赵自强笑道："我着什么急？我也犯不上着急呀！"他说着这话，就端起杯子来抿了两口酒。

关耀武是很看得出他的情形的，又着实地宽解了一顿。喝完了酒，倒是赵自强付了酒钱，当他在皮夹里掏钱的时候，顺便地掏出一张当票来。关耀武道："哟！老赵，你还闹亏空吗？"赵自强道："去年过年的时候，混不过去，把放在家里不穿的两件皮衣给当了。反正是用不着的，当了当了吧。"他们说着，伙计来收钱，赵自强将当票一晃道："你瞧见没有？我若是发了饷，还有这个啦？"伙计笑道："这是你不要的衣服，给他放存起来罢了，没钱你还打算娶太太吗？"赵自强笑道："了不得，我们说的话全让他听了去了。"关耀武道："听去了就听去了吧，娶媳妇也不是什么不能告诉人的事。"二人出了店门，各自先后回营。

到了次日正午，关耀武就到杨家去拜访杨太太。他在院子里只叫了一声大姨，就听到江氏在屋子里答道："请进来吧。我算着你也就该来了。"关耀武听着，倒吃了一惊，我今天要来，她怎么倒会知道呢？他掀了帘子进去，江氏就让到里面屋子坐下。关耀武笑道："大姨好，我事忙，短来探望您，我们表妹呢？"江氏微笑道："她躲开了。"关耀武

125

更是纳闷了，凭什么她要躲开呢？江氏在小桌子抽屉里拿出一盒烟卷来。那烟卷包还不曾开封，分明是新买来的。她在屋子中间放的白炉子沿子，提起一把旧瓷壶，斟了一杯茶，放到桌子上。看那茶的颜色也是新沏的。一切都是新有的设备，不像是碰上这个机会的，想明白了，那就是江氏母女知道自己要来了。她们何以会知道呢？这倒奇怪了。这就笑问江氏道："听说您到北京城里去玩了一趟，您多久不去了，城里情形有些不同了吧？"江氏道："大致也还差不离。我说表哥，你是个忙人，咱们是亲戚，有话总好商量。你不是想喝我们丫头那碗冬瓜汤吗？干脆，你就说你的来意吧。"关耀武笑道："您既是都猜着了，我还有什么不承认的？我原来听说大姨对这门亲事已经是赞成了的，后来怎么又冷淡下来了呢？"

江氏坐在靠窗户的一张方凳上，于是掀开小玻璃块上贴的活纸，向外面看了一看。看过之后，就低声向关耀武笑道："这一段原因你不也很明白吗？就是为了当军人的在外的日子多。再说，虽是可以望到将来升官发财，可是这种差事究竟也没有别种差事稳当。"关耀武嘴里正衔着一支烟卷静静地向下听，听到了这里，再也忍耐不住了。于是手按了桌子角，身子一挺，大有要站起来说话的意思。江氏这就摇摇手道："不用说，你的意思我完全明白了。我对你实说，昨天晚上，我就得了消息，知道赵连长为了这头亲事，情愿把连长辞掉来。我们那丫头，你别瞧她那傻孩子，倒是有心眼的。她说，这可使不得，什么人也不应该为了亲事把前程丢了，做女孩子的谁也不肯担这个罪名。只凭赵连长这一句话，也就让人家听了很乐意。再说，我们去年不得过年，身上脱下棉袄来当，多亏人家帮了忙，算是在当铺柜台上把棉袄拿了回来。现在明白了，人家也是当皮袍子来的钱呢。"关耀武道："怪呀，这些事您怎么全知道呢？"

江氏听说，微笑了一笑道："你别问我是怎么知道的。我说的这些话究竟是对与不对呢？"关耀武道："一点儿不错，您是怎么样子会摸得这样地清楚？"江氏微笑道："这条路子，我不能告诉你，告诉了你，以后就会得不着消息啦。"关耀武笑道："您倒打算以后还得着消息，这样子您对于这头亲事是愿意啦。"江氏道："照说呢，像赵连长这种人，我可没有什么话说的了。我也就是想着当军人的只有公事，没有私事，我这孩子出了门子，还是当姑娘一样一个人过日子。我又何必要她出门子呢？因为这样，所以这一程子，我心里老是不能决定。现在我听到说，他也觉得我们这一层顾虑是对的，愿意丢了连长不干。这不但我们姑娘觉得恩情太厚了，就是我想着，那也不敢当。"

关耀武丢了手上的烟卷头，搔着头发笑道："大姨，您的意思究竟怎么样呢？老赵人是很好，因为他是个军人，所以不能把姑娘给他。可是他说愿意丢了军人生活来攀亲，您又说是不敢当！这到底是一种什么意见呢？"江氏皱了眉道："我也就是为了这个很为难。"关耀武道："表妹的意思是怎么样呢？"江氏道："瞧她那样子，倒是乐意了。"关耀武道："我瞧，这样子办吧，亲事呢算是定规了。您觉得军人不好，将来大家成为亲戚了，或者是让他不干，那都可以有个商量。"江氏迟疑了许久，才点点头道："只有这样子办，比较的是周到一点儿。我们虽然是想到做军人的总顾不了家，可是想到赵太爷和赵连长都是正人君子，又舍不得把这头亲事抛开，想来想去我们真是委决不下来。"关耀武笑道："那就是我刚才所说的这段话，最为妥当了。"江氏似乎还感到一种困难，自己也拿了一只茶杯，倒了一杯茶，坐在炕沿上，慢慢地喝着。关耀武看她那情形，又怕逼得太狠了，倒把事情弄僵，也就呆呆地向江氏望着，不能向下说。于是乎在问题急待解决的当儿，屋子里倒是寂然了。

忽然的外面屋子里风门一响，有人叫了一声道："妈，我们该做饭了吧？"这正是桂枝回来了。江氏道："你吃午饭多大一会儿，又要做晚饭了，这孩子过日子过糊涂了吧？关家表哥在这里呢。"关耀武以为她听了这话，一定是不走进里面屋子来的了。殊不料桂枝却是大方得很，笑着进来道："表哥，我妈上午还提来着，说你是必然会来，你果然来了。"关耀武笑道："我想喝冬瓜汤，怎能够不跑呢？"桂枝听了，也不害臊，大大方方地在炕沿上坐着。关耀武笑道："表妹也知道我会来吗？咱们有正经事情商量呢，你知道我要来就不该躲开。"桂枝道："我躲开你做什么？我到隔壁街坊家有点儿事情去了。"关耀武道："你回来了很好，大姨为了这件事，现时正解决不下来，你……"

桂枝正了颜色抢着答道："婚姻大事又不是买卖零碎，有个来回调换。我们先是怎么样子说，还是怎么样子说。叫人辞差不干的话，我们可没有那意思。为人只要有一份诚心，做朋友也好，做亲戚也好，比什么都强。"关耀武笑道："这个样子说，老赵总算是有诚心的了，他为了你，他愿意辞了连长不干。"桂枝却没有说什么，微微地一笑。关耀武看她这种情形，已是千肯万肯。赵自强那一番牺牲的决心总不会算是白费了。关耀武站起来笑道："既是这么着，事情算是大定，我这就回老赵一个信。"说着站了起来。桂枝道："表哥，咱们是亲戚……"说着她扑哧一声笑了。关耀武这倒有些愕然，咱们是亲戚怎么样？心里如此想时，也就望了桂枝作声不得。桂枝笑道："你发愣做什么？我并不是说别的。我以为咱们是亲戚，遇事你得顾全着我一点儿。刚才我和你说的这些话，你可别告诉别人。要不，我这话算没说。"关耀武笑道："大姑娘，你真是好的，既要里子，又要面子。我们是亲戚，我得那么办，你放心得了。这个时候，你封王啦，还能得罪你吗？"于是乎哈哈一笑而去。

江氏看到这种情形，分明是自己姑娘完全答应了。照说对于赵家这头婚事，向来是自己赞成，自己挑眼了，这不是一桩怪事吗？那关耀武未曾抽完的烟卷还放在桌子上，江氏于是拿起一根，自己来抽着，不时地将眼睛向姑娘看上一下。桂枝道："有什么话要和我说，就说出来吧，干吗老是出神？"江氏道："这头婚事你可是亲口答应了的，以后可别再悔。"桂枝板住了脸道："悔什么？我把人心看透了。爷们儿都是把女人当着玩意儿的，高兴就要，不高兴就不要。我只知道有丢了女人去找事的，可没有听到丢了事来将就女人的。要瞧人心，就在这上头瞧了。世界上无非是人心换人心，有这样的事，我觉得是心满意足了。"江氏静静地吸完了那支烟卷，点点头道："只要你有这种话，我还有什么话说，那就听着你的意思去办就是了。"桂枝静静地坐在一边，也就不会说着别什么。

过了一会儿，听着皮鞋声由后面院子里响着出去，仿佛是关连长走了。接着后院里的赵翁也就打开嗓子，在那里唱戏了。桂枝是好几天都没有听到后院里唱戏的声音，这时候老太爷重复唱起来，这是表示着老太爷已经高兴了。心里这就想着，在赵家眼光里，如何看得起我，这不像甘家那里做局长的人家，要把穷孩子给轰出来呢。这几天，老太爷大概也知道亲事有点儿变卦，可是他见了面依然笑嘻嘻的，这也不像那甘二爷一翻脸就不认得人。她如此想着，便越是感觉到赵家父子的好处。她想的果然是对的，到了这天晚上，娘儿俩正在做晚饭吃，赵家听差小林就在院子里叫道："杨老太，我们老太爷请你过去呢。"江氏道："好，做完了饭就来的。"小林道："我们老太爷就是请你过去吃晚饭，你别做了。"江氏只好答应就来。那小林去了一会儿，又在窗户外叫起来，说是老太爷请着马上就去。江氏正在撑面，预备撑面条吃，只好洗了一把手，走到后院里来。只见赵翁卷起了两只皮袍袖口，手上拿了一把破蒲扇，对着方凳子上放的一只火锅子口，只管扇风。见了江氏，抛下扇子，连说请坐。江氏看他笑嘻嘻的样子，额头上和眼角上那些皱纹一齐重重叠叠地发现出来。

他见了人，乐得不知如何是好，两只手只管互相揉搓着，向门外叫道："小林，把新沏的那壶好热茶送了来喝。"江氏道："您别张罗，太客气了，我倒要拘谨起来了。"赵翁笑道："您别拘谨，往后，咱们就是亲戚啦。我家人口少，你家人口也少，彼此要过往着热闹一些才好。天气还是很凉，我预备下了一火锅子酸菜冻豆腐，另外还油炸了半条咸鱼，咱们暖和和地吃顿晚饭，有什么心事慢慢地谈。我本来想把大姑娘也请了来，可是我又想到做姑娘的，说到婆婆家，多少总有些害臊的，好意叫她来吃饭，那倒是叫她受罪。所以我也就不叫她了，回头咱们送些菜过去，让她吃就是了。"江氏还有什么可说的，只管不住地道着多谢。小林进来，在桌上摆设了杯筷，放好火锅，接着便将鱼盆酒壶一块儿送来。江氏看着，忙着连连摇手道："酒倒罢了，我是一点儿也不能喝。"赵翁笑道："您不喝，我也不让。我心里一高兴，自己就要喝上两盅，你只管吃饭，我喝酒陪着。"他如此说着，已经坐下来了。江氏也知道这个老头子是个直爽人，倒不用得怎样地虚谦，也就在他对面位子上坐下了。

赵翁先端起杯子来抿了一口酒，点着头微笑了一笑。他虽没有说什么，好像很赞成这酒味之美。这一口酒也就像什么提神药一般，他喝过之后神气就来了。他笑道："杨老太，多谢您的美意，刚才关连长来说，您已经答应这件亲事了，我真乐得什么似的，马上就要找酒喝。照说，我那孩子真配不过您家姑娘，不过他倒是个实心眼子。"江氏笑道："关连长也说了，说是我不喜欢军人，他情愿把事情辞了。我一想这是什么话呢？做亲戚的，有个不愿亲戚好的吗？为了亲事，倒把前程抛了，这可是闹反了。"赵翁道："不瞒您说，以前我这孩子去当兵，我倒没有什么主见，他爱怎么办就怎么办。后来他慢慢地往上爬起来，我就让他干到底了。第一呢，一个人挖井，要挖一口井，老往下挖，总会有水。若是挖了几丈深见不着水，又去重挖一个地方，那么他就挖一辈子的井也不会见着水。我这孩子已经投军这些年了，挖井挖了一大半，我也只有叫他往前干。其二呢，我生平就是这样说，拿着人家一份钱，得替人家做一份事。俗言道得好，养兵千日，用在一朝，现在国家正用得着军队的时候……"

江氏道："老太爷，你这话对了。"赵翁一摆手道："我的话还未说完啦！我那孩子倒也没有和我说过一个不字。可是到了近来，他常是说军队里怎样苦，出头又怎样不易，再让上次害病的那个兵士来一说苦，我也就心灰一半啦。咱们揭开来说话，老太，您疼您的姑娘，我也疼我的儿子，谁不愿儿女双双地总摆在眼面前？我很乐意和您商量着办。假使您觉得孩子不必当这份差事了，我想着自己去找老东家，总也可以和他找一份事情。虽然钱是要挣得少一点儿，倒也是份长久的事。"江氏道："这都见得老太爷看得起我们，好在日子很长，将来我们就慢慢地再说吧。"赵翁将酒杯一推，忽然站起来道："老太太，您别忙，我找点儿东西给您看看。"说毕，他回转身就走了。江氏看他这个情形，心想，他有什么东西拿给我看呢？

赵翁走进屋子去，约莫有上十分钟，手上捧了一大卷纸包，拿了出来，放在桌子角上，用手在上面轻轻一按，笑道："老太，您瞧，这是我们祖上给孩子留的。"说着，将纸包打开，里面乃是一包田地契纸，他将手轻轻地拍了几下道："这里面都是保定老家的地契，有个一顷地的样子，只因我年老力衰，自己种不了地，只好租给别人了。我那孩子若是不干差事的话，回家去种地，凑付着总也能过喝粥的日子。我只要

130

有个好儿媳，我这大岁数还当什么家？都请你们姑娘接过去了。老太，并不是我想攀这门亲，今天我就把这些好话来骗你。一个人家，只要家庭和美，就是每日吃两餐小米粥也是舒服的。我家里薄薄的还有这些产业，孩子正在年富力强，只要肯干，照样可以起家。不瞒您说，我瞧见人家有家庭，我就想家庭，瞧见人家有孩子，我又想孩子。年老的人，还有什么可想的，不就是望了这些吗？自从咱们做了街坊以后，我瞧见您家大姑娘实在是个好孩子，虽有那番意思，想攀个亲，总不好开口。现在您娘儿俩都答应了，我这后半辈子的指望算是有了着落了，您猜我多么欢喜。我儿子虽当了连长了，家事还是我自己当，将来您姑娘要过了门来了，承上这一份担子，我就什么也不用操心，只等着抱孙子，多快活。就是您老太见着了外孙，也总算熬出了头了吧？哈哈哈！"说毕，他张开喉咙就是一阵大笑。

他如此在屋子里大笑，院子里头也是轰隆一声大响。赵翁昂着头向屋子外面问道："小林你怎么啦，把什么东西搂了？小林道："我在屋子里呢，院子里是谁闹一下响，准是那馋嘴的猫吧？"大家如此猜疑着，却听到一阵脚步响，一直响到前面院子里去了，接着杨家的风门也轰咚有声。江氏心里明白，这是自己姑娘来偷听说话来了，当时也不便作声，就问赵翁道："是的，这里有两处街坊，都养着大猫，常是出来害人。"赵翁笑着，摸了两摸胡子，就叫道："小林，你把那半条咸鱼送到前面院子里去，请杨家大姑娘尝尝。"小林答应着，由厨房向外就走。赵翁又叫道："你放下就回来，什么话也别说。"他说毕，手捧了酒杯子，放在嘴唇边，要喝不喝的样子，只管微笑。

江氏见那一叠田地契纸还放在桌子角上，就向赵翁道："老太爷，这些要紧的东西您收起来吧。"赵翁笑道："果然是应该收拾起来，这是我的东西，可也就是您姑娘的东西哩。"说着又哈哈大笑起来。站起来将那纸包好好地卷着，在袖笼子里抽出一条手绢，又把这纸卷包好，用手扑扑作响，在上面拍了两下，笑道："得啦，我现在睡觉也睡得着，已经是付托得人啦。"江氏看看赵翁这番得意的样子，绝不会有什么装假之处，心想，只凭自己娘儿俩松一点儿口，把老头子乐得把家产也拿出来了，这还有什么可说的？现在再要说是不攀这门子亲，良心上也说

131

不过去了。便笑道："老太爷，您这是看得起孩子，才肯这样说。不过我也敢在您当面说上一句的，就是我们穷人家养活姑娘，不能读书明理，懂那些大事，可是论到主持家务，我今天在老太爷面前说句大话，准可以保那个险。"赵翁且不答话，满满地斟上了一杯酒，站起来一仰脖子喝完了，还向江氏照了一照杯，笑道："杨老太，这种人才就是我心眼儿里那样想着的，您这样一说，不正是对了劲儿吗？哈哈哈。"这位老先生说着说着，又笑了起来。

第十四回

授室多艰徘徊忧后顾
邀朋小聚腼腆记前尘

　　赵翁在屋子里这样哈哈大笑，那笑声直达到外面院子里去。桂枝在她自己屋里炕上坐着，也不住地微笑。过了一会儿，江氏回来了，她一推门进来，见桂枝盘了腿在炕上坐着，昂了头，微微地发笑，母亲进来，她也不曾理会，依然地昂了头向顶棚望着，不断现出笑容来。江氏究竟是个守旧的人，看了这种情形，心中很有些不以为然，就向桂枝正色道："刚才你到后面院子去过了一趟吗？"桂枝红了脸道："我听到后面院子里笑着说着，非常地高兴，我猜不出什么事，所以偷了去瞧瞧。怎么着，这又惹着你什么不高兴了吗？"说毕，就鼓起了自己的脸，垂下眼睛皮来。江氏淡淡地一笑道："这倒好，你是猪八戒倒打一耙，我并没有说你什么，你倒用话来堵上我了。好！我以后全不管。"江氏如此发一顿子急，桂枝倒不再生气，却扑哧的一声笑了。江氏叹了一口气道："我要说你什么呢，又怕让赵家听了去了，现在年轻的人啦，唉！"她重重地叹了一口气，自坐到一边，抽她的旱烟袋去了。这一天晚上，桂枝觉得自己总有点儿不对，也不敢对母亲有什么声辩，自去睡觉了。

　　到了次日正午，桂枝正由街上买东西回来，却看到关连长脸上带了沉吟的样子，一直向家里来了。他不看见人，桂枝也不去惊动他，赶紧跑回家去，就把里面屋子的一方破旧门帘垂了下来。天气已是稍稍暖和了，江氏正在下面屋子里洗衣服呢。只听到关耀武在院子里叫道："大姨在家吗？"江氏站起来，用系的围襟揞着湿手，口里连道："请进来

133

坐，请进来坐。"关耀武一进屋子，取下帽子来，就向江氏深深地鞠了一个躬道："大喜大喜！"江氏笑道："哪里这么多的喜？"关耀武道："表妹在家吗？"江氏道："你是个老大哥，有意和表妹凑成这好事，你就得好好地办，别和她开玩笑，请坐吧。"江氏将洗衣水泼了，将屋子里又草草地扫了几条帚，然后向关耀武对面坐着，立刻又站起来，笑道："你瞧，我也是忙糊涂了，茶烟也不和客预备着。"关耀武摆摆手道："您别张罗，我不是为了茶烟二字来的。我现在用表侄的资格，问你一句话，这婚事你总是赞成的，没有什么意见了。"江氏道："就是做买卖，也不能够三翻四覆，婚姻大事，哪有今天这样说，明天那样说的道理？不过还有许多事，都得商量商量。第一件……"

她这个条文还不曾说出来，早听得里面屋子里很轻脆地叫了一声妈。江氏想着，也许自己姑娘还有什么先决的条件，于是口里答应着，自己就掀着门帘子走了进去。见桂枝还是昨天晚上，一个人坐在屋子里那种架势，昂了头向顶棚望着，微微地发笑。江氏低声问道："有什么事对我说？"桂枝道："什么事也没有，只叫你进来。"江氏道："什么事都没有，叫我进来做什么？"桂枝道："有事还不敢请你进来呢。昨天你不是说了，以后你全不管吗？你既是全不管的人，在外面屋子里啰里啰唆，说上许多干什么？"关耀武道："表妹，你怎么啦，还有什么可商议的吗？"江氏又走出来，笑着叹了一口气道："咳！你不知道，昨天晚上，我娘儿俩拌嘴来着，我说了一句，以后全不管，今天她捞我的后腿了。"

关耀武笑道："这样子说，正是表妹要你多管呢。那倒很好，我这碗冬瓜汤算是喝成啦。"张开大嘴，哈哈大笑一阵。江氏笑道："那么，你可以放心了，让我给你沏一壶好茶，慢慢地谈谈吧。"关耀武摇着手道："别，改日再叨扰吧，我还得赶回营去呢。"江氏道："听赵老太爷说，当连长的人比兵士自由得多，怎么你也是这样忙。"关耀武道："军营里，无论什么都是连长的责任重，就好譬这次检阅吧，总部里就是一连一连地检阅。师长告诉两个旅长，每个旅长告诉三个团长，每个团长告诉三个营长，每个营长告诉三个连长，他们只要等检阅委员来就得啦。连长，就得里里外外忙一阵。一得了检阅的信，扫地糊窗户，那全不用说，早一个礼拜，茅房里就戒了严，洒上溴水铺上石灰。连部墙上的壁子都得先找瓦匠粉刷起来。譬如我就爱这么一个面子，军士的被褥全给他蒙上白被单，虽说钱出在兵士身上，自己先得垫出来。这次，又算我闹了个大窟窿，垫下去一百多。这检阅可不是一天的事，得闹整个礼拜，这几天检阅委员都是一点半钟到，我们也就是这个时候可以抽抽身，时间占去了，这天就别想走了。今天他们要来得晚一点儿，所以我抽空来一趟。好在到了明天，也就完了。我是个急性子人，怕这亲事还有什么障碍，所以不管是怎样的忙法，我也抽出身子来，跑上这样一趟。"江氏道："表哥，你既然有事，就不忙在今日一天，暂时你就回营去，改天咱们再谈吧。"关耀武站了起来笑道："老实说，我只要大姨有一句话，我责任也就算尽了，至于今天谈、改天谈，我倒是不拘。"说毕，他笑嘻嘻地向后院赵家去了。

赵翁把这两天的情形略微对关耀武说了一说，越见得这事是十有八九可以成功了。他带了充量的欢喜，赶着就回营去。到了连部，自己刚进屋子，赵自强就跟着走进来了，笑道："大哥，事情怎么样，大概是没有什么问题的了吧？"关耀武将头上的军帽缓缓地取了下来，向小桌子放着，望了赵自强却只管出神，脸上可带着一些微笑。赵自强道："你笑什么，无非是娶媳妇养儿子，谁不是那一套？这也没有什么可笑的。"关耀武笑道："我不是笑别的，我笑你大年三十夜做八十岁，赶上这么一趟热闹。什么时候不好说媳妇，偏偏赶上这检阅大典的日子，又顾公事，又顾私事。我这次为了白被单不够，垫了一笔钱买，这又要亏空一下子。检阅检阅，闹得人过不得。你还有那工夫想媳妇。"赵自强道："赶上了这日子，有什么法子呢？我想咱们这一营也是缺额太多，要不然，学他们第一营的办法，隔连借人，那是最好的办法。一连差三十个人的话，报上十个八个勤务，再借二十名人抵数，神不知鬼不觉地就混了过去。咱们临时补的这些新弟兄，教练得累死了。"

关耀武叹了一口气道："这些委员老爷只瞧个外表，这有什么法子？有一天我遇到第二营的何连长，监督着两名士兵抬了两大藤篓子破鞋烂袜子倒进土坑里去。那篓子由我面前经过，臭得我只是要吐出来。我笑对何连长说，鞋袜臭到这个样子，纵然抬走了，恐怕屋子里还有臭味。

他倒说得干脆，可不就是这样吗？不过他有他的法子，买了一块钱花露水满屋子一洒，这就有什么臭味都闻不着了。"赵自强道："老关，我在东城经过的时候，遇到外国兵，心里就老是那样想着，他们的衣服全是呢的、皮的，合着身材，是一点儿也不大不小。他们也是拿八块大洋……"关耀武道："别了，人家养一个大兵，至少抵咱们养十个八个的。咱们不是人，只是畜类，怎能和人家打比呢？"赵自强笑道："不往下说了，闲谈着又引起了你的牢骚来了。"关耀武道："检阅的委员大概快要来了，我们得开始准备着。"说时，他拿起帽子来，带有一封信落在楼板上。赵自强一弯腰将信捡了起来，递给关耀武道："这上面写的是城内关缄，大嫂子来的信吗？"关耀武并不接信，叹了一口气，没有作声。随着两手一扬，懒洋洋的样，倒坐下来了。赵自强又将信皮上的字看了一遍，也并没有什么错误，于是向他望着道："你是什么意思？"关耀武摇摇头道："你要提起来，我真脑袋痛。"赵自强这倒有些不解，于是就拆开信来看。上写着：

耀武我夫台鉴：

　　别来又是半月，谅身体康健。甚为驰念。家中存钱早已用尽，本想使王四哥家之会款，标会之日，写利太少，为他人标去。加之前日二儿忽发烧热，时久不退，只得将妻首饰当去，以做医药之费。望君接信后，千万来家，免妻焦灼。即祝

　　近安！

妻袁氏上言

　　赵自强看完了，便道："老关，你也真有些岂有此理，你怎么有半个月没有回去？军营里有的是定章，一个星期归宿二次，你有家不顾，有工夫不去，岂有此理？"关耀武道："一点儿也不岂有此理。你想吧，现在日子还短，六点钟离营，我非扯开腿跑，赶不了进城。这都罢了。第二日六点钟归营，这是如何办得到？天还没亮啦。"赵自强道："你不会把家眷接到海甸来吗？"关耀武摇摇头道："我根本上就不愿回家，

136

我家眷来做什么？回去是媳妇啰唆着，孩子们吵闹着，闹得心中烦躁，倒不如在营里混着。我家里现在连大人带孩子，总得四五十块钱一个月才能够混过去。你想，饷又不能按月地发，我一个月倒要拿出去这些个钱去，我自己还能花几个钱？这个家真是把我累坏了。"赵自强道："你既然那样地不爱家，为什么和我做起媒来倒是这样子起劲儿？"关耀武笑道："我起什么劲儿？你没有一趟一趟地来运动我吗？检阅委员快到了，走吧。"他说着，径自叹着气下楼去了。

赵自强怏怏若有所失，也只得走回自己连部来。检阅的日子，前后共有七天，今日检阅卫生方面，最后的一天了。检阅委员到了赵连，稍看了一看，见楼板上的被褥盖着雪白的布，厕所里铺了雪白的石灰，行人道上也撒着黄土，脸上表示着欢喜的样子，自去了。赵自强心想忙了半个月，就为的是这半小时的漂亮，想起来真也就够着无聊的了。就是关耀武那样不肯花钱的人，也是把腰包里钱掏出来垫着花上，那么，可见得这好胜的这个念头，谁也是打不破的。可是他媳妇写信来，孩子病了，首饰也当了，他还没有什么回家的念头，一个人讨厌家庭，何以就会到这种样子？这样看起来，家眷倒是不要的好嘛！慢着，等我去问一问殷得仁。他是一个要守独身主义的人，究竟是怎么一回事，我得去问问看。

他自己揣想了一阵，就跑到殷得仁连部里来。他倒是很高兴，两手撑地，在屋子里拿大顶。赵自强道："嘀，真有劲，检阅过了，你就是神仙了。"殷得仁两手连拍着灰笑道："不检阅过去，我也是这样子乐。我心里什么时候也是空空洞洞的，不愁着什么，也不想着什么，为什么不乐呢？"赵自强正想引起他的话来呢，便笑道："谁又愁着什么？谁又想着什么？"殷得仁笑道："这还用得着说什么，你现在就整天地想媳妇。"赵自强在身上掏出一盒烟卷来，取了一支，慢慢地抽着，便笑道："老殷，你为什么不要媳妇？"殷得仁将他放在桌上的那盒烟卷取了过来，将一支抵在嘴里，然后在桌上找了一根火柴，抬起一只脚来，将火柴在鞋底上擦着了，点着了烟，然后横躺在他的小床铺上，那只脚搭起一个高架子来摇晃着。赵自强笑道："和你说着话啦，你这是一套什么做作？"殷得仁只躺在床上喷出烟来，并不说什么。赵自强道：

"你这人怎么了？我和你商量着事情，你倒和我耍滑头。"殷得仁由床上跳了下来道："你有事情和我商量，怎么不言语呢？"赵自强笑道："其实我的来意你知道，故意装傻罢了。"殷得仁拍着他的肩膀，笑道："这件事，你别问我，你去问小田，他能给你一个答复。你没听见人说过吗？宁可失业，不可失婚。"赵自强笑道："哪里有这样几句话？全是你诌的。"殷得仁倒不和他辩论，只拍他的肩膀，笑道："赶快去筹办喜事吧，春暖花香这也就到了日子了。我是除了义金（注：同营人有婚丧事，由师旅以下出金为贺，曰义金。金额由数分以至数元）之外，还得送你一个厚厚的份子。哈哈！"

　　赵自强见他不肯说什么，就也只好走下楼来。却在对面墙上，看到他们这一连，预备检阅委员看的标语，乃是"匈奴未灭，何以家为？"赵自强想着，只瞧这个，殷得仁的志趣可知了。将关殷两位的事情一看，这当军人的人，娶亲实在没意思。现在这年头，枪口不对外也要对内，在西苑这地方，知道能够驻防多久？一个当连长的人，把家眷带了到处跑，这是办不到的事，只好把媳妇扔在家里了。年轻轻的媳妇扔在家里，这个年头儿，能够不出什么毛病吗？赵自强自己出了难题自己来想，不由得心里冷了大半截。他只管对着墙上那八个字的标语呆呆地站着。有人在身边叫了一声赵连长。回头看时，却是这连的司务长站在这里。便问道："你们这一连，越发地布置周到了，标语都写得这样整齐，谁写的？"司务长道："是我写的，其实这八个字也就是我们殷连长自己瞧着对劲儿。"赵自强也明白他的话了，耸着肩膀微微一笑。司务长道："赵连长，几时我得喝你一杯喜酒吃？"赵自强笑道："你倒也知道这件事，幸而这还不算坏事，要算坏事，我可秘密不了啦。"他笑着走回了连部，自己一个人闷闷地想着，娶亲这件事能办不能办，到现在真应该考量一下子了。

　　当天他沉闷下去了，到了次日，把事情匆匆料理清楚了，自己就在心里警告着自己这应该回去看看了。倒不是亲事不亲事，父亲在家里一定也很惦记着我的。于是揣了些零钱在身上，走出营来。一个拉散车子的拖了一辆车迎了上来道："老总，是上海甸吧？我拉去。"赵自强道："不坐车。"拉车夫道："老总，你是军官，还省钱？"赵自强道："当军人的人，走三五里地那算什么，这很用不着坐车啦。"车夫依然拉着车央告着道："得啦！老总，你坐去吧，随便你给多少钱，你给一个大子，我也不敢说少。"赵自强见他说得这样的可怜，只好坐了上去，一面和他说话道："你为什么这样地将就着要拉买卖？"车夫道："咳！今天没拉着买卖，一家人吃什么呢？晚上还等着我买吃的回去呢。"赵自强道："你家里还有什么人？"车夫道："除了我媳妇，还有三个孩子，光吃杂和面也得两三毛钱。你想，我要一天拉不着买卖，连我自己，有五个人要饿肚子。要是我光杆儿一个，我怕什么，到哪里去我也不愁没饭吃。"赵自强道："你今年多大岁数了？"车夫道："五十二岁了。咳！快死了。"赵自强道："你孩子们呢？"车夫道："我娶亲娶得晚，三十六岁才成家，大孩子现在还只十岁。儿孙福那是享不着，只好给儿孙做牛马罢了。"赵自强听了他这一番话，真是感慨到了二十四分，坐在车上一语不发。到了海甸，特别多赏，给了车夫三毛钱，车夫千恩万谢地去了。赵自强心里这就想着，照这样子看来，家眷真是不能要的，拉车拉到了五十多岁还要卖这样的苦力。

他低了头一直向前走，忽听得面前有人喊道："来了，来了！这可不就来了吗？"赵自强抬头一看，原来是田青同黄曼英笑嘻嘻地站在自己家门口。赵自强笑道："二位怎么在这里相会了？"田青笑道："喝你们的喜酒来了。"赵自强笑道："少淘气，在这里开玩笑是不大合宜的。"他说着话，举脚正要向屋子里面走。田青两手一伸，横在门口拦着，笑道："别进去，我和你有几句话说，到乳茶铺里吃碗元宵，行不行？"赵自强道："等我见过……"田青挽了赵自强一只手臂，不容分说，拖了就走。临行，向黄曼英丢了一个脸色，她也就不曾跟了来。赵自强走着路，埋怨着道："你这个人真岂有此理！人家多天不曾回来，急于要和父亲说几句话，你不管三七二十一，把人拖了就走。"田青笑道："老太爷那里，我已经告诉过他了。他老人家说是没关系，不过开玩笑别闹得太厉害就得了。"赵自强道："怎么着？你要和我开玩笑吗？"田青笑道："没有什么，不过嘴里说说罢了。"说着话时，已经到了乳茶铺门口，赵自强要不进去也不能够，只好跟着他进去了。

到了里面伙计就让着在统间里散座上去坐。田青道："我们有四个人，得占你一个雅座。"伙计笑道："好好！就请到雅座里去。"说着，他卷起帘子，让二人进去。赵自强道："哪里有四个人？"田青笑道："还有我们的爱人。"赵自强道："当然，黄女士是要来的，还有谁？"田青笑道："还有……不必问，反正一会儿也就来了。"赵自强真想不到他有什么摆布，也就只好叫伙计做上可可，慢慢地喝着。不多大一会儿工夫，只听到屋子外面有人叫道："我带一位客人来了，是谁做东，我可对不起了。"赵自强不曾加以考虑，就大声答道："黄小姐肯赏光就得，我做东。"一句话未了，门帘子一掀，却是黄曼英手拉着一个人进来，不是别人，却是杨桂枝，这一下子真出乎赵自强的意料之外，自己先愣住了，不知如何是好。桂枝在掀帘子的时候还是僵直着身体，要向后跑，及至让黄曼英拉到了门帘子里面来以后，她就板住了面孔，向田青点了一个头，向赵自强也点了一个头。回转头来，瞪了黄曼英道："你不是说没有外人吗？"黄曼英将椅子拖了一拖，拉她坐下来，笑道："坐下吧，有外人没外人我倒是不知道。我和田连长向来是不当外人看待的。其余谁是外人，谁不是外人，我们就可以不必去辩论了。"

这一下子真把赵自强僵得可以，这还是招待好呢，还是不招待好呢？自己轻轻地咳嗽了两声，又牵了两牵衣襟，这才向曼英道："黄女士要点儿什么？"原来他们坐的是一张长方桌子。赵自强坐了上面的主席，田青坐在他左手，曼英、桂枝坐在他右手。他向曼英说话的时候，也赖着可以说是和桂枝谈话的。曼英道："我要吃一碗元宵，杨女士吃什么？"她说这话的时候，先向赵自强看了一看，然后回转头来向桂枝望着微笑。桂枝心里想着，若是含羞答答，倒让他们说我小气，就挺了一挺胸脯，带了微笑道："我也吃一碗元宵得了。"黄曼英和田青竟是不约而同地鼓起掌来。桂枝发着愣道："你们这是什么意思？你们说吃元宵没关系，我说吃元宵，你们就鼓掌。"曼英笑道："你觉着很是奇怪不是？说明白了，你就不以为奇了。元宵是团圆的东西，你和赵连长同吃，最是……"赵自强放出苦笑道："黄小姐，别这样开玩笑。"曼英道："我把实话告诉你吧。昨天关连长去后，我就到了。蒙杨老太的好意，留我住下。我就乘了这个机会，就在杨赵两府前后院跑一个够，把亲事提上一遍。杨老太太和杨女士，"说着，将手轻轻地拍了桂枝两下肩膀，笑道，"都表示赞同了。我就说了，现在的婚姻，男女两方面总得自己谈话。不过两位虽是院邻，可是向来不大通言语，第一次谁也不好意思约谁出来说话，在家里呢更是不便当了。我就和杨女士说了，我来介绍二位在一个地方……"

桂枝就轻轻地在她手臂上碰了一下，瞪了眼道："我说了是今天吗？"曼英道："今天也是一样，明天也是一样，分什么日子？"田青正色道："倒不是日子的问题。大姑娘，你要知道，黄女士到海甸来，是不大容易。她来了呢，又不见得就遇到我们的赵大哥。所以今天遇着大家凑到一处的机会，就约着在这里谈谈，倒不是专为开玩笑。"桂枝这就没有什么可说的了。伙计进来，问二位小姐要些什么。桂枝抢着答道："我要一碗茶汤（注：炒小米粉，加糖于内，以水冲之）。"黄曼英道："为什么不吃元宵？"桂枝笑道："这是由各人所喜。我爱吃茶汤，为什么不让我吃？"曼英道："你爱吃茶汤也罢，不过我也要下一碗元宵请你。赵连长，你舍得不舍得？"赵自强这才完全明了了，今天一次小集会，倒也是桂枝赞成了的，便笑道："很有限的事，谈什么舍得不舍得？"曼英道："你听听，人家主人翁都愿意了，你为什么不落得吃上一碗呢？"桂枝没有什么可说的了，只微微一笑。

一会儿工夫，伙计将茶汤端着来了。桂枝用小茶匙挑了茶汤吃，忽然一个感想传到了心里。她想着，当日和甘积之订三年密约的时候，不也是在这个屋子里吗？那个日子偷偷摸摸地和他说那些情话，到后来统归泡影，若是上次也像现在一样，经过人说合，经过家庭许可，就不会有后来那一种变局了。这话可又说回来了，像甘积之那种官派十足的家庭，哪里又肯这样地将就自己？再说赵自强这个人总是用情很专的，他为了自己母女有点儿不满意军人，他就愿意把连长辞了不干。那甘二爷可就在他的反面，宁可丢了爱情，也要保持他的饭碗。这样看起来，还是武人好，认得字的人反而是靠不住的。她想到了这里，不由得脸上红了起来。

田青和桂枝斜对面坐着，见她脸子上红红的，一直红到脖子上去，就向曼英努了一努嘴。曼英会意，回转头来向桂枝道："你倒是说话呀！怎么老是低着头吃茶汤做什么？"桂枝将一个小铜匙子不住地在碗沿上刮着，并不说什么，笑得肩膀连连地耸着，只管是低了头。田青道："这该赵连长先说，在新……不是不是，在女宾一方面，总是后开口的。"赵自强只笑着低了声音道："你说了不开玩笑不开玩笑，怎么又开起玩笑来了呢？"田青笑向曼英道："你坐在那里，不是地方，坐到我这边来。"说着，用手将自己身边一张方凳子连连拍了几下。曼英向他瞟了一眼道："你也拿我来开玩笑还是怎么着？"赵自强也笑道："你瞧，怎么样，连黄女士都不高兴你了。"曼英站起来道："你若是这样说，我就偏偏地坐了过去，看是怎么样？"桂枝赶快地将曼英衣服拉住，笑道："坐得好好的，为什么要调地方？"曼英道："杨女士，你讲理不讲理？"桂枝道："我怎么地不讲理呢？"曼英道："你既然讲理，我爱坐到哪里就坐到哪里，这是我的自由，你为什么要干涉我？"她口里如此说着，依然是站着，不肯坐了下来。桂枝一甩手道："你要调，就让你调，我也不怕。"曼英倒是不怕她生气，先把自己面前一杯热可可移到对面去，然后自己也就坐过去了。桂枝低了头，可抬了眼睛皮向她瞪了一眼。曼英毫不介意，倒微微地笑着。

田青碰了赵自强一下手道："老赵！你说话呀！"赵自强在衣袋里取出一方手绢，只管向额头上去擦汗。田青叹了一口气道："你这个人真是不成！"赵自强低声道："别开玩笑了。"田青道："就算你说不上话吧，难道你就连招待客也不会吗？来来来，我先替你招待一下子。"说时正好伙计捧了几碗元宵进来放在桌子的一头。他正想向各人面前端着送了去，田青却向他一挥手道："我们自己来，你去。"伙计去了，田青将一碗元宵送到赵自强面前，笑道："劳驾，请你送到杨女士面前去。你可别不作声的，向人家面前一塞，多少也得说两句客气话。"赵自强究竟是个男子，怎好不理会田青的话，只得将两手捧着碗，送到桂枝面前来道："请用一点儿。"桂枝也知道这让他为难大了，立刻站了起来。她板住了面孔，不曾笑，也不曾说什么。田青笑道："杨女士，这就是你的不对了。人家很客气地把元宵送到你面前来，你怎好意思就这样哼也不哼一声就接收过来呢？"桂枝向曼英道："你们田连长老是开玩笑，你管是不管？"曼英笑道："我又不是大兵，怎么是我的连长呢？"桂枝也不再和他们说什么了，自坐下去，吃她的元宵。田青又向赵自强道："怎么着？你又完了，继续着向下说呀！"赵自强笑道："这个样子，我就够开通的了，你还要和我为难。"

这句话让桂枝听到，心里又是一动，她记得和积之在这里谈话，也说过如此一句，谁想到今天，却是嫁定了姓赵的呢？她如此想着，脸上是只管红着，吃元宵吃了个不抬头。大家都以为她是害臊，一个小家姑娘到了这里地方来，也就是赵自强说话，已经够开通的，大家也就不说什么了。于是田青向曼英微笑，赵自强看了也是微笑，就是桂枝抬起头来，也是吟吟一笑。

第十五回

客去含羞柔情荡微笑
人来访旧恶信启愁怀

欢愉的空气罩满了这一间屋子，赵自强和杨桂枝羞怯的意味也都在欢愉之中销蚀了。黄曼英看了这种样子，就向桂枝道："今天算我们没有白费力，希望你们从今以后，都是自家约会着到这儿来，可别几十里地把我找了来，无非来吃你们一碗元宵而已。"桂枝低了头，只管笑着吃东西，却没有说什么。黄曼英正色道："杨，你别害臊，我是和你说正经话。"桂枝笑道："我害什么臊？害臊我还不来呢。"田青伸着手，在赵自强的手臂上轻轻拍了两下，笑道："你听见没有？人家都不害臊，难道你还害臊吗？"赵自强笑道："谁能像你们那个样子呀。"田青向黄曼英道："你听见没有？他说不能像你们那个样子，你们的对方，就是我们了。他也知道说我们了。"赵自强道："小田，你越发越会说话了，我可说你不赢。"正说到这里，黄曼英忽然眉头一皱，口里连连地喊道："这怎么办？这怎么办？"田青吃了一惊，站立起来，向她问道："你是怎么了？"曼英一面向雅座外面走，一面向他招招手，田青只得跟着她走了出去。不多一会儿，他又三脚两步地跌了进来，抓了放在桌上的军帽到手又向外跌了出去。赵自强以为黄曼英有甚不方便之处，所以走了。田青呢，自然是跟着伺候她去了。桂枝坐在一边，心里也是如此地想着。虽是走了他两个人，自己坐在这里，未免有些尴尬，然而看着黄曼英那个样子，自己却怎好拦住。所以眼望了人家走去，也就只好手捧了元宵碗，只管低头喝着汤汁。

不料一分钟两分钟地过去，十分钟十五分钟地过去，依然不见这二人回来。桂枝坐在这里不作声，赵自强更没有那种勇气来说话，于是呼呼地咳嗽了二声，又吸了二吸鼻子。不过这样搭讪的工夫，占着时间都是很短的，声音过去了，也许感到格外的无聊。桂枝看了他那样子，想要笑，又不便笑出来，于是在身上抽下来手绢，轻轻地抹了一抹嘴。又抬起手来按了一按头发，就把脸向着门外边道："干吗去了，怎样一点儿消息没有？"赵自强借了这个机会，就搭着腔道："他们都是会开玩笑的，也许就是这样走了。"桂枝低着头，抬起眼皮来看了赵自强一下，并没有作声。赵自强伸手到外衣袋里去掏摸了一阵，掏出一盒烟卷来，又四处去张罗着火柴，擦了一根火柴，慢慢地点上。他刚是喷着一口烟，有了一句话想要说出来，桂枝却手扶了桌子沿，突然站立起来，向赵自强正色道："我要回去了。"她说这句话的态度那是很坚决的。然而她吐出来的声音却是非常的细，细得几乎自己都听不出来。

可是赵自强这一下子很聪明，竟是听出来了，就向桂枝点着头道："还坐一会儿吧，也许他们还要来呢。"桂枝道："他们是存心开玩笑，去了这样久不见消息，哪就会来了！"赵自强也只好站立起来，便道："假使回府没有什么事的话，又何妨再坐一会儿呢？"他眼睛望着桂枝虽是很留神，但是他的脸却微微地偏着，不曾向桂枝对面看定。桂枝微微地一笑，将牙咬了下嘴唇皮，又坐下来了。赵自强将手上捏着的一截烟卷头抛到地上，用脚踏熄了，然后又微微地咳嗽两声，这才笑道："我本来有许多话要说，可是我嘴笨得很，简直不知道从哪儿说起来好。"桂枝依然是微微笑着地咬了下嘴唇，不曾答复这个问题。赵自强正着颜色道："我本来就厌倦这军队生活的，打算不干了。可是军官的身体不像是文官那样自由。而且连长是和兵士最接近的一个军官，连长的上士司务长排长，谁都有些连带的关系，换一个连长是透着有许多麻烦，辞职很不容易。非特别的原因，上司是不会准的，这只有一个法子，先请短假，离开了军队，然后慢慢地向营里写信来请病假。无论军队里怎么样不能放松你，也不能要一个病人去当连长吧？"

桂枝这才逼出一句话来，微笑道："好好的人，干吗说害病？"她说完了这句话以后，依然又是把头低着下来了。赵自强道："我可也是这样说。这样办，我们老爷子恐怕不欢喜的。可是除了这个办法，要想辞职真是还不容易。"桂枝道："那没关系。"她很快地抢着说了这四个字，却没有了下文。所谓没关系，是说老爷子不欢喜没关系呢，还是说除了这个法子，不能辞职呢？若果如此，是非逼着辞职不可呀！因之赵自强只望着桂枝发愣，也说不出下文来。桂枝似乎也就看到他那个意思了，对他望着笑了一笑，有一句话想要说出来，却又忍回去了。赵自强道："我不是说了嘛，我是一个嘴笨的人，有话也说不出来，遇事还请你原谅。"桂枝本是没有什么话可说的，可是看到赵自强这种受窘的样子，不安慰他两句，又怕这个老实人会起了别的疑心，便道："你不用说了，这些事我全知道。长耳朵不是听事的，长眼睛不是看事的吗？"说毕，她又扑哧一声笑了。

赵自强见她说话已经能带玩笑的意思，仿佛是熟得多了，便笑道："请你不必客气，要吃什么就吃什么吧。"桂枝默然了一会儿，依然还是站起来有要走的样子。赵自强用手摸摸头，笑道："家里有什么要紧的事吗？"桂枝沉吟了一会儿，才笑道："虽没有什么要紧的事。可是我出来太久，我妈要问的。"她一面说着，已是向外走出去了。赵自强觉得她那个样子，也并不是非走不可的，无奈自己不会留客，所以把人家放走了。眼看桂枝走去，心里未免怏怏，于是也就情不自禁地由桂枝身后跟了来，一直跟到了柜房里来，桂枝才回过头来，站住向他连连挥手道："别送了，别送了！"她说这话时，眉头还有些皱，自然这是不甚愿意的表示。赵自强也很会意，就不向前走了。

他回得雅座来，付了点心钱，一头高兴走回家去，由院子里经过时，那皮鞋踏着地砖嗵嗵作响，就十足地表示他已经是很得意了。他一只手揭着帽子，一只手掀了棉布帘子走将进来，就叫着爸爸向赵翁行了一个鞠躬礼。赵翁见他脸上笑嘻嘻的，便低声笑道："你得着了什么消息了吗？"赵自强没说话，先忍不住要笑，就点点头道："大概没什么问题了。"赵翁在腰带上取下挂着的烟袋来，点上一袋烟慢慢地抽了。他就笑道："你说没有什么问题了，这话也许太乐观吧？人家姑娘的心事，我们还不大知道呢。我虽是个老腐败，可是我就这样地想，婚姻大事，总得男女两方的当事人同意，到了后来才能合作。那父母做主的婚姻究嫌不大妥当。"赵自强用手摸摸头，又用手摸摸脸，现出那踌躇满志的样子来，这就微笑道："那实在没有什么关系。"赵翁正着颜色望了他道："什么，没有什么关系？这孩子说话真不知道轻重。"赵自强笑着点点头道："真的没有什么关系，并不是我信口胡说的。"赵翁道："不是胡说的，你有什么把握能说这一句没有关系的话呢。"赵自强只是笑着却不肯说。赵翁道："你这孩子真是不知道轻重。我为你这个亲事也不知道操了多少心。到现在，你倒说这种风凉话给我听。"赵自强才笑道："这个我还有什么不明白的，我能够在你老人家面前说风凉话吗？因为她……"他说到这里不肯向下说，自己笑了起来了。

赵翁瞪了眼睛望着道："她怎么了？"赵自强笑道："我们今天已经见过面的。据她谈话的那种情形看起来，倒不是，不怎么。"他自己说到这里，也觉得有些非解了，便又笑着注疏了一句道，"那样子，大概也是很好的。"赵翁也不由得颤动着胡子笑了起来，便道："你倒和她谈过话了，这年头儿。"说着，手摸了胡子不住地捻着，也就不住地微笑。那是不用说，其辞若有憾焉，其实乃深喜之。赵自强便笑道："全是小田这孩子胡闹，说是要我去吃元宵。结果是他让黄小姐把她也拉去了。他们这种计划好像是预先定好骗了她去的，她也像我一样事先一点儿也不知道。"

赵自强说了一大串子她，不知内容的，倒真会有些费解。不过赵翁认定了儿子有一个她是指着桂枝说的，所以仔细一想，也就明白了。因道："既然如此，这事情的确是好办了。好在我上了几岁年纪，一抹脸子，什么也说得出来。现在你只管放心去办你的公事，这一头亲事让我来跟你办好也就是了。"赵自强笑道："我也没有什么不放心。"赵翁吸着烟，只管微笑着，好像对于儿子这话，却不能加以认可。赵自强父亲都乐着有些开玩笑的意味，自己这就更乐了，便道："将来我要买点儿东西回来，用不着你去告诉小林做，而且做出来的口味也许更好吃呢。她的菜，一定做得不错。"赵翁道："你吃过她做的菜吗？"赵自强笑道："这倒是没有吃过。"照说，赵翁必定是要在下面问上一句，既没有吃过，怎么会知道好吃呢？可是赵翁把这句话留在肚子里了，他只笑了一笑，并没有向下再说下文。赵自强和父亲坐谈了一会儿，没有其他的话可说了，因道："爸爸我先回营去了，我明天回来。"赵翁道："这里的事，我自然会跟你见机行事。你若抽不开身也就不必来了。"赵自强答应着是，就走出来了。

他由前面院子里经过的时候，依然将皮鞋后跟走得砖石上嘚嘚作响，而且走的时候，还微微地咳嗽了几声。这种动作虽不见怎样的特别，然而在他看来却是很有意味的，以为桂枝在屋子里听到就知道是本人走了，或者出来看上一眼也未可知。可是他揣想的却是不对，桂枝根本不曾走了出来，他一直将皮鞋响到大门口去，觉得自己是有些神经过敏，彼此之间，也不过刚有点儿认识，这就谈得到闻声而来的爱情吗？男子们谈爱情总是这样地傻呀。

他如此想着，向前走去，一脚跨出了大门，却听到身后有一种极不自然的细微咳声。回头看时，原来是桂枝站在大门外墙脚下。当人回头看她的时候，她也就微笑着低了头呢。赵自强心里一活动，料着她一定是有意味站在这里的，就立定了向她点了一个头。桂枝回头看看大门里，然后才走近了一步，向赵自强低声问道："刚才我们在乳茶铺里的事情，你告诉了老太爷了吗？"赵自强顿了一顿，微笑道："没有，没有对他老人家说。"桂枝道："你真的没有说吗？"赵自强正色道："咱们以后还有话说呢，现在就说出来了，那也怪不好的不是？"桂枝红了脸道："我倒不是那样说。因为我的家庭还是很顽固的，要像黄小姐那样子，家里哪会通得过？"赵自强没甚可说的，连点着头，说了几声是。桂枝笑道："我没有什么话说了，你请吧。"赵自强见她并不避进大门去，却叫自己走开。他心里那一番笑意一直涌上了脸，也低声道："明天……明天，还是那乳茶铺，你瞧好吗？"桂枝沉吟了一会儿，才笑着问道："你有什么事要说吗？"赵自强站着想了一想，才笑道："我也没有什么话要说，不过我想照着小田的话，每天回海甸来一次，最好我们在乳茶铺里叙谈叙谈交换交换意见。"桂枝什么话也不说，只向他抿嘴笑了一笑。赵自强看着她那个样子，也是禁不住心里一阵奇痒，就对着人家也是一笑。正在这个时候，有一群人在路上走着，赵自强才醒悟过来，不要在人面前露出什么破绽来了，只得掉转身就匆匆地走去。

桂枝靠了门框站定，望了赵自强的去影，只管呆呆地傻想。一会儿工夫，江氏由里面走出来了，向她道："哟，我哪里没有把你找个够，你一个人在大门口站了做什么？"桂枝道："一天到晚，老在屋子里关着吗？我也该来透透空气呀！"江氏笑道："哟！我们姑娘真也有个新鲜劲儿，居然会说出来透透空气。"桂枝道："透空气这句话也很普通呀！这算得了什么新鲜呢？"江氏和姑娘说着话的时候，眼睛可就望着人行路，见那土路上一路大皮鞋印，正是由自己大门口走了出去的。心里转着念头一想，岂不是赵自强走去留下来的脚印吗？自己的姑娘自己是知道的，虽然不怎样地顽固，可是像女学生那一样，出来谈恋爱自由，那也办不到。现在看她和赵自强这一份情形，那就去谈恋爱的那句话也差不多了。据现在的时髦人说，经过恋爱而成的夫妻，都是圆满的婚姻，这样看起来，将来自己的姑娘姑爷也是一对圆满夫妻，自己总是怕姑娘找不着好女婿为她焦心，如今照大体看起来，就用不着为姑娘焦心了。

娘儿两个都站在门口，望了向西去的大路有些发愣。正在这时，她娘儿俩一同赞成的刘家妈恰是由大门口经过，却笑道："天气还凉啦，你娘儿俩倒在大门口站着。"江氏母女都说不出一个所以然来，为什么要站在大门口。桂枝道："你手上提了一大包东西，由哪儿来？请到我家去坐坐吧。"刘家妈将手上提的一串大小纸包举高着看了一看，自己先笑了，就像这里面有无数的话非说不可一般。于是向江氏点了几点头道："好的，我就是这样，喜欢找两个说得来的人聊聊天儿。"她说着，竟不待江氏在前面引路，已经走向大门里边来了。江氏将她引到屋子里炕上坐下了，张罗着一阵茶烟，就问道："刘家妈，你这样大一包小一包地提着，是在城里回来吗？"刘家妈又看了放在炕上的那些东西，就笑起来了。她道："不，刚才我由甘家门口过身，那甘太太看见，一定把我叫了进去……"

她只说到这里，江氏看看桂枝的脸，已经有些红潮上脸了。这时就不由得心里忐忑一阵，无论如何，心里头说的话却是不能跟着向下去说的了，就拦住道："你别提她了。那个人家是个势利眼。"江氏虽只说了这样一句，可是这下面自然有许多难言之隐。刘家妈哪里会知道这一肚子难念的经？在她一番得意之下依然继续地道："那甘太太为人也挺好的。她家有许多粗活（注：指缝衣制履而言）总是找我做。给钱还是不少。她家昨天请了客剩下些糕点和瓜子花生，她说了，若把这些东西都留着，恐怕会坏了，所以分给我吃一点儿。我倒不想吃，这些好糕点，孩子们哪里吃过？所以我毫不客气，就大一包小一包，提了这些回来。"

桂枝对于甘家现在是怀恨透了，不但是不愿人家说甘家的好话，就是有人说到甘家的甘字，也有些不愿听。现在听到刘家妈这一番话的趋向完全是赞成甘家的，越说是越让自己生气，便红了脸道："刘家妈，你倒以为人家给你东西很大的人情呢，其实不过有钱的人家不愿把东西扔到秽土堆里去，借着穷人的肚子来装一装罢了。我说，咱们穷人家总得争这一口气，宁可饿死，也不吃人家剩的。"江氏瞪了眼，望着她道："我们老姑娘就是这个脾气，嘴快舌快的，不管这话能说不能说，总得说出来。譬如说吧，人家好心好意地给你一些吃的，无论你愿意要不愿意要，反正你在面子上，总得暂时收了下来。终不成甘太太给刘家妈东西，刘家妈倒摔到地下去。"

刘家妈被桂枝大刀阔斧地一阵说着，本来是有些不好意思。现在江氏抢着先和她解说了，这总算有了转弯的地步。因就笑道："还是我们老嫂子说的话不错。你想我们穷人家打算不看富贵人家一点儿颜色，那如何办得到？"江氏道："要说端一点儿官排子呢，他们老爷也许有一点儿。至于他们甘太太和我们一样，都是房门里的人，靠了人红，跟了人黑，那还有什么话说？"如此地说起来，更是给了刘家妈一种转弯的机会了，她以先看到积之常到这边来的，想着她母女两人也许和甘积之的感情不错，便道："他们甘二爷是很好。"江氏知道自己姑娘受了积之的刺激最深，这句话更是要了她的命，这绝对不敢引起那些关系话来，就用鼻子哼了一声。然而刘家妈对于这些缘故完全不知道，她高兴起来了，却把这话继续地向下说。她道："听说甘二爷在城里头已经有了事情，不和他哥哥做事了。"

桂枝红了脸道："刘家妈，你也不提这个人吧，我对于这个人也是恨透了。你是不知道，有一天，我送活儿到他们家去，他们家把我轰了出来，我是个姑娘，又是穷人，有什么法子对付人家？只好忍受了。所以一直到于今，提到了甘积之，我就脑袋痛。"刘家妈一听，原来是为此不满意甘家，也就怪不得自己越说甘家，她就越是红了脸了，这样看来，自己知趣一点儿，还是少说话吧。当时也不敢多坐，谈了几句话，也就走了。

　　但是刘家妈之为人是与桂枝异趣的。她以为和有钱的人来往，是有面子的事，反正只有我占他的，没有他占我的。而且她是一个年将衰暮的老妇人，甘家也并不讨厌她去。所以自从她在桂枝家里听过这一番话之后，不到二十四小时，那些话就完全传到甘太太耳朵里去了。甘太太听了，不但不气，心里倒着实地痛快一阵。觉得自己反对积之和桂枝来往有先见之明，知道桂枝是不能够和她合作的。这个消息不能不让积之晓得，以便让他反悔一下。不过这个时候，积之在南苑大红门教书，也是郊外。由西郊外把消息传到南郊外去，这可要费相当的周折，所以直到两个月之后积之由南苑回城来买东西，遇着了一个亲戚，才由一个亲戚口里，得着了一点儿消息。只是他这个学校是不容易离开的。连校长教职员工友一共合算起来才有四个人，南苑到海甸，做个来回，非一整天不可，他如何能离开学校一天？

　　又是一个月之后，得了一个假期，他才趁了一个早，赶到西郊海甸来。但此来并不是专门要刺探桂枝的什么消息，只因那次蒙赵连长到会馆里来相访，介绍自己到大红门来教书，虽是挣钱不多，但是凭了本事挣钱，这总是一件光明而又痛快的事情。自从得了这个位置而后整日地埋头工作，并不曾来向赵自强道谢，这是不对的。所以这一次来海甸，最大的目标还是来谢赵自强。他匆匆地走来，直奔西苑大营，却不曾加以考虑。直至望到了杨柳青青外一座大楼，自己却忽然醒悟过来。心想此来未免错了。请问，并不知道他是哪一团哪一营，这样大的地方，怎样去找一个赵自强连长？若说回海甸他家里去谢他老太爷，本来也是一样。然而他家是和杨家住在一个大门里的，让自己向杨家看脸色去，却也是不愿的事。想来想去，凭了自己在海甸居住多时的经验，知道去西苑不远的那两条街上有两家酒饭馆子，常有些下级军官出入。自己肚子饿了，何不到一家吃点儿东西，顺便探探赵自强的消息。或者探听得出来，也未可知。他如此想着，就缓缓地走着。

151

这已是四月里的天气，店铺子里把窗台板和格扇都卸除了。门外几棵大柳树正拖着碧绿的长条罩着酒店绿荫荫的。由外面看到里面的散座，都在春色笼罩中。积之还不曾将腿迈进门去呢，在里面一个抹桌子的店伙早就笑着点头迎道："甘二爷，少见啦，您一向在哪儿发财？"积之笑着走了进去道："你倒还认识我。"店伙道："雅座里去吧！"积之道："不，在外面坐，眼界宽一点儿。"他找个朝外的座位坐了，面前几棵垂杨柳、一片青青的麦田，间杂着远处几户村庄，许久不到这里来，这看着就很有些意思了。店伙先沏了一壶茶放到桌上，笑道："您先喝一壶吧。"说毕，给他斟上一杯茶，叉了两只手，站在一边向他望着，微笑道，"您更发福了。这半年以来，我想你是更顺心。差事很好吧？"积之笑道："差事？我和你一样干的是苦工，凭本事吃饭。不过你说顺心的这句话倒是真的，我一点儿也不受别人的气。这件事是一个赵自强连长介绍的，我很感谢他，可是我不知道他是哪营哪连，叫我怎样找他去？"店伙笑道："你说的赵连长，我们这儿倒有个老饭座是个姓赵的连长，可是不知道是不是你说的那个人。"积之道："他有家，住在海甸，说话带一点儿保府口音。"店伙道："那就对了。你先要菜，喝着酒等他，也许一会儿，他要由这里过去呢。"积之于是要了两碟菜和四两酒，慢慢地观喝着。

这时，也不过上午十点钟，吃午饭的人还不曾来，店伙在这里也是很闲的，等他上着菜的时候，积之又和他谈起来，因道："这个姓赵的，也常到你们这儿来吃饭吗？"店伙道："他们营里有伙食，出来吃一餐，就多花一餐冤枉钱，您想他们那是何必呢？他们除非高兴起来了，到这里照顾一两次。"积之道："当一个连长，挣钱也就不少吧，有道是发了饷，嗓子痒，在他们发饷以后，你们的生意一定要好一点儿。"店伙道："您说当连长挣钱不少，那位赵连长他还不愿意干呢。我记得今年上春，他和一个关连长在这里喝酒，打算娶媳妇。可是这个新娘子家里不爱军人，这赵连长就急了，说是不干连长了。那关连长连说带劝驳了他一顿，说是熬到一个连长很不容易，为了娶媳妇要把连长丢了，那很不合算。"积之听了这话，心里头未免受了一种极大的刺激，不醉呢，脸先红了，便问道："你知道他说的是哪家的姑娘呢？"店伙道："我也

152

是这样地想着，为了娶媳妇，要把差事辞掉，想必这姑娘长得很是好看。所以也就留心听了下去。听来听去，好像这个姑娘和赵连长倒是街坊，也就住在海甸街上呢。"

积之心房里连跳了两下，便道："哦！还是街坊，不知道这婚事成了没有？"店伙道："看那样子，婚姻好像是成了。后来赵连长到这儿来过两次，常是有朋友和他开玩笑，说他要娶太太了，可是差事也还在干。我想天下没有那样傻的人，为了媳妇肯把差事丢了。"积之道："那也不见得吧？为了女人丢差事的就多着呢。讨不着媳妇，为着气把差事丢了，我路上就有那样一个人，别说是还讨得着呢。"他说到这里哈哈一笑，端起酒杯子来就喝了一口酒。店伙也看不透他这做法是什么用意，赵连长他说他的媳妇，碍着你什么事，倒要你起急呢？他也不敢再向下说，正有别个人进来，他向前自张罗买卖去了。

积之坐着喝酒，眼睛只管望了那片麦地。记得离开海甸的时候，远山远田都盖着雪，现在回来，却换了一个样子，满眼都是绿色了。人也是这样，去的时候，杨家老姑娘还是一位姑娘，于今回来，也许是赵连长太太了。赵连长介绍我到大红门去教书，我为他是见义勇为，帮我一个大忙，于今看起来，他用的是调虎离山之计罢了。我为人真太老实了，怎么自己不仔细想一想呢？一个素不相识的人突然地来拜访，突然地介绍自己做事，他到底贪图着什么？若不为着什么，在军队里做事的人身体不自由的，时间是很受着限制的，他何必由城外跑到城里去拜会我呢？事后一想，这件事没有一些疑问，自己是中了人家的计。既然是中了人家的计，还去感谢人家做什么，那不是徒惹着人家笑话吗？他眼望着田野，心里不住地出神，手中端了杯子，只管一杯又一杯地向口里送了酒去喝。喝完了四两酒，继续地又向店伙要了四两酒来喝，把两碟子都吃完了，看看门外边柳树的浓荫已经缩着了团，那分明是太阳当了顶，时候已经近午，再要徘徊，恐怕回家就晚了，于是手扶了桌子，身子晃了两晃，站起身来。不料当他这样起身时，却有一种意外的会遇，逼得他又把手低了下去。

第十六回

酸楚襟怀当前还祝福
倥偬戎马暗里突移军

当甘积之手按了桌子，正向外面看着去的时候，恰好有一个海甸拉人力车的熟车夫，由店门口拖了车子过去。积之忽然心里一动，立刻就昂着头向外面叫了一声张三。那张三停了脚向里望着道："这不是甘二爷，您在哪儿发财呀？"积之会了酒饭账，走了出来，向他道："张三，我要进城去，你能够拉我一趟吗？"张三道："有买卖为什么不做，您就请上车吧。"积之道："你也没有说要多少钱。"张三道："二爷的事，那有什么不好说的，把您送去城里，您赏给多少钱就给多少钱，您给一个铜子，我也要。"积之听他说得如此客气，也就只好不说价钱就坐上车子去了。

这张三正是一个喜欢说闲话的人，就拉着车子气喘喘地问道："二爷，好久没见，您是在城里头发财吧？"积之笑道："我不在城里住，更也谈不上发财。"张三道："您不到海甸宅里去吗？"积之道："那是我哥哥家里，我不去。街坊都是以前的那个样子吧？"张三道："有点儿变动了，东头李家，他们老爷子死了。您们隔壁的吴老三搬了家了，现时住着做买卖的。还是您现对门的杨家很好，现时搬了个连长来。他家那老姑娘现在摩登了，也讲个自由呢，和那个赵连长讲上自由恋爱了。哈哈！"说着失声一笑。积之心里扑通通地跳了几下，沉住了气问道："什么叫自由恋爱？我倒不懂。"张三道："您别说笑话了，恋爱自由四个字，您都会不懂？说一句俗话吧，就是她自配才郎要嫁那个赵连

154

长了。"积之虽然是对了张三的背坐着的，可是听了他这话，也不由得脸上红了一阵。默然了一会儿，然后问道："你们拉车的人，停在什么地方，就喜欢道论这个地方住家的人，你信口胡诌的吧？"张三听了这话有些不服气，就站住了脚，回转头来向他望着道："二爷，您不信，咱们绕着一点儿弯子走，在海甸街上走过去，也许咱们碰着那个好机会，就瞧见他俩在街上挽着手胳臂走路。"积之猛然地答道："那也好。"于是两个人都不说话，车子拉着飞跑，奔向海甸大街而去。

积之坐在车上，眼见海甸的街市快到眼前了，忽然用脚在车踏板上连连顿了几下道："别向前拉，别向前拉，我不到海甸去。"张三道："拉到了这里，不走海甸，可没有路走。"他口里如此说着，车子是照样地向前拉。积之不能拦住他，又不好意思跳下车来，就在车上叹了两口气。张三心里倒有些奇怪，把他拉上海甸走一趟，这也是很平常的事，为什么倒要心里这样不痛快？因之他将车子拉一截路，少不得又回头向积之看上两眼。积之深怕让他看出了自己有什么吃醋的意味，于是笑道："你要拉我到海甸去，我就让你拉去吧。"张三笑道："真的，我不冤您，他们两个人要好着啦，常时手牵手地上乳茶铺子里去谈心。不信，您到乳茶铺里去打听打听。"积之笑道："我有那样喜欢管闲事吗？"张三笑着，也就把车子拉了飞跑到海甸街上来。积之自己心里想着，总是曾在这海甸街上住过的人，就是坐了车子在街上经过一趟，这也是极平常的事，又何必自难为情，就板住了面孔，由张三拉着。偶然一抬头，就看到那家乳茶铺屋檐下悬了一条布市招在空中飘荡，门口放了木架子，上面架着一把大铜水壶。只看那壶嘴子里热气阵阵地向外喷着，便联想到热水冲藕粉的那种情形，就用脚在车板上连连踏了两下道："停下来，我进去吃点儿东西。"

张三虽然将车子停下来了，可是他心里也就想着，难道二爷肚子里有销食虫，刚才他由饭馆子里出来的，怎么这会儿又要进去吃点心？可是乳茶铺里的店伙已经笑着向积之表示欢迎了。他道："嘿！二爷多时不见，在哪儿发财？"积之点着头，走到一个散座边坐了下来。店伙道："二爷怎么不到雅座里去？雅座里现在空着。"积之笑道："你还记得我以前老上雅座。"店伙也微笑着点了一点头。积之道："你给我煮一杯

155

热热的咖啡来喝，我吃了油腻的东西，肚子里应当冲刷一下。"店伙道："您在哪儿喝酒来着，我知道。"积之道："这可怪了，我在哪里吃酒，你会知道，你且说出来听听，看你说得对不对。"店伙道："听说杨家老姑娘就在这几天放大定，也许您是来贺喜的，您和她……她家老太太不坏。"这店伙把话刚说出口，就觉得这话有些冒昧，因之连抬着两下肩膀就笑了一笑。积之虽觉得他的话近于冒昧，然而这是事实，有什么法子可以否认，也就只好微微一笑，对付着过去就算了。店伙自到厨房里去取咖啡，把这话扯开了。

积之一人坐在散座上想着，不料赵连长真娶了桂枝，把我蒙在鼓里了。这样看起来，女子没有一个不慕虚荣的。桂枝对我说，我为了饭碗不敢得罪哥哥，认我是个势利熏心的人。可是到了她自己呢，她就可以丢了患难朋友，去嫁现成的连长了。一个连长也不过是起码小军官，这有什么了不得？他想到了这里，情不自禁地捏了拳头就桌上一捶。店伙正两手捧了咖啡杯子要向桌上放下来，听到扑通一下响，将杯子里的水溅荡得满瓷碟子，身子向后一缩，望着积之发呆。积之自己立刻也就醒悟过来了，便笑道："你们是新开不到一年的铺子，为什么这桌子也是摇摇不定？"店伙这才知道，原来人家是替自己整理桌子，这倒是自己错怪了人了。于是带了微笑，将咖啡杯子放在桌上，可是他那双眼睛依然对着他不住地偷看。

积之见白糖块罐子放在桌子中间，于是用铜夹子夹了一块糖到杯子里，又夹了一块糖到杯子里去，自己的一双眼睛却射过糖罐子以外去，全身都麻木了，不知所云。偶然一低头，却看到咖啡杯子里放的糖块已经伸出水外来，咖啡里面放了这些个糖，却应该甜到什么程度哩？于是一看面前无人，就将杯子里的糖块望外挑了出去。自己原是打算挑出来放到托杯子的瓷碟子里去的。两只眼睛却望到对面墙上一张点心价目表，及至把那价目表看完了更是糟透了，原来都把连渣带汁的一些糖水舀到一碟子鸡蛋糕里面去了。这真是糟糕，店伙来看到，不要说自己是发了神经病吗？回头一看，店伙并不在这里，就冷不防地将这碟子鸡蛋糕往盂子里一倒。他刚倒完毕，店伙也就来了。他心里想着，这也是真快，他先是不吃东西，怎么一会儿工夫就把一碟子鸡蛋糕吃了一个光。

积之看到店伙向他注意，未免有点儿不好意思，匆匆地喝完了那杯咖啡，会了钞，就起身出来。

那个拉车的张三把车子放在这里，人却不见了。积之念他是个卖苦力的人，总得等他来给他的车钱，于是就站在大门口，徘徊着等他回来。不料等了许久，尚不见他回来，心里想着，在街边上傻站也会引着人家疑心，不知道是怎么一回事，不如在海甸街上走着绕两个圈圈，看看海甸街上最近的情形如何，回头再来大概也不晚，他于是信步所之地走了去。说也奇怪，他这两条腿不必得着他的命令，已经向杨家老姑娘的门口走来。原来的意思以为不过走到那条街上看看，到了那条街上以后，他又想着，既然到了这里，索性到杨家门口去看看也好。好在那大门口并不见有人，便是走过去也不妨事，于是他半年来所羞着重过的杨家门首竟是走到了。

她们家那两棵大柳树在屋顶上撑出两重小青山，表现出这里是春色很深。他的初意或者也以为是桃花人面，看看空大门而已。及至刚走到那大门口时，在杨柳青青的树荫里，恰好男男女女拥出来一大群人，其中有人穿黄色军服的和穿粉红色长夹衣的，却是分外地让他注意。这就因为一个是赵自强，一个是杨桂枝。何况杨柳青青外，来一个淡红衫的女子，十分刺激人，积之突然地看到，不免怔了一怔。因为桂枝除了身上那件粉红色绸褂子而外，辫子已经剪了，头发今天也烫着堆云式了。在头发周围，就压着一根红色丝带。脸上那是不消说，便是浓浓得宜的脂粉。在她左耳边鬓发之下，斜着倒插了一朵红绒花。那活显着是一个新娘子打扮。凡青年人看到新娘子，都是不免有一种欣悦的样子的。可是这时积之看到了新娘子，却好像是一支利箭对胸穿了过来。

当他这样走着愣了的时候，那位杨老太太江氏早就看到了。恐怕会闹出什么笑话来，三脚两步地抢到了积之面前，就向他笑道："甘二爷你怎么也知道了？今天是我们姑娘订婚的日子，现在正要去照相啦。"积之虽然是发愣，那也不过两分钟的工夫，这个时候，他就早醒悟过来了，若在许多人面前发出呆样了，那岂不是一桩笑话？于是也就勉强撑出笑容来道："这可是巧啦，居然让我赶上了喜酒了。"赵自强也就早已看到了他，也抢上前两步和他握着手。积之摇撼着他的手道："赵连长，我还不曾来谢谢你呢，蒙你的介绍，给我找了那样一个有工可做、无气可受的位置。今天我算来得巧，没有什么可恭贺的，祝你们白头到老吧。"他口里如此说着，眼睛已是远远地向桂枝的身上射了过去。桂枝虽然在大门里面站着，她那一双眼睛又何尝不是闪电似的射到积之的身上。这时四目相射，桂枝另外嫁了一个人了，对于这位情场失意者自不无有些愧对的意思。所以她虽十分地镇静着，然而心里头一阵阵的热气依然向脸上烘托出来，不由得她不把头低了下去。

赵自强对于积之和桂枝的以往关系在理想上多少是知道一点儿的，这时看着他那副勉强发笑的脸色，心中也很是恍然，便将另一只手拍了积之的肩膀道："回头我把事情办完了，找个地方咱们喝两盅。"他说着话，回头看时，两家贺喜的宾客一大群人拥在身后，哪里能容他站在这里说笑话？只得向积之点了个头道，"请到里面坐坐，我一会儿就来。"说毕，他让一班人蜂拥着走了。除了初见积之一怔，然后微笑着点了一个头而外，他并没怎样深切地去打招呼。积之眼望了这一群人遥遥而去。心里想着，我迟不来，早不来，赶上他们订婚的日子跑了来，这真好像和他们道喜来了。我虽是不嫉妒，也没有这样大的雅量吧？在大门外怔怔站了一会儿，依然回到乳茶铺门口，坐了张三的车子向西直门去了。赵自强随着一群人回来的时候，不见了他的踪影，身上倒干了一身汗，当然，也是不肯再问的了。

今天赵杨两家都是充满了洋洋的喜事，赵家的北面正屋子里，两三张方桌子上面放满了茶碗、烟卷盘、干果碟子，地下是糖子包皮、瓜子壳花生壳也铺满了。屋子里人声喧哗着，嬉笑着，空间是雾气腾腾的，并不是真有雾，乃是宾客们抽烟喷出来的烟塞满了空间了。这边杨家的三间小屋子也是坐满了女客，海甸这地方究竟还要算是半乡半市，所以妇女们也就同样地沾染着城市里的新式化装习气，所以这所屋子里，也就充满了胭脂花粉香味。桂枝坐在自己一张炕上，一大群穿红着紫的姑娘和她谈话说笑，当然她在这一段光阴里也是十分地陶醉了。平常办喜事的人家，除了举行寻常仪式之外，无非是吃烟赌钱，赵杨两家今天也不能例外。赵自强今天请了一整天的假，军营里一切的事情都已置之脑后，只在家里陪着宾客打牌。有时借着周旋杨家来宾的机会，还要到前面院子里去稍坐一会儿，和桂枝谈上一两句话。所以他虽然是感到二十四分的忙碌，在这里面依然不会减少他的乐趣。这一天他忙过去了，到了次日清晨六时，他就起床了。因为军营里的军纪，规定了是要六点钟以前回营的，所以也就不能不在六时以前起床。

他匆匆忙忙地出了大门，就向西苑大营走来。这个时候，乡下还没有人力车子出来营业，他一个人走到旷野里来，并不见什么人行走，东方树杪上发现了一大片金黄色的云彩，将那金黄色的光平射到麦田里来。那一尺长的麦苗，田野里是互相接连着，犹如在大地上盖了一床很厚的绿毯。北方路旁的柳树在这时正是发育得最茂盛的季节，偶然经过树荫，空气流动着，似乎带了一种微微的清香，送到人的鼻子里来。人呼吸了这种空气，精神上自然是感到了一种愉快，就是走起路来也觉得有劲。赵自强在这个时候一切都感着有兴味，心想以后结了婚，来往这西苑海甸的大道上，恐怕是更要频繁，好在军营去家是这样近的，便是一天走上一次，那也没有什么关系。又好在自己是个军人，每日走几里路这很不算一回事。而且以后由营里回家去的时候，恐怕还得快快地走，因为我们那位可心的太太，那必是要在大门口站着望我回去的呢。他如此想着，不由得一个人笑起来了。他所走的这条路也就是昨天甘积之所经过的一条路，在积之经过的时候，是很怅惘地过去，到了赵自强身上，便是很欣慰地回来了。

当他到了西苑大营的时候，在暗里头，他的生活已经有了极大的变动，这个变动是一辆蓝篷银灰车身的汽车由城里带了来的。那汽车只在他回营后的两分钟风驰电掣而来。车子上坐着一位黑胖而眼睛闪闪有光的汉子，那便是他们的师长孟晋。他虽是一个由讲武堂出身的人物，但是由营连长一步步升到这个万人之长的地位，在军队里的阅历，也给予了他对人接物许许多多的技巧。他到了他的办公室以后，就吩咐副官打电话把两个旅长叫了来。第一旅王旅长，昨晚是归宿的日子，还没有回营，只是第二旅石旅长在这里。不过五分钟，他也就到了。行过礼后，他站在孟师长面前。孟晋将脸色沉了一沉，才用比平常说话较低的声音告诉他道："昨天晚上，我已经接到总司令的动员令。时局到了这种关键，恐怕是非打不可！我们为着先发制人起见，军队开出长城，到热河去布防。石旅长马上准备一切。"石旅长只答应了两声是，并没有说别的就走了。在半小时以后，他也挨着次序，将他手下三个团长叫来告诉他们道："几天之内，我们的队伍要移防，师长已经命令我们准备一切了，你们赶快准备着吧。"团长答应了是，就回团本部，对各营长说快要移防了，赶造表册吧！这一个顺序而下的命令是越来越简单，师长告诉旅长，恐怕是要打仗。旅长告诉团长，只是移防。团长告诉营长，营长告诉连长的更简单了。

赵自强得了这消息坐在自己屋子里呆呆地想着，忽听到门外面有人说道："老赵在屋里吗？"说着话，这个人走进屋来，接着两手一拍道，"嗬！枪炮一响，黄金万两。老赵，干什么这样无精打采的样子？"原来是殷得仁连长走了进来了。赵自强站起来笑道："你是光杆，听到开拔，以后一来不扣伙食，二来弄两文开拔费，你有什么不乐意？"殷得仁笑道："我知道，你心里放不下那个未婚太太。有什么要紧？带了走吧。"赵自强道："带着一个结婚的太太，那还嫌着累赘呢，没有过门子的太太，叫我是怎样地去带着呢？再说我们这回开拔，恐怕回去打奉天，那可不是闹着玩的，还能让我们带着家眷去过舒服日子吗？"殷得仁笑道："原来你一个人在这里发愁，是为着去打仗不能带媳妇，那要什么紧，你只当还没有和杨家姑娘订婚，现在还是个光棍儿，到哪里去，也是个自由身体，那就什么大问题都没有了。"赵自强道："虽然是那样说，但是……"

他沉吟了许久，这句话始终说不出来。殷得仁笑道："人心都是肉做的，你那样一个好媳妇刚刚可以到手，这又要丢开。你说，还有哪一个不伤心的吗？"说毕，他淡淡地打了一个哈哈。赵自强道："不是说笑话，你想，这件事有多么不凑巧？赶着我订婚后的一日，就来个别窑。第一是我父亲，一来舍不得我，二来他和杨家住在前后院，少不得朝朝暮暮与人家见面，假使人家有什么闲言闲语的话，在他肚子里听到，恐怕也要加重一层难受。"殷得仁用手拍着他的肩膀道："别那样傻想了。咱们接着命令，就只有赶快地照着命令行事，你坐在这里发愁，那都是白着急，当连长总得当连长，开拔总得开拔，误了事情不能办，那还是愁上加愁，这又何苦呢？"

赵自强想了一想他的话却是不错，只好打起精神来，告诉上士王士立赶快地造表册，当天就送到营部里去。他私下依然找着殷得仁谈话，揣度着不知道还有几天就要走。殷得仁道："你别看他们催表册催得那样紧，那完全是一场黑幕。有了这个表册，照着这个数目向司令部里一报，给养费就下来了。迟一天开拔，咱们的头儿就从中多得一天的好处，为什么不多搁住几天？所以你有什么事的话，别忙，尽管从从容容去办。五天以内，我想着还绝不至于走。"赵自强将两只手插在裤袋里，在屋子里连连地打了几个转身，自言自语地道："这件事真能叫我为难的，我还是马上就告诉我们老爷子呢，还是到了临走，才来告诉他呢？"殷得仁笑道："有道是清官难断家务事，这一层我们就不能够胡乱出主意了。照着这件事看起来，那岂不是我们做光杆儿的好吗？"赵自强听了他的话，心里是加上了一层混乱，更是来回地在屋子里走了个不歇。这一天，心里徘徊不定，也没有抽得及身回去。因为营部里在一日之间，却把造表册的事催促了好几回，没有法子，在当日下午就把这表册赶造着，送将去了。

　　到了次日上午团部却来了电话，召集营连长会议。赵自强一得了这个消息，更觉得这开拔的时期一定就在目前。这理由很明白，因为当旅团长的人总可以看看报，不能看报也可以在应酬场上得着一些时局消息，命令是不能十分含糊的。至于团长对付营长，在身份上无须乎十分客气了，所以只告诉他要移防，快造表册，移防到哪里，团长固然可以揣度得一些，可是他也不能把那揣度之词来告诉营长。所以这命令到了营长那里，已经只有原意十分之一二，营长也不能那样老实，将得来的命令完全告诉了连长。他所知道较具体一些的，就是几天之内就要移防。至少，这一点他是应当保留的，于是乎他告诉连长的，就是快造本连人马装械数目表册，干脆，连移防两个字也不提。

　　当日赵自强得了营部的命令，快造表册，这是军队开拔以前的一个预兆，有了这种事情发生，一定是要开拔的。在平常的时候，军队由东移到西，由西移到东，那算不了什么。据现在的情形看起来，那一定是和日本军队打仗。打仗怕什么，军人不是为打仗来的吗？要怕打仗，以前就不该来当兵。只是有一层，自己是刚订婚的人，自己正希望着度那美满家庭的生活，却不料一点儿未婚夫妻的滋味未曾尝到，这就要离开海甸，真令人扫兴之至。论到自己本身，扫兴不扫兴，这都没有多大的关系，最不堪的就是把这话告诉了桂枝。桂枝要多么难受，她原是不大愿意嫁军人的，就为了军人总是不能在家里。好容易把她办得回心转意了，刚订婚就要离别，这不明明是告诉人，军人万万嫁不得吗？往日也开拔着上火线去过，但是事前多少有点儿消息。二来造了表册上去，也还免不了三天五天的耽搁。何以这次如此地急促？也就可怪了。只是团长召集会议，这是隔了一个阶级的长官，当然违抗不得，只有早早地赶去，免得误期。

他如此想着不敢有五分钟的犹豫，也就到了团部里了。一张大餐桌子，正中坐了团长，三个营长左一右二，挨了团长坐下。连长们究竟有些胆怯怯的，远远地坐在大餐桌子这边半截地方。团长先将目光对大家看了一下，然后正着颜色，站了起来说："今天上午六时，我接到旅长的命令，我们的军队马上就要开拔，现在限定各营在四十八小时以内，把开拔的手续一切都要准备好了。"他说这一套话时，脸色都是很庄重的。说完了，他脸上似乎带有一些笑容，就对大家放大了一点儿声音道："关于给养一层，当然不能照平时给养给我们，师旅长已经会和我们去呈请。以后每连可以按月报民夫十八名、马十六匹，给养是照给。"九个连长坐在那里，听了给养照给四个字，心里似乎各得了一种安慰，互相地看了一眼。团长道："开拔费也大致规定了，每连可以在团部里借二十元。"这一句话把在座的一批连长们都惊得呆了，不敢向团长望着，只好向营长望着。都心想，这次开拔当然是负着很重大的责任，现在说是开拔前方每连只给二十元，二十元一百多人分，请问一个人摊了多少？就说弟兄们分文不给，拿来做杂费，可是三个排长，一人开口借五块钱的话，在这种时候似乎也不能不给。此外上士司务长谁能说不借一块两块的？完了，当连长的人只有白瞪眼，哪里还有钱？当兵的人驻防得久了，都希望开拔，找几文开拔费，可是像这个样子，那就希望毫无了。

在连长们这样想着，脸上当然都有一种很不自在的神气表现了出来。三个营长自然是看见了，向他们各望了一望，有一种暗示，告诉已知道了他们的意思所在而已。赵自强的营长宝芳脸色一正，就站起来了。他望了团长道："营长不能不给弟兄们说几句话。我们在西苑住了这些日子，各连自己少不得和商家都有赊欠账目。一个人要动身出门，哪里就不要办些应用的东西。单就这一连的铅笔纸张说，在行军的时候不见是买得到，总也要预备几块钱的。别的就不必提了，团长一定可以想得到。"团长道："你们说的我也知道，只是上面没有答应给我钱，我怎垫得出来？"别个营长见团长没有答应的意思，也站起来诉了一番苦。争论了三十分钟之久，团长才答应每连增加十块钱。大家料着是再无什么希望了，也就只好拉倒。

散了会以后，各个连长都奔回自己的连部，赵自强立刻也召集本连官长传达团长的命令，然后就命令司务长算清本连对内对外的账目，叫上士清理图表。两个人共同检点武器库里应整理的东西，叫三个排长各归束各排的大小行李，又说："统共只有四十八小时的工夫，除了两个整晚上要睡觉外，这一天又去了两小时，实际上只有二十二小时，大家都只好忙一点儿。至于各排长短少零钱用，可以借一点儿，但是过了三块钱就不好办。"各排长谁也料不到一点儿风声不露，忽然要开拔起来。从来开拔的时候，收束整个星期，也不算费多了时候，现在只一天多的工夫就要开拔了，谁也有点儿私事，这样看起来，那是如何可以料理？大家当了面，这也不好说什么，各自回排去办事去了。

赵自强明知道排长不会满意，可是上面就是这样吩咐下来的，当连长的人有什么法子呢？同时心里想着无论如何，今天应当抽身回家去一趟，出发的日子大概是迫在目前了，早点儿回去，也好把家务安顿安顿。尤其是杨家母女两个，真有些愧对，人家早就表示着怀疑的态度，军人怕是不能常在家的。现在刚一订婚，果然就出发了，我得好好地去安慰人家一阵。他如此想着，自己把公事桌里的稿件账目搬了出来看过两页，打算看完了就走。可是各排的事情纷至沓来，自己一面看了文件，一面又要到各排去监督士兵收拾东西，再跑到库里去检查枪械子弹。团部里的钱没有送来，不敢直接去讨，还得找着营长去催促。同时，煤铺子里、油盐铺子里也来讨欠账，各方面都得应付，哪里有一刻闲。而自己心里老是那样想着，这要一回家去说明白了，自己的父亲首先要心里不好过，桂枝呢也许不是难受，简直是一种懊悔，她本来想得很明白，不嫁军人的了，结果还是嫁了军人。嫁了军人以后，怎么样呢？第一件事，就是尝那离别之苦的滋味了。想到了这种地方，什么事情也不能安心去做，只是背了两手在楼下院子里不断地徘徊着。

这个时候，西苑大营里，全营都忙碌起来。最忙的自然要算是电话，其次便是传令兵小夫子前后乱跑。在军营里的骡马，它们对于战事来到也另有一种锐敏的感觉，当那很快的风横过天空的时候，呜吼吼的马嘶声多少带些异样的意味。赵自强听了这种声音，心里头说不出来有一种什么样子的感慨，更觉得自己如此匆匆地出发，丢下了老父在海甸专一去敷衍杨氏母女，也是自己庸人自扰的一件事。好在总不是宣布了上前线打仗，总当找个机会抽出身来跑上一趟，自己自限着两小时的来往，大概也不至于误事，于是对上士司务长各打了一个招呼，说是到营外去结束一点儿私债，就走出营来。

这时，太阳偏到西山顶上去，只有一丈来高。那一碧无际的麦田上却搭上了一阵金黄色的阳光。平原上的东南风不是那样温和了，在斜阳这里面，吹到人身上有些凉飕飕的。远望着那些矮小的人家，似乎有些像大陆上沉下去的形势。一个人在大路上走着，那鞋底在石灰道上走去有些扑扑作响。可是在一个人走路的时候，这响声不但是增加不了热闹，反是添上了许多寂寞。赵自强想着我打算结婚以后，每日走过这路一遍，这成了妄想了。当兵有什么意思？身子是人家的，生命也是人家的，今天走了这条路一遍，也许永不再走这条路了。把这种心里的话对父亲去说，猜猜父亲多难过，把这话对杨桂枝去说，她又当怎样？女人的眼泪是容易的，恐怕非哭晕去不可！不，也许是恨我一点儿眼泪也不流，嘻。叫我见了他们，这种苦怀却是怎样去说呢？他越想是越把步子走缓了，只那风吹着麦苗瑟瑟有声，震动他心灵上的寂寞。忽然，身后哗哗一阵铜号响，他猛然止住了步子。他就不回家了。

第十七回

孰能无情家思灰士气
兵不厌诈豪语壮军心

大凡一个军人，无论性情是如何倔强，他总富于服从心。这并不是服从性三个字与军人两个字有什么天生的连带关系，但是军营中讲的第一件大事便是服从性。指挥兵的官长，由总司令到排班长，都是兢兢业业，怕下面的人失去了服从性。因为贪生怕死是人的本性，要训练得整千整万人听一道命令，视死如归，这要不训练出服从性来，怎样办得到？所以当军人很久的人，不知不觉之间，也就自然会造成了一种服从性。这个时候，赵自强悄然地经过旷野，真是万感在心曲。忽然听到一种军号声，他猛然止住了脚步，想道：我走不得。看这回出发情形有些不同，不定什么时候会有命令传下来。我虽然规定两小时就回营来，设若在二小时以内偏偏有了事情，那怎么办？经过一番考虑后，他觉得这事太不稳当，他越想越害怕，索性走回营里去了。

当他快走到连部的时候，对面就遇到了田青，他紧紧地皱了两个眉头，红着脸走近前来。赵自强远远地向他笑着，还没有开口，他就笑着先说了，点头道："老赵，在海甸来吗？这件事真是不凑巧啊！"说着，一手握了赵自强的手，一手拍了他的肩膀，这就笑道，"我们是同病相怜。说一句文吧，就是英雄气短，儿女情长。"赵自强脸上也只好带上一种苦笑，微微地摇着头道："咱们根本说不上英雄两个字，有什么英雄气？你进城去了吗？"田青摇着头，叹一口气道："有一个排长告了假，上士也出去了，我走得开吗？进城不像上海甸，来回就是几个钟

165

头，我认了吧。"赵自强道："你说进城进不成，可是我到海甸去，也去不成呢。"田青道："你有两个钟头，还不够来回的吗？在这两个钟头以内的工夫，我想你总也可以设法子的了。"赵自强道："这回预备开拔，情形不同，我不敢大意，这也是你那一句话，认了吧。"

田青回头望了一望，低声问他道："喂！老赵，你知道我们这次出发，是向哪里去吗？"赵自强道："我看决定是往东北，反正不能往西南。"田青道："我听说是上九门口。这要不和小鬼动手就算啦，要和小鬼动手，咱们可是最前线。"赵自强也回头看看，低声道："这是咱们自己人说话。论到战斗力，我们可不行得很，为什么不调好一些的军队上那儿？"田青道："也许不是上九门口。"赵自强道："我和你打赌，准是出长城去。"田青笑道："咱们瞎找慌做什么？要到九门口去，不能因为咱们啾咕就不去。不到九门口去，咱们也是别当什么好场面。我就最怕听那句话，咱们东北军是不抵抗的军队。你不是东北人，那还好一点儿。我是东北人，又穿了这样一身灰衣服。一开口，说出奉天话来，人家瞪了两只大眼向我望着。他虽不说什么，我心里也明白，那不就是说的，你东北人有什么用，自己的家都看守不住。"

赵自强笑着将大拇指一伸道："嗬！你真要彩，还跟人家赌一下子气啦。"田青道："怎么不赌？我要是想到这里，就什么也不要干，只想打一仗，出这口子气，输赢生气那全没关系。"赵自强笑道："你这倒瞎着急，我们一个当连长的人，有多大的能耐，便是带了一连人去打一仗，那又够干什么的？这除非咱们师长像你一样，要这么一个面子，也许可以做一点儿颜色出来。"

田青还不曾答复出来呢，他连下的事务长赶了来，说是杂货店里伙计跟煤店里掌柜来要钱，等着回信呢。他就将肩膀扛抬两下，笑道："你听见没有？若是我走开了，这债主又得发急了。"说毕，他转去了。走了十几步，他又很快地跑了回来，向赵自强笑道："我只管说闲话，把正事全忘了。你今天到海甸去不去？"赵自强道："我晓得，准是要我给你带一封挂号信。"田青笑道："你什么时候去？"赵自强道："你别指望着我误了事，你派人上海甸送去吧。"田青笑道："你不知道，我这里头有一点儿困难。那随从兵老是和我送信，差不多隔三天一封挂号信，我有点儿不好意思让他知道了。"赵自强笑道："你放心得了。你帮过我的忙，我一定也得帮帮你的忙。我若是有工夫回家去，我一定得求求我老爷子，向黄女士家里去一趟，把我们分不开身来的话对他们说上一遍，那么，黄女士对你也就可以谅解了。"田青站在对面，好像有许许多多话要说，可是他想了一想，并不曾说什么话，只叹了一口气，掉转头也就走了。

赵自强看了他那种情形，心里头也就想着，看这个情形，田青心里那份难过大概是不亚于我。我一个，他一个，关耀武一个，我们三个人的情形都有些不同。关耀武是儿女成群，让家庭累够了，可是舍也舍不得丢开。老田是未婚夫妇，打得火一样热。我呢，实在不能算是有什么男女之间的关系的。千不该，万不该，不该抢着在这个日子和杨家姑娘订了婚，于今抛开人家自去，心里总未免系了个疙瘩在这里，假使和桂枝没有这种婚约，那就来去坦然。虽说还有这样大年纪的一个父亲，可是他向来鼓励儿子出兵打仗的。他总是这样说着，养兵千日，用在一朝，真是出发了，他心里尽管万分舍不得，可是到了现在情形之下，就是说赞成两个字，恐怕也有些不好意思。因为他要说赞成的话，就是把人家杨家的姑娘来开玩笑。我走了以后，杨家母女益发地要在他面前闲话，他更不容易对付了。想到了这里，就也不免替自己老父发愁一阵，心灰意懒地也就不愿回连部了，且去看看关耀武的态度怎么样。心里想着，一会儿便到了关连。

在房门外向里一看，只见他横躺在自己屋里那张小床上，面向上仰着，两条腿都垂在床下。他两只手环在胸面前，也不知道拿了一根什么东西在手上，两只手两个食指只管旋转不已。便笑道："嗬！老关，你倒这样地自在。"关耀武一个翻身坐了起来，答道："你猛可地说上一句，倒吓了我一跳。"赵自强走进屋子来道："你的心到哪里去了，我说这样一句轻松的话，你都会吓上一跳。"关耀武道："可不是，我现在是个丧魂失魄的人了。"说着，呵呵一笑，两手互相搓个不了，表示一种麻烦不了的神气，要在这搓手的当儿给他完全发泄出去。

赵自强倒向床上坐着，两腿分了开来，同时两手拍了一下，也向外一扬，叹气道："这件事叫咱们怎么子干？一连只借三十块钱开拔。"

关耀武笑道："你是把事情看得太郑重了，所以没有办法。其实咱们别那样想，只当还驻防在西苑没有开拔，那么，就不要钱花了。"赵自强道："像你，还有一个家呢，安家费也不要筹办一点儿吗？"关耀武道："要那么样子想，这事就没有完了。要是开到通邮政的地方，发了饷，我给他们寄回家用来。若是开到不通邮政的地方，他们只好认命去熬着吧，反正天下也不会饿死多少人。"赵自强笑道："像你这样子想法，果然，天下没有什么了解不下来的事情。不过我就不能那样子想，我家里就剩一个六十岁老爷子呢，能够让他熬着吗？"关耀武笑着摇了两摇头道："还不先为了是这个吧？你还有一个心上人呢！"赵自强叹了一口气道："嗐！别提。"他将两只手的十个指头紧紧地互相交叉着捏在一处，把头低了下去，差不多垂过了胸口。他那番郁闷压迫在胸里不能说出来的情形，比关耀武是更厉害。屋子里两个人，一个坐在床上，一个靠了小桌子站定，两个人也都默然不语。

许久许久，关耀武忽然昂着头道："老兄弟，别想，一了百了。咱们拍屁股一走，天塌下来也不问，也就没事了。回连去办事吧，别胡思乱想了。"他说着也就走过来，轻轻地拍了赵自强几下肩膀。他是许久也就不作声，最后突然将身子一挺，站立起来道："得啦，我信你的了。"说着，又叹了一口气，才转回连部去。他由这里下楼，经过殷得仁的楼下，只听到那楼窗户里放出一种唱戏的低微声音来："……岳大哥，他待我，手足一样。我王佐，无寸功，怎受荣光。今夜晚，施巧计，番营去闯……"

赵自强对了那窗户望了一望，回头看到一个排长经过，便向他笑道："刘排长，你们连长真高兴，这样子忙的时候，还有工夫唱戏，事情都料理清楚了吗？"刘排长道："大致差不多。"赵自强叹了一口气，又点点头道："这都是没有家眷的好处。"那个刘排长猛然听到他这样的解释，倒有些不懂，只管望了他发怔。他言后也有点儿省悟，是自己说错了，便笑道："这话提起来很长，若是你们连长有闲，给你谈起来，你就明白了。"于是笑着回连而去。

到了连部，上士王士立迎着道："连长，回去吗？"赵自强只摇了几摇头，却没有答复他的话。王士立看他那种情形，当然是牢骚已极，

168

也就不问了。果然的，这一来，赵自强变了态度，一些也不想家，只管料理营里的事务。到了六点钟，要出营去也不可能，自然是作罢。到了次日早六时，自己刚刚是起床，随从兵进屋来说，团长召集营连长训话。赵自强一听，就知道是要发表出发了。离着准备完毕的限期还有大半天，这又有话说了，这事情真是一步紧逼了一步来。看这样子，果然是合了田青那句话，一定是去打最前线。打最前线固然是不必害怕，可是这样的紧张情形，一定是事情相逼得很厉害，叫自己猛然去丢开老父，丢开了爱人，眼睁睁地去冒这个危险去，心里头总也不能坦然。爱国，这是个个人都应当去干的事。可是照着打仗看起来，好像爱国就是军人一方面所应干的事，不，并不是军人应负这个责任，只是当团长以下的人应当负这个责任罢了。

他如此想着，很不经心地向屋子外面走。当他下楼梯的时候，自己忽然省悟起来，怎么回事？我这双旧皮鞋今天忽然紧束起来了。低头看时，这才发现着，原来是把鞋子穿反了脚了。于是坐在楼梯上，把皮鞋脱下来换着。换好了，提脚走了两步，还是觉得鞋子夹脚。再仔细地看看，自己也不由得打了一个哈哈，原来在左脚上脱下来的皮鞋，依然还穿在左脚上。又二次地坐下来，把鞋子换着。换好了鞋子以后，自己坦然地下了楼梯。王士立却由后面追上来道："连长到哪里去？"赵自强道："到团部里去呀。"王士立道："你不戴了帽子去吗？"赵自强这才感到头上是凉飕飕的。这是怎么回事，今天的精神却是这样的仿佛颠倒，让弟兄们知道了，那不成了一种笑话吗？笑道："太忙了，忙得心里乱七八糟，你把帽子扔给我吧。"王士立虽不敢笑，心里头也是很纳闷，送了帽子给他，立刻回身走了。这情形恰是让赵自强看见一点儿，他立刻挺了胸脯，扯了两扯军衣下摆，口里唱着军歌大开着步子，向团部走来。

他没有走进门的时候，背上先足足地透了一阵热汗，原来这一团的营连长全到齐了，整整地围了大餐桌子，左右两旁坐定，当自己要入座的时候，团长就出来了。团长先将各席上看了一遍，人数没有缺，这就问道："事情准备得怎么样了？"有一个营长站起来报告，大致都就绪了。团长这就挺了胸脯子道："我们这一团人明天出发，现在有旅长的

169

命令，拿去看。"于是他在衣袋里掏出一张命令，交给了手边的营长。那命令如下：

命令　八月十日于西苑旅司令部

一、辽边之敌，有进犯热河之势。

我第三军，仍在长城之线，与热东友军联络中。

二、旅有使第三军侧背安全之任务，拟于本月十一日开始向喜峰口方面前进。

三、各部队出发与宿营地，须按另表之规定施行。

四、予在旅司令部，旅长石坚。

营长看过了，依次递给另一营长，把这命令传观过了，大家才算揭开了闷葫芦，原来是开到喜峰口去。团长见这纸命令传观遍了，他就道："诸位用笔记起来，现在我口述本团部的命令。一、各部队须于十一日午前七时，在大操场南端面北成团横队集合。二、大小行李，统归团部袁副官指挥，同时在草场西端面东集合。三、统受检查后，待命出发。"他口述命令的时候，也是在军衣袋里取出一个日记本子翻着看的。将命令念完了，他就把日记本子向袋里一揣，然后向大家道："这一次出发，不同往常。往常是枪口向里，中国人打中国人，这就打几回胜仗，算不了什么。这次是我们向日本军队对敌，虽然还是自己国土里面打仗，总要算是枪口向外，也算是当军人的没有白费国家的饷银，总算是出了一份力量了。这算说的是公话。咱们都是好兄弟，再说两句我私人得来的消息。这一次和敌人对敌，咱们在自己家里打仗，第一项，地形是熟悉的。再说呢，和老百姓说话，言语也是通的。咱们有这两样，就着占大便宜。听说中央跟西洋某国接洽好了，可以借五百架战争飞机给我们。还有一国，只要是我们这里一开火，就向小鬼子后面进攻。小鬼子开到东三省来的军队也不过五六万人。这样前后夹攻，他们怎样受得了，那是失败无疑，至于小鬼子的飞机我们可以拿高射炮去打它，开到了前线，上面就会发高射炮给咱们。据说，一团可以得六架高射炮，一营可得四架高射机关枪，那尽够了。所以我们这次打仗，别以为人家

170

的武器厉害，我们抵敌不过，须要晓得我们是占便宜的事。我们若是由热河冲回奉天去了，咱们那是多么露脸？各位回营连部去，可以好好地鼓励兄弟们，只管向前进，别泄气。"

团长把这话说完了，大家也将信将疑。疑的是天下有这样便宜的事，有两国帮了中国来打吗？信的是，中国军队实在谈不上和外国军队打仗。现在居然准备着要打，这必定是有一种什么准备。至少向外国借飞机的事，那是假不了的。因之大家初一知道是上喜峰口，各人的脸色都有点儿不正常。现在听说是借有五百架飞机，而且还有两国帮中国的忙，各人的胆子同时就壮起来了。赵自强虽然是个老实人，可是俗语说得好，兵不厌诈，一个当军人的人只要是富有经验，自然就会懂得这四个字的诀窍。

赵自强心里也是想着，不管这些话是真是假，好在不是自己捏造出来的，来源如何，当然，可以找一个人出来负责。所以他回了连部，也就立刻召集全连官长士兵在楼下院子里训话。当大家在院子里排队站定了，他就走向下面台阶，向大家道："现在有了命令，我们的部队开到京东去。我们别以为向东走，马上就是回去打奉天，其实我们中国在外国买的几千架飞机都还没有到，打的日子可就早着啦。我们的部队到了防地，马上就可以发饷，在过八月中秋节的日子，咱们都可以足乐一阵子。这一开拔，先不用扣伙食啦，饷是多少钱就剩多少钱。再说咱们当兵的人，若是只图个安乐，驻防在那里，指望一辈子不挪窝，哪里是出头之年？当到营团长以上的人，谁不是吃过一程子辛苦的。所以这回开拔到京东去，都是咱们的好机会，碰各人的造化，谁也说不定会有做官发财的机会。"这一派离开军人天职才应当说的话，可是这班大兵听了，都以为是天经地义，没有一个不眉开眼笑的。倒不像连长们那样焦虑，怕是打外国兵去。

赵自强看看自己的训话已经有了几分力量，这就向兵士道："在今天上午的时候，大家可以去写家信，过了下午就怕没有机会了。"说毕，又分派着排班长几项任务，也就走了。这样一来不要紧，连长立刻就忙起来了。手下三个排长，有两个是有家眷的，两人要向连长借一口袋面安家。上士司务长和连长是最亲密的人，也各自要借几块钱还账。因为几家店铺里的伙计听到大军突然要走，账讨不起来，都哭了。人心都是肉做的，怎好完全置之不理？所以也来和连长商量，多少给人家几个钱。兵士们虽是不能借整块的钱、整袋的面，但是他们也各有各的苦衷，第一就是连长的命令，要写信，可是各写一封家信回去。这信纸信封虽是不成问题，可以到连部找去。这寄平常信的五分邮花足足五分大洋，就不晓得要到什么地方找去。说不得了，这点儿芝麻大的小事，不能不请连长帮一点儿忙。

赵自强见他们推了班长来告帮来了，也是却情不过，只得掏出钱来，交给班长代办了。团部里的三十块钱开拔费是昨天下午六时司务长代为领来的。到现在，赵自强还是不曾将钱带上腰收着。大致数一数时，已经是花费着不少了。赵自强心里头虽然十分委屈，可是这话也无法可说。好容易把这一阵子忙过去了，团部里已经来了电话，催领行李大车。照规矩，每连要六辆大车才够用，就是装弹药的小行李车要两辆，装办公物炊具帐篷的大行李车要四辆。可是这次叫具领的只有四辆车。团部指定了，这四辆车都装大行李。还欠两辆是装小行李的，由各营自行设法。一营四连只找八辆大车，好像并不怎样地为难。但是军营附近，庄稼人家谁也不敢预备大车。而且这一天多，军队要开拔的消息已经传说出去了，人家有牲口的也就赶紧收藏起来，这时一营差八辆，营营差八辆车，全师合起来，差到一百辆之多，只有几小时的工夫了，哪里去想法子去？

赵自强为了这个问题，连部跑到营部，营部跑到连部，来回地跑个不了。他们的营长宝芳究竟是个老营务，便问他道："事到于今，也不是抓瞎的事。你家住在海甸，你亲自出马，怎么着也可以对付两辆车子来。万一不行，那只好凑付着办，找几个驮子，找几名民夫。若是非用强迫手段不可，也就只好用上一点儿，反正将来咱们还人家的牲口民夫，天理良心全说得过去。"赵自强忙得满头是汗，本来还不曾想到回海甸去，现在营长提到让他回海甸去抓车，他心里忽然一动，这岂不是回家去一个绝好的机会？纵然营里有什么事耽误了，自己因公出去的，也就可以推诿了。如此想着，就向宝营长道："这样说，我就到海甸去找一趟试试瞧吧。反正四只腿的牲口找不着，两条腿的人还有什么找不着吗?"宝芳笑道:"你也一功而两得,回去瞧瞧你那未婚夫人,不比自个儿抽工夫回去好得多吗?其实你也别那样傻自己找去。你带几名弟兄,再叫司务长跟着,你让他们出去找,你在家里和老爷子谈上几句,然后找着你们那位夫人到乳茶铺子里坐着,一吃一喝一谈,有个两三小时,东西全有了,你再大大方方地回营来,那岂不是个乐子?"赵自强苦笑着道:"营长,你以为还是个乐子吗?"宝芳笑道:"你不用说什么闲话了,赶快地回去吧!"

赵自强经过了这番考虑之后,已觉得归心似箭,既然营长都来催促,自己还耽误什么,于是回得连部去,叫司务长带了几名兄弟,就一同到海甸来。今天他经过那个旷野时,也不知道寂寞,也不知道悲痛,自然更没有了快乐,就这样糊里糊涂地向前走着。到了街上时,指给了司务长几条门路,让他去找车,自己却一个人单独地走回家来。当他向家里走的时候,自然是开了大步子向前,可是当他到了大门口,两条腿忽然软绵绵的提抬不起。门是关的,自己正要伸手去敲门环,离着还有四五寸远就把手缩回来。他想着,见了父亲,什么话都好说。见了这位新岳母,对她说是要出发向喜峰口去了,这不是向人家兜胸打上一拳吗?见了她的面,还是瞒着不说吧。

他这样想着,站在门口就少不得有些犹豫。但是街上正经过着邻人呢,见他在门口这样踌躇着,就向他道:"赵连长刚回来呀!"经过了人家这样一叫唤,也许屋子里的人已经是听到了,不能不敲门,只得一鼓作气地重重地将门环敲打了几下。里面有一种娇滴滴的声音问道:"谁呀?"来的人正是杨桂枝,这不由得他不猛可地吃上一惊,就轻轻地答应着道:"是我。"大门里的人也就没有作声,只听到脚步走远了似的。又换了一个脚步轻的走来,大门打开了,却是江氏。她道:"自强,你怎么这时候才回来?我们老早地就盼望着你。"

赵自强听说心里就扑通扑通跳了几下。心里可就想着,莫非出发的消息她们已经知道了?便由脸上堆下笑来答道:"昨天下午我就想回来的,无奈总抽不开身。"说着话,一面就向里走,前院里并没有桂枝,大概她已经藏到屋子里去了。她不肯见我,莫非生我的气吗?更走向里院时,只见他父亲手上捧了一管水烟袋,在廊檐下面靠了柱子站定,他并不在吸烟，烟袋嘴子放在下颏胡子丛里，他却昂了头只管望着天上。赵自强老远地站住，就叫了一声爸爸。赵翁这才望了他微微地皱了皱眉头，才道："你怎么这时候才回来呢？"赵自强看到父亲那个样子，真个嗓子眼都哽了，便向赵翁呆望了一阵，然后才低声道："我急得什么似的，无奈总抽不开身。"说着话，同父亲一同走进了屋子里。

赵翁先坐下来，就望了他道："这一次出发，怎么来得这样子急？听说是调到山海关去呀。"他口里如此问着，右手却去抡搓着左手夹住的一根纸煤。由上反抡到下，由下又反抡到上。虽然是将水烟袋捧在手上，却是不曾吸得一口。赵自强看了这种情形，越发知道赵翁已经看出了此行很严重，原是坐着的，就不由得走近一步，低声道："你瞧，这事真是不凑巧极了。偏偏会在这日子出发。"赵翁端着水烟袋，连吸了两口烟，喷出了烟来以后，又静默了两三分钟，这才向赵自强道："也没有什么巧不巧。你是个当军人的，军营里的军纪风纪也无须我来说，反正当军人的不应当念家。"赵自强答应着是，可是看他父亲捧着水烟袋的那双手只管有些抖颤不定，就是他下巴颏上那一把长胡子也是飘晃不定。父亲脸上原有两道红光，都是练把式练出来的。然而今天他的老脸上只有些晦涩的黄黯和那深深的皱纹。这样大年纪的老父，便是自己这个儿子……

赵自强想到了这里，不敢向下想了，回转头咳嗽了一声。在咳嗽一阵之后，他想起了团长和他说的话了，就笑道："这回出发，也不是打仗，不过到喜峰口去堵口子，日本的兵还隔着一个热河呢！听说，我们这次和两个大国订了攻守同盟，一开火他们就会帮着咱们的。我们已经买了五百万块钱的高射炮，人家飞机来，可以不怕了。就是我们自己也借好了一千架飞机，在天空里飞机碰飞机，也把他们的飞机给碰了回去。再说，我们实在是去堵口子，还不打仗呢。"赵翁听了他这一篇话，脸上不觉带了一番笑容，且不答他的话，昂了头向屋子外走，口里大叫杨家老太太。赵自强看了，倒有些莫名其妙，为什么说得好好的叫起杨老太太来呢？

第十八回

脉脉传茶含悲慰夫婿
匆匆出塞强笑别家人

有人说，爱国是一种迷信，只要把爱国这种思想灌进到人民的脑筋里面去了，那个人为了爱国，就可以把生命财产完全牺牲。若是世界上的人都没有了这种爱国思想，就没有了军事战争，也没有经济战争，人就要安乐得多了。其实爱国这种迷信，正也不容易让人传染。就像赵翁，他平常是很鼓吹爱国思想的。可是到了他的儿子要带兵上前线替国家打仗了，他的心里就会感到二十四分地不安，觉得炮火是无情的东西，儿子当的是连长，这是像弟兄们一样地要上前线，而且不能有安全地带可以掩护自己的。不过他心里尽管是难受，可是他的口里依然还在那里鼓励着他的儿子，一定要为国家出力。及至听清楚了儿子是到喜峰口去堵口子的，那就离着日本军队远了，所以突然地精神振奋起来，就向外院子里连连喊着杨老太太。

江氏忽然听到赵翁这样大叫，立刻就口里答应着，两条腿便已跟着走到了后院子里来。赵翁等她一进，两手就一拍道："现在我明白了，咱们可不必那样多挂心，自强他不是出山海关去，就是到喜峰口为止啦。这地方离着打仗的地方那就远着啦。老实说一句，在那里驻防，也就像在西苑大营差不多，一点儿没有关系。"江氏一进门来，那双眼睛早就射到了赵自强的身上。赵自强也不解是何缘故，见了这位岳母，情不自禁地立刻就两脚一并，做了一个立正的姿势，对她是要表示恭敬，而同时也是要表示有点儿不安。江氏道："自强，我听说你们军队要出发了，你怎样也不早早递一个信回来？"自强点着头道："倒是要开拔了，不过并不是开到什么战地里去，是开到喜峰口去堵口子。"

江氏对于堵口子这个新名词似乎还有点儿不明白，便道："堵口子，怎么样子堵法呢？为什么要去堵口子？"赵自强心里这就想着，若说堵口子就是防御敌人的意思，那一定会把丈母娘吓倒，不如含糊其辞的，不必说明。便笑道："您这有什么不懂的。譬如说吧，北京这内外城有十三道城门，处处的城门都得派军队和警察把守。这万里长城也有许多城门，这就叫口子，我们就是调到这口子边去的。"江氏走进来，在椅子上坐下，这就望了赵自强笑道："你这话我就明白了，准是把你们调去守城门，有什么来往的人你们都得盘问盘问，是不是这个样子呢？"赵自强道："对了，就是这个样子，您想，这不是很太平的事情吗？"江氏望了他许久，然后摇了两摇头道："说起来，我这话显得啰唆，可是我也就真不明白，把守城门，几十个人轮流着来，也就尽够的了，为什么要调着整万的人去堵口子呢？"赵自强这却想不出一个好解释来答复，便笑说："那当然不止一个城门。"赵翁道："这您就不必多心了，我想着那一定是很太平的。"江氏什么话也没有回答，两手按着膝盖上，微微地昂头叹了一口气。

赵翁知道她叹这一口气里，含着有一大篇话没有说了出来。可是真让她说出来了，自己的儿子听到恐怕有些不堪。因为这两天，自己在一边听着江氏的闲言闲语已经不少了。那意思总是说，姑娘原怕给当军人的，为的是军人不容易常在家。现在刚订婚，姑爷就要出发，以后这话就难说了。赵翁这次不等她把话说了出来，立刻就抢着道："喜峰口到北京有长途汽车，一天多也就回来啦，将来办喜事，咱们愿意到喜峰口去，就在那里办。若是不愿意上喜峰口，自强可以到了日子回来，那很不算一回事。"赵自强道："对了，来回很方便的。"江氏默然了有五分钟之久，这才道："姑爷出发，升级发财去，这是好事。自然是旗开得胜，马到成功，我还有什么话说？能照着姑爷那样说法去办，那就好。"

赵自强觉得这话也是越提越近于牢骚的了，便扯开来道："爸爸，我还想起了一件事情呢。田连长说，已经给黄曼英小姐通过两回电话，叫她到海甸来，他是抽不开身子进城去的了。据我的意思，若是黄小姐

176

来了，请她就在这儿休息一晚上。我们明天出发，反正要走海甸街上经过的，那就见着面了。最好是请您雇一个人到城里去一趟，请她马上就出城。那么，我回营去，可以叫田连长到这儿来一趟。"江氏淡淡地一笑道："你倒有这个工夫去管别人的闲事。"这虽然是一句玩笑的话，赵自强就觉得这话是二十四分地严重，于是笑了一笑道："昨天晚上，开拔的时间还没有规定下来呢，田连长就这样地说着。今天我回来了，我自然要想到这件事上来的。"江氏淡淡地笑道："你别为人家的豆子炸了锅啦。我倒要说一句时髦一点儿的话，你自己的那一位现在也是心里难过着万分呢，你倒不去瞧瞧她吗？"赵自强站着微笑了一笑，望了他的父亲，却没有动脚。赵翁道："这也没有什么害臊的，你应当去看看杨家姑娘。"赵自强刚把脚移了两步，又停止了。赵翁正了颜色道："你应当去的，你还犹疑什么？"赵自强听了这话，这才将脸子绷住着走向前面院子来。

　　前面的院子全让两棵大杨柳的绿荫罩住了，空间是青隐隐的。他走来的时候，脚步是很快的。及至他走到前院杨家屋门边，把脚步就放缓了，轻轻地拉开柳荫下的那扇小门来，又咳嗽了一声，这才举步进去。只见桂枝在靠门的一张方凳子上坐着，低了头正在做针线活。见赵自强进来了，就放了针线站起来，低声微笑道："你回来啦。"说时，手扶了桌子，既不曾向前走一步，也不曾向后退一步，半侧了身子向赵自强望着。

　　他走了两步，将军帽取下来拿在手里，然后向桂枝笑道："你一个人坐在家里，不闷得很吗？"桂枝微笑道："我哪天也是这样子在家坐着，怎么今天就会闷得慌呢？"赵自强究竟还不敢表示了十分亲密了，就隔了门，在外面一条旧板凳上坐下了。桂枝在里面屋子里转了一会儿，好像很忙。赵自强道："你忙什么？你坐下来吧，我还有几句话和你说呢。"桂枝笑道："你老远地来了，我也应当倒一杯茶你喝啦。"赵自强道："与其在家里喝茶，咱们不如到乳茶铺里去谈谈还强得多呢。"桂枝摇着头道："不去也罢。今天去了，谈得自然是很高兴。将来我一个人到乳茶铺去的时候，我是多么感慨。"这几句话也可以算是她临时感触的话，也可以说是她懒于行动，把这话来推诿的。可是这话一传到了赵自强耳朵里去了，他就心里一动。若是像她这个样子容易发生感慨，这感慨就多了。她推开房门，看到后面院子里我的家庭，她要发生感慨。坐在屋子里以前常听到我的脚步声由这前面院子过去，将来也没有了。院子里那两棵杨柳树长得绿条子拖靠了窗户，春暖花香的日子刚好订了婚，正像杨柳青青的那样美满。杨柳还在青青的，可是未婚夫走了，这都是要让她发生感慨的。这可让人说什么好呢？赵自强想到了这里，一切都默然了。低了头看了自己的皮鞋，将自己两只脚尖胡乱地在地上踢着。

桂枝已经是倒好了一杯茶，于是就微笑着送到他面前来，低声道："别难受，喝这杯热茶吧。"赵自强哟了声，突然地站了起来，两只手接着她这个茶杯，向了她道："我有许多话要对你说，可是我一时想不起来要从那句话说起才好。我是个现役军人，身子是国家的，只有命令，没有自由，请你原谅我。"桂枝笑道："你这是多心了，我并没有说不原谅你呀。"赵自强捧了那杯茶，不知道喝，也不知道坐下，只是向了人发呆。桂枝抿嘴微笑着，许久许久，才道："你别是那样想不开，男子汉大丈夫，总要轰轰烈烈大干一场的。坐下喝茶吧，别想那些了。"赵自强听说，眼睛望了她，慢慢地坐下。

不想他无意之中，原已离开了那方凳子，坐下去，却没有挨着那凳子，身子一虚，几乎是要跌下去。但是他念到手上还捧着一只茶杯，这是不可摔破的，若摔破了，那是出门人的不祥之兆，因之下死劲儿地捏着那只杯子不肯放松，可是茶杯子里泼出来的热茶将手上的皮都烫得变成紫色了。右手实在是拿不动了，就把这茶杯送到了左手上来。桂枝却以为他是舍不得打碎了东西，立刻抢上前去，将茶杯抢了过来，放在茶几上，笑道："就是打碎了一个茶杯，那也很不值什么，你为什么舍不得放手？"赵自强这才站定了，笑道："我们当兵的人，身上挂了彩，虽是一种荣耀，端了枪在手上依然是干。若是泼了一点儿热茶在手背上就把杯子摔了，这也显得我太无用啦。"

桂枝站在那茶几面前，就弯了腰向他手上看了看，笑道："还好，烫得不怎样的厉害。"她看完了，将腰一伸，人就向后一退。不料就是这样的一退把茶几碰着。茶几转了两转，不曾站稳，那茶杯不会粘住茶

178

几面，落到地上跌了个粉碎。桂枝回转身来，笑道："你瞧，你要保留，还是没有保留住，把你的手白白地烫了一阵。"她说了这话，并不怎样地在意，依然弯了腰去拾起那些碎片来。赵自强脸上早就是红一阵白一阵，心里更扑扑乱跳，及至桂枝将碎片捡起，扔到门外边去了，她回转来的脸色却是依然稳静像平常一样的。赵自强自己才止定了颜色，向她笑道："什么事都是注定。这一只茶杯注定了是要打碎的。你瞧，到底还是砸碎了。"桂枝道："所以哪，我命里注定了是军人……"说到了这里，她的声音就很细微了，于是接着笑道，"到了总是丘八。"赵自强觉得她虽是一句玩笑的话，然而这一句话可直扎了自己的心窝，脸上早是血涨得红中带紫，只把鼻子两边的斜纹印出深深的道子来，显出了他是在窘迫中发出来的一番苦笑。

桂枝这倒摸不着头脑，自己打碎了碗，为什么未婚夫却是这样子着急呢？她因为赵自强是个性子直率的人，而且有些新思想的人，绝不会为了打碎一只茶杯，认是一种不祥的预兆的。可是她还没有这个感觉，那位丈母娘江氏她可留心了，已经由后面追了出来，走进屋来问道："揍了什么了？这样响一下。"赵自强道："什么也没有揍，刚才猫由窗户里钻了出去，大概把窗户台上一只破碗碰到地上去了。"江氏听他说得如此的自然，也就不追问了。于是赵自强坐下来，江氏也坐下来，桂枝也走到门边那张方凳子上坐下了。赵自强到了这时很感到无聊，就轻轻地咳嗽了两声。他这种咳嗽声似乎能够传染，立刻江氏也就咳嗽了两声。桂枝看到彼此都有些搭讪的样子，这却不好意思自己也跟着咳嗽起来，这就笑道："别在家里坐了，你老远地回来，也去吃些点心去。"江氏也就插言道："对了，你应当和我们桂枝到乳茶馆里去坐着谈谈。这就像自己兄妹一样，要什么紧，还有些害臊啦？"桂枝微微地瞪了她母亲一眼道："你是好话不会好说。"江氏道："得啦，我不是说了吗？你们自个儿去谈谈嘛，别的我也就不说了。"说着咳嗽了两声，又伸着头到门外去看看太阳。

赵自强也感到老在屋里坐着未免也是越闹越僵，于是，就站起来笑了一笑道："我真是肚子饿了，你也去吃一点儿吧？"说着话时，就把手上捏了的帽子向头上盖着。走到门边，手扶了推门的转钮，脸却是向了桂枝望着，这在他本是就要桂枝同走的意思。桂枝却也很了解，不等他说第二句话，在桌子抽屉里找出粉来，抢着在脸上扑了两遍粉，抢着把一条白绸手绢掖在胁下，就笑着向江氏点了几点头道："妈，我一会儿就回来。"只有她这一句话，那已经表示她愿意跟着赵自强走的了。江氏这也就默默地点了两点头，不加可否，让他们走了。她心里就想着，一个姑娘有了婆婆家，她的心那就自然跟着丈夫去了。你看她虽然是心里万分难过，但是还要在丈夫面前讨那个俏劲儿忙着扑粉，方才走去，这可以知道女人怎么着，总是求丈夫欢喜，没有了丈夫，一切都没有了。

她一个人这样在家里呆呆地想着，一切都忘了，只是在原地方枯坐着。也不知道经过了多少时候，只见院子里墙上的太阳光已经斜到了室瓦檐，而且泛着那金黄色了。这才醒悟了过来，这一对男女以前不愿出去，怎么现在一出去之后，就这样地不知道回来了。她一人也是闷不过就跑到后面院子里去，和赵翁说上一阵。赵翁也和他的儿子心里一样，只觉是对人家不住，极力地用话来安慰她。又过了一会儿，听到前面院子里有皮鞋脚步声，江氏知道是自强桂枝归来了，立刻也就跟着跑到外面院子里来。赵自强的脚步快，已经走到后层院子门里了，桂枝却半垂了头，站在外面院子里。她走的时候，脸上是雪白的，现在却是在黄黝了的脸上挂着一道一道的干泪痕。两只眼睛更是红得异乎寻常。只看她垂了眉毛，在那默默无言的当中，一定是经过了一度极伤心的事情了。但是女儿心窝里那一汪苦水自己是知道的，装麻糊过去，也许她要瞒着母亲，若是问她，反要引起她的牢骚来了。于是江氏也不将脸看住她，自行进屋去了。桂枝跟着进屋来放了一块手绢在茶几上。江氏趁她不留神，将手绢捏了一捏，好像是经过水洗了一样，于是乎更不敢作声了。

赵自强站在院子里，也以为她母女见面，必定有一番悲伤，所以站在外面候了一候。及至站了许久，却听到并无声息，料是无事，也就自向后院来了。赵翁背了两手，正在走廊上来回地踱着缓步子呢，于是就向赵自强道："你回来的时候已经不少了，还不该回营去吗？"赵自强直挺挺站着，向赵翁道："您老人家还有什么话要对我说的吗？"赵翁说话的时候，原来还是背了两只手继续地走，这时才立定脚，突然一回头向赵自强脸上注视了一番，然后手摸摸胡子，似乎有一口气要叹了出来。但是在他一昂头、眼珠一转的时候，却又把话忍了回去了。赵自强看到父亲不说，不能逼了父亲说，于是低声道："这一件事情，真是不凑巧得很。不过当军人的人，天天都有出发的可能的。所以在临时得了命令，临时就走，那是应有的事情。"他口里如此说着，眼睛望了父亲，却不能向下继续地说了，缓缓地垂了两手，而且是缓缓地顿了眼睛皮。赵翁笼了两只衣袖，微偏了向儿子望着，许久的工夫，他忽然正了颜色道："你既是到了回营的时候，你就走吧，老耽误着干什么，我……我……"他说着顿了一顿道，"我也没有什么话说了，你走吧！"他说时，却笼住了的两只手，也不肯抽出来，就这样上下地移挪着，倒好像是和儿子作揖。可是他那只老眼里正含着两包眼泪，只在眼眶子里滚动，几乎是要流了出来。赵自强心里想着，若是和父亲说出实话，从此就不回来了，也许不等自己走，父亲就要流出泪来的了。于是挺着胸脯，硬硬朗朗地叫了一声道："爸爸，我走了，有工夫我再回来吧。"说着，脚后跟扑通打了一下响，然后举起手来，向父亲行了一个举手的军礼，突然地一转身犹如在操场上，开着正当的步子走路一样，一提脚步，扑突扑突，就这样地走了出去了。

当他走的时候，一直向前，并没有看别的所在，及到一口气走出了海甸街，这才回转身来呆呆地站定，向海甸街这一排屋檐望了出神，同时，却垂了头长长地叹上一口气。就在这时，只见眼前的大道顶端尘头大起，带来的司务长和几名弟兄，赶着拖大车的几头牲口，飞也似的跑着。那大车轮子在人行大道上滚着，空隆隆地作响，跑到面前来。司务长原是在车上坐着的，老远地就由车上跳了下来，举着手道："连长一个人倒先走了。"赵自强听说，心里头不由得暗暗地叫了两声惭愧。心想，我真是心不在焉了，怎么把他们丢开，我一个先走了？我到海甸究竟是为了干什么来的？于是笑道："我知道你们会赶了来的，我在这里等着你们呢。"他们固然是笑嘻嘻地在这里说话，每个大车上跟来的一名夫子，各人手上拿了一条细长的鞭子，都把鞭稍子拖到地面上来。每人的脸上也都带了一种死灰色，尤其是最前面的一个车夫，他上身穿了一件旧蓝布短褂，上面有好几枚补丁，头上偏戴着是一顶酱色的毡帽，帽檐像他为人那样柔懦，四周纷披着下来，半遮了他的脸。不过虽是半遮了他的脸，赵自强还看得出来，不由得喊了一声道："这不是街东头的老刘吗？"

老刘跳下车来，放了手上的鞭子，比着两手深深地向他作了两个揖道："赵连长，你瞧，这怎么办？我一家子都指望着我这一辆车，两头牲口城里海甸两头儿跑，现在全带来了，怎么办？我以为你是不认得我啦，我几回叫你，我又怕会犯罪，不敢叫出来。你认得我，那就好啦，我家里还有一个八十岁的老娘，你是知道的。"说着说着，他索性跪下去了，向赵自强磕了三个头。赵自强见他转动着眼珠，两行眼泪差不多要哭出来，便伸手将他搀扶起来。自己正想说一句，再作商量吧。可是一看后面，还有四辆被拉来的大车紧紧地跟随着。自然，每辆车上都也坐了一名夫子，都睁了大眼望着老刘呢。于是硬了心肠，正着脸色道："你还不是废话，我若是可以放你，我还把你找来做什么？你跟我们走一趟，也不亏你，走一天，有一天的钱。"老刘磕了两个头，倒落了一个说废话的批评，只好忍住那把眼泪，站了起来，依然坐上车去赶车。赵自强连着司务长，索性坐了大车，一鞭跑回了大营。

他走回连部的时候，迎面正遇了田青，他笑道："你究竟比我好，回家瞧一趟爱人去了。"赵自强什么话也没有说，重重地唉了一声。田青笑道："怎么样？老丈母娘有什么不满意的话吗？"赵自强道："唉！那倒不是，可是……"说着，左手取下了军帽，右手在头上抚摸了一番，表示他那种踌躇而无可如何的神气来。田青向他对站着，待了许久，看了他那种情形，也就随着伤感起来，因道："我今天也是倒霉极了，连打了好几个电话到城里去，都碰了钉子。"赵自强道："难道你的老丈母娘倒有什么话了？"田青道："那倒不是，学堂里电话怎么也叫不通。今天要是过了五分钟，打得通电话，也算白打，因为她已经回家去了。"赵自强悄悄地握了他的手笑向他道："我和你托了我老爷子，派人到城里送口信去了，赶上长途汽车，来回也就是两三点钟，你在四五点钟到海甸去一趟试试看，准会着黄小姐了。"田青半昂了头想了许久，忽然一摇头道："我决不去了。"

赵自强还想问他个所以然，传令兵跑来，说是营长有话说，问了连长好几回了。赵自强只得匆匆跑到营部，可是见了营长，却是问大车找完全了没有那样一句赘话。连部里结束得怎么样了，自己丢开了大半天还不知道，自然也少不得跑回去看看。一到了连部里，司务长就送了一篇账目来看，检查最后那笔总数，却欠了外面一百多元的连部私账，自己待要一笔一笔查去，又没有那些工夫，两只手捧着账单子，却摇了两摇头道："欠人家这么些个钱，拿什么给？干脆，全拖着吧。"司务长笑道："不给就不给，反正商家也拦不住咱们不开拔。"赵自强叹了一口气道："这话可不能那样说。人家谁不是血本，老早地把东西赊给咱们了，咱们一拍屁股走了，让人家白瞪眼，假如咱们是做买卖的，那怎么办？这话可说回来了，咱们不是成心坑人，无奈一不关饷，二来走得这样急，谁也……"

这些理由还不曾说完，营部派人来传话，营长请连长去领东西。领东西这总是好事，赵自强便立刻就去。到了营长办公室里，只见那桌上用大报纸包着，堆放了好几个纸包，纸包上用红笔写了第几连的字样。营长宝芳指着一个纸包向他笑道："救国联合会听到我们出发了，送了许多暑药给咱们。团部里就分配好了，一连得着一包，你带回去吧。"赵自强又觉得是这样不要紧的事，大概营长在团长那里是郑而重之地拿来，所以也要连长郑而重之地受了去，这有什么话可说？只好拿了那个纸包回连部了。

到了连部里，少不得又把这一大包药打开了交给三个排长去分给弟兄们。这一层很可省了的麻烦未曾结束，随从兵就进屋来说："那个杂货店里的掌柜自己又来了。我说连长出去了。他说，他亲自看到连长上楼的。他并不要钱，只要和连长说几句话。"赵自强想了一想道："我下去见他吧。"下得楼来，只见那位掌柜刘君靠了墙角站着，脑袋几乎是垂到怀里面去。赵自强先叫着他道："刘掌柜，我真对不住，现在上面没有发饷，要了我的命也拿不出钱来。"那刘掌柜带了哭音道："你不给就不给吧。我只求求你到了防地，有钱多少给我寄一点儿来吧。"赵自强看了，真是不忍，便问道："连新带旧，我一共欠你多少钱？"刘掌柜道："大概二十来块钱吧？要是你这一处，我也没什可说的，交个朋友吧，可是别人还欠着呢。"他说时，抬起一只袖子去揉擦眼睛。

赵自强真不过意，就在身上掏出两块现洋交给了他，那刘掌柜很知足，千恩万谢地去了。

赵自强做了一件痛快事，心里正舒服了一阵子。魏排长来说，大行李都捆好了，天一黑了也不能装大车，这是要跟了团部走的，先得请连长过好了目，这就先把一部分装车。赵自强一想，这倒是不可大意的事，于是跟着排长走了。这一去，足足忙了两小时，回得连部来想喝一口水，随从兵又说，营长传连长回话。赵自强口里虽不说出来，心里就道："理他呢，我是牛马，一刻工夫也不让歇，屁大的事也叫我跑一趟。"他一面想着，一面上楼。走到楼梯半中间，忽然一想，慢来，这样紧急的时候，哪里就能说没事。营长传见不到，误了公事，别闹出乱子来了吧？他如此想着，那半截楼梯就没有这勇气上去。终于他是掉转身下楼，一直向营部来了。

这回算是差一点儿来迟了，三个连长都在这里等着呢。宝营长平常对这四个连长也就像自己弟兄一样，这时没有外人，大家在办公室里坐着。宝芳道："咱们这回在西苑住的日子太久了，外面的赊欠各人大概是不少，这没法子，只好留住将来再说。营底子，各连今晚就派好一名弟兄看着。我们这回出发，实在是不同平常，多一个人有多一个的好处，看守营底子，挑一个老弱些的得了。现在还没有什么事，这回走得急促一点儿，晚上不定什么时候有事情商量，要随请随到才好。天黑了，叫伙夫赶夜烙饼吧。这一天的粮食总得带足。"营长说完了，又说了些别的话，无非是叮嘱凡事早早预备而已。大家告退了回连部。

走在半路途中，殷得仁悄悄地握了赵自强的手道："你有什么感触吗？"赵自强道："我有什么感触？谁也都是一样！"殷得仁摇摇头笑道："我就不一样，你那话不能普通地讲。到了这个时候，你才知道，还是做光棍儿的好了。"田青道："我也是光棍儿，怎么就没有你那样快活呢？"殷得仁笑道："你是成心装傻吧？你这个光棍儿，准是光得干干净净的吗？那位黄女士不是光棍上长的一朵没有开的花吗？那开了的花不要紧，扔了就扔了。这没有瞧见是什么颜色的就丢开一边，这可叫人是难舍难分啰！"说着，他又拍拍赵自强的肩膀。他有什么话说，也就只好朝着人家微笑罢了。关耀武在他们三个人后，并不作声，许久，却叹了一口气。殷得仁道："老关，你为什么叹气？"关耀武道："你们说什么花儿朵儿的，我倒不理会，我就是舍不得我那一窝儿孩子。"殷得仁道："这还是那话，人是做光棍儿的好。你要是根本就是个光棍儿，哪里会有这样一窝儿孩子呢？"

四个人说着话，已经各回了连部。赵自强见灯光都亮上了，这就不敢耽误，先跑到大厨房里去叫伙夫烙饼，一百多人一天的粮食，自然也就够烙的。看了一回，这又回连部来，监督士兵收拾小行李（注：即弹药）。其间还上了两回营部。照着命令，乃是七点钟在大操场集合出发。赵自强五点钟就起来了。匆匆地吃了早饭，还不到六点。自然，士兵比他起来得更早。这个时候，虽然是日长夜短，然而五点多钟，天上还不过是灰白色。他怕时候来不及，立刻吹了哨子，将全连士兵在院子里集合，点过了名，见面前站着一连弟兄们，心里这就想着，这些人都是要开到长城以外去性命相拼、血肉相搏的，在一师人里面，这算不得一回事，可是就个人说，总是生平不能再大的一件事，难道还让人家糊里糊涂上道，不说上一声吗？可是想到自己当大兵的日子，在出发的时候营长连长谁又曾提过一个信儿，这要说不是多事吗？于是索性一个字也不提，站好了队伍，就带弟兄们上营部集合，由营部再到大操场集合。

那东边天上一轮金盆似的太阳将金黄色的阳光放到了操场上来，照着赵自强这一团人半背了阳光站着。他们的团长在远的地方，不成理由地说了几句训话，然后大声道："弟兄们吃饱了吗？"大家由丹田里提出一口气来答道："吃饱了！"又问："喝足啦？"又齐齐地答应喝足了。于是宝芳营长亲自出来喊着口令，向右转，开步走。他们是第一营，当然是走在这一团的最前面。赵自强跟着队伍，顺了上海甸的大道一步一步向前走。假使这不是跟了队伍，他不知道这是向哪里去，也不知道走到了什么地方。

屡次行军的队伍走得不是那样忙，弟兄们开着便步，高一脚低一脚地走着，有的两三个人低声说话，有的唱极低的皮黄。赵自强他心里一想，弟兄们都坦然地上道，为什么我这样丧魂落魄呢？于是按了胸脯子，直视着前面，也一步一步地走。他忽然想起来了，有一次在这里经过，想着，将来每日有一趟由大营回海甸。现在，走的还是这样一条道，假设的话，也就好像是昨日的事，可是自己走一条路，恐怕是最后一次了。想到了这里就不由得抬起头来，四面去观看。青青的麦苗在菜丛中已经伸出了穗子来，迎着风只管向人点头，觉得它每次一点头，都含着有惜别的意思。村子外的树木，现在已经是长得绿油油的了，到了这些树木的叶子都脱落干净了的时候，却不知道自己在哪里。

海甸的屋脊，远远地望去，依然是那样参差着在平原上。往日看着，不觉得有什么奇怪之处，今天这屋脊射到眼里头来，就觉得对于自己有一种特别留恋之处。慢慢地走近了海甸，心里头也就慢慢地跳了起来。那太阳光在大地上是金晃晃地照着，这海甸街上早起的人很快活地在那里工作，似乎在军人眼里看到带血红色的日光，在海甸市民眼里成了黄金色了。赵自强心里这就想着，一样的日光在两般人眼光里看起来就各有一种意味。这还罢了，昨天我回去说了，队伍要由海甸经过，不知道我父亲和杨家姑娘是不是……

他的感想还不曾完毕，队伍进了海甸街，远远地看到自己家门胡同口上拥着一群人，也不问这一群人里面是谁，他心里早怦怦乱跳了。果然，这一群人里面，有他的父亲、未婚妻、岳母，而且还有那个黄曼英女士。黄曼英究竟是个女学生，不能很沉静地忍耐，已经跑着迎上前几十步。田青这一排人恰是在赵自强前面。黄曼英看到田青站在队伍旁边，突然地站住了脚，两手向外一伸。可是看到田青只望了过来，他不离开队伍一步，她很知道纪律是不能因私人破坏的，只是转了她那一双黑白分明的眼睛向田青微笑，田青也向她点头微笑。可是这样点头和微笑的时间那仅仅只有一刹那，黄曼英的一种笑脸不曾变第二种颜色，田青已经走过去了。黄曼英呆立了一会儿，突然拔脚就跑，在街头的一边跟了队伍也就这样走着。

然而赵自强哪有工夫去看别人？已看到了他老父的脸上皱纹是层层地叠起，他手摸了颔下的胡子，由上而下，却是不停，他手下站定了自己的未婚妻。桂枝她也不笑，也不点头，更也不转动她的眼珠，两只手拽了一只衣裳角，只管挪搓着，那两只眼圈更是红得不像平常，有如两个熟透了的红桃子。她为了取悦未婚夫起见，订婚的日子，已经是把旗人留着表示为大姑娘的长发辫一剪子剪了。这时头上蓬乱着一头短头发，更形容出她的脸上十分地瘦削，而且十分黄了。直等赵自强走到她们身边来的时候，她眼珠有些转动了而且咬了自己的嘴唇皮，在带了泪容的脸上发出笑容来了。赵自强不便走过去安慰他的老父，更不能安慰这未婚妻了。对于这位岳母呢，只瞥了一眼，好像她绷住了她的脸子。自己对于这一切都没有法子去安排到的，急忙之中，只好也向他们报之以微笑。自然赵翁是首先点着头笑了。江氏呢，不能在这个时候还说姑爷什么，她满心里藏住了奶奶经上的旗开得胜、马到成功，也就对了姑爷一笑。桂枝呢，因自己的笑引起了丈夫的笑，自然是不能把笑容来收住。可是在她这一笑的一刹那，赵自强已经随着队伍走过去了。

第十九回

欲即欲离同车忆往事
半哭半笑倚枕病残秋

在海甸向东北的大道上，出征的军队是一步一步地走远了，一大群送行的人站在大路边都发了呆。江氏见桂枝手捏了两衣的襟角，默默地在那里缓缓地搓挪着。她虽是对了东北角站定，那眼睛可是望了最近的一块地面，她自然是在想心事，然而是想着心里好受呢，心里不好受呢？这可不得而知了。江氏走近了一步，贴住她站定，口里可就问道："姑娘，你怎么了？回去吧。"桂枝莫名其妙地对她母亲笑了一笑道："可不是，我们该回去了，我们还等着什么呢？"说毕，她就在前面走。于是赵翁、黄曼英都随着她走进屋子来了——最妙的就是并不走回他的后院，也跟着走到杨家来。

江氏在前面走着，叹了一口气道："以前我见了当大兵的，我心里就恨，现在我见了当大兵的，我只是可怜他们。我觉得以前做的事实在有些不对了。我要有儿子，我不……"说到了这里，桂枝一回头，笑道："老太爷也来了，请坐吧。"江氏笑道："你瞧，我真是大意，老太爷来了，我也没有瞧见。姑娘，你去坐一点儿开水。"赵翁也是不解何故，自己怎么着就跟了亲家母之后走到这里来了，既是走进门来了，绝没有不做一点儿交代又走了出去的，只得笑道："您别张罗。我瞧您心里有些难受，还有这位黄小姐，也是有一种说不出来的苦在心里，所以我来和大家谈谈解个闷儿。"江氏笑道："哟！我们心里难受的话，还能赛过老太爷的吗？"赵翁就坐下来笑道："凡事都是一个惯。我家自强成人以后，就是老离开着我的。现时不在我面前，我倒不怎么样惦记了。这样大的儿子，也不能抱在怀里带了大来呀。"赵翁这些话表面是自己和自己解释，其实也就是把这些话解释给大家听。

桂枝在一边看着，心想，像老太爷这样赋性爽直的人都这样绕了弯子说话，这可知道他那一番不得已到了什么情形。这就向赵翁笑道："我也是这样说呀。一个人是干什么的，就得依了本分，跟着去干什么。家不算什么，只要事情成就了，爱怎么样子铺张，家里就能够怎么样热闹的。这是我的心胸，究竟还算小啦。像黄小姐，人家可就是大心胸、有志气的人，什么国家要亡，驴夫负责啦!"赵翁听了，不由哈哈大笑。黄曼英坐在椅子上，本来也就板住了面孔，低了头不看人。这时听到桂枝接连念了几个别字也就扑哧一声笑了起来。赵翁笑道："我的大姑娘，国家要亡，这是多么大的事情，草草地叫驴夫去负这个责任，这不是难事吗? 你要把这话去对赶驴的去说，他真可以说，干我屁事，我管不着。"说到这里，黄曼英又笑了。桂枝明知自己说错了，应该害臊，可是想到难得赵翁和黄小姐这样大笑，便道："哟! 黄小姐，你不是这样子告诉我的吗? 怎么到我的口里说出来，就招着你们这样地哈哈大笑呢?"黄曼英笑道："你打算叫赶驴的怎么着去负国家要亡的这个责任呢?"江氏站在一边，不知道他们闹些什么玄术。可是看他们笑成了这个样子，当然也是一种可笑的事情，自然也就附和着在一处笑了。

因为这样一场大笑，减少了大家不少愁闷，赵翁心里愁着杨家母女不曾快活的这一点，也就如释重负了。他虽然是个老人家，究竟有些男女之别，所以他随便地谈了几句，也就走了。黄曼英笑着向桂枝点了两点头，却没有说什么。桂枝坐到她身边椅子上，一手挽了她一双手臂道："你这又是什么做作?"黄曼英见江氏走进她里面的屋子里去了，这就轻轻地向她道："你真是个孝顺儿媳妇，很能体贴你家老公公的心理。你知道他发愁了，故意地把话说错了，招着大家笑。"桂枝道："你别屈心了。到了现在，我还不知道怎么错了的，惹着你们笑了呢。"黄曼英叹了一口气道："别管是无心错也罢，或者是有心错也罢，只是有了这种情形，总不是我的幸事。好像我吧，昨天下午赶到这里来，心里总还想着，多少要和小田说几句话。可是白白地跑了来，就是眼看着

189

他跟随大队伍走了。知道这么着，我昨天不来，眼不见为净，心里也许就好得多。今天我回去，一路之上有的想呢。"桂枝道："那么，就在我这里再玩一天吧。"黄曼英道："你这是傻话了。今天回去，是一个想着难受，明天回去，还不是一个人想着难受吗？"桂枝道："你若是在我这里再住一天，我送你进城去，我也想到城里玩玩去。"黄曼英道："你与其明日陪我进城去，何不人情做到底，今天就陪我进城去呢？"桂枝笑道："哪有说走就走的呢？"她这几句话偏是江氏在里面屋子里都听到了，她就抢着道："姑娘，那也好，你就陪着黄小姐进城去玩一趟吧，今天还早着啦，吃过了饭，从从容容地去，准不算晚。"桂枝也是觉得在家里住着，心里十分烦躁，暂时到城里去玩一两天，把这一个节骨眼混了过去也不错，就笑着没有作声。

黄曼英见她的意思有些活动了，又极力怂恿，于是她也就不再推诿，吃过了饭，和黄曼英一同搭长途汽车进城来。到了西直门，又坐了电车。这电车上，见不少的乡下人，有的携着大包裹小提篮，竟有些像长途旅行的神气。黄曼英向桂枝笑道："这电车好像是火车，坐了不少出门的人。"桂枝并没有坐过火车到哪里去，对于她这句话根本无从答复，只是笑笑，没有说别的。她们对面长板凳上坐了一个老头子，就插嘴笑道："可不是嘛，我们就把电车当火车坐了。以前京西到京南绕了大半个城圈子怪不近的。如今有了电车，由西北到正南，穿城而过，真快得多。好像我是到大红门去吧，下了电车，出永定门，不远也就到了，若是全走起来，路可远多了。"桂枝忽然听到"大红门"三个字，好像耳朵里曾留下过这样一个地名，只是一时记不起来，这个地名与自己有什么关系似的，却注意下来了。于是也就向那老人望了一眼，问道："大红门，那地方很热闹吗？"老人道："是永定门外，五六里地方，一个村庄，热闹什么？"黄曼英道："我到南苑看跑马去，走那里经过的，那里仿佛有两家小茶馆，什么都没有，你怎么倒知道那个地方？"桂枝笑道："我仿佛耳朵里面记下了这样一个地名。"说着话时，电车上的人更多，声音也分外地嘈杂，于是把这话说过，也就停止了。

到了黄家，曼英的父母少不得张罗一阵。他们知道自己姑娘心里很难受，让桂枝陪着说说笑笑也好，所以她一来之后，竟留着她接连过了

190

三天。但是桂枝在城里住着，却又想到母亲一个人在家，未免寂寞，所以三天之后，怎么样也要回去。黄曼英将她送上电车站，也就回去了。桂枝想到上次母女进城，在黄家答应了赵家的婚事了，回家去的时候，一路都想着，回到家里，如遇到赵家父子，不免一番难为情，应当怎么样去避免呢？可是人尽管为难，心里可是欢喜的，坐着电车，人都不甚觉得，糊里糊涂就到家了。回想当时那一番情景，实在可以玩味。现在路还是那条路，电车还是那种电车，自己经过，那就不胜其感慨了。自己垂头丧气的样子，到了西直门，依然低了头，向长途汽车站里面走去，刚一进门，就有人轻轻地叫了一声大姑娘。猛然抬头一看，却是甘积之直挺挺地站在门边。桂枝陡然看到，倒吃了一惊，人向后一退，红着脸道："二爷，好久不见，你好哇？"

积之微笑道："咱们没有多久不见，前几天在海甸还见着呢。"桂枝想起了订婚那一天的事，脸上更是红了。积之道："大姑娘到了城里来好几天了，今天才回去？"桂枝道："主人翁留着不让走，我也就没有法子了。"她口里说完了这句话，心里可就跟了想着，我到城里来了几天，他怎么会知道？因笑道："你碰见我来着吗？"积之笑道："我虽没有碰着，可是你到北京来的那一天，我就得着信了。难得你还记得大红门这个地方。"桂枝到了这时才恍然大悟。是的，自强曾说过，把甘二爷荐到大红门教书去了，于是记着这样一个地名，那天在电车上听到了，吃了一惊，随便地一说，把这消息怎么就传到甘二爷耳朵里去了？在她这样犹豫的时候，积之可就看出神气来了，因道："这里面有候车室，我们到那里去坐着谈谈，好吗？"桂枝站定了，向着他脸上注视了一会儿，眼皮一撩，才微笑道："二爷到哪里去？"积之道："自然是到海甸去。"

二人说着话，已经走进了候车室。因为时间还早，屋子里一个人都没有，桂枝也不知是何缘故，脸上跟着又是一阵通红。走到房门口，迟疑了一会儿，做个要进不进的样子。积之先在一张长椅子上坐了，见桂枝要来不来的神气，便也站了起来，淡笑着道："没关系。这候车站里不分男女，都是在这里等车子的。"桂枝心里想着，若是不进去，未免让积之脸上难看，就大大方方地走了进来坐着。积之慢慢地在身上掏出烟卷火柴来，慢慢地抽着，又慢慢地喷出两口烟，却一点儿声不曾作。桂枝坐在那里，将衣服襟摆牵扯了两下，又咳嗽了两声，才依然坐下。积之喷过了几口烟之后，倒是想出了一句扼要的话来了，他笑道："大姑娘，我们不像以前做街坊这样熟识，现在生分得多了。"桂枝笑了一笑，却没有答复他这一句话。积之道："朋友都是这样的，天天在一处，感情自然会好起来，若是彼此老不见面，很好的感情也会丧失掉了。"桂枝笑道："朋友的感情总是朋友的感情，天天见面不过如此，十年不见面，也不过如此。"积之道："那是对了的，天天见面，也不过如此，可是想起以前的事，我们好像不止是朋友的感情就完了。"他说到了这里，眼睛可就向桂枝身上瞟了一眼，看着她的颜色如何。桂枝却把脸绷得很紧，向他道："二爷，这过去了的事，还提它做什么？人只有向前看，哪有向后看之理？"积之听了她这话，脸上不免红了一阵，于是乎彼此都默然了。

在这默然的时候，乘长途汽车的客人已经纷纷地走入候车室里来。两个人又是隔了屋子中间很大的空当，对面对坐了说话的，当然不像是有什么关系的人。一男一女，在没有关系的情形之下，不便这样地说话了。

坐了约莫有十分钟之久，外面有人摇铃卖票，桂枝正待起身，积之就抢着站起来道："卖票的地方乱着啦，让我去买票吧。"他说着话，人已经是走出候车室去了，他已经走出去了，桂枝当然不能上前拦阻。可是当积之掏钱买票的时候，心里这就想着，买一张票呢，买两张票呢？自己说要到海甸去，那是一句假话。到海甸去做什么？看望哥嫂吗？自己还没有发财呢。送桂枝回家去吗？交情又够不上。但是既然答应她是到海甸去的，这当然不能不去，要不然显着自己是有心撒谎了。于是也就买了两张车票，引了桂枝一同去上汽车。这长途汽车的车身是非常之高的，必定要在车边放着一条小凳子，然后才可以踏住车凳子，钻进车门里去。积之踏上凳子，一脚就跨上了汽车。可是桂枝也来登上车门的时候，她身体矮小一点儿，试了两试，还不曾上去，积之还在车门口呢，情不自禁地就一伸手，把她拉上了车子来。当时桂枝不曾考量得，就抓着他的手上来了。及至上了车子以后，想到积之对于自己，便是一个泛泛之交的旧街坊，如何可以当着许多人和他握手。幸是这车上并没有一个熟人，要不然，这话传到海甸去，那还了得？她心里想到了这一层，便不由得怦怦地乱跳。可是积之哪里明白这一层缘故？

这车里的坐凳子乃是靠两边的车壁拉长了两张木板子。买票的人拥着上了车，早就把座位挤得一些空当都没有。积之早是预备了这一着棋，把身子斜斜地坐着，伸开了两只腿，占住板凳一些地位。桂枝站在车中间，正没有主意。积之连忙坐了下来，极力地挤着，腾出角落里一隙空位，手就连连拍着道："坐下吧，坐下吧！"桂枝站在这里，一些办法没有，有人空出地位来请坐下去，怎好不坐？只得一挨身子坐了下来。可是正当坐了下来的时候，心中立刻生了一个感想，自己和积之感情极好的时候，也不曾这样地坐在一处，如今是有了丈夫的人了，倒是这样亲亲地和他挤在一处坐着，这不是一种意外的事情吗？也许他是有心这样做圈套的，可不要上他的当。然而已经是坐下来了，又没有可以站起来的理由。要不然，这样长的路吧，自己有位子不坐，站在汽车里，人家不会说我这个人疯了吗？于是就将身子一偏，将背对了积之那边。

车开了，车子上的人也开始谈着话。积之心里也就想着，从前和桂枝最亲密的日子，也不曾这样挨肩叠背地坐在一处。现在呢，她身上有一种暗藏的脂粉香气，若有若无地向人鼻子里送了来。闻到之后，令人说不出所以然地有一种快感。自己心里也就同时悔恨着，这样好的一个对手方，自己交臂失之，竟是让赵自强当兵的人得了去了，这真是可惜了。呀！她为什么掉过脸去，不向这边望着？这就笑道："大姑娘，不抽根烟卷吗？我身上带着有呢。"桂枝只好掉转身来，摇摇头道："我不会抽烟的，你不知道吗？"积之不料一句搭讪的话，说出来就让人揭了底了，便道："有这么些个日子了，我忘了。"桂枝道："那也应当忘了。"她说这话时，眼看了自己的一双鞋尖，声音是非常的低。

积之侧面看着，她脸上还带了一些笑容。立刻想起往日同上乳茶铺，她那种又像亲近又像害臊的情形，复又呈现在眼前，虽然，初见面的时候，她的态度是淡淡的，但是现在看来，也不见得她对人就是那完全拒绝的样子。看这情形，彼此的感情也许可以恢复吧？心里如此想时，眼望了她半边脸，正看到她耳鬓之下，丛生着一片细细的毫毛，那正可以现出她的处女美来。只看那白白的皮肤、粉腻了的脖子，恨不得伸手过去，掏上她一下，只是当了许多人在座，怎好敢造次呢？因之抽着手动了两动，却又缩了回来静止下来了。他这种举动却是让桂枝看到了，心里这就警戒着，他怎样可以在许多人面前动手动脚，于是把两张面皮绷得紧紧的，做一个生气的样子。积之心里当然比她更晓得清楚，也就正了面孔，放出一种沉思事情的样子来。

车子走得很快，不久的时候，已经看到了西苑大营的高楼。积之虽然默不作声，只听些旁人的言语，但是见了这大楼的影子以后，他心里忽然跳动着一阵，难道就这样一节一节地把桂枝送到家里去就算完事吗？送她到了家以后，我向哪里去？还是在海甸街上遛几个弯呢，还是到乳茶铺里去坐一会儿呢？遛弯固然是无意识而且怕碰到了熟人，可是到乳茶铺里去坐着呢？也是一件笑话。由大红门进城，坐了电车到西直门，由西直门再坐长途汽车到海甸来，这就为了到乳茶铺里来喝一碗甜水来着吗？若是都不可能，自己就坐了原汽车回去吧？但是汽车要开到香山以后，再开回来呢。至少还有两三小时的耽搁，这两三小时叫自己在哪里安身？心里是这样地踌躇着，脸上就不免把那副愁态显了出来。桂枝心里想着，这是我的不对，人家好意替我买票，引我上车。我看他那情形就无意回海甸，不过是送我一程，我为什么倒给人家不好的脸子看呢？于是就向积之笑道：“到了海甸，上我们家里去坐坐吧。”积之突然地回答道：“不必去了。”他原是一句牢骚话。说出来之后，倒有些后悔，我为什么不必去呢？桂枝只听到他这一句不必去了，至于他心里立刻在懊悔着，那可不知道，便笑道：“好，改天见吧。”

说话时，汽车已经在海甸街头停着了。桂枝随着乘客扒着车门下了车。积之由车门一跳，站在地面上，两手拍了几下灰，桂枝因他由远道送了回来，就这样地走去，心里未免有点儿过意不去，站在一边正望着他呢。他却是不理会这一层，拍完了灰就取下帽子来，向桂枝点了一个头道：“大姑娘，你回去吧。我不愿意到海甸街上去，就不再送了。”说毕，回转身来，就向回北平的大道上走。当他走去的时候，脸上自然带了些淡淡的笑容。可是那笑容是勉强放出来的，料想到心里那也是不

194

高兴已极，桂枝并不能上前去向他解释几句，那也只得罢了。

她在街头上呆站了一会儿，慢慢地走回家去。江氏见女儿带了一种不快的颜色走进屋子里来，心里很是诧异，就问道："在黄家住了三天啦。"桂枝见母亲很注意自己，立刻就笑道："他们死命地拉着不让走，要不然昨天一早就回来了。"江氏道："黄小姐的老爷子老太太心里不怎样难受吗？"桂枝道："他们家是混差事的人，把出门这些事也就看得很平常。再说田连长还是他们家没有过门的女婿，他们好像也很淡的。"江氏道："你这孩子说话，未免不成道理。难道说没有过门子的女婿就应该不放在心上吗？我就不是那样。"桂枝笑道："我的老太太你别多心，我也不是说你呀。"说着，她竟笑嘻嘻地走回里面屋子，照常做事去了。

江氏看了这种情形，倒猜不出她的所以然。其实这个时候，桂枝心里不是惦记那个从军出塞的赵自强，却是惦记那个失意而去的甘积之。她一个人私自忖度着，自己无意提到那个大红门地方，就让那个老头听了去了。那个老头子说了是到大红门去的，他必然是把这话转告了甘积之。积之就算定了，我还是心里有他，而且在城里住一两天，必定回海甸的，所以到长途汽车站上来等我。天下事不见得那样巧，他一到汽车站就遇到我了，也许在车站上来了好几回了。这样看起来，他对我是一番什么心意，大可想见了。固然，我是有了丈夫的了，不能再有外心，可是他费了这样大的气力送我回海甸来，也许有什么话要对我说，我简直没有给他一个机会让他把话说出来，这可是心里过不去的一件事了。不知道他哪一天还能到海甸来，他如是来的话，我应当大大方方地向他说几句安慰的语。只是这是做女孩子的一段极大的秘密，除了自己想得烂熟，哪里还能对第二个人说呢？

自从这一天起心里老是拴上一个疙瘩，觉得很是对甘二爷不起。同时，耳朵里也不免听到传说，道是甘二爷兄弟不和，丢了差事，都是为了想娶杨家大姑娘的缘故，他立了誓，不发财，讨不着杨桂枝，就不回来。现在杨桂枝有了主了，他有多少钱也不会讨着的，看他回来不回来。桂枝听了这些话，心里怎样不难受？心想，我倒想不到甘积之用情这样的专，为我受了这样大的牺牲。可是他得着什么好处呢？但是他果然为我受了牺牲的话，就不该在一个时候用那极淡的态度来对着我，外面那些传言也许是假的吧？她如此想着，又暗暗地探听了许多次，这消息却是越探听越实在，甘积之果然是为她受了牺牲的。她想人家受了这样大的委屈，不但是得不着自己一点儿好处，而且还遭了自己的白眼。这样说起来，自己实在不应该。总得找这个机会，和他说几句话，虽然是不能嫁他，也不妨安慰他两句。

女子的心是摇动不得的，一摇动之后，就没有法子收拾了。桂枝心里横搁着一片对不住积之的思想，常是探听积之有回来的消息没有。转眼就到了暑假期了，心里想着，积之必会在这个时候回来的，不时地由甘家门口经过着，看有他的踪迹没有。很快的两个月，暑假又过去着，已是到秋季开学了。清闲的时候，积之也不回来，到了开学以后，这样远的路，他又跑回来做什么？这也就只好不盼望他了。算一算日期，赵自强到喜峰口去，五个月之中，倒有上十封信寄回来，每一个月约莫总有两封信到家。他虽写的是家书，在信上所写，一大半却是安慰岳母的话。信上说只发了三次饷，而每次发的饷，他都全数寄了回来，说是在喜峰口那地方，有钱也无处可用，办公费里有富余，足够维持一个人生活的了。赵翁的态度是非常的公正，儿子将款寄到了家，就要分一半到杨家来。江氏原来是不肯收着用，后来赵翁说，今年下半年一定要办喜事的，拿去和你们大姑娘买点儿衣料预备做嫁衣吧，江氏知道老人家是实心眼子，也就照收了。

这是旧历九月中旬时候，北方的天气已经是慢慢寒冷起来，大门外路上，向西山去的汽车声，来往得是实为热闹，原来这都是到西山去看红叶的闲人，每年这个时候，他们总是要忙一阵子的。记得去年这个时候，和甘积之认识了半年多，感情也有了，曾应了他的约会到香山去偷看过一次红叶。红叶现在是又出现了，这过去的事情却是再也想不到了。院子里正摆着十来盆菊花，变成了惨白色，红的菊花变成了焦灰色，站在屋檐边，闲看了这些菊花出神，觉得那枯萎的颜色将花瓣翻转过去，顶出花芯来，似乎它告诉人在世界上，已经是为日无多了。

江氏正由赵翁那边拿了一叠钞票来，远远地就举了起来，让桂枝看着道："这是你们老爷子给的三十块钱，你收着吧，又可以添几件衣服了。"桂枝皱了双眉，正想和母亲说一句不高兴的话，忽然想到母亲说的是赵家的事，在接钱的时候，若说了不好听的话，母亲会生起疑心来的。于是忽然两眉一展，笑了起来道："多谢老爷子了，若是这样每次分咱们三十块四十块的，到了明年这个时候，要做两箱子衣服了。"江氏道："这倒想赖到明年这个时候去呢，可是也要人家愿意呀。"桂枝看到母亲那种欢喜不过的样子，自己怎好扫她的兴致，也就微微地对她笑着。

江氏进房收钱去了，桂枝依然在院子里徘徊。恰是天上起一些鱼鳞云，将太阳的光重重地遮住。空中阴沉沉的，再吹上两阵微风，这现象更凄凉了。看到那凋萎的菊花在盆里摇摆着，绝不是夏天摆石榴花那种景象了（注：旧都人家，十有八九，院中必置盆景，殊不分贫富。花值亦廉，若接根菊花，一元可购三四十盆也）。桂枝赏玩了一会儿，觉得身上凉飕飕的，就走回屋子里面来。不料她在那个时候，只管看了菊花出神，却忘了身上穿的是一件单薄的布夹衫，进得房来以后，再去找衣服加凉时，身上已经有些疲乏，慢慢地头脑有些昏昏的，竟是受了感冒了。一个人心里烦闷到无可奈何的时候，就很有要睡觉的脾气，既是身体不爽，那索性就上炕去躺下吧。她展开了褥被，把枕头叠得高高的，将身子斜靠在上面，只把被斜盖了下半截。脸半侧着，眼睛也缓缓地合了缝。

江氏在外面屋子里做事呢，也不曾理会，半日的功夫，不听到里面屋子里有一点儿动静，心里这就想着，这个孩子的性格近来常是有些变动了。一个人不是在院子里站着发愣，就是一个人坐在屋子里撑了头傻想，有时候自己叹着气，会自言自语地说出一句两句话来。这都为着什么？这个时候，许久不作声，也许又是犯了她那个脾气了。江氏如此想着，就伸头由门帘子缝里向里一望，桂枝的脸正是向着房门这边躺了下去的，在帘子缝里一张，却看一个对着。只见她两腮红红的，泛出两大圆晕，眼睛眶子边正有两行眼泪向下面横流着。江氏看到这种情形，倒吓了一跳，什么事委屈了她，倒哭起来了？江氏立刻将头伸进帘子来，向桂枝问道："姑娘，你这是怎么啦？"

桂枝正是把眼睛半睁半闭着，猛然听到母亲叫唤，才睁开眼来看着。同时脸上是冰凉的，也就知道是眼泪水洗在脸上，让母亲看到了。心里这就想着，这一段心事若是让母亲知道，那还了得？便皱着眉，微微地带了笑容道："我浑身不得劲儿，心里难受，大概是着了凉了。"江氏站在炕面前，对她脸上呆望了一阵，便道："你真是小孩子了。着了凉，就盖着被躺一会儿吧，干吗还哭呢？"桂枝顺手掏起一只被角来向眼睛揉着，便道："谁哭了？我这是发烧烧出来的眼泪。"江氏见她笑了，虽是有些勉强的样子，那究竟不能算是伤心的缘故，也许她真是熬不住病，就流下泪了。这就问她道："那就好好躺着吧，要不要熬点儿稀饭吃吃？"桂枝皱了眉道："得啦！要是那么着，那可就成了生病的样子了。你别管我，让我躺躺就是了。"说着，一个翻身，向里边睡去了。

　　江氏看那情形，倒像是病得有些不耐烦，也就不来麻烦她了。桂枝原先躺下来的时候，不过是感觉到身体疲倦，现在在炕上躺了许久，倒反是其软如棉，身都不愿意翻了。昏沉沉地这样躺着到下午，身体果然也就安适着，一切苦恼都忘了。可是这是短时间的，约莫到了下午七点钟的时候，自己已是醒了过来。秋日天短，桌上那盏淡黄色的灯已是明亮起来，用蒙眬的睡眼看起来，恰是像梦境一般。江氏大概是到里院和赵翁谈话去了，前面院子里是一点儿声音都没有。但是听久了，声音也就跟着出来了，乃是半空里的晚风，经过隔院的树梢，刮得有些响。那风带了树叶子刮到地面上时，唰唰地响着，一个带病的人靠了那高高的枕头，用这种声音来安慰她，这自然是越发地难受了。她想到北平近郊已经是这样的凄凉了，像喜峰口这种地方，一定是更凄凉，这个时候也许已经穿起皮袄来了。由喜峰口自然也就想到赵连长身上去。觉得他在那种地方，过的是什么日子，写信回来，总要将我家母女好好地安慰一阵，用情也算是很专的。我既然是和他订了婚，只有一心一意地望他得着胜利，早早回来完婚，自己心里还横搁着一个甘积之做什么？如此想着，觉得心里舒适一点儿，就手扶了枕头，打算坐起来。可是有了这个打算以后，半天半天也坐不起来，自己竟是嘻嘻地笑了起来了。

　　当她这样笑的时候，正好江氏一脚踏了进来，只看她笑得周身肌肉颤动，这就定有原因。不过她先躺着还兀自流泪，现在她一个人又笑得这样花枝招展，这一哭一笑都是难猜的，也就奇怪了。

第二十回

卜吉有期老人连日笑
铲愁不尽旧雨封门居

杨桂枝靠在枕上，脸上兀自带着泪痕，母亲和她一说话，她忽然之间又露着牙齿笑了。江氏这倒有些纳闷，究竟是伤心呢，还是高兴呢？怎么半哭半笑地躺着呢？她坐在炕对面一张椅子上，望了桂枝的脸只管出神。桂枝道："你瞧着我干什么？我脸上今天没有多长一块肉。"江氏道："瞧着吧，你一会儿哭，一会儿笑，这一会儿好像又有些生气，我真摸不着，你这是为了什么原因。"桂枝道："你瞧，好好的一个人，又不烧，又不冷，身体发软，生起病来，心里怎样不烦恼？可是想起我这样大的人还忍不住生病，所以我又笑了。"江氏道："你可病不得，说话喜期也就到了，自强要回家来完婚了，里里外外全忙着我一个人，我可有些忙不过来呢。"

桂枝的思想虽然维新得许多，可是提到自己出阁的事，自己若是大张旗鼓地说着，那究竟有些不好意思。顺手一掏，在枕头下面掏出了一本连环图书的小说，两手展开来，低了面孔看着。江氏看她那情形，虽不作声，却是很愿意知道自强的行期，便道："我的意思，倒不拘定什么日期。可是自强写信回来，总是有些不过意的样子，倒是愿意把喜期办完了。他那意思，若是在喜峰口驻防日子长着的话，打算把家眷也接了去。我想口外的日子怎样也不如北平好。再说那里又是驻兵的地方。"桂枝就抢着道："那要什么紧？生长在口外的人那别过日子了。我现在倒愿调换一个地方住住，换个新鲜口味。"江氏道："我们做上人的，

199

有什么话说？随方就圆，到哪里也可以住家。"江氏原想着桂枝是个倾心甘二爷这路斯文人的，对于赵自强这种军人总有些勉强。现在探听她的口音，居然有肯同赵自强到口外去过日子，似乎不怎样厌弃军人。于是又接着说："只要你们自己愿意那样办，我们也就很欢喜呀。"

　　桂枝耳朵听了母亲说话，手上就一页一页地向外翻展着。一小本图书画共有几页？她随便一翻就完了。翻完之后，没有什么可以借来搭讪的，于是放下书本子，微闭了眼睛，做个养神的样子，依然伸了手到枕头下面去掏书本。她手上掏出了一样东西，也不考虑，随便地就举起来看。一看之后，不由脸上一红，立刻又向枕头下面塞了进去。江氏虽然坐在对面，却是半偏了脸的，对于桂枝这种举动，似乎看见，似乎也不看见。桂枝向母亲那边斜着眼睛看了一看，只管把手上拿出来的东西极力地向枕头下面塞了去。江氏原先不注意，看到桂枝这种样子，倒在她心里搁上了一道痕迹，当时也不曾作声，自收拾了屋子一番，倒了一碗热茶，坐到一边去喝着。

　　约莫有一小时之久，在外面屋子里，隔了门帘缝向里面张望了一下，只见桂枝半侧了身子，眼睛簇拥着睫毛成了一条线，鼻子里呼呼有声，大概是睡熟了。于是悄悄地向屋子里走了来轻轻叫了两声姑娘。桂枝依然微微带着鼾声，却并没有答应。江氏见她不作声，索性走到炕边，两手按了炕沿，向着她脸上叫了两声桂枝。她似乎听见，又似乎不听见，鼻子里哼哼唧唧一阵，然后翻了一个身，又睡着了。江氏看这情形，料着她是睡熟了无疑，便不再问好歹了，就伸手到枕头下面去探索着，看看究竟有什么东西。手上感触着有些异乎平常了，就一手捏定，完全掏了出来。见桂枝依然睡熟，就轻轻地放了大步，走到外面这间屋子里来。再看手上的东西，是一本连环图小说、几张字纸、一张照片。照片上一个半身小影，认得清楚，乃是甘二爷。这影子年纪是越发地轻了，然而纸料却变作了黄色，这分明不是现在的照片了。心里这就想着，我倒不料这个丫头心里还是惦记姓甘的。这照片不知道是以前送给丫头的呢，也不知道是现在送给这丫头的呢？若是以前送的，那还罢了，若是现在送的，这事让赵家知道，那还了得？如此想着时，手上捧了照片，两眼注视在上面，只管发了呆。许久的时候，她在俗话里面找出一句话来把这问题解决了，就是女大不中留。看这个样子，她丈夫从军在外，她的意中人虽是不常见面，可是他的家庭就在斜对面，不要粗心大意地惹出了什么祸事，如此想着，将那相片和书本还给它塞到枕头下面去。对于桂枝，依然是像平常一样，装成不知道有什么心事。

到了次日，到后院里和赵翁闲谈，说来说去，说到了赵自强身上。江氏道："老太爷，我仔细想想，这姻事不应该再搁着了。我瞧着，您可以写信和自强商量商量，若是抽得动身的话，就让他在这不冷不热的日子请两个礼拜的假，回来把这事办了吧。老太爷，您瞧怎么样？"赵翁对于儿子的婚事也许比儿子自身还着急，他总想把儿媳娶到家了，可以有几种好处，第一婚事不会变卦。第二，赵杨二家，可以实行合作。第三，可以早早地得着抱孙子的机会了。只是偷看她母女的态度，总有些愁眉苦脸的，儿子又远在喜峰口防地里，万一和江氏开了口，儿子却回来不了，失信于人，更加增一层罪过。反过来写信告诉儿子，让他请假回来，若是杨家母女不愿，也是让儿子下不了台的事。所以在心里尽管是愿意，口里却是没有法子把这层意思表示出来。现在江氏自动地提议了，这只要自己写信去叫儿子就行，乃是单独地应付一方面的事，这就好办得多了。

他总是那样，坐在一张垫了旧袴子的藤椅上，口衔了旱烟袋，吸一口，喷一口，表示着他沉思待答的神气。这次江氏坐在他对面椅子上，提到了这个问题的时候，他的手一拍，忽然站了起来，甩着他那苍老的嗓子答道："这就好极了。"他这句好极了脱口而出，那根二尺长的旱烟袋也就脱口而出，卜笃一下响，落在地上。他这管旱烟袋是个烧料嘴子，这样地猛跌下去，就砸了一个粉碎。这位老人没有伴侣，旱烟袋就是他唯一的伴侣，把烟袋嘴子砸了，这也无异打伤了他的伴侣，由江氏看来，这可是一件不幸的事情。但是赵翁对于这个却一点儿也不注意，这随便地将旱烟袋放在茶几上，依然向江氏道："老太，我们的意思不都是一样吗？儿子婚事总望他早早地成就，做父母的趁此也就可以了却一种心愿了。您说吧，要怎样办喜事，我这就来记上。"

赵翁说毕，他就在里屋小桌上将纸笔墨砚搬了出来，放在外面大桌子上，打开砚池，站在桌子边就研起墨来，脸还朝了江氏笑道："自然像自强这种人，旧式结婚他是不肯的。就是您家大姑娘我想她也会喜欢文明结婚，第一是音乐队和花马车，共要五十元。多派一点儿，就是六十元吧。新娘子蒙头纱，我们省俭就是赁吧，不用买了，反正只用那一会儿。我们家里人钱少，当然是借饭庄子来办。您看怎么样呢？"他一面说着，一面磨墨，现出那迫不及待的神气。江氏仅仅只说了让赵自强请假回来，其余的千头万绪的事一句还没有提到，这老头子就要开喜事账单了。这些事情自己实在也不曾想到，却叫自己怎样地回复呢？便答道："这些事情都好办，只要面子上过得去，咱们是爱亲结亲，那还有什么可说的？"赵翁是一头高兴，听了这话，脸上两团喜气洋洋的红晕立刻收了起来，淡淡地笑道："这些事总也是要办的，迟早免不了商量。"他如此说着时，捏着在砚池里的墨也就停止不动了。

江氏一看，自己的话未免对人家大为扫兴，便笑道："老太爷总这样热心，不像我们妇道拖泥带水。您说的这话，您就托上吧。先托上也好，咱们想起一样，就先托一样，不到日子，什么事都办得全全备备了，将来到了那日子，您可以放着心多喝两杯喜酒。"赵翁手摸了胡子笑道："我的意思可不就是如此吗？"说到这里，他脸上又有点儿喜色了，慢慢地坐到桌子边那张圆椅上去，然后提起笔来，就向砚台去蘸墨。江氏看到这样子，他已是非写不可，索性向他凑趣着道："我这边是没有什么客的，老太爷是人情多，你自己估量着吧。要办多少桌酒席呢？酒席是多少钱一桌的合适呢？"她接连地说出两个问题，这又引起了赵翁的兴致了，应当如何下请帖？酒席要用哪一等的才觉过得去？这一拨动了他说话的机钮，竟是滔滔说个不绝。江氏吃过了午饭，十二点钟就来了的，一直谈到下午四点钟，赵翁还是精神抖擞的，主意层出不穷。后来还是老太爷的听差小林进来说，大姑娘在屋子里叫着呢。江氏想到自己姑娘身体有些不舒服，也许今天下午又躺着了，于是就借了这个原因，躲开赵翁的话锋了。

赵翁居然盼到儿子要娶媳妇了，这实在是大大的一喜，哪里肯摆脱开了不想，一个人出着神，想这样想那样，又记上了许多。白天筹划了一天不算，到了晚上，一个人坐在灯下，又慢慢地写了好几封信。每封信上，都有在旁边打着双圈的句子。例如："信到之日，我儿即准备一切，由儿自定日期，何时可以请假，即刻函告余知，余自按儿到家之时，先期办理，以便儿到，便做喜事。"又如："小儿不日即将完婚，需款甚急，所有共存款二百余元，请即日汇齐，弟不日入城亲来携取。"又如："款项不敷尚巨，仍乞我兄早日为之设法，以应燃眉之急，毋任感盼。"

这老人做事既然是异常周到，而且还谈个敏捷。次日起早，他亲自就用挂号信将它寄出去了。寄了信回来，走到前面院子里，隔了窗户向屋子叫了一声道："杨老太，在家吗？"江氏道："请到屋子里坐坐吧。"赵翁嘻嘻地笑着，走进屋子来，他手上没有旱烟袋杆了，空了两手，只管将巴掌互相挪搓着。桂枝半蓬了头发，在靠门的一张方凳子上半斜了身子坐着，脸黄黄的，分明是带着病容了。她看见赵翁进来，站起身来，低低地叫了一声老太爷，靠凳站着，并没移动。赵翁道："我听说你着了凉了，现在还没有好吗？"桂枝带着微笑，露出两排白牙来，低声柔气道："这就好得多呢，躺下了两天了。老太爷旱烟袋呢，不抽烟吗？"

赵翁刚刚要在一张椅子上坐下去，听了这话，后又站了起来，左手摸胡子，右手伸了一个食指，指点着桂枝笑道："都是为了你们的事，把我乐大发了。你母亲一说叫自强回来完婚，我喜从心起，不由得拍掌叫了一声好，这旱烟袋跟着起哄，也往地下一顿脚。它这一顿脚不要紧，闹了个倒栽葱，把嘴子打碎了。打碎了就打碎了吧，算它帮了我一个忙。"江氏笑道："老太爷也太省俭啦，抽旱烟一个月能抽多少钱，还要借这个机会把烟禁了。"赵翁伸手到怀里去，掏出一盒烟卷来，举了一举，笑道："我总舍不得买烟卷抽，为了一盒烟卷的钱，至少可抽七八天的旱烟。可是把旱烟袋揍了，我就借着机会买两盒抽抽吧。这是美人牌，老太太，您不抽一支吗？"江氏不由得笑起来道："这真是烟袋嘴子帮了您的忙，把旱烟袋嘴子揍了，您就抽起美人牌来了。"赵翁哈哈笑道："亲家太太，您这可算骂苦了我了，我这样的老古董，还谈得上什么美人不美人，我不过挑一种新出的烟吸着试试罢了。"这话说得桂枝听了，也就掩口而笑。

江氏找了一盒火柴，递到赵翁手上。赵翁接了火柴，擦了一根，向上一举，这才想起来了，自己掏出那盒纸烟来了。口里说着话，觉得手上多了一样东西，仿佛着又揣到衣袋里去了。于是将火柴交还了江氏，由胸里再掏出纸烟盒子来。可是纸烟盒子掏出，又想起火柴已经交还了别人了。一会儿工夫，前后颠倒，只管手足无所措，便笑道："我这是怎么了，要烟没了火，要火没了烟，哈哈！"江氏道："老太爷真是疼儿女的，听说自强要完婚了，乐得不分昼夜、合不拢口。"赵翁笑道："可不就是那样说吗？从昨儿个起我就乐大发了。"江氏道："由现在到喜期，大概还有些日子啦。要是像您这样地乐，那可了不得。"赵翁笑道："您没有听见说过吗？乐是与卫生有益的事，乐多了，还可以延年益寿呢。再说，我也就是在这几天发发笑罢了。过了这几天，一等自强回信到了，我就要忙起来了，要乐也来不及啦。"他口里如此说着，手上拿了一根烟卷，只管在纸盒子上顿着。江氏又把那盒火柴塞到他手上，笑道："点上烟抽吧，回头您又把烟收起来了。"

赵翁这才擦着火点了烟抽着，坐下来慢慢和江氏谈心，说是各处的信都发了，以后要慢慢地预备一切事情了，你这边有什么要办的事情，也得办了。江氏道："我这边有什么可办的呢？除非得着老太爷所帮贴的几个钱，和我们桂枝做几件新衣服。"赵翁道："就是这个，您也得办啦。成衣匠做衣服，总是拖延日子的。"他说到这里，就望了桂枝笑道："天一天二的，我要到城里去一趟的。这就看你的运气，若是我账收得多呢，我另外还要打几样首饰，还替你买一点儿贵重的衣料。"桂枝也不置可否，只是低了头来笑着。赵翁道："真的，我这样一大把年纪，能怎么样就说到怎么样，决不骗你的。"江氏就插嘴笑道："不是老太爷疼我这丫头，我们这两家的亲事也许还攀结不成功呢，谁能说老太爷会骗她呀！"赵翁又呵呵地笑了。谈了一阵子，他看到桂枝总是羞人答答，坐在里外房交界的所在，心里这就想着，这又是我不体谅人了。人家大姑娘只为难，我为什么老当她的面说喜事呢？人家要不知道，倒真说我做上人的不正经了。他如此想着，立刻板住了面孔告辞走了。

桂枝低声笑道："你瞧，这碍着他什么事？这老头子整日整夜地乐着。"她手扶了门框，脸靠在手上，望了门外出神。看她那笑嘻嘻的神气，未尝不在欢喜呢，江氏道："你要到了我们这样一大把年纪，心里也就明白了。上了岁数的人，没有什么可想的，做官、谋财、图利，那都随便，就是儿女满堂的这个念头比什么还浓。若像我守半辈子寡的人，又没儿子，两代两个女的，只瞧着别人家热闹哄哄，难受只好搁在心里啦。有了姑爷，眼前添了半个儿子，这就好像有倚靠多了。再要添个把外孙……"

江氏站在她面前，正说得有滋味呢，桂枝就用手推着她母亲道："得啦得啦，越说越不像话了。"江氏向后退了一步，笑道："这丫头越惯得不成样子了，倒用手来推我。"桂枝噘了嘴道："谁叫你说这些个呢？我不爱听。"江氏道："你要问，又不让我说，我不说了，我还要出门去一趟呢。"她说时，就把炕上堆叠着的一个木箱子端了下来，在箱子里检齐七八件衣服料子放到炕上，将一个旧包袱包了，然后把箱子搬还原处。等她爬下炕来的时候，却见桂枝提着包袱，手反背着放到身后去，却笑问道："把这些衣料子打算拿到哪里去？"江氏道："我也该拿人家去做呀。"桂枝道："你糊里糊涂就交给裁缝做去，做得不合适，糟了料子还不要紧，我要不愿意的话，你又该说我啰唆了。"江氏道："我怕你自己不管呢。你愿意管，那就好极了，免得我提心吊胆不合你的意。"桂枝道："我这可不懂了，自己做衣服，为什么不管呢？"母亲怕她不管的这个缘由，她实在是懂的，故意地这样说着，表示心里很坦然的样子，于是把那包袱打开，只抽出一件衣料，用大手绢包着，自言自语地道："我也正等着要衣服穿，先拿一件糙料子让王裁缝去做着试试吧。"江氏也是做姑娘的出身的，知道姑娘们对于嫁时衣总免不了那一种要问不问的样子，做母亲的只有含糊着做一个顾问，否则姑娘会恼羞成怒的。因为如此，所以江氏坐在一边，只当无事。桂枝似乎也觉得此事有些尴尬，在屋子里呆站了一阵，又清理清理桌上的东西，看看母亲并没有什么言语，这才提了那个手绢包，从从容容地走出大门去了。

到了大门口，就向大街两头望了一望，这才顺了人家墙根低了头一步一步地走着。走了大半截胡同，忽听得身后有人叫道："大姑娘好久不见啦，这几天又到城里玩儿去了吗？"桂枝回头看时，乃是甘家新来的女仆刘妈，她对于桂枝和甘家过去的一段交涉是不知道的，便答道：

"这几天在家里躺着呢，今天才刚刚好一点儿。"刘妈道："可不是嘛，现在又闹时令症，我们家老爷病重得很，城里的亲戚全来瞧他的病来了。"桂枝道："什么病呢？这样重法！你们家二爷也来了吗？"刘妈道："来了好几天了。病人一多半的事都是他伺候着呢。他还向我打听来着……"说到这里向桂枝看了一眼，微微地笑着。桂枝只当不介意，很随便地问道："他打听什么？"刘妈笑道："他问你什么时候出阁呢。他说和你们连长很有交情，预备出个重重的份子。"桂枝红着脸笑道："我看这话是你瞎诌的。他打听我的下落做什么？"刘妈道："我实在是实话，改天你遇着他，你就明白了。"桂枝听了她这话，增加了无限的感触，手上拿着那个小包袱竟是站着愣住了。刘妈也不便和她多说话，掉转身来走了。

桂枝站定了一会儿，抬头看时，刘妈已经走开了，心想尽在这里站着，也未免无聊，于是拿了包袱，自向王裁缝家去，约一小时之后，她又走回到原处来了。她到了甘家门口，伸着头向人家院子里一看可另外有什么动静。当她这样看的时候，恰是甘积之在院子里由东到西；他并不曾料到大门外有人在探望，所以眼光向前，没有看到桂枝。倒是桂枝心里跳了两下，情不自禁地人跟着向后一缩。及至积之已经走了过去了，她又装着失落了什么东西似的，只管在胡同里徘徊不住地偷着向门里面看了去，徘徊了许久，积之终于是不能再出来，她就只好低着头，慢慢地走回家去。

江氏看到她低了头，有一步没一步地走进了院子，手推了屋门，踏着一只脚进来，还回转头来向后看，有点儿爱进不进的神气。江氏道："谁在外面？"桂枝道："没有谁呀。"说着话，走进来，先叹了一口无声的气，然后在椅子上慢慢地坐下。江氏两道眉峰紧紧地皱着，几乎要凑成一条线。心想刚才出去的时候，还是欢天喜地的，怎么这一回来，又是这样苦着脸蛋子呢？于是放出不知道的样子，向她笑道："那料子有得富余吗？"桂枝道："没有富余。"她侧了身子坐着，微抬着头向窗子外面的天色看着。江氏道："那王裁缝对你说了什么来着吗？"桂枝依然望着天上，并没有作声。江氏道："我看你这样子有点儿不快活，是王裁缝有什么话冲撞你来着吗？"桂枝猛然地将身子一扭道："咳！

哪里这样地啰唆？王裁缝做手艺的人，我们送买卖上门，那是看得起他，凭什么他要把言语来冲撞我？这不叫怪话吗?"江氏原因为她有生气的样子，才想问出她一两句话来，然后好安慰她。不料竟越问越坏，她反而生气了。本来还想继续着将话问了下去，但是要继续地去问时，又怕她越发地生气，只好向姑娘笑了一笑，径自走到里面屋子里去，不再问姑娘的事了。

可是桂枝自己并不因为母亲不注意她了就解除了苦闷，她心里想着，在这几个月里头，并没有得着甘积之的信，我以为他把我忘记了。若是据他老妈子打听我消息的这件事情看起来，分明他还是很注意我的。我现在是有丈夫的人，而且是快要出嫁了的人，我真不愿看见他，引起我许多心事。但是他为了我牺牲很大，他而且起了誓，不发财不回哥哥家来，现在他不见得发了财，何以又回到哥哥家里来呢？莫非这也为的是我？若说这也为的是我，我却把什么去安慰人家？见人家一面怪难为情的。用好话去安慰他几句，也透着无聊，而且也冒很大的嫌疑。再说，就安慰他一番，让他不要把我放在心里。据我看来，没有这番安慰倒也罢了，若有了这番安慰，恐怕更要念我念得厉害呢。

桂枝如此一转念头，就决计把甘二爷置之不理。到了晚上睡觉的时候，想起枕头套子里面还有积之一张照片，这个东西放在自己身边，迟早是惹祸的根苗，而且他也总会作怪，把自己的心事扰乱了，不如收在一个永不见面的地方吧。可是到了母亲睡觉以后，自己一摸那张照片时，并不在枕头套子里，却是在垫褥上面，将枕头来压盖着。自己记得清清楚楚，是塞在枕头套子里的，何以会调换了一个地方？莫非是让母亲看到了吗？若是果让母亲看到了的话，显着我还有二心，她是一个守旧的人，那更看我不起了。当时屋子里无灯，也不敢亮上灯火，摸着黑就把那张相片扔在炕夹缝里，预备等着母亲不在家的时候，再找一个妥当的地方来收着。当晚加了这一重心事，翻来覆去，总是睡不着，到了次日，自然起来得更晚了。睁开眼来的时候，早见母亲口里衔了一支烟卷，斜坐在房门边方凳子上。母亲是个不抽烟的人，自己是知道的，这又是心里极端地不自在，所以在那里抽着烟解闷，带想心事了。这或者与枕头下那张照片有点儿关系吧？

她把两件事联续在一齐想着，免不得就认为是一件事，于是脸上红潮突起，连耳朵根之下都发起热来。因为脸上也发热了，就不敢向母亲看着了，一个翻身向里，半闭着眼睛睡了。就听到江氏道："什么时候了，还睡啦？起来吧。"桂枝没有作声，依然侧身睡着。江氏道："又是身体不好吗？起来坐坐吧，别真个睡出病来了。"桂枝待着说话，母亲的一只手已经摸到自己的额头上来，她道："哟！你额头上不怎样热，脸上倒这样有些发烧呢？"到了这个时候，桂枝却是不装病也不可能，便拖着柔软的声音道："也许是昨日出去吹了一口风，又把病带发了。那倒是不要紧，我睡到十点钟起来，把精神恢复起来，病就好了。"江氏笑道："哪里还有十点钟，等晚上的吧，这也就该吃午饭了。"桂枝由棉被里伸出两只手来，伸了一个懒腰，微笑道："我真想不到，糊里糊涂的，会睡到这个时候，这可了不得！"说着，在炕里边抓了自己的衣服披在身上，就走下炕来。

　　走到窗户边，伸着头向外一看，到了什么时候。天色不曾看得清楚，桌子上斜支起了一面镜子，却照着自己脸色黄黄的，两个眼眶子似乎也就陷落下去不少。看到之后，不由自己心里吓了一跳，就把自己病到这种样子？怪不得人家说相思病可以想死人了。这种情形只有自己心里明白，若是让母亲知道了，却说我这姑娘为人不正。再说，赵自强对我很是忠实的，我不嫁他就不嫁他，他不能怪我，我既然嫁他，为什么又三心二意的呢？得了！从今以后，什么甘二爷甘三爷，我决计不管。她想到了决计不管的时候，心里下了一百二十分的决心。同时，她的一双脚就在地下顿了一顿。

　　江氏在身后看到问道："好好的，你又起急了，怎么啦？"桂枝这才醒悟过来，因笑道："我瞧见脸上黄瘦得这个样子了，老是害病，我心里就发急。实在这叫无理取闹，发一阵子急，病就好了吗？"江氏笑道："哦！你自己振作起精神来吧。"桂枝于是自己舀了一盆热水，将脸洗擦得干净了，在脸上抹了一层雪花膏之外，还把抽屉里久藏未用的两块胭脂拿了出来，在两腮上涂着两个红晕。将头发梳得光光的，那掩着到脸边的短发，弯曲着抚到耳朵后去，用细小的头发夹子夹住。再对镜子照时，容光焕发，就没有一些子病容了。自己为了打扮齐整起见，索性把身上的蓝布褂子脱了，更换了一件洗晒干净了的。江氏在一边看到，以为她要出门去，说道："对了，你出去遛两个弯回来也好，别闷出病来了。"桂枝笑道："我哪里也不去，我怕人家见着我就没有病，所以擦一把脸。"江氏道："你出去一趟也好，睡多了觉的人，应该出去透透空气。"

桂枝也是觉得心里慌闷，既是母亲如此说了，两只脚不由自己做主地走上大门口来。可是她一到大门口，甘家的大门正正地对了她，她立刻就是一怔。本来是要向甘家门口这条路上走去的，于是就背过脸去，向另一方面走着。走了两步路，自己不知不觉地叹了一口气，摇了两摇头道：真是冤孽，我这心里怎么老放他不下呢？她一步一步地向前走，眼睛看了脚底下的路，哪里有一丛草，哪里有一块石头，几乎都辨白得出来。偶然一抬头，只见一个穿半旧西装的少年，将一顶阔檐毡帽微微斜戴着。手上拿了一根细竹手杖，在身前两边摇晃着，一脚高一脚底地走着，也好像很无聊。桂枝身子突然地站定，咦了一声，那人也猛然抬起头来，彼此打个照面。原来他正是甘积之，要避开他偏偏遇着了他，嘻！这不是冤家路窄吗？

第二十一回

絮语灯前苦心训弱息
杖游山下冷眼看英雄

甘积之一路行来，他都是低了头在那里想心事，心意中实在不曾想到对面就有所想的人走了来。这时他听到有人咦了一声，猛然一抬头，才看到是桂枝。虽然自己不免吃了一惊，但是自己究竟是在外面常有交际的人，立刻镇定住了，伸手取下了帽子，向她笑着一鞠躬道："很久不见了。"桂枝向后退了两步，用牙咬着嘴唇，眼皮一撩，向他笑道："甘二爷对我所以说这两句话，我对甘二爷可就不能这样说了。"积之道："这话怎么讲，我倒有些不懂。"桂枝笑道："前两天，我由府上门口经过，看见二爷在院子来回地走着。二爷忙着呢，可没有看到我。"积之两双手抱了呢帽子，向她连拱了两下手道："这倒有些对不住！"桂枝在退后两步的所在，依然呆呆地站住，只把笑脸来看着积之，并没什么话说。积之因她没有什么话说，一时也想不到把什么话来对答，在这西风旷野里两个人对立着，仿佛一对石装翁仲一样。

积之立刻感到这不是办法，就向桂枝微笑道："大姑娘！你几时给我们喜酒喝呢？我这次回海甸来，总算赶上这个机会了。"他本来因为彼此对立着无聊，搭讪着借了这句话来解嘲的。不想他不说这话，还自罢了，一说这话之后，桂枝更加觉得不好意思，两腮犹如在火炉子边烤了一般，一直红到耳朵根下来。两只眼睛的上眼皮，同时向下垂着，簇拥出两线睫毛来，她耳上垂着两小小的假翠叶环子，这个时候，忽然飘飘荡荡，在颈脖子旁边颠倒起来，这可以看出她的肌肉是怎样地颤动着了。她在眼睛望着地上的时候，极力地挣扎着，扎出了一句话来，便道："二爷今天才知道吗？"

积之虽是站在她当面不多远，然而她所说出来的这一句话竟是不能完全听得清楚，不过她故作疑问之词来躲开话锋，却是看得出来的。积之心里这就想着，她已经够为难的了，事到于今，差不多是流水落花春去也，今天自己便把她拦截到天黑，又待怎么？这便向她笑道："我自回海甸以来，便想到府上去奉看，而且也应该去谢谢赵家老太爷。不想家兄的病老是缠绵着不见一点儿转机，里里外外的事我都得照应，要想抽出一两个钟点的工夫来，竟是不能够。所以一天又迟一天，竟是把这件事情耽误了。明后天得闲，我准到府上来奉看。回府去，请你替我向老太太问好，再见了！"说毕，一面戴上了帽子，一面鞠着躬走了。

桂枝站在原地方，一寸路也不曾离开，扭转身来，只管看了积之的背影。后来还是街坊两个小孩子跑到身边来问道："杨大姐，你站在这里做什么，丢了东西吗？"桂枝这才醒悟过来，笑道："可不是吗？我丢了一把小钥匙了。"这两个小孩子倒信以为真，听了这话，满地里去找。桂枝便拦着道："小兄弟不用找了，这一把小钥匙也许我扔在家里呢。"于是走向前，摸摸两个小孩的脑袋，也就走回家了。进得门来，顶头就碰到了母亲江氏。

她看到桂枝先是悄悄地走了出去，现在又悄悄走了回来，心中不免有此疑惑，就对了她脸上注视着。见她脸上红红的，心中更是不安，便道："你这几天身体不大好，就在家里多多地休息一会儿吧，天气也很凉，别出去又受了感冒。"桂枝往日对于母亲说话，必是说一句顶撞一句。可是到了今天，不知是何缘故，母亲这样说着，好像话里有话，自己也不敢多言，低了头走进自己卧室里去了。她越是这样，江氏倒偏是起了疑心，在屋子里坐了一会儿，推开屋门来向天上望着，一个人自言自语道："嗬！一会儿工夫，阴云布满了，今天晚上，也许又要下雨了，到外面瞧瞧天色去，不下就好，明天我还要拆盖被褥子洗呢。"她口里说着，人就已走出去了。

到了大门外，街坊两个小孩子还在路边玩，自己正想打听呢，一个小孩子就迎上前来问道："杨家妈，你家大姐丢的钥匙寻着了吗？"江氏道："你怎么知道她丢了钥匙呢？"小孩向前面地上一指道："杨大姐先在这里发愣，寻了许久呢。"江氏道："她不大向那边走的，怎么会走到那边去呢？"小孩道："你说我是冤枉你的吗？不信，你回头问问甘二爷就知道了，她站在这里，可和甘二爷说了好久的话呢。"江氏听了此言，不由得周身毫毛孔里出了一身冷汗，就瞪了小孩子一眼道："是我叫她和甘二爷讨旧账呢，他们有什么话可说呢？"口里这样地和桂枝解释着，心里却怦怦乱跳，想着桂枝这孩子，近来果然有些不对了。只看她睡觉的时候，将甘二爷一张相片藏在枕头下，就知道她和甘二爷说话，那不是平常的约会谈话了。当时把这事放在心里，就有点儿行止不安。

到了晚上，桂枝不知是故作镇静呢，还是无聊已极，她拿了几张小报在灯下来看。江氏也捧了一件新裁的衣料，在灯下缝纫短褂子。母女两个人共抱了一只桌子角坐着。江氏将桌上那盏小罩煤油灯向旁边推了一推，让枝桂多得着一些灯光，两手按住衣料，向桂枝看着，半晌微笑道："人家说，瞧新闻，瞧新闻，你在哪儿找了这张陈报来看，这不是瞧新闻，是瞧旧闻了。你统共认得几个字？也瞧报。"桂枝道："这是后面老太爷瞧下来的报，小林给拿过来的。我也无聊，解个闷儿，认识几个字，就瞧那段，不认识的，我就不瞧。"江氏道："小林好端端地送报你瞧做什么？"桂枝不抬起头来，却微微地抬着眼皮，向她母亲一笑道："这有什么不懂的，也不过让我看报上的新闻，说是口外地方现在都太平着啦。"江氏听说，两手依然按住膝盖上，于是微微地点了两点头，表着一番赞许之意，因道："像赵家老太爷这种人，真是疼儿女的。我们既然是做了亲戚，就先瞧老人家这一番好意，我们也当好好地待人家，有道是人心换人心啦。"桂枝手按着报。她嘴里虽然如此说着，但是她两只眼睛依然望了报上，并不注意母亲。

江氏微摇着头，叹了一口气，在她叹气的时候，眼睛已经不望着女儿，却看那盏煤油灯罩，有了一会儿，才自言自语地道："这海甸街上闲人太多，无事还兴风作浪，要道论东家长西家短。若是你家要有一点儿短处，那就得了，加上一些油盐作料，这笑话儿就多啦。有道是'寡妇门口是非多'，我是一个寡妇，姑娘又是一个独生，嘻！凡事总得再三地谨慎才是。虽然说现在改良的年头儿，可也得看什么事。做女人的，讲个三从四德，到哪儿也说得过去。至于男女平权自由交朋友那一番话究竟不好。交朋友是爷们儿的事，房门里的人管理家务是本分，交朋友干什么？好呢，人家说你一声喜欢自由。不好呢，这话可就难说了。唉……"

江氏夹枪带棒、拖泥带水这样说了一阵。桂枝自己做事，自己心虚，如何不懂？便更是红了脸，只管低了头坐着，将桌上放的两张小报不住地折来折去。江氏这也就知道自己的言语已经射中了桂枝的心病，也就不再说什么，拿起怀里的衣料又缝纫了几针。但是她也仅仅只缝纫了几针，复又放了下来，继续着自言自语道："并非我唠叨，这个年头儿，养活闺女是最难的一件事了。守紧了，人家会说你顽固、老古套。这话又说回来了，这一份年月，你守紧了也得成啦。再说你放松一点儿吧，真说不定会出什么是非。现在的人，口都是毒的。闹得不好，还要跟你登上报。"这些话比以前所说的话更重，桂枝的脸皮更是猪血擦抹了似的连眼皮子都红了，她耳朵上坠下来的两片耳环，更是摇摇不定。江氏将眼偷觑了她一下，不曾说什么，再低下头做事。

桂枝受了母亲这两段批评，明知她是有所指的，但是自己如果不作声，那就是承认这话。虽然母亲不是外人，但是自己默认了母亲的话语，倒以为自己真不争气，有什么外遇，那可背着冤枉了。于是故意装成一种生气的样子，将报纸向前推，突然地站立起来道："你这不是笑话吗？听你的话音倒好像我有什么要不得的事情让你看到了一样。这不是人家说东家长西家短，可是你自己说东家长西家短。"她说着这话，很快地背转身去，一阵风似的将衣服纽扣解开，披着衣服就在炕上展开被褥，叠好枕头，躺了下去，将被扯着在身上盖着，打一个转身便睡了。

在炕上的人没有什么声息，坐在桌子边的人也没有什么声息，外面屋子里条桌上，放了一架破旧的座钟，机件倒是嘎轧作响，那屋头上带着寒沙的晚风由半空里经过，呼呼之中又带着些沥沥声。那煤油灯的火焰头好像只管向下沉坠的神气，把屋子里的光线添上一阵昏暗。

江氏放下了针线，将一双手托住了头，偏侧着身子想了一想，这才

213

叹着气道："我说这些话呢，年轻的人是不爱听的。可是要把话来望远处想的话，我这话可没有说错。我杨寡妇在海甸街上住了一二十年，没有让人说一个不字。好容易熬到闺女要出门子了，这总算这半辈子功德圆满了，可不能在这个时候还惹出什么乱子来，所以我也有我的苦处，别人哪里会知道？赵自强快回来了，他早点儿回来也罢。我只要把闺女聘出去了，就没有事了。"桂枝听了，十分不高兴，转念一想，凡是做老太太的人都有这个毛病，喜欢唠叨，我又说她做什么，于是翻了一个身，依然睡着没有作声。她这一翻身不要紧，江氏知道她是醒着，所说的话必是听见而且默承了。既然如此，自己索性跟着向下说了下去吧，于是又道："今天这件事，幸得那两个小孩子对我说了，若是让赵家老太爷听去了，那还了得？"

桂枝睡在床上听着，实在忍无可忍了，一个翻身坐了起来，将半边蓬散的头发偏到脸腮上，板着脸道："瞧你这样老人家，话越说越难听，我做了什么见不得人的事情不成？得啦，你也别多嚷，从明天起，我决计不出大门一步。我要走出了大门，我这一辈子就得不着好死。"那炕头边正有几双花露水瓶雪花膏罐子之类，桂枝顺手掏起一只，就向地上一砸，又是啪嚓一下响，指着地上道："我若是心口不如一的话，就像这瓶子一样。"

江氏以为闺女受了教训，心中颇为自得，自己有一肚子蕴藏待泄的话，正想倾筐倒匣地趁着今天这个机会完全说了出来。出其不意的，却不料姑娘这样地猛烈反抗一下，倒闹得她停止了不说是不好，跟着往下说也是不好。于是也红了脸，站起来望着桂枝道："你这是什么意思呢？自己一出门子，也就是快做大人的人，对着你的上人就能够这样子蛮不讲理吗？将来自己上了岁数了，你的下人把这副脸子来对你，你是受得了受不了呢？"

桂枝道："我并没有说你的话说得不好呀。我因为你的话说的是对的，又怕你不放心我，所以我把这个香水瓶子砸了，好看出来我说这话是下了决心的。"江氏站在灯下，气得脸上是红一阵白一阵，但是姑娘既发了脾气，若是跟着向下去说她，也怕她嚷了起来，更是不方便。两手反到身后去撑住了桌子，冷笑一声道："你瞧这年头儿不是反了？"

桂枝微摇着头道："一点儿也不反，我这说的是实话。"江氏见姑娘的态度还是这样地倔强，本待再向下跟着说上两句，却听到后面院子里，赵翁连连地咳嗽了几声。江氏连忙向桂枝摇了几下手道："别提了，别提了，夜静更深，何必吵了别个街坊，睡吧。"桂枝看了她母亲一眼，又躺下了。江氏也无心再做女红，收起了针线，在抽屉里面找出半截烟卷头，一个人坐着抽了一阵，也就睡觉了。

到了次日起来，对于昨天晚上的事，心里还不免有些挂念。可是桂枝起床而后一切照常，并不觉得有昨天晚上那件事一样。江氏自己也怕这件事让赵翁知道了，是老大不便，又何尝敢说什么。当日桂枝在家里做完了琐事以后，便拿出了箱子里的布料，自缝了一件小褂子穿，并未出屋门。直等晚半天，江氏叫她上街去买一块豆腐来做晚饭吃，她就笑道："妈，你的记性怎么这样子坏，我不是对你说了，从今天起，不出大门口了吗？"江氏道："你还同我生气啦，只要有正经事……"桂枝不等说完，抢着答："我没有什么正经事要出去做的。"她是坐在纸窗户下一张方凳子上缝纫衣服，说完了这句话，就将身子用力一偏，表示那十分坚决的样子。江氏看到她有生气的趋势，就不敢向下说什么了，自己去买了豆腐来做晚饭吃。其实桂枝并不是生气，她觉得母亲所说的话很有道理，积之既然回海甸来，一出大门，彼此就有见面的机会。自己被感情束缚着，又不能见了人家置之不理。万一再做一度谈话，那就不定会生出多少是非。为了免除这种纠纷起见，干脆，只有不出门了。

果然，自这天起，大门口便是倒下天来，她也不过问。那甘积之却正相处在她的反面，当日在大路上遇着了她，自己并不做什么恳切的言语，冷冷地就走了。回到家里一想，这可不对。由桂枝的脸上看来，分明深藏着一段难言之隐。再听她的话音，分明是很依恋于我的。她虽是和人订了婚，却又未曾出阁，假使我愿意娶她，她愿意嫁我，这一段婚姻那是很容易翻案的。情场变幻，向来没有定准，果然把她再把握到我手上来也正未可知，我又何必把这样一个机会丧失掉了？他有了这样一个转念，把一副灰冷的襟怀又重新烧热起来。第一步呢，就是要探一探桂枝的口气究竟怎么样。不料由第二日起，就不见桂枝的面。每次由她大门口经过，也故意延误几步，却不住地偷眼去看大门里的动静。她们的大门里面本来就人口简单，天气一凉，她们这里面的人都藏在屋子里，更是看不到一个人影。积之想着是了，必是桂枝恨我对她太冷淡了，也灰了心，这更不是她的过，而是我的过，我必须把我回心转意的计划婉转地告诉她，看她态度怎么样。积之这样地想着，虽是在杨家门口经过，并不见里面的人，然而每日由这里经过的次数那可是更多。至少是每日正中午一回，太阳将落山的时候又是一回。

有一天，约在上午十一点钟的时候，积之又在杨家徘徊。同时心里就想着，她并不是那极端守旧的姑娘，连大门不出的人，现在忽然深藏在家里，不肯露面，这有两个原因，不是害了病，便是受了拘束。关于这件事现在已经和杨家断了往来，如何去探听消息？但是不探听消息，心里总不得安然，所以在他心里拿不定主意的当中，更是在杨家门口徘徊的时间更久。这天因为天上一点儿云彩没有，灿亮的太阳悬在蔚蓝的晴空里。半空里空气稳定，温度非常地适合。赵翁心里想着，人家都传言西山的红叶好看，城里人真有坐了汽车来赏鉴的。那么，自己住在海甸，离西山不远，不要钱的两条腿，举起来是方便的，趁着兴致很好，何不去看看？如此想着，在家找了一根枣木棍子当了拐杖，就走向大门口来。

他一出门，见一个穿西服的青年只管在门口踱来踱去，看那脸色踌躇不定，似乎是等待着什么的神气。他联想到大门以内有个年轻姑娘是自己的儿媳妇，这就板住着脸色，恶狠狠地向积之看了一眼。积之却是认得他，不便置之不理，就取下了帽子，迎着他一鞠躬，笑道："您不是赵家老太爷吗？"赵翁见他彬彬有礼，这就不能再板住面孔了，于是向他点了一个头道："敝姓是赵，倒未请教贵姓？"积之笑道："敝姓甘，和令郎赵连长相识，我家就住在这里。"说着，遥遥地向他家大门一指。赵翁哦了一声，笑道："原来是甘二爷，我也听到我们孩子说过，你是个有志气的人，我佩服得了不得！"积之手里拿住了帽子，又微微地鞠着躬笑道："蒙赵连长帮了晚生一个大忙，总想谢谢他，他又出发去了。晚生因为看家兄的病，告了假回海甸来，过两天就要走了，很想进去奉看老太爷，又怕有些冒昧。"赵翁对他所以在门外徘徊的原因这时就恍然了，于是把那根枣木棍子放在怀里，抱着拳头向积之连连拱了几下，高着声音，呵呵大笑道："这样说着，我就不敢当了。"

积之道："老太爷精神很好，今天天气很好，也出来散步散步吗？"赵翁道："我听说西山的红叶很好看，想去瞧瞧。"积之道："走了去吗？"赵翁手拿了枣木棍子，便微笑了一笑，另外一只手却去顺理着胸前的胡子。积之笑道："红叶在八大处，不在碧云寺，由这儿去，来回总也有四五十里吧？"赵翁笑道："老弟台，你别瞧我一大把年纪，走个二三十里路，真不算什么。我打算走了去，雇一头牲口回来。我正嫌一个人走着寂寞，二爷，你有这个兴致吗？"积之回想着去年有和桂枝看红叶的一件事，不觉又到了看红叶的时候。前后映凭起证，正令人生着无穷的感慨。现在桂枝大有侯门一入深如海的光景，借了这个机会，和这老者同走一二十里路，探探桂枝的消息，却也不坏。加之自己正是十分烦恼的时候，也可以解解闷。便笑道："若是老太爷有这种兴致，我就奉陪。"赵翁听到说他肯奉陪，心下大喜，就和他抱拳拱了几拱手，笑道："趁着天气早，我们就走吧。走乏了也不要紧，我们走到哪儿算哪儿。"

乡间的饭早，彼此都是吃过了饭的，于是也不耽误，顺着大道就开始走了去。谁知赵翁精力强壮，走起路来，恰不在积之以下，手里拿的那根枣木棍子，他常是倒拖着走。二人一面闲谈着，一面走路，也就不怎样地感到疲乏，到了下午两点多钟的时候，就到了西山脚下了。

赵翁在衫袖笼里抽出一块手绢擦了两下额头，脸上红红地向积之道："老弟台，你瞧怎么样？我对付着没有丢丑吧？"积之笑着点点头，道："好的，这叫龙生龙子，虎生豹儿，有了老太爷这种精神，怪不得赵连长是一条好汉了。我们先找个地方喝碗水，再慢慢地上山，您看好吗？回去的时候，干脆骑驴，那也要不了多少工夫就到家了。"赵翁点点头道："好的，那儿有个小茶馆。"积之笑道："到了这里，就省不得钱了。这茶馆门对着上山的人行路雅座儿在后面，有窗户也只好看我们来的那条大路。我们不如到西山饭店楼下找个散座儿，对了山上坐着。这西山饭店后面，零零碎碎的红叶，也有个意思。这个小东，我是当候的，您千万别客气。"赵翁虽是不愿意到这种贵族式的饭座里去喝茶，可是和积之新交，也不便拂逆了人家的好意，而且也怕人疑自己是躲避会钞，便笑道："你们穿西装的朋友，要讲个卫生的，乡茶馆里你们是不肯进去的。"积之笑道："喝一壶茶，一块钱罢了。若是这样的小东都不能做，那也就太难了。"说着话，他就在前面引路，将赵翁引到山麓西山饭店来。

这个时候，虽然是国难临头，然而住在旧京城里的人，除了觉到报纸上所登的日本两个字比较要多一点儿而外，其余并无什么感触，所以听戏的还是听戏，吃馆子的还是吃馆子，跳舞的还是跳舞。自然，那些享乐的人每年要跑出几十里路来看一次红叶的，当然还是来看红叶。这日天气既好，来看红叶的人却也不少，西山饭店楼下，二三十副座头，人都坐满了。沿山崖下一片平地，一摆有七八辆汽车。还有两辆汽车上插着军用旗。赵翁拖着枣木棍子向积之低声道："甘先生，你瞧，这里男男女女，人可不少，有像我这样穿了蓝布夹袄，拖着枣木棍子的吗？"积之笑道："他们开饭店，我们来花钱，我们又不欠少他分文，我们穿什么衣服他管得着吗？"他说着，果然，不顾忌什么，走到茶座里面去。

但是这里各副座头没有一个空位子。穿行过去，在一道天桥底下有一片平平的坦地，后面是小坡，前面是花圃，有四把藤椅、两张茶几却还不曾有人坐下。因为这里向前的正面，被一带树木篱笆遮住了，不能远望，只有掉转身来看屋后的山色。积之正是要看山上的红叶，就向赵翁笑道："来看红叶的人，有这样的地方不坐，却要挤到食座里外去吃西餐喝咖啡，这不是笑话吗？请坐请坐！"于是搬了一把藤椅子，面山摆着，在袖子里抽出一条手绢来，向椅子上不住掸灰。赵翁道一声："不敢当！"也就坐下了。

这饭店里茶房看到积之穿了一身西装，举动又很大方，不像是穷人，也就过来张罗茶点，只是对于赵翁多看两眼而已。赵翁斜躺在藤椅上，向对面山上一看，那参差的庙宇在疏落的树木里面有一大半露将出来。在山坳里，偶然有一两棵红树被阳光照着，很是鲜艳夺目。赵翁指着笑道："这就够了，若满山都是红叶……"

他这句话还没有说完，有一大捧瓜子壳由天上落下来，撒了满头满身。他抬头看时，这天桥旁边正有一座平台，外面护有短栏杆，有一个穿灰色短衣的人站在栏杆边，兀自用手向下扫着呢。积之连忙跳起来道:"这楼底下有人啦。"那人伸头对楼下看着,咯咯地一笑,也没有说什么,径自走了。赵翁于是站了起来,扑过身上的瓜子壳,低声向积之笑道:"还好,并没有弄脏衣服,算了吧,我们也犯不上和人家计较。"积之道:"真是岂有此理,你不向我们道歉一声,那都罢了,他看见了很开心,还要对我们笑笑。"正说到笑,那平台上更是三四个人声音同起,哈哈大笑。积之以为是自己的话招引出来的反响,心中大为愤怒,立刻走开去十几步路,再回头向那平台上看着,原来那上面陈设了一张桌子、五把椅子,坐着两个制服少年、三个花枝招展的少女。这三个少女恰是左右分排把两个壮汉夹在当中坐着。这两人里面,有一个脸子最白的,看去也不过三十岁以内,一手搭在那少女所坐的椅子靠背上,大有遥着搂抱之势。一手举了一只啤酒杯子,高高的齐平鼻尖。另一个人嘴上养了一撮小胡子,他两手握着身边少女的两只手,伸头到少女耳边去说话。那少女只管把脸来藏躲着,笑得身子如铜丝绞的一般,只管扭着,所以这平台上的人就全笑起来了。

　　积之看着,便向赵翁点了两点头,招呼他过来。赵翁不解所谓,也就过来了。积之将他的袖子一拉,嘴向平台上一努低声道:"您瞧,这是替我们中国守土的人。现在热河的形势一天比一天紧张,他们还有这种兴致,带着女人在这里喝酒看红叶。"赵翁究竟是个老年人,饱有阅历,怕他的话会让平台上人听见了。于是将那根枣木棍子做了拐杖,一步一步地走了开去,脸对了山上望着,好像是看红叶。积之会意,随他身后跟了过来。赵翁看看离那平台远了,才向积之笑道:"老弟台,你真是直爽不过,怎好在人家面前就批评这话?"积之道:"老太爷,您有所不知。那个白脸的军官是日本士官学校毕业生,现在地位就高了,向来自负得了不得,以为是个英雄。英雄在国难当头的时候就是这个样子吗?咳!中国不亡,是无天理。"说着,他脸上表示出那忧虑的样子,将头摇了两摇。赵翁道:"我想自称英雄的人,不能都是这一个样子吧?"积之回转身来,向那平台上遥遥望着,微微点着头道:"这也难怪。他不但是地位高,家里还是个财主,大概有个百十来万吧?再说,他又年轻。姑娘打扮得好看,不就为着去换这些吗?他全有了,女人怎样地不爱他?"

219

赵翁听他这一番话，却有些拟不于伦。说英雄就说英雄，为什么又牵扯到女人身上去？于是微笑道："老弟台，这个年头儿，不平的事情那就多着啦！"积之将两手插在西装裤子口袋里，斜伸了一只脚，向那平台望着，冷笑一声道："闲将冷眼观螃蟹，看你横行到何时？"赵翁走近一步，拍着他的肩膀笑道："老弟台，你这番牢骚从何而来？"积之道："却是从女人身上而来。"他说这话时，脸色可是板得正正的，不带什么笑容。他又道："老太爷，您不知道，古时的美人崇拜英雄，如今的美人也崇拜英雄，从前的英雄是有本领，如今的英雄是有本钱。像我们这种书生，女人是不会看在眼里的。"赵翁听他说这番话，起初以为他看到平台上那几个被人戏弄的女子，所以发生感慨。现在越说越发牢骚，把他自己也卷入旋涡，分明是有所指而发，这可令人有些不解，于是望了他笑道："甘二爷，你也为着什么恋爱的事失败了吗？"积之这才有些省悟，便摇着头道："谈不上，谈不上，咱们坐着喝一点儿，看看红叶吧。"赵翁听他的话音，看他的颜色，倒不能不留下一点儿印象。

第二十二回

创痛难堪凝神听鼓乐
欢情未洽促别到飞符

在这个时候，积之心里头有点儿悔着自己口舌太快了，怎好在人家公公面前为了他儿媳的事情发起牢骚来呢？于是这就向赵翁笑道："老太爷，刚才我是发了神经病，您不必信那些话。年纪轻的人，自己有了女人，就会发生许多风潮。没有女人呢，看到了别人的女人，自己可又会红眼。"他不辩白，赵翁已是疑心，他辩白之后，赵翁更是疑心了，将一张带了皱纹的长脸红了起来，就是那皮肤里面隐藏的几个白麻子，也都烘托着显了出来了。积之一见，也就有几分虚心，于是斟了一杯茶低了头慢慢地呷着。他在呷茶的时候，赵翁有意无意地说了几句话，积之也不曾听到，只是低了头去喝茶。赵翁冷眼看着他，也就不说什么了，自己背了两只手，在空地里走来走去，半昂着头，只管看那山上的红叶。相持着约莫有半小时，谁也不曾作声。赵翁复走回座来向积之笑道："二爷，我们兴尽而返，也就不必再上山去了吧，我们可以找两头牲口，慢慢地回去。"积之站起来笑道："我们在这里坐着时间太久了，大概上山去是有些来不及，一同回去也好。"于是掏出钱来会了茶账，二人走到山脚，雇了两头驴子，沿着大路走回去。

约莫走有四五里路，又遇着后面两三辆汽车追了上来。这大路上的地皮经过大车轧碎了，本来就是一层很厚的浮土。现在汽车由浮土上飞驰过去，便是一阵尘土飞腾，迷了人的耳目。积之看那车上正是先前那壮汉，左右夹着两个女郎呢。他将头偏到一边，咳嗽了一阵，走了上百步路，那飞尘方才息落下去。他在驴背上笑道："老太爷，您瞧见吗？在汽车上的人，就是刚才在西山饭店里楼上搂着女人开心的。这种人说他能够救国救民你相信吗？"赵翁叹了一口气道："嘻！这也叫没有法子。"积之笑道："我说一句笑话，您可别生气，将来赵连长做了军长、师长的时候，您可得叮嘱他一番，不要学这些人才好呢。"

赵翁道："你这倒是正话。人在无钱无势的时候，看不出什么坏处来，一到了有钱有势，什么坏脾气都使出来了。不过我那小子，照过去说，倒还老实，将来我就不敢说。可是有军长、师长，也轮不到他头上呀。"积之道："您为什么让他入军界，不就为了他可以升到军长、师长吗？"赵翁道："要论到做官发财呢，哪一个不想。自强初进军界，我是不大赞成的，后来他已经在里面混了两年了，我倒不愿他离开。这为着什么呢？一个人掘井，只要掘一个，老掘下去总会有水。再说，他那样一个人才，无论干什么事也不能为国家出力，倒除非是当兵。现在国家多事，我叫他不当兵，我是叫儿子吃太平粮的，我不干。你别瞧我是个买卖人，要论到我爱国这一份热心，可不比人差。你不赞成人家当兵吗？"积之想了一想笑道："当然是赞成的。可是全中国有两百多万兵，咱们凭良心说一句，为了爱国来扛枪杆的，您说有几个吧？"赵翁回头看着，笑了一笑，下面有一句话待要说出。但是他自己似乎有了什么感触，不曾说出来，又忍回去了。

积之看赵翁那样子，又不免是一番不高兴。这就想着，我今天是怎么了，说出话来，老是透着锋芒逼人。所幸这个老头子还是有涵养的，若是遇着别个倔老头子，三言两语撅我一顿，我总也不能和老前辈去抬杠。想到这里，自己透着后悔，也就断断续续地只有把一些闲话在驴背上和赵翁说着。赵翁虽不置可否，却也有些答话，不肯把积之冷落了。

到了家里，天色已是昏黑时候，大门恰是未曾关闭。赵翁心里很有些子不痛快，也不曾作声，悄悄地走回后院子里去了。坐在屋子里，抽了几袋旱烟静静地想了一想。自己解释着道："这也不必去怪他，大概中国人对于丘八总是厌恶的。间接直接，都吃过军人的亏，所以提到军人，各人心里就不好受。其实积之也不是不满意我的儿子，就说那些话，他不但不应当骂我儿子，而且他受过我儿子的提携，正应当感谢我

222

儿子呢。我何必为了这样几句闲话放在心里？自己一直走进屋来，也不曾把街门关上，倒不要误了大事。"于是口里衔了旱烟袋，慢慢地走到前面院子来，打算去关上大门。这时，却听到江氏道："院子里脚步响，是小林关大门去了吧？老太爷还没有回来，听说是和甘二爷一块儿逛西山去了。"又听到桂枝说："这位老先生倒有这份兴致。甘二爷可是个崭新的人物，和他们怎么谈得到一块儿去？"江氏道："在你眼里看来，总觉得甘积之不错。其实也没有什么了不得，混到现在，还是穷光棍儿一个，要不是我们姑爷给他找上这样教书的事，也还要饿饭呢。"桂枝的声音忽然加重了一倍，答道："你干吗那样糟蹋人！"只这一句话，屋子里寂然了。赵翁心想，这可奇怪，我们这位未过门的少奶奶竟是有些帮积之的忙。他也不到前面关街门去了，赶回跑到里面院子去，自坐在椅子上，又缓缓地抽起旱烟来。

到了次日，他悄悄地进城去，打了一个电报给自强，让他快快回家完婚。一面就邀集亲友，加紧筹备喜事起来。电报打去后的第五天，赵自强带了一挑行李走回家里来了。这不但是赵家要开始忙乱，杨家也就跟着忙乱。赵自强回家以后，也曾和桂枝打过两个照面。因为桂枝是快要做新娘的人了，若是在人前和自强说话，怕来往的亲友看到，要开什么玩笑，所以只是当了自强说几句很普通的话，不多时，依然远远避开了去。自强本来想，找着机会，和桂枝畅谈几句，但是转念到快要结婚了，有什么话到了蜜月里去，尽可以从从容容地谈着，现在忙些什么呢？所以在见着桂枝的时候，有人呢，只说有事的话。没有人呢，就低声笑着道："你这几天该忙了，有什么东西要我替你预备吗？"对桂枝，自然是笑着说不要什么。此外，二人却没有什么接洽。但是桂枝心里却怀着一个疑问，像家里这些亲友来来往往地忙着，对门住着的甘积之不知作何感想。因为母亲对于这个人是疑心很重的，当然不便问得。除了母亲，若是去问第二个人，也更引着嫌疑，所以心里虽不免纳闷，也就只将是纳闷而已。

但是她所想的倒是对了。积之不曾回海甸，对于她的境遇如何也就不必十分去挂心。及至回了海甸以后，偏是和桂枝见过一面，看出她一缕芳心依然挂在自己身上，不曾变更。加之第二步，桂枝忽然不见，分明是把她幽闭起来了。她若是要避开我的话，那回见着我，就不应当对我那样情致缠绵了。他心里正在徘徊不定的时候，看见赵家大门里面进出的人忽然繁杂起来，便有点儿诧异，于是常怀着在门外散步，打量对门的情形。这一天正午，他们屋顶竖出了几根木柱，有人在那里搭栅。按着北京风俗，人家有婚丧喜庆的事情，一定在院子里支架搭棚，为着是在棚底下可以做临时大礼堂，俗叫作办事。对门人家一无人做寿，二无人养小孩，三更不曾死人，这一定是办婚事，若要办婚事，那自然又是赵自强回家来，桂枝出嫁了。有了这样一个征兆，他每日出外来散步的次数就更多了。到了次日早上，自己漱洗了，好像有什么人催促他一般，立刻跑到大门外来，向对门打量着。但是他不用怎样地去深思，赵家大门上有条鲜红耀目的东西，上面写着有字，乃是：雀屏中选，鸿案齐眉。大门框上面，也有一幅红纸横额，乃是：喜星高照。

积之看到，情不自禁地冷笑了一声，那意思就是说，什么是雀屏中选，根本人家心里还有一个甘积之呢。至于鸿案齐眉，哼！我看就没有那样一个日子。他赵自强一天不丢了枪杆子，一天不能在家里过那夫妇同居的生活。自己对那喜联暗中批评了一阵，却也不肯就走，且在自己大门洞子里站定，看看别人家的热闹。这时，有那专门赶人家办事的茶水作的人，在赵家门口摆上一只其大如缸的茶壶炉子，一旁摆上五张红漆雕花的茶桌，上面是玻璃架子，下面是印花桌围，桌上摆下了几百只茶壶茶碗。这也是旧京一种奇特的风俗。人家有喜庆事，专门找这种人来司管茶水，普通人家都把这种排场放在大门外。这虽说是免得在院子里占了地方，其实也是一种炫耀，好让人家知道客多。

积之正呆望着，有哥哥一个听差由门里出来，也不等他说话，就笑道："你瞧，这岂不是一种无聊的举动？"听差笑道："二爷将来办喜事，一定在城里饭庄子上办。"积之道："我呀……"说着，淡淡地笑了，不向下说了。听差笑道："你瞧，人家也是文明结婚，军乐队花马车全来啦。"积之向前看时，可不是吗？一大班穿红色衣服的军乐队带着大鼓铜笛向赵家门里来，同时，一辆花马车慢慢地行来，在赵家门口停住。积之道："这可就怪啦。他们男家在这大门里，女家也在这大门里，要这花马车何用？"

他说这几句话，声音未免高一点儿，那个茶水炉子边下就有一个人走近前来笑道："二爷，少见啦。女家借着我们店里办事呢，这里光算是男家，回头就打发花马车到我们那边娶新娘子。"积之被那人叫着，注意起来，就认得他了，乃是乳茶铺里的一个伙计，便笑道："你还兼着这一行买卖啦。"伙计笑道："我们掌柜原来就是干这一行的。乡下办事的少，这才在海甸街上开了一家乳茶铺子。"积之笑道："你们也太会做生意了，搅了男家的买卖，又把女家拉到你们那里去。这一来，男家又得多花一笔花马车的钱。"伙计笑道："你这正是把话倒来说着，人家为的是要露一露花马车，女家才挪到我那里去的。"他说到这里，回头看了看人，才低声笑道："想不到杨家老姑娘嫁给了这位赵连长。"积之听他这话，心里动了一动，便向伙计笑道："你这话有些不通。你觉着她不应该嫁赵连长，又应该嫁谁呢?"伙计也不答复，望望他就笑了，接着道："二爷不去出一个份子吗?"积之道："他们不下我的帖子，我怎样地送礼呢?"说着，扭转身，自向家中书房里走。

他的书籍都搬到大红门乡村学校里去了，这是哥哥的书房，顺手在书架子上抽下一本书来，就坐到写字桌边来看。一展书面，却是一本《阿弥陀经》。心里想着，天下事就是这样矛盾。哥哥是一个最热衷的人，他书架子上偏有这种佛书。于是随手展开来，只看那第一行："如是我闻：一时，佛在舍卫国，只树给孤独园。"看了之后，大意虽可以猜到，但是不能十分了解。手里按着书，微昂着头想了一想，转念，管他懂不懂，我只拿来解解闷。好在这经文后面有解释，可以耐心看了下去，定定性，不然，今天我会发狂的，于是把解释反看清楚明白了，又跟着向下看了几行。正觉勉强可以懂一点儿，接着是一大串梵语音译的人名字，乃是长老舍利弗、摩诃目犍连、摩诃迦叶……看有两行还是这个，不但不知所云，而且还有些头晕眼花。

正呆定着呢，一部呜嘟呛咚的音乐声送入耳鼓。心想，这是花马车去接新人去了呢。我不要听这种声音，到后院里玩玩去吧。这时，他兄长厚之病体已好了八九成，将一张藤椅放在后院太阳里，躺在藤椅上，捧了一本杂志看，嫂嫂也在旁边一张小椅子上结毛绳衣。积之缓缓走了来，向厚之道："你病刚好一点儿，就不用看书了。"厚之道："你来了

225

正好，过了今天，明天你还是回学校教书去吧。我已经好了，也就用不着你在家里看护我了。"积之道："再过一两天吧。"甘太太笑道："依你哥哥的意思，早就要你回学校去，我说过了今天再说吧。"积之不在意地问道："为什么要过了今天再说呢？"甘太太道："这理由很简单呀，不就是让你去喝今天的喜酒吗？"积之道："啊！你说的是对门的喜事，我和赵家也没有来往。"甘太太道："这真奇怪。照规矩，凡是街坊都应该下一份请帖的，而况男女两家你都认识的，不应该把你忘了。我听说左右街坊赵家都请了，就是不请我们。"厚之笑道："他是一个当兵的人家，我们也犯不上和他计较。"

他们夫妻闲话，积之听着，心里十分难受，故意镇静着，在后院闲话了一会儿，然后再回到前面来。那恼人之军乐声音由远而近，接着很长的爆竹声、许多人笑嘻喝彩声，足足闹了有两小时之久。积之对于这种声音本来是懒去听得，但是自己也不明白是何缘故，既不愿意躲到后院去避开这种声音，也不愿意再摊开书本借故来消遣，只是呆呆地坐在书房里，把这声音向下听了去。约莫有一小时之久，那七巧八马的声音隔了几个墙头，隐隐地还可以递送过来。凭这一点，知道赵杨二家的贺客不少。再揣想着，桂枝和赵自强又应该是多么快乐，自己偏是不幸，赶回海甸来，听了这种快乐。他沉郁着想了许久，实在是隐忍不住了，还是避到上房去和兄嫂谈话，把这声音闪开了。

到了晚上，自己睡在床上，心想，我把这些不相干的事情完全抛到一边，依了哥哥的话，明天我还是回到大红门教书去。他正如此想把人家的闲事抛了开去，那讨人厌的声音又送进耳朵来了。这回不是军乐声，也不是七巧八马的声音，乃是三弦子和小鼓声，他们家庆贺喜事，在唱大鼓书了。积之在床上翻来覆去，简直熬到两三点钟才睡安稳了。次日起来，那些声音已经没有了。本来想在上午就到南苑去的。转念一想，这可去不得。嫂子只疑我吃醋，我若是今天走，倒显着昨天不走是有原因的了。他如此想着，又在家里住了两天，到了第三天，怎样也忍不住，只好搬着行李出门，雇了两辆人力车子，向到西直门的大道上来。刚一出门，就看到对过大门口停了一辆汽车，这却是海甸街上不常见的事。心里纳闷着，自不免向那边看去，不一会儿的工夫，男男女女

226

拥出一大群人来，第一个便是赵自强。他今天不是穿着军服，乃是长袍马褂，古铜色的新呢帽，镶着那油亮的缎子边，胸面前在马褂纽扣上插了一朵红花，在那喜气洋洋的脸上，笑着左顾右盼，得意极了。甘积之心里想着，我是失意的人了，我也犯不上去看他得意的脸色，于是掉转脸来，坐上车子，一迭连声地催着车夫快拉。

那人力车子由汽车边拉过去的时候，桂枝是刚上汽车。她今天穿了一件粉红色长旗袍，新剪后烫的头发，簇成堆云式，在头上绕了一匝红丝辫，在左耳上扎了一个小小的蝴蝶结儿，右边鬓下，却斜插了一枝红绒喜字花，一张鹅蛋脸上涂了鲜红的胭脂，这一番娇艳，就更不必提了。但是积之由这里过去的时候，却并没有看到，只见桂枝在玻璃窗户里，眼睛很快地瞥到一眼罢了。今天的桂枝，她与往常有些不同，她觉得眼前什么事情都是可以快乐的。同时，也就觉得无论什么事，都是很仿佛的，很有些子像在一个甜蜜的梦里厮混着。所以虽是看到积之悄悄地过去，也想着不必怎么地注意他了，丈夫在当面，会引起误会来的。所以桂枝也立刻掉过脸来，和大门外站着的家里人说话，并没有顾到其他。

这汽车是上午十点钟由这里开了走的。到了下午四点钟，车子依然停在这大门口。桂枝在下车的时候，曾很快地向对过甘家看了一眼，当然是门口空空的，并没有什么征兆可寻，进得屋子来，赵家新雇的老妈子早迎着说，太太你回来啦。赵自强在外面对父亲说了几句话，立刻走进房来，向桂枝笑道："今天把你累够了。"桂枝笑道："这也没有什么累。就算累，一辈子一回的事情，那还不勉强对付着吗？"说时，老妈子捧了洗脸水进来，将盆放在梳妆台上。自强笑道："你出了汗呢，洗把脸吧。"桂枝对了玻璃橱上的镜子，拿了一件花布旗袍在手，身上脱了一只袖子，就把这布旗袍穿上一只袖子。见自强望着她，就低了头微笑。

自强也脱了马褂，向橱子里送着，走到她身边，向她笑道："到现在，你见着我还害羞吗？"桂枝扑哧笑了一声道："我穿衣服就怕人家瞧，过去一点儿吧。老妈子看见，可是笑话。"自强道："你不洗脸吗？"桂枝道："你先洗吧，我怕水热呢。"赵自强不声不响地走过去拧

227

了一把手巾，双手递给桂枝。桂枝低声笑着哟了一声道："这可不敢当。你别客气，我来洗得了。"她已经是把衣服换好了。这时将两只小袖子高高地卷起，露出两只白而且圆的手臂，拿了手巾就站到梳妆台边洗起手脸来。赵自强站在身后含着微笑看了一阵，然后将梳妆台抽屉里的香胰子、雪花膏、香粉、胭脂膏，一样样地拿出，在台面上摆着。桂枝笑着向他道："我的先生，你哪懂这些，让我自己来吧。"赵自强笑道："你今天累了，我得伺候伺候你。"桂枝向房门口看了一看，见门帘子是垂了下来的，这就道："你也累了呀，我不该伺候伺候你吗？"自强笑道："不敢当。不过你真愿意伺候的话……"桂枝伸手闷住了他的嘴道："这就够啦，别向下说了。"自强顺势握住了她的手，就乱吻了一阵，因为听外面屋子里有了赵翁的嗽咳声，这才悄悄地走开了。

但是他也不愿意走开，走到床边，看到雪白的床毯，一床淡青和粉红的绸被，觉得那颜色是格外地调和。那四个白套子绣小朵红花的枕头，也就格外地引人入胜，于是倒在床上靠了枕头躺着，微叹着气笑道："我真不免英雄气短，儿女情长了。"桂枝依然洗她的脸，没有作声。赵自强于是拉了一只枕头在怀里搂着，用鼻子只管在枕头上嗅个不断。桂枝道："你这是怎么了？发了疯了吗？"赵自强笑道："你刚才说了，一辈子就是这一回的事，这新婚刚过的日子叫着蜜月，你不知道吗？"桂枝已经是洗完了脸，用雪花膏在脸上抹着呢，这就笑道："我是个旧式女子，你说的这些话我可不懂。"赵自强笑道："你不懂？你比我聪明多着呢。哈哈！你错了，怎么把粉扑子在胭脂膏的小盒子上擦着呢？"桂枝回头看时，自己可不是把粉扑子在胭脂膏上按着吗？笑道："我真有点儿荒唐。这要把粉扑子向脸上一涂，可就成了关二爷了。"两人说着，哈哈大笑。

这时江氏到后面院子里来，正有两句话想和女儿说。因为女儿在新房没有出来，自己也不便冲了进去，这就在赵翁房门口站住着。赵翁迎了出来道："老太太，有什么话说吗？"江氏道："我找我们姑娘说一句话，她在新房里和姑爷说得挺热闹，我就不去打岔了。"赵翁笑道："老太太总是这样地疼儿女。"江氏道："不是那话，我们做上人的，有个不愿他夫妻两口子和和气气的吗？"赵翁手摸了胡子，点点头，也就

228

没有向下说。自然江氏不便把这些儿女私亲的话对了亲家翁尽谈，说了几句闲话，也就走了。家常的话，也不见得十分紧要，今晚来不及说，还有明天呢，明天来不及说，还有明天晚上呢。然而江氏这种猜想却是不大相符，桂枝除了出来吃两餐饭，总是在新房里，江氏要想说话，总是没有机会。她心里也就想着，姑娘已经嫁过去几天了，虽然新婚夫妻应该十分甜蜜，可也不当甜蜜到这种样子，不要是另有别的缘故吧？因之在这天晚上到后院来的时候，却故意大宽转地绕了一个弯子，由厢房边抄到正房窗户下，将指着湿着口水，戳了一个窟窿向里面望着。只见姑爷和衣睡在床上，自己姑娘坐在床沿上。然而她虽是坐在床沿上的，却是扭转身体去，伏着在床头边，看那样子，好像是在和姑爷说话，那话自然是很长，许久许久没有说完。江氏虽是老年人，也不由得红了脸，只好自己走开了。回得家去，一个人心里想着，他两口子的感情确是不错，但是这样地甜蜜，有公公在堂，未免不像样子。无论如何，明天白天得把姑娘叫回来，好好地教训她几句。

想定了，次日上午，趁着桂枝到堂屋里来吃饭的时候，就冲到后面院子里来。进门之后，倒让她大吃一惊，原来赵自强不但不是理想中那样的人，在那里高兴着，而且是愁容满面，手上捧了一张纸站在堂屋中间，竟是出了神，岳母进来了，他也不曾看见。江氏笑道："姑爷，你瞧什么啦？瞧得那样有味。"赵自强一抬头，好像很吃惊的神气，立刻把那张纸向衣袋里一插。这么一来，江氏就更为疑心了，又追着问道："姑爷你瞧什么啦？"赵自强苦笑着道："是一封电报。"江氏道："哪里来的电报？"自强犹疑了一会儿微笑着，用极低的声音答道："是我们营长来的电报，叫我赶快回防呢！"江氏道："你不是请了两个礼拜的假吗？"自强道："照着日子算，也就到了时候了，路上耽搁几天，又先到家几天，不就够了两个礼拜了吗？但是我也算着日子不大够，原来是请的三个星期假呢。我不明白营长为什么不到限期就打电报来催我。"江氏听了他这番话也呆了，站着望了他道："别是口外风声不大好吧？"自强笑道："那倒不，也不至于。"正说到这里，在新房里坐着的桂枝可就听到了。手叉门帘子，斜着靠了门框，就向赵自强望着，问道："刚才有一位客，打城里来，就是替你送电报来的吗？"赵自强点点头，

229

答应着是。桂枝看看母亲，再看看丈夫，故意镇静着自己的态度，用很柔和的声音问道："你那电报给我瞧瞧行不行呢？"赵自强怎能够违拂了新夫人的态度，只得慢慢地在口袋里抽出那一张电报，双手交给了桂枝。伊接到手上一看乃是：

> 北平西直门大街恒丰米行，转赵自强连长，奉团长谕，嘱即日回防，不得停留，切切勿误。
>
> 营长宝芳

桂枝对于这电报上的文字碰巧竟是完全认得，两手捧了那电报纸抖颤个不定，她心里的话也就不言可喻了。

第二十三回

酌酒传餐狂欢含别泪
挑灯温梦低唱数长更

赵自强这次回家来完婚，大家原都知道是一种短局。但是不满一个星期他就要走，这是赵自强自己也料不到的事。赵翁在屋子里面听到有电报到来，伸头张望一下，又看到堂屋里站着的三个人是那一副情形，心里头早就了然，于是正了颜色向自强道："当军人的人，身子是国家的，在前方你能请着假回来完婚，这就是很难的了。既是宝营长有电报来，你就赶快回营吧。时局平静一点儿的话，我也想到口外去看看，我希望桂枝同杨家老太太一块儿也到喜峰口去吧。"赵自强勉勉强地放出苦笑来，点着头道："可不是嘛，带家眷的也多着呢。"桂枝手上依然捏着那一张电报纸，向赵自强看看，又向母亲江氏看看，却没有作声。江氏一昂下巴颏，正想叹出一口气来，但是看了她女儿那种焦虑的样子，立刻把那口气忍了回去，却没有吐出声音来。赵翁道："电报上没有提到别的事情吗？"说着，瞪了两只眼睛向儿子注视着。自强已知道他的用意，便说："没事没事。宝营长总是离不开我，一点儿事儿也不肯和我担担子，我在家里再住两三天也没什么关系，只是让他在营里着急，我心里过不去。"赵翁摸着胡子道："那是呀。宝营长待你像兄弟一样，你不能让宝营长着急。固然，你们新婚应该在一处多盘桓几天，可是同偕到老，将来的日子长着呢。"赵自强皱了眉道："公事自然是要紧，只是这日子实在也快一点儿。"

他父子两个这样一问一答地说着，江氏母女在一边呆呆地听，并不作声。赵翁看到她二人并不搭腔，觉得只管说下去也没有什么意思，因之伸起手来，不住地摸着自己的长胡子。赵自强看到父亲那样受窘的样子，只管和着父亲说话也是显得无聊，于是偏过头来，连连咳嗽了两声。赵翁手上摸了胡子，眼睛可就向桂枝望着，只看他眼睛那样凝注着，可以知道他是很关切地等着桂枝的回话。

桂枝因为公公的眼睛射在身上，也未便再装麻糊，于是侧转脸向江氏看着道："妈，自然是公事为重啊。"说毕，然后将脸来对自强望着道，"今天还有一班长途汽车进城，我替你收拾收拾行李吧。"她说这话是很自然的，可是自强听到，只觉一字一针，针针插在心尖上，虽然心里头要用两句话去安慰桂枝，然而口舌不听自己的指挥，却是一句话也说不出来。江氏在一边看到他突立着，两手直垂，若不是微微低了头，倒好像是和新夫人立正，这就向他道："姑爷，你放心吧。我们不是那样不懂事的人，你既然是请假回来，公事依然在身。你自己瞧着办吧。应该今天动身就今天动身，若是能迟一天，明天走就从容些。老太爷，你说我这话怎么样？"说着，将脸朝了赵翁。

赵翁道："亲家太太，您说这话，就是二十四分疼姑爷的了。我们孩子还有什么话可说呀？自强，我看今天走是来不及的了。好在电报虽是来了，可是也没有限你哪一天到，比较从容一点儿的话，你还是明天走吧。"自强这才开口道："是的，我也算了，明天早上六点半钟车子进城，赶东站八点钟到山海关的火车，我还是由滦州下车，走旱道回去。"赵翁道："这都听便着你。"说时，他的手不住地招起来，一下一下地将胡子向下抹，好像这个动作就可以解除心中的苦闷。江氏向桂枝道："你回家去坐坐吧？"她听说，就跟着娘走了。

自强向赵翁道："据我看，前方事情是没有事情，只是宝营长他离不开我。"赵翁道："不过军营里规矩，除了前线在开火以外，只要是请婚假，总是请得动的，为什么他不等你假期满着，就打电报催你？这里面，我怕总有一些原因吧？"自强怎敢说是有原因，站定了没有作声。赵翁不摸胡子了，挺着胸脯提高了声音道："你当了这些日子的军人，怎么还是这样儿女情长？我这一把老骨头，你是知道的十分康健。你岳母和你女人由我照应着，只有比从前更舒适的。这一些你都不必过虑，好好地去当你的连长。好汉是人做的，大事也是由人做的，并没有什么神仙下界来替人民办事。"说到这里，将声音低了两低道，"女人的心肠那总是软的，你要做出那毫不在乎的样子来，才可以提起她们的精神。若是你自己就这样愁眉苦脸的，她们不晓得军营里的事，那岂不更要着慌？"自强微笑道："我倒并不怎样地发急，只是我瞧她们心里有些难过的样子，我就不知道用什么话去安慰人家好。"赵翁道："你这叫傻话了。彼此要离别了，那总是心里难受的。你只有用好言语去安慰她，说不久相会那才是对的。你也像她一般，那不透着更难分难舍吗？我就是这几句话，你好好地听着去想想吧。"赵翁说完了，急忙回到自己屋子去，留自强一个人站在堂屋里。

他本来想到前面院子里去安慰岳母几句的。然而他总没有那种勇气，脚向前走了几步，依然走回来。老站在堂屋里，又怕父亲要出来教训自己，索性一转身缩进新房去了。一个人坐在椅子上，两只手撑住桌沿托了头。自己这样沉沉地坐着，也不知道经过了多少时候，只听到脚步很重的，有人进来了。立刻将身子坐端正了，看时，桂枝笑嘻嘻地连跳带跑地走进屋子来。看那样子，自然是高兴极了。她笑道："我刚才和妈商量着，应当和你饯饯行才好。"自强笑道："笑话，一家人饯什么行？而且我不久就要接你们到迁安去。我早听说了，我们这支军队要由喜峰口调回来，在迁安县驻防。"桂枝走近前来，一手扶了桌子角向他望着，微笑道："这两句话你总说过二十遍以上了。"自强笑道："真的吗？我倒不觉得。"

桂枝又走近了一步，靠住了他，向他脸上望道："你想吃什么呢？包角（读作饺）子撑面、烙馅儿饼，我都成，我今天亲手做点儿东西你吃吃，就算饯行啦。"赵自强顺势握住了桂枝的手，将她的手在脸上轻轻偎贴着，然后偏了头望着她道："你心里不难受吗？"桂枝笑道："你以为我是小孩子，什么都不懂吗？我们不久就要见面，蜜月里头应该欢欢喜喜的，心里难受做什么？"自强道："你们老太太呢？"桂枝笑道："我们老太太更比我懂事了，难受什么？你说，吃包角子呢，还是馅儿饼？"她说话时，两只手握住自强的两只手摇撼了几下。自强站起来，用手按住了她的肩膀，然后笑道："只要是你做的，什么东西都好吃。"桂枝将头偎在他怀里，伸手抚摸着他的脸道："我做羊肉白菜馅儿烙饼你吃，好吗？"自强道："好的，不过太费事了。"桂枝道："不，我一定得做馅儿烙饼你吃。"自强道："为什么一定要做馅儿烙饼我吃呢？"桂枝笑道："有道是天上不会掉下馅饼来，大概馅饼是最好的东西。我今天烙了馅饼给你吃，让你得个好兆头。"自强哈哈大笑，夫妻俩在屋子里大大开心一阵。

赵翁在对面屋子里听到儿子哈哈大笑，很有些奇怪，伸头在房门口看时，只见新房的门帘低垂，里面的声音又寂寞了。心里想着，少年人究竟是少年人，这样新婚从军的离别，哪里是人禁受得起的？然而他们糊里糊涂地还取笑作乐呢。过了许久，才听到夫妻双双地出来了，原来是议好了，出去买做馅饼的作料，走到了前院时，那笑声还送到后院子里来，自然他们是高兴极了的了。半小时工夫，自强进来了，脸上依然带了愁容。赵翁道："你在哪里来？"自强道："她要做馅饼我吃，又要我同她一块儿去买作料，我只好陪着，其实我不想吃什么。"说时懒懒地在一张椅子上坐下。赵翁道："她那样子高兴，是你说将来要接她出去吧？"自强沉吟了一会儿道："也许是……"说毕，长长地叹了一口气。

门帘子一掀，桂枝笑着跳了进来，向赵翁道："爹，我做馅儿饼您吃，好吗？"赵翁点点头。桂枝笑道："自强明天要走了，我给他饯行呢，打一点儿酒喝，好吗？"赵翁看她那样子，果然十分地高兴，便笑道："照说呢，可以让他喝一杯饯行酒。只是他明天一早就要赶早班车，喝多了，可起不了床呢。"桂枝笑道："今天晚饭喝酒，明天早上还醒不了，这得喝上一坛子吧？"说着，向自强眼皮一撩道："你能喝多少，我们可约定了的。"说毕，笑着去了。

赵翁看她如此，却是不解。自强笑道："她完全是小孩子脾气，她说今晚要和我坐着谈到天亮。"赵翁道："你可别闹孩子脾气，到了滦州还得走道呢。天气凉了，长城一带，我想比这儿冷吧？"自强不在意地答道："可不是，大概再过半个月，口外也许就下雪了。"赵翁听了这话，不觉心里跳了几下，立刻联想着，若是打起仗来又怎么办？于是闭上眼睛，装了一个凝神想什么的样子，同时那要滚出来的两粒眼泪也就闭在眼睛里，不曾出来了。自强不敢坐在这里了，口里说着去清理东西，也回房躺下了。

到了吃晚饭的时候，桂枝把自强牵着到堂屋里来，只见桌子正中摆下四个大碟子，是香肠油鸡之类，桌子斜对角放了两大盘馅饼，下方明晃晃地点了一盏白罩煤油灯，还有一把锡酒壶。桂枝自坐了下方，指着左手空椅子道："你坐下。"赵自强见另两方父亲同岳母坐下了，便坐下道："桌子朝中一摆，四方坐着四个人，倒好像是一桌席面。"桂枝提起酒壶来，向左方空杯子里斟下酒去，笑道："古言道得好，物轻人意重，千里送鹅毛。这虽是两大盘子馅饼的酒席，可是我这番情意不错，你应当做鱼翅燕窝的酒席一样来吃。你赞成我这话，我就干上一杯。"赵自强更不打话，端起酒杯子来，咕嘟一声喝干，还举着照了一照杯。江氏手扶着筷子，笑道："我们姑奶奶，今天透着会说话。"桂枝笑道："这就算会说话了吗？我还打算和他谈一宿呢。"口里说着，手上的酒壶已经伸到自强面前来。自强两手捧了杯子接着她的酒，笑道："我得回敬你一杯吧？"桂枝将酒壶向怀里一搂，笑道："别，今天是我替你送行，留着我到迁安去，你替我接风再喝吧。"赵翁坐在上面，心里可就想着，怪不得这孩子这样子地快乐，以为不久就要到迁安去聚首的，说起来呢，可也就是可怜。心里如此想着，眼睛朝下望，果然见她还是笑嘻嘻的。又转念一想，她既是这样高兴，乐得大家糊里糊涂吃喝一阵子，何必替别人担忧？于是也逗引着江氏一同吃喝起来。

赵自强左手拿着馅饼，右手端了酒杯，在鲜脆腻咸的饼味当中，酒乃是不可缺少的一种东西，喝得爽口，只管跟着喝了下去。待肚子里吃饱了的时候，酒也喝得有七成醉了。于是手按桌沿，站将起来，晃荡了两下，笑着摇摇头道："多了，别真喝醉了。"他说着话向屋子里走，只见桌上摆了两只碟子，一碟子盛着苹果，一碟子盛着香蕉。回头见桂枝跟了进来，笑道："你真会办事，料着我会喝醉，先预备下这个和我解酒。可是我想吃两片梨，才爽口些。"桂枝笑道："咱们不离。"自强手扶了桌子，笑道："酒真够了，什么时候了？"抬头一看桌上那一架座钟，却已不见，问道："我们的钟呢？"桂枝笑道："今天晚上，咱们用不着那东西，而且也讨厌那东西，我收起了。"

自强听了这话，不由得心口里荡漾了两下，没有作声，拿了一个苹果在手上，在口袋里掏出小刀子来，慢慢削着皮。桂枝站在他面前，向他眼皮一撩道："对了，吃个苹果吧。吃了之后，一路平平安安的。"自强笑道："你的话说得很好，吃了苹果就平平安安的。那么，吃了香蕉又讨个什么兆头呢？"自强说话时，已经坐着呢。桂枝手扶了桌子对方的角，带着笑容，微昂了头，咬着嘴唇，顿了眼睛，似乎在想一句话。自强切着苹果，一片一片地向嘴里送，咀嚼着道："人生得着平安，就是无上的幸福，这一句吉兆话也就够了，你不用想了。"桂枝道："吃香蕉也有句话可说的，就是朋友相交的相交。"自强笑道："这可不是吉兆话。"桂枝道："尽说吉兆话，也没有意思呀。相交两字，这就是说，我们夫妻总得恩爱日深，别因为离开了就疏淡了。你对我的那番情意，我是知道的，不用再提了。就是我呢，也可以让你相信我，我绝没有三心二意的。"

自强放下了苹果，突然站起来，握住桂枝的手道："你怎么说这种话？我和你完婚几天就要出门，我心里是二十四分地抱歉。你对我没有一句怨言，我已经是感恩万分了，怎能够再疑惑你有三心二意呢？"桂枝道："我也知道你心里头是这种感想，我做新娘子的人，对于这种情形，恐怕你去后心里不会舒服。所以我老老实实地先说出来，让你好放心。我既然嫁了你，我就认定了我是一个军人之妻，决不能有一丝一毫不愿意。但愿你和小鬼痛打一仗，杀死他万儿八千的。那个时候，你是位英雄了，我也是一位英雄夫人，岂不大妙？"说着挺了胸脯子来笑，表示她那一番趾高气扬的态度。自强看她笑得很酣，不像是勉强的，就伸了一个大拇指，笑道："你果然是好的，只要你有这一番意思，我就安心去从军。"桂枝道："我呢，你用不着安慰了。只是老太爷那里和我母亲那里，你应当去和他们谈谈，安慰安慰他们几句话。"自强道："我们老太爷呢，那还好一点儿，令堂那里可是不能不去安慰几句的。你可别睡觉，等着我，我就会来的。"桂枝笑道："我还给你预备吃的呢，哪里能够先睡？"

自强经夫人提醒了，就一刻也不能忍耐，马上起身向前院里去。今天岳老太太的态度也改了，见着姑爷，只是一味地疼惜着。这倒让自强神明内疚，不能不和她只管谈下去。谈过之后，再到父亲屋子里说话。等他回到新人屋子里来的时候，已经十二点多了。只见又摆了四个小菜碟子、两副杯筷，桂枝坐在矮椅子上，两手按了膝盖，好像在专门等候什么似的。她见了自强，立刻向前握了他的手道："你谈了这样一夜了，我怕你肚子饿着，聚备了四个碟子，下几根面条子你吃。"自强笑道："其实我们坐着清谈一会儿也就得了，何必还要费劲？"桂枝笑道："照着今天的情形说起来，你就是一位客了。我做主妇的，招待客还不是应该的吗？"自强笑道："这话可说回来了。你做主妇的，自然是应该招待客，请问这主人翁又在哪里呢？"

桂枝拉着他椅子上坐下，掀着门帘子，伸头向外看了一看，然后掩上了房门，打开橱子，取出一小瓶酒，在灯前向自强一晃，笑道："我偷偷地陪你喝三杯吧。"自强喝的酒也只刚刚醒过来，并不想喝酒。只是夫人如此说了，又不能推却，便笑道："设若喝醉了呢？"桂枝将酒瓶摇了几摇道："你瞧瞧这个，这也不过四两酒，你二两，我二两，四两酒，大概醉不了两个人吧？咱们偷偷地喝着，谁也不知道。"自强道："你这样的好意，漫说是二两酒，就是二斤酒，我也得勉强喝了下去。来来来，叨扰你了。"说着，就把酒杯子高高地举着，等桂枝斟下去。桂枝果然站到身边来，替他斟了一杯，接着自己也斟上了一杯。于是坐下来对举杯子，慢慢地呷着。桂枝这边，放了一盏大罩子煤油灯，自强在对面看到她两腮红红的，垂下了上眼皮，未曾喝酒，仿佛就有了几分醉意。便笑道："我们今天晚上，真坐着到天亮去吗？"桂枝向他望着，微笑道："我们原是这个样子约会的，我还能反悔吗？不过你明天要上路，若是怕支持不住的话，回头你休息休息也可以。"正说着时，遥遥地有一阵嘟嘟呛呛之声送进耳朵里来，原来这海甸正街上也有两班更夫，这便是梆声更锣声。

自强手上擎了杯子，偏着耳朵听道："现在是几更了？"桂枝举着杯子道："喝酒吧，管他是几更。"自强道："屋子里的钟你已经移走了，更锣也听不到。回头到了要走的时候，我还会不知道呢。"桂枝将橱子门打开，座钟却放在这里面。不过是将座钟的背朝外，面朝里。她关上了橱子，又把衣架上的一件长衣掀开，一根粗绳子，正拴着一架闹钟，挂在衣钩上，也是背在外。自强笑道："你还是小孩子脾气，这样淘气。"说着，站起来伸手就要取闹钟看。桂枝一伸手，横拦了自强，笑道："到了时候，闹钟自然会告诉你的，你忙什么？"自强坐下来点点头道："你的意思我也明白了，好，我不看钟，还是坐下来喝。"于是端起酒杯子来，先喝了半杯。

桂枝笑道："统共是二两酒，你一口就喝了半杯，以后咱们光吃菜吗？你大概还没有听过我唱小曲儿，我唱一段你听听吧。"自强笑着望了她道："你会唱，我还真不知道呢。你会唱什么小曲儿？"桂枝笑着将头一扭道："唱是会唱几支，可是我又怕老爷听见了会说我！"自强笑道："你就低低地唱也行呀。我和你抱了桌子角坐着，反正你怎样低声唱，我也听见。"桂枝端起酒杯子来，吻了一吻，想做一个要唱的样子。可是刚近口边，又把酒杯子放下来，笑道："我不唱吧，唱得不好，让你见笑。"自强见要唱是她，怕唱也是她，可不知怎样地向下说好。于是端了杯子，只管向她微笑。

在这时，那远远的更声又随着风向耳朵里送将进来。桂枝抢着笑道："我还是唱吧，不过小曲儿不雅，我唱大戏你听，好吗？"自强笑道："你还会唱大戏吗？那更好了。你唱哪一路角色的？"桂枝笑道："乱七八糟，什么我也会唱两句。最拿手的，要算《贵妃醉酒》。"自强由桌子角边伸出一只手来，轻轻地拍着她的手背道："这出戏就很好，你就唱这个吧。而且，我也正醉着呢。"桂枝听说，真个轻轻咳嗽了两声，然后带了笑容，低低地唱了起来。她口里唱着，耳朵可向外边听去，听听这街上的更声是不是打远了。直待更声一点儿都不能听见了，她才把唱停止。

自强拍了桌子沿道："原来你还有这样一种好本领，为什么早不说？要不然，这几天，我会天天要你唱呢。"桂枝笑道："你以为我是一个戏迷呢。今天是一种特别的情形，我才厚着脸皮唱起来。"自强道："今天有什么特别？"桂枝道："也不过是和你饯行而已。"自强笑道："到了今日，我才知道丈夫要出门，可以得着太太特别垂青的，将来我要永久出门才好。"桂枝听了，脸上的颜色未免有些变动。自强就笑着解释道："我说的常常出门，乃是一个月回来三趟，一月也就出门三趟，你能不能也是像今天一样和我饯行呢？"桂枝笑道："你为了要喝二两酒，听我瞎唱几句，就要跑来跑去，那也不值吧？"自强道："天下事，有什么值不值，全在各人自己评定罢了。一粒小钻石多的可以值几万。请问那有什么用？以我而论，最爱吃烤白薯，又甜，又香，又热，可是只要几个铜子，人就可以吃一饱，世上的人谁都不把它当什么，它就好不起来。这样说，好丑没有一定的，全看人喜欢不喜欢。我觉得二两酒、一段唱不错，就值得我来去乱跑。"桂枝笑道："你说得是，我再唱一段你听，谢谢你算我一个知己。"

自强手按了杯子，侧了头，又向外面听了去，因问道："什么时候了？这好像是打四更呢。"桂枝道："这个你全不必管，我们今晚上就是吃一点儿，喝一点儿，乐一点儿。"自强笑道："我完全听你的话，你说怎么样，我就怎么样。"桂枝笑道："我听到你也常常唱戏呢。要不，咱们两个人合唱一段吧。"自强笑道："我这个唱，是六月天学的，拿出来有点儿臭，不过你这样子说着，我不能不唱，我要不唱辜负了你那一番好意。"桂枝笑道："你唱我听，我唱你听，好不好，有什么关系？"自强笑道："对了，那么，我来唱一段《武家坡》吧。"桂枝笑道："你应该唱《汾河湾》才对，将来打平了小鬼，回来做平辽王。"自强顺手牵她到床上，两人并排坐着，手拍了她的肩膀道："你这话不对，难道我还能把你当柳迎春那样疑心不成？"桂枝笑道："你唱《武家坡》也不是把我当王宝钏吗？"自强道："我是随便说的，并没有用意。"桂枝笑道："这不结了，我今天用心是用心，也不能处处都用心。这话又说回来了，就是用心，也只希望你一个人得着好处，我们随便。有道是一人有福，牵起了一屋，你不知道我现在一颗心完全都加在你一个人身上吗？"说着这话时，身子一歪，倒在自强的怀里。自强紧紧地搂住了她，将下巴颏搁在她肩上，低声道："你这样地说了，我怎舍得离开了呢？"桂枝挣开了他，突然站起来道："我去做面条你吃，要不然，回头炉子里火没有了。"说着打开房门，走了出去。

自强见桂枝今晚上处处体贴着，可是又不愿体贴过分，以至于自己留恋难走。于是背了两手，在屋子里走来走去，揣想着桂枝的态度，一会儿工夫，她用木托盆端了两碗热腾腾的面条进来，向自强笑道：

"你看我预备得快不快？"自强道："快是快，不过劳累你一夜通宵，我心里不过意。"桂枝放下托盆，两手端了面碗，恭恭敬敬地放到自强面前，笑道："就算是劳累，也不过……"底下还有"只是今天一晚"六个字立刻吞了下去，接着道，"倘若能够天天晚上这样的劳累，我也是愿意的呀。"自强也不愿向下追问，自端起碗来吃面。桂枝并不坐在旁边看着，口里可咿咿唔唔地唱了起。自强挑了面望着她道："你怎么不吃一点儿？"桂枝笑道："我唱高兴了，只管要向下唱，不唱完我不痛快，我是不吃什么的。"自强以为她是真话，倒也不疑。可是这时夜静了，一切的声浪都已停止，远处若有什么响动，自然是听得清清楚楚。桂枝虽是坐在身边，轻声低唱，可是天空里被风吹来的更锣更梆声依然听得清楚。自强这就明白了，桂枝并不是爱唱，乃是怕自己听出更锣声不能安神，所以唱起来打岔，把更锣声就遮掩过去了。这样看起来，她未免用心良苦。于是也就真个把更声置之不理，颠头晃脑地听着桂枝来唱。把一碗面吃完了，自己索性也来唱，让桂枝去吃面。唱了一阵子老生，又唱一阵大花，最后还唱了一段《彩楼配》的青衣。尽管腔不成腔，味也无味，可是唱得很高兴。

桂枝以为是自己把自强的戏瘾勾发了，所以大唱而特唱。用手摸了一摸茶壶，茶已凉了，便笑道："你吃了面就唱，又咸又渴，我去找一点儿开水来泡茶你喝吧。"桂枝说着，收了面碗到厨房里去。那小煤炉子上正放了一把水壶，壶里叮泠作响，快到要开的程度，于是坐在炉子边矮椅子上静等水开。半侧了身子，一手撑头，斜斜地向火苗望着。不知是何缘故，一阵心酸，两行眼泪由粉脸上直滚下来。她向着火已是望呆了，虽是眼泪由脸腮上纷流也不去管，只管呆望。直等那开水冲动了壶盖，扑哧一声，将火苗泼着放出绿焰来，这才惊醒着，赶快擦干了眼泪，提了开水壶向屋子里走。

一脚跨进房来，就向自强笑道："我不在这里同你捧场，你也唱不起来吧？"自强笑道："我的戏只好是自己唱着自己听的。"桂枝泡好了茶，将碗筷收拾清楚，挽了自强的手，同在一张椅子上坐下，笑道："我还有个新鲜小曲儿，叫《劝夫改良》，唱着你听听，好不好？"自强一手托了她的手，一手拍了她的手背，笑道："好好好！你就唱起来吧。

若是我有改良的地方，听了你的话儿，我也好去改良呀。"桂枝端着茶杯呷了两口，放下茶杯，向自强微微一笑，正待张口唱了起来，忽然当当一阵闹钟响声由衣架的衣服里面传送出来。桂枝突然面颜一变，猛可地握住了自强的手，向他脸上望着。自强道："你把闹钟的响针拨在几点钟上？"桂枝很惨然地低声答道："原是放在五点半钟上的。"自强站起来道："我六点钟要走的，只能耽搁半点钟了，去叫醒老太爷和你们老太太吧！"桂枝只是握住了丈夫的手，哪里还答复得出一句话来呢？

第二十四回

喜气犹存归房余绮梦
秋宵难度闻雁惹啼痕

　　"天呀，放亮光进来，送情人出去。"这两句歌谣在古来就盛传着，多么哀怨。可是到了杨桂枝这时，不是送情人出去，乃是促新婚未久的丈夫远去，不但哀怨，简直是凄惨了。所以赵自强说了一声要走，桂枝握住了自强的手，好久说话不得。自强低声道："你心里不要难受，我到了前方，立刻写信给你，我一方面在那附近的村子里找一所房，咱们舒舒服服地到那里过日子去，你看怎么样？"桂枝道："那自然是好，不过这件事并不紧要。我希望你一切都要谨慎。"自强握住了她的手，只管摇撼着，哪里还说得出别的什么话来？正在这时，听到对过的房门咿呀地响着，赵翁已在堂屋里喊着道："自强，你起来了吗？"自强立刻开着门，迎了出来道："爸爸，我起来着呢。"赵翁道："我听到你两口子说了一宿的话，难道没有睡吗？"自强道："这样说，你大概也是没有睡吧？"同时院子里有了杂乱的步履声，江氏在外面带了哆嗦的声音道："你们都起来啦。自强的行李检好了没有？"桂枝连忙开着堂屋门道："妈也是一宿没有睡吗？"自强笑着向江氏鞠了躬道："老太太也起来得这样早呢。"

　　大家说着话，都站在堂屋里，没个做道理处，仿佛各人心里都有什么病似的，只是慌乱着。还是桂枝清楚些，首先将自强的闷壳子表拿来替他放在袋里，一面将检理好了的一只提箱、一只皮包一齐放在堂屋里椅子上。赵自强看了一看表，又过了十分钟了，便向赵翁："您没有

242

什么话说了吗？"赵翁道："有话我昨天都说了，没什么可说的了，凡事你自己保重。"江氏在一边插嘴道："对了，凡事你都要保重。"自强不曾说什么话，又掏出表来看看。赵翁道："叫小林来和你拿着行李，你先到汽车站上去等着吧。我们都送你到车站上去。"自强笑道："两位老人家都送我，我怎样敢当，让桂枝送我也就行了。"赵翁心里总是体恤着儿子的，既然他说让娇妻单独地去送，也许这里面另外有什么缘故，于是向江氏望着道："我们不送也好。"江氏根本就不曾说要送，赵翁如此说着，自然也就不认可地而认可了。

自强在堂屋中间呆站了一会儿，回头向院子里看了两眼，依然还是站着。桂枝看他想走而又不想走的样子，便道："到汽车站上还有几步路呢，我们先走吧。"自强于是向父亲叫了一声爸，又向江氏叫了一声老太太，然后说一声我走了，手取下了帽子，深深地鞠了两个躬，戴上帽子，突然做个立正式，向后转着，立刻开了大步子走了出去。当他走的时候，头也不扭转来看上一看。只听到那皮鞋声橐的橐的响着，一路响出了大门去。小林提着提箱提包在后跟着，桂枝却是很快地抢了向前，紧紧地随在他身后。自强走起来很快的，到了大门外，他的步子可就停了，向桂枝道："两位老人家说了什么吗？"桂枝还不曾答复他的话，后面却有人叫道："自强，你到了营里，马上就跟我写信来呀。"自强回头看时，原来父亲和岳母都送到了大门口来着呢。到了这时，自强无论有多硬的心肠也不能抛开不顾，只得扭转身，又跑回到父亲面前来，这就对着老人家一鞠躬道："您老人家别送了，我一切都会留心的。"口里说着，看到父亲肩膀上沾染了一些尘灰，这就伸着手轻轻地在父亲肩上拍着。赵翁手握住了旱烟袋杆，眼望着他，咳嗽了两声，点着头道："好吧，你去吧。"江氏靠了门框站着，自己牵自己的衣襟，这就向自强道："姑爷你一切都保重，家里的事我自会照管。"自强还有什么话说呢？只有两只手按在胸面前，不住地向人鞠躬。桂枝还远远地站在前面呢，就叫道："快上车站吧，别错了时间。"自强是老军人，军人的习惯早已养成了。这时是在大门外，就不自然而然地挺着脯子，举手行个军礼，然后立着正，转身而去。这一回他是下了决心了，一点儿不肯回头来看着。桂枝在后面跟着，也开了大步子走，口里还数一二三四。

他们家离长途汽车站不远，只转一个弯就到了。等他停住了脚，桂枝笑道："你是一个军人，怎么做事这般不利落，临别的时候只管牵牵扯扯。"自强叹了口气，立刻又把胸脯挺着，笑道："你这话对了，我们要拿出一些大丈夫的样子来。"小林将行李放在身边，突然地却问出一句话来道："连长，你这回赶回喜峰口去，不是快要打仗吗？"这句话叫自强怎样答复？只在这时，遥遥地发生了汽车机轮摇动声，接着那辆送人的长途汽车就开到了面前来停住。小林忙着将提包送了上车，随后自强手扶着车门也跳了上去。桂枝只靠近了身边，挽住他一把，什么话也来不及说，自强已经钻进车子里面去了。桂枝赶快跑到车窗子下站住，自强就两手扶了玻璃，脸也紧紧贴住。桂枝抬起手来，将小手绢向他招着，眼泪已是由两个眼眶子滚下两粒来，然而她可嘻嘻地笑着道："路上保重啊，家里的事你是不必挂心的。我是……"

自强不曾把她的话听完，车子已是呼突突地开走了。桂枝呆呆地站着，把那辆车子望了个目不转睛。这里正是一条宽大平直的马路，她直望到这辆车子成了一团黑影，还不曾转过身去。车站上来往的人都已走了，小林站在身后连叫了几声太太，桂枝就没有答应。他向来是称呼着桂枝为杨姑娘的。自她嫁过来了，这才开始称着太太。对一个称呼惯了的人突然改口，这就很显着别扭。所以每次叫着太太，声音都是不大高爽的。这时连称几声太太不应，他想着，或者是人家不大听得惯这个称呼，便改口叫着杨姑娘。桂枝本来是听到他称呼太太的，只是全副精神都注意在开去的那辆车子，没有答复他。这时一连串地听到小林叫杨姑娘，就想起了是他有了误会。这就扯出衣袋里的手绢揉擦着眼睛，回转头来，望着他道："你有什么事？"小林道："我们该回去了。老爷子在家里会惦记着的。"桂枝也没有说什么，默然地向家里走去。

到了家里，前后院是静悄悄的。先回家去，看看母亲，她和衣盖着被，又在炕上睡了。她也不愿惊动她，悄悄地回转身来带上了屋门，又走向后院婆家来。赵翁在正中屋子里口里衔着长柄旱烟袋，躺在藤椅上默然地睡着。他微闭了眼，头枕在藤椅的枕头上，下巴翘着朝上，撅起一丛苍白的胡子。旱烟袋杆子由胡子丛里伸长出来，歪到藤椅子外面，将右手靠在藤椅子扶手上，托住了旱烟袋的中节。那烟斗上一缕轻烟若有若无地缭绕着上升。桂枝进门来，叫了一声爹。赵翁睁开眼来，望了她道："他走了？"桂枝道："爹，您心里别难受。不久，咱们就见面的。"赵翁点点头，依然闭了眼睛。桂枝在屋子中间站了一会儿，不能说什么，能说也不知说什么是好，也就悄悄地走到自己屋子里去。

新房里没有土炕，正面是张红漆架子木床。床上展开着印着红色喜鹊噪梅的床单，叠着一床红绸被、一床十锦鸳格子布被，尤其是一对大绣花枕头，还是新婚之夜那种撩人的喜色。靠右手墙壁，一张方桌，两把椅子，上面还有昨晚上和赵自强同餐的杯筷没有收。横窗一张小三屉桌上面有文具，旁边有一把围椅，那是赵自强和夫人预备下的，预备着独守闺房的时候在这里练练字，看看鼓儿词。她看了这些，想到这位丈夫究竟是和新妇设想周到的，她手靠了桌子撑着头，在这里默然地坐下。这个默坐，她今天是第一次。但由此成了习惯，每日必来默坐若干次。在她这默坐的期间，光阴是迅速地过去。

是个秋日的凉夜，天空里只有半钩新月，发出淡淡的清光，似乎有风，也似乎没有风，漫宇宙间却有一片清寒的空气。就在这时，咿哑咿哑的，有一群由北向南飞的塞雁哀怨地叫了过去。桂枝还是坐在那小桌子边，手撑了头在呆想，听到这雁声，不由得心里一动。她心想，据人说，雁是由口外来的，不知道它们经过了喜峰口没有？随着这个念头，嘻的一声叹了一口气。这一声长叹，连隔着堂屋的赵翁都已听到了。但是她结婚未久，丈夫就走了，那满肚子的委屈正是赵家之过。做公公的，有什么法子去劝解呢？当时搁在心里，也没有作声。到了次日早上起来，见桂枝两眼红红的，眼皮也有些浮肿，这更想到她昨晚上不曾好好地安睡。到了上午，这就向江氏提议，说是桂枝心里烦得很，让她进城找黄小姐谈谈，玩两天回来。江氏也是看到姑娘那脸上黄黄的，说是没有病，又好像是有病，大概是心里头不顺，让她出门去走走，也是不错。桂枝呢，又是满腹牢骚无可发泄，能找着个人谈谈，把肚子里的话说说呢，也许自己精神好些，居然就答应了两位老人的话，第二日独自进城来会曼英。

到了黄家时，可给她一个很深的刺激。原来她因为和黄家太熟了，

245

并没有照着北方人家的规矩打着门环，老老实实地就冲进院子来了。黄家是住着人家一个前院，靠南两个屋子，一间做了客厅，一间做个曼英的书房。桂枝究不敢再向上房走，先在院子里咳嗽了两声，然后拉开客厅的门，叫道："黄小姐在家吗？"她向里伸头看看，见黄曼英笑嘻嘻地和一个穿西服的青年抱了一张桌子角谈话。桂枝扶着门倒是愣住了，还是进去好呢，不进去好呢？

曼英看到，却是毫不介意，和那男子站起来欢迎着道："今天哪一阵风把你刮来了？"桂枝见她还同是这样不在乎，也就红着脸走进来了。曼英将那男子介绍着道："这是我表兄秦君。"桂枝也就哦了一声，点头坐下。可是她心里想着，我和你交朋友这样久了，哪里听说有什么表兄呢？当时在脸上就镇静着，不表示态度。心里也就想着，自己知趣一点儿，当着人家表哥，不要谈田连长了。曼英却也奇怪，竟是不曾再问她一句赵连长有信来了没有。桂枝带了微笑和曼英闲谈了几句，看看那位秦君竟是没有要走的样子，自己坐在这里，竟是从中打断人家的情致，便站起来笑道："我要告辞了，你有工夫到海甸去玩玩呀。"曼英连忙站起来，将房门拦住着道："怎么着，这样远的道你跑了来，茶也没有喝一口，你就要走吗？"桂枝道："我早就到北京来了，在亲戚家里住着，我现在要回海甸去了，所以顺便到府上来看看。我约定了今天回家去的，我到迟了，母亲要盼望的。"她口里说着，手就握住了曼英的手，笑道，"改天见吧，我们不客气。"她口里正说着，竟是侧了身子挤将出来。她这个样子要走，曼英不能硬拖住她，只好随在身后，送到大门来。

桂枝是回家去，一路想着，自己本来有许多话要和曼英商量的。但是看看曼英这种样子，脑筋里已经没有了田连长，自己再把思慕丈夫的话去和曼英说，那岂不是找钉子碰？而且这位秦君坐在屋子里，并不因为女客到了起身要走，彼此互相对峙着，也不是办法。可是黄太太对她姑娘这样也同意吗？她纳着闷回得家来，江氏却大吃一惊，连连地问道："你怎么啦？在城里头没有耽搁吗？"桂枝就把答词预备好了，便道："黄小姐不在家，她们老太太又不大舒服，我在那里碍人家的事做什么？"她说着一直走回自己的新房里去。这天晚上，是个深秋的雨夜，桂枝吃了晚饭，就假装睡觉，把房门关上。屋头上的雨落下，和窗子外的两棵老柳树应着风雨，一阵阵唏沙唏沙地响着。只觉屋子里寒气袭人，由两条腿直冷到腰上来。漫说这样地冷，便是桌上放的那盏罩子煤油灯也发着青色，只管向下沉去。天空里的风带着雨丝向窗棂上打来。尤其是那有纸窟的地方，晚风从那钻进，袭到人身上来，自有一番凄凉之意。

　　过了一会儿，雨点子大了，很零落地打在窗户上卜卜作响，更令人听着，生下无穷的感喟，于是用手撑了头，斜靠住桌子坐着。这条长桌上除了文具外，放着的东西都是嫁来的时候人家送的物品，乃是一对花瓶、一只小座钟，又一面配了雕花架子的圆镜子，那雕花架子都是缕云头的，正好像当中托上了一轮月亮。记得花烛之夜的时候，两支通红的花烛点得明晃晃的，映着那镜子里红光外射，更觉得是屋子里喜气洋洋的。可是现在那洋洋的喜光没有了，只剩了那盏豆大光焰的煤油灯，照着屋子里昏昏沉沉的。记得自强在家时，自己对着镜子，脸上红是红，白是白，自强伏在自己肩后，向镜子里望着，对着自己只管发笑呢。到了现在，可是一个人守着这屋子，一个人对了这镜子，而且镜子昏暗无光也看不到自己的影子了。若是平常的人家，这个时候，新婚夫妇还正是甜蜜蜜的呢，然而自己呢，可守着空房了。因为那天晚上叹了一口长气，被公公听见了，发愁得了不得，就让自己到北京城里去，若要再叹气，添上了公公的愁闷，他又要替儿子来宽慰我了。那种隔靴搔痒的安慰，不但自己不受用，反是觉得烦腻，不如不让他知道，倒干净些。

　　她如此想着，那一口怨气正想吐了出来，却又吞了下去。但是这口怨气虽是吞下去了，那两只眼睛里的眼泪却是万难再为容忍，顺着两边脸腮，挂珠子一般，挂着两串，直拖到嘴角边去。因为镜子已经昏沉看不见影子了，所以自己那两行眼泪却也看不出来，自己不会感觉，并不曾揩抹，让眼泪由脸上更滴到衣服的胸襟上来。她一人坐在屋子里，这样地对着镜子发愁，而且又是风雨之夜，紧闭了房门的，她以为总没有什么人会知道的。然而她今日匆匆地进城去，匆匆地又跑回海甸来，这事情太可怪了。她虽是说出了原因，乃黄小姐不在家，然而她脸上的表情很不自然，加之她吃过晚饭，静悄悄地就进房去了，也让人看了有些可怪。自从赵自强从征以后，江氏就时时刻刻注意着她的行动了，今天桂枝在灯下对了镜子流泪的时候，恰好江氏在窗户外边已经偷看得久了，她原来也不想在这样的黑夜里进来劝解桂枝，以免惊动了赵老太爷，后来看到桂枝将壁上所悬赵自强的一张相片两手捧着，默然相对，那眼泪水就连连地滴到那相片上去。她的胸脯一起一伏，似乎在那里作无声的哽咽。这一下子，可把江氏吓倒了，因之情不自禁地就在外面叫了一声道："老姑娘，你怎么了？还不睡觉吗？"

这一句叫着，也让桂枝吓了一大跳，赶紧抽出手绢来擦着眼泪，口里答道："没有做什么，雨点吵着人睡不着，我想找一点儿活做，还没有动手呢。"江氏已是走进堂屋来，用手推着卧室门道："你打开来吧，我还有话和你说呢。"桂枝本想不打开门来，然而母亲偷着前来探望过了，那必然是有用意的，若不让她进来，那就更会疑心了。于是先将煤油灯的灯焰燃得更大一点儿，然后开着门，放江氏进来。江氏走进门，先仰了头向桂枝脸上看着道："孩子，你怎么哭了？"桂枝强笑道："我没有哭呀！"江氏道："你怎么没哭，我在窗门外边看了半天了。"桂枝也知道硬赖不了的，便叹了一口气道："我在这儿想着呢。现在咱们这里都是这样的凉了。我想着口子外面必定是格外的凉。自强从去了以后，就是到的那天来了一封信，现在不知道他是不是还在喜峰口呢？"江氏道："这是你过虑了。他没有什么事，老写信给你做什么？他要是调了地方，还能够不向家里来信吗？"桂枝也没作声，将桌上那张相片捡了起来，依然挂在壁上，却用一个食指把相片上所滴的眼泪都揩擦干净过去。江氏站到她身边来，用手按住了她的手臂低声道："孩子，你是个聪明人，怎么这样想不开呢？你公公已经是日夜惦记着你们的事，你这样一来，不是给老人家添心事吗？"桂枝点点头，也没有作声。江氏道："你睡吧，别胡想什么了。"桂枝也正是怕母亲不放心，点了头低声道："我这就睡，今天晚上凉着呢。"说着，伸手来解自己衣服的纽扣，而且蒙眬着眼睛，还打了两个呵欠，表示她十足的要睡。江氏看她情形如此，自然也就不再说什么，替她顺手带上房门，悄悄地走了。

桂枝将房门关上了，走到桌子边去，便也想移灯就寝。因为灯边有一面镜子，心想，我脸上挂着什么愁容吗？怎么母亲会看出我的心事来呢？于是又坐了下来，两手捧了镜子对着自己的脸，很近地靠了灯照着。这回算是把脸上的容色看清楚了，原来两只眼睛由外到里都是红红的，而且自己那圆圆的脸腮，这时竟会撑出两块颧骨来，绝不是做新娘子时候那样水葱儿似的皮肤、桃花瓣的颜色了。自己看看自己的影子，又抬头看看壁上悬的相片，情不自禁地又叹出气来了。忽然江氏在窗户外道："姑奶奶，你说了睡觉的，怎么又不睡了呢？"接着赵翁也道："是呀，天气怪凉的，可别冻了。"桂枝这才明白，两位老人家都还没睡呢，这就答道："我这就睡了。"她答应了话，也真个上床去睡觉。但是不要睡，而勉强去睡，那更睡不着，结果是躺在枕上，更胡思乱想起来。清醒白醒的，看到纸窗户上发白，方才蒙眬中睡了一会儿。一个翻身，见着红日高升，阳光射窗户上，天已晴了。无精打采地缓缓起床，觉得眼睛有些枯涩，不像平常那个样子好受。于是顺手取了小镜子来一照，啊呀！两只眼睛竟是肿得像两只桃子一样。胡想一夜，把两眼会闹到这种程度，这是无论如何想不到的。于是放下镜子，赶快跑到床边，将枕头抱到手上来检查一下。啊！两块湿印子差不多比碗口还要大，眼泪水有如此之多呀！

她斜抱了枕头在床沿上坐着，半晌说不出话来。究竟母亲是疼爱女儿的，江氏也不曾惊动谁，悄悄地就走进屋子里来了。见桂枝这个样子，两手扶了床沿，将头伸着，望了桂枝的脸道："孩子，你又怎么了？"她说话的声音既微小又和软，脸上还带了一些苦笑。桂枝看到这种情形，赶快放下了枕头，也笑道："你瞧，这不是怪事吗？昨晚上没有睡到枕头上来，把眼睛睡到浮肿了，今天怎样见人？"江氏道："你是睡肿的吗？不是的吧？"桂枝笑道："那么，你一定说我是哭肿了。我又不是恋乳的毛孩子，成晚地哭些什么？"江氏见她不肯承认，便道："既是那么着，你就多躺一会儿吧，又何必爬起来呢？"桂枝道："我这双眼睛实在也不好意思见人，今天早上我在家里躺躺，这边老太爷的事请你看着小林做吧。"江氏倒也不愿赵翁看到她眼睛这样肿，果然，替桂枝放下门帘，替她安排家务去了。

桂枝一人坐在卧室里，没有什么来解除寂寞的。少不得更是要想，想想自己，又想想黄曼英，又想到甘积之。她想着那个人是很好的，假使我现在嫁的是他，一定是日夜成双作对，他少不得还要带我到各处去玩呢。唉！自己一时之错，她想到这里，失声将那口气叹了出来，同时身子斜靠椅子坐定，这时也就扭了一扭。就在这时，卜笃一下响，一样东西打在脑袋上。拿起来看时，却是赵自强的一张半身相片。自己偷偷地在想着情人，丈夫的相片会跳下来打我一下，还不有些怪吗？想到这里，毛骨悚然起来，赶快把相片放在桌上，自己吓得倒退了几步。但是偷眼看自强的相片时，依然笑嘻嘻的。于是站着出了一会儿神，再看看墙上挂相片的所在。这就不由得点了两点头道："是了，这是我的错误。昨晚那样夜深，曾把这张相片拿下来看看的，后来母亲来了，就随手把相片挂上，至于把相片挂得没有，倒是没有注意。刚才自己一动，椅子碰着壁，把相片碰下来，这是自然的道理，有什么奇怪？"于是拿着相片，又坐下来看着。自己点着头道："这是我不应该的事。丈夫虽然别我走了，这不是他故意的，他干的是替国家守边界的事，职分要这样的。我不愿丈夫这样，压根儿就不该嫁他。认定人家是军人嫁过来，就得安分做军官的媳妇，这还有什么可说的？丈夫出征去了，媳妇就在家里变心，这不更叫军人寒心吗？"

桂枝如此想着时，紧紧地皱了眉头，牙齿咬着嘴唇，留下很深的牙印来。两手紧紧地捧了那张相片，眼光直射着自强的影子，最后她自言自语道："这也好，免得我从今以后胡思乱想的了。我记着今天的事，我一胡思乱想就望这张相片。"她这样想着，就在箱子的格子里各处都找寻了一遍，把赵自强本人的相片，无论是新的旧的、半身的、全身的，都拿了出来。现在不光是把相片挂在墙上了，梳妆台边、坐桌边、玻璃格子里、床头边、床脚边，各处都有一张相片。假如自己坐在屋子里想心事的话，抬起眼睛皮来，就可以看到自己的丈夫。那么，在良心上说，自己不好意思再想情人了。她在屋子里鬼使神差地胡想一阵，又胡忙一阵，倒足闹了半上午。

直到吃午饭的时候，赵翁在堂屋里叫着吃饭，才安定了。因答道："老爷子，您请先用吧，我不能吃呢。"赵翁道："这可不像话。年轻小伙子常是不吃饭，还不如我们老头子啦，每餐都是三大碗。"桂枝道："老爷子，您请吧，我眼睛有些痛。"赵翁道："你总得吃一点儿，不吃饭，精神打哪里来？这痛也就更抗不住了。"他口里如此说着，人也就站在房门口等候。桂枝一想，老爷子须发苍苍，偌大年纪，倒要站在门外伺候青年人吃饭，良心上也太说不过去，于是赶快地在箱子里找了一副自强留在家里的眼镜，架在鼻梁上，这才笑着走了出来。赵翁倒不疑心她有别的事，在吃饭时，见桌上是一碗羊肉熬白菜、一碗豆腐煮咸菜、一碗咸疙瘩丝，便道："羊肉是大发的，这两碗菜又咸，你别忙着吃，给你煮两个鸡蛋吧。"他为着求快起见，起身便去拿鸡蛋。不道凳子脚正好绊住了他的大腿，人向前一栽几乎是躺平了下去。若不是他懂得几下把式，赶快将手扶了墙壁，这一下恐怕还是摔得不轻。桂枝心上正捏着一把汗呢，赵翁倒是不慌不忙挺立了起来，笑道："没事，我自己还有两手。"说着话，他自己走回房去拿着三个鸡蛋到厨房里去了。

桂枝看了这种情形，实在不安。但是自己已经撒过谎了，又不便说眼睛并不害病，只笑道："老爷子，您歇着吧，这可招罪死了，我怎敢要您张罗呢？"赵翁哪里肯听，直等着小林把鸡蛋煮着送来了，这才吃饭。桂枝口里吃着鸡蛋，心想，老爷子是一番诚心，自己可是一番假意，细想起来可对不住人了。因之吃过了饭，不敢装病，也同着小林来收碗。赵翁连连摇着手道："你这是何必呢？论勤俭，也不在乎一天两天的，你去躺着吧。我有事，还要上街去一趟呢。"桂枝说是不要紧的，听赵翁自去。不多大一会儿工夫，赵翁提着一个纸包就回来了。见桂枝在堂屋里坐着，老远地就将纸包伸了出来，向她笑道："这是杭菊花，你拿去沏壶水喝，眼睛上火了，喝一壶就好的。"桂枝笑道："倒要您这样费心。"赵翁并没有答话，又伸着手到怀里去摸索着，摸索了许久，摸出一只小瓷瓶子来，两个手指头钳着放到桂枝手里，笑道："这是定州眼药，点上就好，你就拿去点上吧。"桂枝不料公公吃完饭匆匆忙忙走去，原来是为自己买药去了，这个老人家待人，一切是仁爱忠厚，不带点儿别的意味，让人怎样地不感激。当时连声道谢，将眼药和菊花都拿到屋子里去了。

到了屋子里，自然，这首先让自己所注意的便是赵自强那些相片。真的，他爷儿俩全是忠厚人，绝不会对人要什么心眼。她在屋子里对了相片发愣，可又听到赵翁在外面叫道："小林，快烧一壶水吧，给少奶奶沏菊花喝。桂枝，你自己不会点眼药吧？请你们老太太给你来点上，你看怎么样？"桂枝根本没有眼病，如何要点眼药，便笑道："老爷子，我已经点上啦。"赵翁道："有点儿辣吗？过一会儿就凉爽了。"他说着话，还走到门帘子边来。桂枝怕公公看出了形迹，立刻就伏在桌上，不敢抬起头来。赵翁道："桂枝，你吃羊肝吗？晚上买点儿羊肝来炒给你吃吧，那东西最亮眼睛的。"桂枝道："您不用费事，到了下午，我这病也就好了。"赵翁道："你躺着吧，我要出去溜溜呢。"桂枝伏在桌上，直听到赵翁的脚步声踏出了前院，她才敢抬起头来。心里感到老人家这番周到，就是自己父亲还在，恐怕也不能这样恩厚呢。他父子两个都是这样的好心眼儿，说句迷信话，总不至于有什么坏结果。看定了这一点，凭着良心，还是熬着吧。她这样计划着，心里便觉坦然，那不是因害病而肿的眼睛到了下午也就好了。

第二十五回

旧事难忘对门窥丽影
坠欢可拾隔座窃芳巾

从这日起，桂枝自己受着良心的裁判，已不再去胡思乱想，眼病也不再会害了。不过她假病虽去，真病却慢慢地来了。起初她是觉得有些身体疲倦，后来就心里感到烦闷，只管要睡觉，再过一些时又有些呕吐。这些情形，第一是让赵翁看到了。他瞒着桂枝，悄悄地来向江氏问道："亲家太太，我瞧您家姑奶奶身上好像老是不得劲儿，我想找个大夫给她分分脉象，您瞧怎么样？最好还是问明了您的姑奶奶。要不，请了大夫来，她又不让瞧，那可是件笑话。"赵翁口里衔了烟袋杆，有一口没一口地吸着，却不免露着牙缝，只管笑起来。他的情形如此，江氏也就看出一些来了，因道："不瞒您说，这一程子牵肠挂肚的，我也是老看着她的模样，心里老啾咕着呢，若是有个喜信儿，那也算您没有白疼她。"这样一说，赵翁就更乐了，张开了嘴合不拢来。江氏也笑道："您倒是也留心，就瞧出一些来了。不过这孩子脾气真拧，回头把大夫找来，又臊得她什么似的，那也不好。我想由此以后，多留点儿神就是了。"

这两个月以来两位老人家都不曾有什么笑话。现在赵翁不断地笑着，几乎是口里衔不住那烟袋嘴。江氏呢，两只眼睛角上笑得那鱼尾纹只管折叠着，仿佛是那阵阵欢喜由心眼里直涌到脸上来。赵翁用手摸着胡子道："亲家太太，我虽是这样一大把年纪，究竟男女有别，我想还是少让她做一点儿重事的好。"江氏便道："老太爷，您先别嚷嚷，还不一定是的不是的。过一程子，等这事情分明白了再说。"赵翁道："虽然是那么样子说，究竟让她少做重事的好。"江氏笑道："好，我凑机会对她说就是了。可是照真的和她说，那还是不行呢。"赵翁也不能再说别的，只是乐。

果然的，桂枝一天跟着一天只管发现着许多病态，经那生产过子女的人看来，都认为是怀孕的象征，有了这种缘故，先是桂枝娘婆二家的老人极力地监护着。后来自强由前方来信，也就说着桂枝怀孕，这是安慰杨赵两家老人的第一个妙法，请桂枝务必谨慎自处。桂枝的思想不会比全家人还新些，她也未尝不想到有了儿女是自己一件大功，所以在母亲遇事叮咛之下，也是特别地庄重起来。在怀孕第二三两个月，自己还到海甸街上去买点儿东西。到了第五个月期内，已是岁暮天寒，外面冷得很厉害，自己的肚子有些撑出衣服外来，初次怀孕，觉得这副情形不大好意思见人，索性不出门了。

光阴容易，不觉又到了阴历年三十日。今年桂枝过年，不像去年那样受窘，娘儿两个都在赵家吃饭，一切的负担有赵家来负担，她们也就不必管这些事了。赵翁由外面买了年货回来，江氏在家支配着，小林帮同着江氏做，落到桂枝身上竟是没有事。恰巧这日天气很好，太阳高高地照着，没有刮一些子风。桂枝在家，未免感到一人独坐无聊，于是找了一条大大的围巾在身上披着，就站在大门框子里向外张望着。当她张望的时候，对面甘家的大门洞里也有一个人在那里张望。这不是别人，正是自己认为可以抛开而又不能完全抛开的甘积之，这倒不由得她不猛吃一惊，人向后退了半步。

积之对于她几个月的历史也很是清楚，现在她由少奶奶快变成孩子的母亲了。他自己也没有和她避嫌之必要，因之老远地就取下皮帽子来，和桂枝点了个头。桂枝怎好置之不理呢？也就点头回礼，便笑道："二爷回来过年了。"积之笑道："中国人总是这样家庭观念太深，若是不回来，哥嫂面前说不过去。赵太太，许久不见，倒发福了。"这赵太太三个字，算是甘积之第一次叫出口来，也是两人相识以来，第一次改换的称呼。立刻心里怦怦跳动，脸上也就红了起来，勉强地笑着答道："可不是？人也就越长越蠢了。"她口里说着话，手上可把那加大的围巾向前抄一抄，来掩着那出了怀的胎肚。积之将帽子戴正了，两只袖子笼在一起，很从容的样子，走向当街来。

这时，桂枝将他看清楚了，他正是相处在自己的反面。脸色很是憔悴。皮帽子外露了那干燥而又蓬乱的头发，显着他不是以前那样丰致翩翩的神气。桂枝想着，人家既然把那大方的态度对我，我也就不妨用那大方的态度去对他，于是向他笑道："甘二爷倒是清瘦了一些。"积之昂着头就长长地叹了一口气道："我怎样会胖得了？俗言道得好：家宽出少年，我正是在这五个字的反面。赵太太，你信不信？人生在世，悲欢离合就像一台戏一样，到了头也是一场空。"桂枝回转头看看家里，于是向积之道："甘二爷为什么这样大发牢骚？"积之道："我不发牢骚，我是真话。你瞧着，不久我就要做和尚了。"桂枝笑道："大年下的，你干吗说这些话？"积之道："不是大年下，我还不发这些牢骚呢。你想，光阴是多么快？想想当年我做小孩子的时候，换新衣，穿新鞋子，身上揣着压岁钱，跑跑跳跳，多有意思。所以天气冷了，只交十二月，天天就盼望着过年，年越来得早越好。现在可不然了，知道过一年就大一岁，非常地怕年来。可是怕也不行，年总是要来的。转眼青春过去了，一点儿事业没有成就。"桂枝笑道："你就为着这个要做和尚吗？就以海甸而论吧，不如甘二爷的人可多着呢，这么些人都该去做和尚了。那么，世界恐怕要变成为和尚世界。"

积之在路上来回地走着，也就笑了，因道："不能那样说，各人的情形不同。青年人只要精神上得着安慰，挨饿受冷那都是全不在乎。我总觉得这世界没有一件事情会让我顺心的。唉！"他说着这话，不住地摇头，而且还是连声叹气。桂枝看他这情形，心里还有什么不明白的？于是默然地靠住了门框，没有把这话向下说去。积之还是将两只袖子笼住了，在路上徘徊着。桂枝的心里本是很安静的，没有一些子别的思想。对于甘积之这个人，绝对不会有什么留恋。但是他既然在门口这样徘徊着，自己先避了进去，也好像是无礼，也就只得舍了笑容，始终在那里站着。积之由他自家门口走起，经过桂枝的大门，走过五六户人家，复又走回去。他就是这样地来回走着，也不知道有多少次数。他低了头，将眼睛望着在地面上，不看桂枝，也不看别的。看他那样子心里定是烦闷得厉害，桂枝本来想用话来安慰他两句，然而这就透着自己与他用情未断，因之自己就笑着道："二爷，明天见，明天跟你拜年。"说着微微一笑。

积之这才醒悟过来，本待用话来答复的，似乎她有心规避，只在他两眼转着微微一笑的当中，人就走远了。积之向那门里望时，看到她那身腰虽是很强壮，还不失一种婀娜的样子。心想这种人才虽是出于旧家庭，能吃苦耐劳，同丈夫合作。而且把她领上新的路上来，她一样地了解，若要说摩登女子，这才算是摩登女子。假如自己在一年以前已经将生活问题解决了，那么，今年过阴历年，必定有个家庭，而且就是一位健而美的女子来布置这个家庭的了。他在路上徘徊着，走来又走去，直到脸上手上都觉得冰透了骨了，一轮金黄色带着病态的太阳已经沉到西山顶上去了，这才回家去。

所幸思想越旧的人家，过年的空气也越浓厚，积之回家以后，许多过年的事将他笼罩着，也就把别的事情丢到一边去了。晚上吃过了年饭，哥嫂带着孩子们掷升官图，开话匣子带守岁。积之陪着闹了两个钟头，退回小书房里来，在灯下习字消遣。家里没有什么声音，屋外也是悄静无声，心里有点儿疑惑，仿佛不像往年的大年夜。原来这个时候，山海关业已失陷，华北告惊，平津两地情形都十分紧张，官方有布告，过年不许放爆竹和打年锣鼓。这海甸地方和驻兵的西苑大营相隔太近，便是一个小爆竹也不许放。这新年唯一的点缀品便是爆竹，既没有爆竹声，一个人对着一盏孤灯写字，非常地寂寞。夜越深，侧耳听听窗子外，上房守岁的哥嫂们也都睡了，由近到远，只有那不甚大的西北风在天空里经过，将那干枯的树枝吹得呼呼作响。

积之将笔放下，走出房门来，在院子里向四周看看，有一种刮入毫毛的冷气向脸上扑着。只见天色黑沉沉地笼罩了大地，向西北看，隐隐中有些黑巍巍的影子，那便是西山了。许久许久，才遥遥地有两声狗叫。积之觉得这样的新年夜未免太荒凉了，走进房来，也不再写字，手撑了桌沿，便向这盏孤灯呆呆地看去。他想到自有生以来，只经过这样一个凄凉的除夕。他坐着沉沉地想，忘了一切，却有一种吱咯吱咯的小声音送进耳朵来，低头看手上的手表时，已经是两点钟了。他忽然想到，照着钟点计算，这不是除夕，这是旧历元旦了。说到旧历元旦，这就让人记起去年元旦的事情来了。那天刚由衙门回来，就在路上碰到了桂枝，我只说一声喝咖啡去，她就动脚了。看那意思，分明是在路上等候着我回来。那个时候，她是一百二十四分地要嫁我。所以在乳茶铺里，对于我订三年密约的话，她不赞成。而不赞成的原因，现在也可以想出来了，必定是赵自强已经开始向她进攻，她也怕家庭有了变化，就望我早早定局，可不料我竟是慎重过分，把她抛弃了。现在又是元旦了，她已经做赵太太多时，我呢，依然是个孤独者。元旦日和情人在咖啡馆里订密约，这比任何方法来消遣新年都有意味。假使我娶了桂枝，以后每年元旦都谈起这来，多么有趣？然而现在桂枝姓赵了，从这个元旦起，以后每逢一个元旦，就少不得追悔一番了。明天，我不必出去了，以免遇到她又增加感触。

他这样计划着，却没有照办。次日上午偶然送一个拜年客到大门口来，见海甸街上人家门首红纸招展，都贴有春联，而且家家大门紧闭。再加上两三个穿新衣服的小孩子由前面经过，这便令人感到今天的气象究竟与平常不同。过了一会儿，甘厚之出门去了，甘太太请了几位街坊来打牌，只把积之一个人丢在书房里。他心想，今天究竟是个节期，这样在家里坐着，未免无聊。街上那些春联也是民间文学之一，何妨亲自去调查一下？将来作一篇小品投到报馆里去，也可以弄它几个稿费。他有了这个心事，就把昨天立誓不出门的那个心愿给忘了。穿上了大衣，带着铅笔和日记本子就向街上走来。

看了有二三十家都是些陈旧的套子，不过却矛盾得有趣。有一家羊肉店门口却是："太平岁月，积善人家。"棺材店门口又是："座上客常满，樽中酒不空。"还有一家接生姥姥，门口竟贴着小对联："一人有庆，五世其倡"。这个倡字不知是故意如此写的，或是写错了，然而上联的一人有庆，在接生姥姥口里，就万不宜出此。试想她要和多少人接生，结果只是一人有庆，这不太惨了吗？积之这样把春联当着别解研究起来，却也有味。又走了十几户人家，却才看到一副是新撰的，乃是："诚心抗日，誓不戴天。"下联的誓字和天字，都与上联活对着，虽不见得十分自然，但是在今天各处看来，要推这八个字为第一。而且这种春联标语化的办法，作者总也算是有心人。看看这人家，是个漆黑小门楼，门中院子虽是很小，倒也扫得干干净净的，似乎是个有知识的人家。正这样打量着呢，对面忽有人叫起来道："甘二爷，过年过得好哇？几时回来的？"

积之抬头看时，却是赵自强的老太爷，后面跟着桂枝和她母亲江氏。积之连忙拱手道喜，回说过年好，但是他看到桂枝，心里立刻回想到去年今日的事。那也是在街上相遇，她第一句也是过年过得好？心里极不愿回想去年的事，偏偏有这种类似的事引着人不能不向那方面回味了去。于是心里连跳了几下，很快地向桂枝看了一下，就不敢再看了。赵翁笑道："我老远地就看到二爷向两边人家门口张望着，是看春联吗？这儿哪有好文章？"积之笑道："回海甸来了，就没有事，在家里闷坐无聊，所以出来溜溜。"赵翁笑道："二爷若是没事，我请你去听戏。这里的小戏馆子倒有两个天桥来的角儿，先别问好歹，反正解闷总是可以的。再说，也让你先生们尝尝这平民化的戏馆子是什么味儿？"积之本来不去，无如这老头子后面一句话有点儿逼人，若是不去的话，倒显着自己不能平民化了。他因笑道："既是那么着，我来请老太爷吧。"赵翁笑道："我们到了戏馆子再说，谁请谁都算不了什么。请！"说着，他用手扶着积之，请在前面走。积之本来要客气一下，无如赵翁后面就是江氏母女，自己虚着心，总怕致干未便。因之点了两点头，也就在前面走着了。

他虽这样的心虚，可是江氏和赵翁一样，态度很大方，在后面跟着，就笑问道："甘二爷，什么时候回来过年的？"积之这才想起赵翁也问了这句话的，便道："我对于过年这件事，已经看得十分淡薄，况且时局这样不好，哪有那份心事？只是家兄有些家事要和我谈谈，我直到前日才赶回来的。"赵翁笑道："现在青年人倒都有爱国心，只凭这一点，也许中国亡不了。"积之笑道："要说到爱国，我可惭愧，我对于'爱国'两字，是芝麻大的事也没有做过一回。哪能比令郎赵连长真正地扛了枪杆出去？"赵翁道："他是当兵的，那又当别论了。我怎么说现在青年爱国呢？当八国联军进北京城的时候，我也还是个青年啦。要说到亡国，那也就差不离了吧？你猜怎么着？洋兵全都进城了，

258

老百姓还不知道怎么回事。现在总算进步一点儿，山海关炮响了，大家也就晓得发愁啦。"

正说到这里，早有一阵锣鼓响送入耳朵，原来是已经走到戏馆子边下了。他们已经来不及谈话，便向前去找座。这里也是适用旧戏馆子规矩，是由看客入戏馆子自己去找座的。这里看座儿的少不得留着两排好座儿，恭候有钱的主顾。见赵翁一行四人进来，在这海甸街上总要算是头等阔客，所以兜揽着就把他们让到一排椅子上去。大家坐的时候，不曾怎么注意，乃是赵翁坐最外边，顺着次序，积之、桂枝、江氏继续坐下。及至坐下了，积之看到桂枝身上的红色围巾，直拖到自己怀来，心里忽然想着，这可是个奇遇，到了现在的日子，我还可以和她并坐。不过他心里这样想着，表面上却十分地矜持着，不露一点儿笑容。

台上先演的三出戏有两出是《三国》上的，一出是《水浒》上的，这正搔着赵翁的痒处，他并不评论戏子的做功如何，却谈论着整个故事的发展。最后唱到一出《打金枝》，赵翁虽知道那个白发须生是郭子仪，那位小生是驸马爷，对于整个故事却不大明了。积之于是把郭子仪重整唐社稷的功劳略说了两句。赵翁笑道："每年正月初一，戏馆子里都喜欢唱这一出戏。我瞧了回数不少，心里想着这皇上真懂礼，公主挨揍了，皇帝不但不怪驸马爷，还要封他的官，敢情这江山是亲家公给保住的。"积之笑道："也许他心里必是那样想着，若是把驸马斩了，亲家公会造反的。"赵翁笑着摇了两摇头道："不，我想郭子仪那么大一个忠臣，既能够绑子上殿，就不会造反。做上人的人就得这个样子，才算是公心，你说是不是？"说着向这边望了过来。桂枝笑着先点了两下头。江氏在一边听着，对于事情全明白了，就笑着答应一声道："是的，老太爷，您为人也就和戏台上这个大官差不多。"赵翁笑着摇了两摇头道："那怎样比得？"江氏笑道："怎样比不得？您待儿媳妇的这一番周到，也许比这个大官还好呢。"她如此说着，桂枝就也跟着这声音掉过头来向赵翁笑了一笑。

她这样掉过头来，正好同积之打了一个照面。她这一笑，尽管不是对积之而发，然而积之看到这种情形，不由得心里不荡漾起来。他自己明白，人家的公公和母亲在这里，自己绝不要胡思乱想，于是直着视

259

线，只管向台上看了去。不过他的眼睛虽看着台上，他的鼻子却是四处八方的气味都可以闻到的。在他这样沉住了气，只管向台上呆看着的时候，却有一阵阵香气不断地向鼻子里面送了来。这香气袭击得久了，积之向前看看，都是蓝布衣服的男子，后面虽有两个女人，黑油头，白粉脸，俗得令人作呕，她们身上也不会送出香气来的，这一定就是桂枝身上的香气。积之在这样发生着疑问的时候，眼睛斜着，向桂枝身上看去。不过那也是很快的一瞬之间，他总怕为了自己的态度不端庄，惹得两位老人家不高兴。其实两位老人家不见得有什么感觉，却是桂枝心里暗中着急。心想怎么这样大意，和他紧紧地坐着，他只管把眼睛睃来睃去，别让老太爷看到了这种行动。若要调位子，又太着痕迹。心里那份焦急都烘托到脸上，由腮口红起，直红通耳朵根后去。可是积之依然不曾感觉，只管不住地向这边探这香气的来源。最后，还是让他把这香气探出来了，原来是那条毛绳围巾上的。因为那围巾有小半截拖到自己怀里来，所以那上面沾染的残脂剩粉有气味向上熏着。他不看戏，闭着眼睛，当是老内行在那里听戏，而实在他是在那里玩味那香的滋味。

"廿二爷，怎么着？你听入了神了吗？"积之睁开眼睛，赵翁正向他望着笑呢。积之笑道："对了，我想偷这胡琴的花腔，所以闭着眼睛，让耳朵好用全力来揣摩。"赵翁笑道："这样说，二爷听戏，是出一份钱，模两份本回来呢。"他这句话是指着积之又听戏又偷胡琴说，并无别的用意。桂枝心里正在那里局促不安。听到公公这两句话，以为是暗里教训积之，脸上更是发烧，发烧得几乎要把眼泪水流出来。但是越是如此，也越不敢走开，只好勉强把眼光直视着看住戏台上。好容易把戏看完了，随着散场的人向外走。现在桂枝得着自由了，她故意走得快些走到母亲的前面去。一路行来，都隔着积之很远。积之和赵翁远远地随着，还不住地谈着话呢。

依着赵翁还要请积之到家里去谈谈，但是积之心中总不能十分平坦，就辞了没有去。他回得家来，哥哥也就由城里坐汽车回来了，也就走到上房去，和哥嫂敷衍两句，吃晚饭时，勉强吃了半碗饭，就悄悄地回到书房去，撑了头在桌子边坐着，偷眼向窗子外面看看，并没有人经过，这就在身上摸索了一阵，摸出一方雪丝手绢来。这手绢角上挑了两朵小桂花、三片绿叶子，这乃是杨桂枝名字的缩小。于是手拿了手绢，翻来覆去地看了两遍，又在鼻子尖上闻了几遍。记得在戏园里不敢再看桂枝的时候，桂枝在怀里掏出这方手绢来，在脸上轻轻地抹了两下，于是不大留心的样子，左手拿回手绢，向左胁下插进去。但是衣服的襟缝都在右边的，左边如何插得下去？所以插了几下，那手绢依然还在手上。好像她全副精神都注意着在台上。所以自己身上的事却完全不知道。过久了，她的手不知怎样疏了神，将手绢落在椅靠上，就向前看着去了。自己原不敢去动她的私有物，但是直等把戏看完了，她也不理会这条手绢。在她起身之后，这就把手绢拿到手上来了。这样看起来，她或者是有心把手绢私递给我的也未可料，若不收起来，却是辜负她一番好意了。

　　积之坐在书房里，层层地推想，越想越觉得是桂枝情厚。积之只管把这件事颠三倒四地想着，心里有如热火烧、热水浇，说不出是这样不舒服。坐不住了，便在床上躺下。头昏沉沉的，似乎有点儿病。但正月初一，不可在家庭里表现了病相，于是点了一支洋烛，放在床头边茶几上，然后拿了一本书，高高地睡在枕上来看。殊不想自己越挣扎，这病势来得越凶猛，到了后来，头上如加了百十斤的石磨，胸里翻腾作吐，不但是不能看书，便是静静地躺着也有些支持不住了。在床上左翻右转，呕吐了两阵，情不自禁呻吟了几声。这就把厚之惊动了，带着听差跑进房来探望。他见积之睡在枕头的一边，面白如纸，微微闭着眼睛，只管喘气。倒大吃一惊，赶快用手去摸摸积之的额头，烧得烫手。因问道："积之，你吃坏了什么东西吗?"积之微睁着眼摇了两摇头。厚之道："你到哪里去了?"积之就含混着说，并没有到什么地方去，只在街上随便走走，看看人家门口的春联。厚之道："这就是了。外面天气很凉，你在热屋子里突然出去，吹了冷风，受了凉，中了感冒了。这样夜深，又是正月初一，找医生可不容易，找药也不好办。"积之将手微微摆了两摆道："不要紧的，找些生姜胡椒冲碗水喝就是了。"厚之两只手在相搓着，除了这样办，也没有第二个办法，于是坐在积之书房里，看到听差将姜汤送来，伺候积之喝下了，替他重重地盖着被，方始走去。

他这样一睡，足有十几小时，待他完全清醒过来，已是太阳高照在窗户纸上了。他到了这时脑筋清楚了，才慢慢地回想到未病倒以前的事情上去。在不曾睡下的时候，曾拿着一条拾来的手绢在灯下把玩，这方手绢，在自己急于要上床睡觉，不曾理会到放在哪里，现在就记不起来了。若是在灯下赏玩这手绢的，必然是随手放在桌上，厚之到这房里来探病的时候，他就看到那方手绢了。那手绢上不但有香气，而且还挑了花，显然是女子的东西。哥嫂若得了这条手绢，又不免要猜疑一番了。想到这里，心里十分不安。其实这条手绢并不曾惹着这大门里的哪个人注意，在他清醒以前两小时，早已把这消息依然传到手绢的原主人耳朵里去了。

原来昨天这一日戏，不仅是弄得甘积之成了感冒病，便是桂枝这个怀孕的人也受着累动了胎气。到了次日上午，赵翁也就请了这海甸街上一位有名的中医王大夫来看病。这王大夫平常喜欢下象棋，赵翁平常也喜欢下象棋，两个人却是一对棋友，在诊过了脉之后，王大夫就在堂屋里和赵翁闲谈。王大夫先打了一个哈哈然后道："每逢时节，做医生的就得忙上一阵子，这原因很是简单，就是吃坏了。"赵翁道："刚才王先生在对门和甘二爷瞧病，他也是吃坏了吗？"王大夫道："也不外乎此吧。大概吃伤了食，又招了风，唉！现在年轻的人，什么都不要紧，死在头上，还要谈恋爱。"赵翁道："你说的是甘二爷吗？"王大夫道："可不是他，犯了这样重的感冒病，还要把一条女人用的手绢放在枕头底下。"赵翁笑道："你怎么知道是女人用的手绢呢？"王大夫道："怎样不晓得？那手绢角上挑得有花，而且是香喷喷的，哪个男子肯用这样的手绢？"

他们在外面说话，桂枝在隔壁卧室里也正躺在床上静静地听着，要打听积之什么病。听到这里，心里突突乱跳，又没法禁止王大夫不说。只听到赵翁道："这位甘二爷倒是个老实人，还会有这种事吗？"王大夫道："一个人有外浮，有内浮，唯有这内浮的人，一脸正经的样子，暗下老不做好事，这就最容易出乱子。我也是一番好心，怕这手绢让他哥哥看到不大方便，趁着他烧得迷糊的时候，塞到床垫褥下去了。"他这样说着不打紧，桂枝躺在床上，却是阵阵地流着热汗。心里想着怪不

262

得昨天回来，四处找不着那条手绢，却是听戏的时候，他在我身上偷了去了。这个人真有些胡闹，我已经是人家的太太了，你怎能再想我，把我的东西拿去做表记，万一把这事传扬出去了，我把什么脸见人？心里是一连迭地喊着糟了。

第二十六回

午夜挑灯寄书重铸错
平畴试马投笔突离家

杨桂枝虽是躺在床上，两手捏得紧紧的捶着自己的大腿，那两道眉毛也就皱着锁到了一块儿。她整整地苦闷了一下午，到了晚上实在无可忍耐了，便将这事偷着告诉了江氏。江氏到了现在，处处觉得亲家老爷不错。而况他们对于婚姻态度乃是取嫁鸡随鸡、嫁狗随狗主义。漫说对姑爷是很满意了，便是不满意，也不能有一点儿话给人家说。无论如何，得把那手绢弄了回来。她也是和她姑娘一般，为了这事，在炕上翻来覆去一宿。到了次日上午，故意闲着在门口眺望，看到甘家有个女仆出来，便笑道："王妈，你过年好哇？你们老爷在家吗？"王妈笑道："老太太给你拜年，我们老爷上衙门去了，太太打牌去了。家里没人，我给太太送东西去呢！"说着把个翡翠烟嘴子举了两举，笑道，"给她送这个去。"江氏道："你们家忌门（注：平俗，一部分旧家庭，自农历元旦至元宵，禁止妇女入门）不忌门？若不忌门，我就到你家看二爷的病去。"王妈笑道："我们太太还上别人家打牌去呢，忌什么门？"说时，笑着去了。

江氏在自己门口犹疑了一会子，就慢慢地走向甘家门口来。徘徊了许久，依然是那个送烟嘴子的王妈回来了，托着她带到积之的屋子里去。积之正睁着眼睛向窗户上看了出神呢，忽然看到江氏来了，这倒出于意外的一件事，连忙由被里伸出手来，向她抱了拳头拱了几下。江氏推门来，先不看他的脸却看了他的垫褥，站着床前问道："咱们听戏回来。都好好的，怎么你就不舒服了？"积之道："感冒病是很容易招惹的，不敢当，还是老太太来看我。"江氏道："街坊邻居，这也是应当的。"积之连连点着头道："老太太请坐，老太太请坐。"江氏退后两步，离着床很远了，这既无法伸手去偷那手绢，自己又不便直接向积之说，自己是来要手绢的。问问积之烧不烧，吃了些什么没有。心里起了好几个念头，总不能够说明。约坐了十几分钟，自己感到无聊，也就走了。但是她人虽走了，心里对于这件事却绝对不能放下，一人闷在心里，在家中走进走出，却打着主意要怎样把那条手绢取回来。到了下午，她究竟想得一个主意了，便在瓦罐子里，取出了十个柿饼包着，又到甘家来。

到了门口，并不见人，只好在院子里咳嗽了两声，却听到积之在屋子里叫道："院子里没人呢，老太太请进来吧。"江氏手上托着那十个柿饼走进书房去，却见积之手撑了椅子靠背，慢慢地站了起来。江氏道："哟！你就起来啦，怎么不多歇着歇着？"积之笑道："这感冒病来是风，去是雨，不会有好久时候的。"江氏笑道："上午来得匆忙，我也忘了。我们亲戚在山里住，去冬送了我一些柿饼，我挑了几个干净的，转送给二爷吧。"说着，将柿饼放在桌上。积之连说多谢多谢，自己叫了两声王妈，是让她倒茶，因为没有人答应，自己走出书房去了。江氏认为这是一个机会，也不拦阻，便坐在床上，眼望着积之的后影，见他转过弯去了，立刻掀起这床上的被褥找那手绢。仿佛看到垫褥下面，有块白的东西，还不曾分辨得清楚呢，却听到窗户外面一阵脚步响，立刻将被褥放下来，在床沿上坐着。同时，积之带王妈进来了，张罗了一阵茶水。王妈不说什么，提开水壶走了。积之向江氏说了几句闲话，便笑道："这柿饼家嫂倒是喜欢吃，我送到上房里去吧。"说着，他拿着柿饼走了。

到了这时，江氏又觉得是个很从容的机会了，再把垫褥掀起来，要拿那块手绢，不想第一次掀垫褥掀得太匆忙了，把这方手绢不知道掀到什么地方去了，找了许久，也没有看到手绢的影子，自己心里又很害怕，若是检查人家的被褥，让人家知道了，那成了什么话？所以一番找不到手绢之后，立刻就把被褥依旧放好，自己只坐在床上出神。积之因为有客在书房里，哪里敢久耽搁？匆匆地就回书房了。江氏坐在这里，觉得也没有什么话可说，老坐在这里，很显着无聊，便起身要走。当她正这样一扭身躯的时候，却看到床的角上露出半截白手绢，那正是桂枝失落的东西，本待伸手去拾起来，这事就很显着太鲁莽了，顿了一顿，结果还是空手而去。

积之将江氏送到院门口，方始回转身来。他心里这就想着，杨家老太太何以突然变得这样殷勤？这定是桂枝让她来的无疑。桂枝何以会让母亲来，那必是惦记着我的病了。这样看起来，她始终是不曾忘记我的了。对于她这番盛情却是不能不加以感激的。于是坐在椅子上手撑了头，慢慢地沉思了起来。虽然她已经嫁了人而且身怀有孕了，但是我和她交个婚姻以外的朋友，那也不要紧。那么在杨老太太来过两次之后，我应当有一种回答的手续，而那条手绢也许她有意失落的了。可惜！我竟是把这条手绢又丢了。他心里想着，脚下就不由得顿了一顿，然而他一顿脚一回头之间，把手绢看出来了，原来不曾失去，在自己的床角落里呢。于是赶忙伏到床上，将手绢拿在手里，颠之倒之地只管看着。看了许久，又转身睡到床上，头高高地躺在枕上，右手举着手绢，在半空中连拂着不断。那手绢拂动了空气，香味又只管向鼻子里送来。由这种香味，他更联想到桂枝身上，便觉得她那丰秀的皮肤、敦厚的态度，另外有一种安慰人的所在。她既不曾绝我，我又何必绝她，对了，我决计和她交个朋友。假使她毫无意思于我，今天她母亲连来两次，也就毫无意义了。

在他这种思想之下，步步地进行。吃晚饭的时候，居然喝了两碗粥。这精神格外振兴起来，他就有了工作了。在书桌上，一盏明亮的瓷罩油灯之下，放着笔墨信笺。那信笺是仿古式宣纸做的，盒子盛着，很厚的一叠，一张一张离开了信笺盒子，放到桌子正面，上面端端正正地写了楷字。在一叠信笺减少一半厚度的时候，油灯里的油燃烧着只剩了一半，茶杯子里的茶也和冰水一般凉，屋子里铁炉里的黑煤也成了白灰，这信笺上的楷字也就不得不停止了。在停止了这字时，可以看出这全文和楷字的功夫是一样深。乃是：

桂枝：

我自己做梦想不到，还有写信给你的机会，因之我猜不着你看了这封信是什么感想。但是我由最近的事实来推想的，你收到了这封信必定是很欢喜的，所以我考量了一日一夜之久，到底我还是写了这封信来给你了。

在一年以前，我们是决不想到做朋友为止的，到了后来，偏偏是朋友都有点儿做不成，这不是我的过失，可是这也不是你的过失，彼此都曾有些误会。何以都会有了误会？这也只好说是天意如此吧。我到于今，我还是后悔，为什么不下决心把这个计划早早地实行了呢？假使我在去年今日，我就把这件事情办到了，我想今年今日绝不会有这种苦恼了。就是以其小者而言之，昨天我这场感冒病也许不会发生。蒙你的情，今天请令堂来探我两次病，我非常之感激。非常之感激这五个字，并不是平常客气话，你要知道，我感激的程度几乎是要哭出来了。因为前天我无意中捡到你一方手绢，已经有些心动了。等到我随便地得了一点儿感冒，你又是这样惦记着，这绝不是平常朋友所能办得到的。半年以后，我以为你忘情于我了，这完全是我的错误。现在我明白了，你不但没有忘情于我，而且因为我不能了解你的苦衷，你心里是越发地悲痛了。

桂枝，我现在忽然明白了，黄金时代的机会虽然是已经错过去了，但是只要彼此明白，在精神上还不难彼此互相安慰吧！好了，只能写到这里为止了。因为我写这封信的时候，慎之又慎，以免再发生什么误会，写了又撕，撕了又写，已经撕了二十几张信纸了。我又怕你不认得行书字，所以又端端正正地写了楷字，只看这一点，你可以知道，我把这封信看得怎样重大了。我希望你接到这封信，仔细看上几遍，然后回我一封信。能够约会着在一个地方面谈，那就更好。我这样指望着，大概不算过分吧？祝你好！

好友甘积之上

这封信写好了，积之写了一个杨桂枝女士亲展的信封，揣在内衣袋里，就上床睡了。次日在枕上醒来，第一个念头便是这封信要怎样送到桂枝手上去呢？由邮政局寄去，那当然是不妥，因为怕落到赵翁手上去了。让女仆送去吧？那至少要多一个人来参与这秘密。想来想去，那还只有亲自送到桂枝手上去为妙。至于要用什么法子亲递到桂枝手上去，这却不是一天可以解决的事，只好等机会了。他下了这样的决心，就迟了两天不曾走，一日要到大门口来徘徊好几回，在第二日下午，居然遇到桂枝上大门口来了。他也没有工夫再顾虑一切，老远地鞠着躬，掏出信伸着递了过来。桂枝见他递上信来，心中已是突突乱跳，本待不接收，又怕拉扯着耽搁工夫，等别人看见，只得接过信来，立刻向袋里一塞，脸也就随着红起来了。当她接那封信的时候，便知道这事有些不妙。但是拒绝不收，彼此在大门口撑持着，若让第二个人来看到，这件事可就更了不得。所以不顾一切，赶快地就把那信接过来。在大门口也不愿多事耽搁，掉转身，便走回自家屋子去。

这时恰好是赵翁不在家，于是掩上了房门，将积之那封信从头至尾看了一遍。看完之后，她不由冷笑着，自言自语地道："这不是梦话吗？"手上拿了那封信静静地沉思了一遍，想着，这件事不应当瞒着母亲，直接告诉了她，有什么风潮发生了，也可以母女俩商量着来对付，多一个年老人指挥着，总多一番见识。于是毫不犹豫地拿了那封信冲到江氏屋子里去。将这信一举，沉着脸道："妈！你瞧，这不是笑话吗？甘二爷好好地写一封信给我，啰里啰唆，说上一大堆。"江氏立刻也就红了脸，喘着气道："你瞧什么？你嚷什么？"说着，她就站起身来，抢着先关上了门，这才低声道："这可胡闹了，他写信给你，信上说了些什么？你念给我听听。"

桂枝红着脸，先不念信，便绷着脸道："这真是一件笑话。"江氏想了一想，因道："信也不必念了，你只把信上的大意告诉我就得了。"桂枝道："我过去的事，你总也明白，虽然认识甘二爷。不过因为他是街坊，我可没有别的。"江氏道。"过去的话，我们都不必说了，只说现在吧。"桂枝道："他这封信就是提到从前的。这要不是我娘儿两个自己说话，把从前的事提了出来，人家可不知道我以前是干什么的了。"

江氏道："信上怎样说以前的事呢？反正你也没有把身子许配给他呀。"
桂枝道："哼！他可就是向这条路上想着。你看，这可不是和人开玩笑吗？若是让赵家人知道了，我自然是不成人，可是你也要让人家道论着，为什么会教养出这样子的姑娘来呢？"江氏道："得啦，别嚷了，以后不理他也就完了。我也不说这些废话了。"桂枝道："光是不理他还不行啦。"江氏道："你不理他，他又能够怎么着呢？"桂枝道："我就是不理他，也料定了他不敢怎么着。只是若不把他回断了念头，好像他写了这封信来，我就默认了似的，这样下去，那要纠缠到哪一日为止呢？所以由我想着，光是不理他，那不是个办法。"

　　江氏听了这话，不免睁了两眼向桂枝很注意地看，凝神了许久，才问道："依着你的意思，还打算给他回一封信去吗？"桂枝正色道："你可也别把事情误会了。回信尽管回信，哪还有什么好样子的回法。譬如我老老实实地在信上说着，他不应当这样，再要写信来，我就宣布出来。请问我这样地说着，他还好意思再写信给我吗？反正彼此也不见面的，就是得罪了他，也没有什么关系。"江氏道："你若是要回信的话，那也可以，但是把信写好了，你必得念给我听听。假如不对的话，我可以叫你改过来，你别瞧我认不得字，我到底比你多吃几斤盐，你见不到的地方，也许我还能见到。"桂枝道："那也好。本来，我也认识不了三个字，还写得什么信。不过这种信，我也没法子去求人写，只好自己凑付着来吧。"说毕，立刻就带了那封信，到自己屋子里去，掩上房门，慢慢地写了起来。

　　约莫写了两小时之久，翻查着千字课、小学教科书，七拼八凑，总算造好了一封信。然后拿了信到前面院子里去，向江氏报告。江氏见桂枝拿了信进来，知道是念给她听的，于是牵了桂枝的衣襟，一直把她拉进里面小屋子里，然后让她坐在炕沿上，自己对面坐定，向她轻轻问道："你念吧，别嚷。"桂枝于是捧着信念道：

　　积之二爷台鉴：

　　　接到你的来信，我是奇怪得很。我现在和赵连长感情很好，谁都知道的。俗言道得好，马不配双鞍，女不配二郎。我虽是穷人家的女儿，倒也晓得一些礼义廉耻。世上岂有做贤妻的人和别人通信的？自强是个爱国军人，你既然是个读书人，也当敬重这为国尽忠的军人，你不应当这样对待军人的太太。不过你既然写信来了，我也没法子拦着，我可望你以后不必这样，若是让人知道了，那可是一件笑话。你是个君子人，别做没出息的事，最好你有能耐，你打日本去。此外还用我多说吗？望你多多原谅吧。我家母也知道这事，给你问好。

赵杨桂枝拜上

　　江氏听了，点着头道："也不过如此。可是这封信怎么样子送了去呢？"桂枝道："咱们是大大方方的，就派人送去，也没有什么关系。要不然就贴二分邮票，由邮政局里送去吧。"江氏道："虽然是没有什么关系，但是我们不应当把这事闹大了。邮了去也好，可是信封面上，你别写上姓名。"桂枝道："我也不上街了，你去寄吧。我想他若是讲面子的话，接到了这封信，他也就不好意思再说什么了。"江氏不听到这些消息则已，听到这消息之后，立刻感到精神不安，便接了这信，到街上邮局投寄了。

　　到了次日早上，这封信已经到了甘积之的手上。那信封上虽没有姓名，但是看了下款署着内详两个字，又看到那笔迹极是幼稚，这就料定十之八九是桂枝回的信。居然能盼到桂枝写来信，这是很不容易的事，所以不必有人在面前，也就笑嘻嘻的。自己也怕把这信胡乱拆坏了，将来不便保存，于是找了一把剪刀，齐着信口慢慢地修剪了一条纸线下来，才将信瓤取出。只看到"马不配双鞍，女不配二郎"两句话，已觉脸上发烧，红潮过耳。及至看完了，心里便说不出来那一份难受。先是坐着看那信的，后来索性躺在床上，两手高举了信纸，一个字一个字向下看着。把信全看完了，两只眼睛对了那信纸只管注视着。他腾出一只手来，将床板重重地拍了一下道："这事太岂有此理，而且也太与我以难堪了。"随了这一下重拍，他也就站了起来。说着，又用脚顿了几顿，摇头道："人心可怕，从今以后……"

270

他的话还没有说完，只听得窗子外面有人问道："二爷你是什么事，又在一人发牢骚呢？"积之脸上的红晕刚刚退下，又拥上脸来了，便笑道："我埋怨大正月里不该害病呢。这话怎么就让嫂嫂听了去了？你进来坐一会儿。"甘太太口里这样说着，人闪在窗户后面，可没有走开。积之这时，正在那怒气填胸的时候，哪里就肯把这件事揭开过去。跟着又叹了一口气道："宁人负我罢了。"这句话算是甘太太听得最清楚，她也不再说什么，点点头就这样走了。积之坐在屋子里，很感到无聊，将桂枝寄来的那封信重新由头至尾又看了一遍。自己冷笑着一声，两手撕着信封信纸，一会儿工夫撕成了几十片，落了满地，这还不算，自己又用脚着力踏了几下，笑道："再见吧，赵太太！你谅就了我不能打日本？"说毕，自己就爬到床上躺下来了。

他这样的举止自然有些出乎常轨，积之家里男女仆人也都看在眼里。吃中饭的时候，积之躺在床上，不曾起来，到了吃晚饭的时候，才感到有些饿。而且想着，若是再不去吃饭，也恐哥嫂疑心，所以也就坦然到堂屋里去，与哥嫂同席吃饭。厚之当他进出的时候，眼光就在他脸上注视着，及至他坐下来，还注视着不断。甘太太坐在他对面，看了这样子，便笑道："厚之，你为什么这样老注意着你兄弟？"厚之道："他刚刚病好了的人，我看他气色不大好，疑心他又是病犯了。"积之道："我明天就回学校去吧，免得闹出病来。"厚之道："身体不大好，你就该多休息一两天，怎么倒急于要走呢？"甘太太笑道："你让他走吧，在海甸街上，他不免受到一种刺激的。"甘太太说到这里，不表下文，厚之心里也就明白，这话就不便随着向下说了。于是自扶起筷子来吃饭，并不作声。

甘太太笑道："二爷，你别嫌我做嫂子的喜翻旧案，以前我不是和你说过吗？咱们那芳邻不是你的配偶，我可以和你另外找一个好的，可是你那时嫌为嫂子的多事，很有个不以为然在心里。现在你对于这件事大概十分清楚了，我就不妨再提起来。"积之拦着笑道："得啦，嫂嫂，还提这件事做什么？"甘太太笑道："你别慌，我说的不是过去的话了，提起来怪难为情的，我还说什么？我现在要说的就是我许的愿，应该还愿了。凭了你哥哥在这里，能替我证明。"厚之道："你说起话来，总

271

不肯干脆，啰里啰唆这一大套，我哪里明白？证明更是谈不到。"甘太太瞅了厚之一眼，笑道："这也不是你的什么事，你瞎着急做什么？我不是说过，二兄弟的婚事，自办不成的话，我可以替他做媒吗？现在就是时候了。"于是向积之仰着脸道："我说的这位也是贫寒人家的，不过身份还有，她的确是位小姐，我觉得这种人最合于你的条件，因为家境稍困难一点儿，家庭教育不见得就好。若要习惯良好，又知道吃苦，就非娶这种人不可。而且她还是个中学堂的学生呢，这不比以前你所选择的人要强过十倍吗？"

积之笑道："嫂嫂说起话来，真是叫人无从答复，一提起来便是这样一大套。"甘太太道："我当然得说这一大套，不说这多你怎样明白？现在我问你，对那位已经死心了没有？若是死心了，我这个媒人就做得成功了。"积之道："不问死心不死心，嫂嫂说到做媒这一层的话，我是心领敬谢。"甘太太将筷子头点着他道："也未免太傻了。难道人家做了太太了，你还老等着她不成？"积之红了脸道："嫂嫂说的话，我有些不明白。可是我能下句断言，这世界上也没有什么人有这种权威，可以让我这样死心塌地等她的。"甘太太生气道："你别忙呀。现在你没有见着那个人，你若是见着了那个人，你就知道世上有那种人可以让你死心塌地的。说起这个人，也是一层缘分，有一次我由城里到海甸来，和她同坐着长途汽车，就谈起来了。据她说，也是到海甸来看一位什么女朋友的，我倒没有打听那女朋友是谁。不过问起她家底来，才知道她和我二妹妹婆家是亲戚。年底到二妹家去，恰好又和她碰到一处，我二妹妹当了她的面和我说，要我替她做媒，分明她是没有结婚的，那时我想着了你。"积之摇摇头道："这话不然。人家既是个女学生，大概不怕人当面提亲，也很文明。文明女子凭着有人做媒就能够成功的吗？"甘太太道："那是自然，先得介绍你两个人做朋友。不过我想着，她绝看得中你。若说她呢，反正比海甸街上的人漂亮些，你也应该看得起。所以在这两下里一凑合的中间，这事必然可成。"积之也没有作声，只管扶筷子吃饭。

把饭吃完了，厚之走开了，甘太太又低声笑道："刚才对了你哥哥，你有些不便说，现在可以对我说实话了。你觉得我这个提议怎么样？假

272

使同意的话，我就给你介绍。"积之向甘太太鞠了一个躬笑道："得啦，我谢谢你。我对你实说了吧，我现在想明白了，我不够交朋友的资格，更谈不到结婚，我要守独身主义。"甘太太听了这话，不由扑哧一笑道："你趁早别提这个，提起来那会让人笑掉牙。实对你说，我从前也是守独身主义，于今做太太可多年了。"积之对于嫂嫂这个说法，倒是没有什么可驳的，因笑道："现在我说也是无用，咱们往后瞧吧。家里没有什么事吗？明天我可要回学校去了。"甘太太道："现时还在寒假期中，你忙什么？难道你对哥嫂还存着什么芥蒂不成？"积之被嫂嫂这样反驳着，也就没有什么可说的了，因笑道："我是因为在家里无事可做，又没什么娱乐，实在无聊得很。"甘太太道："你不是会骑马吗？我告诉你一个消遣的法子，这新正头上，海甸到西直门有一批遛马的，这两天天气很好，你到赶牲口的手上赁匹马跑跑，既可以消遣，又可以锻炼身体，这倒是个好玩意儿。"积之只答应了"那也好"三个字，却也没有怎样深加研究。到了次日，坐在书房里，觉着实在也是无聊。带了一些零钱在身上，戴上帽子，披上大衣，就走出大门来。

　　走上海甸街头，太阳黄黄的，照着一片平畴。隔年的冬雪还零落地撒布在平原上，向半空里反射着金光。一条通西直门的大路也零落地有些摇撼着枯条的柳树。这日不曾刮什么风，人站在平原上，没有那刮着脸上毫毛的寒气，首先感到一种舒适。北方的气候，不冷就是表现着春来了。积之两手插在那半旧的青呢大衣里，大衣敞着胸襟，慢慢地走着。果然，迎面常有人骑着马跑来。骑马的人到了海甸街头，又骑着跑回去。他是个喜欢骑马的人，看别人骑马就引起了自己一种骑马的兴趣，站在路边，只是看那些骑马人的姿势。但这些人都是新春骑着马好玩的，也许这就是第一次骑马呢。他站在旁边，带了微笑的样子，望着骑马的人陆续过去。后来有个人，骑着一匹白马，马蹄子跑得卜笃卜笃乱响。只听这蹄声就是一个兴奋的样子，立刻向迎头跑来的那马望去。只见那马上坐着一位青年，上穿对襟皮袄，下穿灯草绒马裤，紧紧地将两只皮鞋登着马镫子，两腿夹住了马腹，身子半挺着，两手兜住了马缰绳，马昂着长脖子，掀开四蹄，踢着尘土飞扬。那人戴了护耳的暖帽，看不出他的脸色。那马擦身而过，却缓下了步子，只有几丈大路远，马就停止住了。随着那马上的人很矫捷地向下一跳，手挽了缰绳，将马牵着过来，另一只手却抬起来连连地招了几招马鞭子，口里叫道："过年过得好？"

积之立刻向那人点头还礼，因为不知是谁，却怔怔地答不出话来。那人越发地走向前，伸手把帽子摘下来，又点了个头。积之笑道："哦！原来是洪朗生学长，今天高兴，到郊外来跑马。久违久违！"洪朗生到了面前，笑道："我正想找你，不料在这里遇着，好极了。"积之道："有什么事指教的吗？"说着，看他脸色黑黑的，长得很是壮健，浓眉大眼，两腮带了许多胡桩子。他笑道："你看脸色怎样？满带了风尘之色吗？"积之道："是有那么一点儿，你刚出门回来吗？"洪朗生回头看了看，笑道："实不相瞒，我已经投军了，刚从口外回来。这次回来，并无别事，只是想多邀几个有心人一路出关，干他一番事业。我记得我们同学的时候，说起天下事来都是激昂慷慨的，你也是个有为的青年。你有没有这意思也和我到口外去。"积之望望他，又望望他那匹马，脸上现出很踌躇的样子，笑了一笑。洪朗生道："你结了婚吗？"积之道："你何以突然地问这句话？"洪朗生道："我怕你是英雄气短，儿女情长呀。"积之道："我根本没有结婚。"洪朗生道："没有太太，也可能有情人。老朋友，我们不要为妇人孺子所笑才好啊！"

他这本是一句因话生话的语句，而在积之听来恰好中了心病。便笑道："老朋友，我还是同学读书时代的性格，并没有更改。不过你只简单对我说两句到关外去，我知道你所选择的是一条什么路径，我又怎样地就答应你的邀约？"洪朗生道："好！我可以和你详细谈谈。这里去海甸不远，我们找个小酒馆喝两盅。"积之道："那倒用不着，我家就住在海甸。"洪朗生不等他说完，便道："那太好了，我就到府上去畅谈。"于是牵着马和积之一路走回家去。

积之将客人引到自己小书房里，泡上一壶好茶，摆上了四碟年果子，足谈了两小时。到了夕阳西下，客人骑着马走了。积之一人坐在屋里想到桂枝信上所说："别做没出息的事，你有能耐，打日本去。"这就不由得昂头笑了起来，而且笑得声音很大。正好厚之由外面回来，经过他屋子的窗户外，向里面张望一下，见他是一个人，便问道："你一

274

个人为什么哈哈大笑？"积之无端被哥哥一问，倒没有预备答词，因道："没什么，看笑话书解闷。"厚之也不见有什么异状，自走了。

到了次日上午，洪朗生骑着一匹马，又牵着一匹马，再来拜访。积之一切都预备好了，因厚之已办公去了，就到上房向甘太太道："大嫂，你昨天不是劝我骑马吗？今天天气依然是很好。我一个老同学带了两匹马来，我得陪着他在大路上跑跑。假如天气晚了，我就不回来了，和他一路进城。我若回学校的话，我会写封信回来。"甘太太道："你若是能回来，还是回来吧，你哥哥明日请春饮呢。"积之笑着，没说什么。他告辞出来，和洪朗生各骑一匹马，顺了海甸到西直门的大路，掀开八个马蹄子，啪啪啪，跑着地面一阵响。平畴上的残雪益发是消化了，只有地面阴洼的所在还有不成片段的白色。天空里没有云，太阳黄中带白，照着平原一望不尽，乡村人家没有一点儿遮挡，在平地上或草丛中堆着。路边的老柳树在阳光里静静地垂着枯条子，等着大地春回。路边的小河塘化了冰，开始浮着一片白水，水里沉着蔚蓝色的天幕和几片白色的云。在北国度过冬季的人，也觉得是春天到了。积之一口气跑了十几里路，将马缰松下来，骑在马鞍上，让马缓缓地走。

就在这时，看到赵翁在大路边上迎面走来。他敞开灰布皮袍子的胸襟，肩上将一根木棍子扛着一只小布口袋，是个走长路的样子。便手握马鞭子，拱了拱手。赵翁见他马鞍后拴住着一个布包袱，将皮带束了皮袍子的腰，将底襟掀起一块，塞在皮带里，四平八稳地骑在这匹棕色的马上。便笑道："二爷骑马的姿势挺好。"他笑道："对付着试试吧。我倒也不是那样真没出息的人。"赵翁听了，觉得他后面一句话来得不伦不类。路上相逢，也不便多问，目送他跟着前面白马走过去了。这件事赵翁并没有怎样放在心里。过了两天，却接到由城里来的一封平信。信的下款，署着甘缄二字。他想着亲友中并没有姓甘的这么一个人，只有一个对门住的甘积之，前日还在路上遇着呢，写信来干什么？在可疑的心情下，把信拆开来一看，果然是积之写来的。信上道：

赵老先生尊鉴：

　　日前马上相逢，甚为欠礼，但晚有远行，亦不愿下鞍详道也。当今国家多事，正男儿有为之日。晚虽无用一书生，爱国并不后人。该日即偕同学某君投笔从戎，不久即将出关。晚与赵连长有数面之雅，颇敬重彼为一爱国军人。转念既敬重军人，我亦何不自为军人。一支毛笔，今日何补国事，故一念之间，即愤起抛去。从此区区小吏，亦为国人当重视者，颇觉自得。如得生还，他日当再趋前候教，详叙塞外风光也。特此驰告，并祝

　　春祺！

　　　　　　　　　　　　　　　　　　晚甘积之拜上

第二十七回

塞上音稀归农生远计
闺中病困倚枕泣惊魂

赵翁接到这封信，从头至尾看了一遍，心里倒好生不解。这位甘先生自己投军，写信告诉我这么一位生邻居做什么？想到这里又把信新看了一遍，还是看不懂，也就随手放在桌上。赵翁的屋子是和桂枝的卧室对门，中间算是隔了一间小堂屋。为终日地敞着两扇双合门，在堂屋里就可以看到靠窗户的一张三屉小桌子。桂枝在堂屋里进出，已是看到赵翁手拿了一封信，站着看了出神，似乎有点儿奇怪的样子，后来看到他把信向桌上一扔，便在暖屋子的白炉子上，提了一壶开水进来问道："老爷子，您沏壶茶吗？"说着，把三屉桌上的一把茶壶移到桌子角上，眼睛是很快地向桌面上那信封一扫。信下款，甘缄两字看得很清楚。同时，也就认清楚了，这是甘积之的笔迹。立刻脸上飞红一阵，心里怦怦乱跳。但自己极力地镇定着，将壶里残茶倒在痰盂里，找出抽屉里的茶叶，给赵翁新沏一壶茶。在这些动作中间，偷偷地看了赵翁两次，见他倒也一切自然，口里闲衔了旱烟袋，斜靠在一张垫了旧皮褥子的睡椅上。

他向桂枝笑道："孩子，你别为我操劳了，你的身体不大好。家里有小林这么一个粗人，凡事我都找他。"桂枝将开水壶放在地上，斜靠了桌子站定，望了赵翁笑道："您是太慈爱了，我这么大一个人，开水壶会提不动？"赵翁道："不是那话。我看你这程子老是茶不思、饭不想的，好像身上有点儿毛病。昨天你呕吐来着，今天你又呕吐了，你吃坏了什么吗？"桂枝红着脸，微笑了一笑，摇摇头道："什么也没有吃坏。"赵翁道："你可是呕吐了。"她提着开水走了出去，低了头避开公公的视线，却没有答复。

赵翁那两句话本是有心问着的。她这样地有点儿难为情，越发地给了赵翁一种更深的观察。从这时起，就注意着她的行动。便是在这日同吃晚饭的时候，小林端上香油炒的菠菜，桂枝坐在桌边，闻到那股香油味，立刻一阵恶心涌起伏在桌子角上，就连续地呕吐着。赵翁道："你这是怎么着？"她伏在桌子角上好一阵，然后抬起头来道："老爷子，您只管吃饭吧，我不吃了。小林这个人真是记性不好。我老早地对他说了，不要拿香油做菜，我闻不得这味儿。"赵翁听了这话，一切证明，他忍不住笑，就向前院里走，隔着江氏的窗户，就叫道："亲家太太，您怎么不去吃饭？"江氏道："我收拾点儿东西，就来。"

赵翁拉着风门走进屋来，见江氏正在打开着一只旧箱子，清理着破布片，便笑道："亲家太太，我得埋怨您，您为什么不给我一个信儿呢？"江氏手里拿了布片，倒站着呆住了，问道："老太爷，您说的什么事，我不明白。"赵翁手里拿着长柄旱烟袋呢，便把烟袋斗子指了布片头，笑道："亲家太太，您拿出这个来干什么？"江氏也笑了，因道："老太爷，您是瞧见什么了？"他道："少奶奶这一程子像病不病，像乏不乏的，我就疑心了。我虽然这一大把年纪，究竟我是公公，自强不在家，我怎么好问她？今天她可透出消息来了，前后呕吐了好几次，刚才一碗香油炒菠菜没勾引着她吐出黄水来。您是知道我的心事的，我要抱个孙子，比人家当了大总统还要高兴。她有了喜了，想吃点儿什么，忌点儿什么，您都得老早地给我一个信儿，您也当好好照应着她。抱个外孙子，您不是个乐子哇？"说着呵呵地笑了起来。

江氏道："还早着呢。知道是不是呢？她再三地叮嘱着，不许我说。"赵翁道："哦！我想起来了。亲家太太，快去吧，她还伏在吃饭桌子上呢。"江氏听说，这才赶到后院里来，将姑奶奶挽到卧室里去。赵翁隔着房门，是不住地问长问短，一定问着桂枝要吃什么。桂枝难违拂老人家的情面，答应了吃一碗白菜煮面疙瘩，汤里希望加点儿醋，不要油。赵翁听说，亲自下厨房，指挥着小林办。面疙瘩送到卧室里去，

278

桂枝吃了一大碗，还希望再添一点儿。这么一来，把赵翁那番思想是百分之百地证实了。

自这日起，脸上算加了一份笑容，而对于桂枝也是招待得格外殷勤。同时，也就把这消息写信告诉了自强。赵自强自离家后，照例是每星期写一封信回家，倒不问有事无事。可是在这个农历正月尾二月初的时候，自山海关起，长城一带，军事一天比一天紧张，整个热河都让日本占领了。也就是这样过了二月，赵自强忽然停止了写信回家，赵翁写信去问，也没有答复。赵翁看了这情形，心里十分不安定，也猜不出是什么原因。一个商家出身的人，向来是不大看报的。这时，甚感到消息的隔膜，就特地在报贩子手订了一份报，逐日地研究。桂枝在初次怀孕的情形中，起坐都是不适意的，人也说不出来是哪来的那份疲倦，只是要睡觉。十分无聊的时候，也就拿着桌上的几本鼓儿词消遣消遣。在几天之后，发现赵翁屋子里面放着一份日报，也就偶然地自行取过来看看。她是个旧式女子，小时在半日学校里念了三年书，知识很是有限，就没有一个看报的习惯。自从赵家搬来，他们也是偶然看报，桂枝是偶然中之偶然捡着报看。这时，看到公公逐日地看报，她很锐敏地就感想到老人家的本意，必是在报上去找儿子的消息。当然，自己也就可以在这里去找丈夫的消息。因之自此以后，等赵翁把报看了，就悄悄地将报拿过来看。赵翁对此也没说什么。

一天，她隔了门帘子，见赵翁左手拿了旱烟袋杆，要吸不吸地衔到嘴里抿着，可并没有呼吸，右手举着一张小型报，只管仰面呆看了。揣度那神气，已是看得入神了。桂枝放在心里，也不向他要报看。过了一会儿，赵翁照例出门去散步，空着堂屋里那张睡椅。桂枝照着老例，向老先生屋子里去找报，桌子上放着全是前些日子的，本日的报纸怎么也找不着。桂枝也还感不到什么特别之处，等着赵翁回来，便笑问道："老爷子，今日的报哪儿去了呢？我天天瞧报，瞧上瘾来了。"赵翁道："没什么瞧头，我随便一扔，不知道扔到哪里去了，别瞧了。"说着，他立刻把旱烟袋塞到嘴里去吸着，放缓了步子，向屋子里走着。看那情形淡淡的，好像是不愿把这话说下去。她心想，老头子都是这样的偏，不愿意的事说都不肯说出来。也许是报上登的那些社会新闻，什么大姑

279

娘跟人跑的事，不愿儿媳妇看着。不给看就不给看，倒也不放在心上。

可是到了第二日，赵翁的态度更是可疑，他由门口拿着报向后院来，在鼻梁上架起老花眼镜，一面走着，一面看着。到了堂屋里，他不在睡椅上躺着，拿到卧室里去了。桂枝正是拿了针线活在堂屋里坐着，看到老人家脸上神色不定，便更是对着屋子里注意了去。过了一会儿，却听到屋子里唉了一声。随着又听到屋子卜卜两声，好像是赵翁在那里轻轻地拍了桌子。桂枝手拿了针线活，却做不下去了，偏着头向屋子里听了一会儿，然后问道："爸爸，报上有什么消息吗？"赵翁在屋里答道："没什么，没什么。"桂枝道："你瞧完了，给我瞧瞧好吗？"赵翁答应两个字好吧，那话音好像有些勉强，并不自然。因为这样，也就不敢立刻进去拿报。过了好久，赵翁没出来，也没有作声。桂枝伸着头向里面看了看，见赵翁横斜地躺在床上，两手摆着放在胸面前，仰了脸望着屋顶。便道："爸爸，你盖上点儿吧，别着了凉。"赵翁道："我躺一会儿，不会睡着的，没关系。"桂枝因他始终是这样躺着的，虽然他年纪很大，究有翁媳之嫌，却也不便走进屋去。自然，也就不便向他要今天的报看了。

到了吃晚饭的时候，大家同桌进餐，江氏说："老太爷，今天那个送报的来了，我在门口遇着的，他说报现在是先给钱，后瞧报，明天把报钱给他留下。"赵翁道："好吧，给他就是。"桂枝道："大概是现在瞧报的人多了，报贩子拿乔。若是拿了钱去，他不送报怎么办？"赵翁正掀起碟子里一张烙饼放在面前，筷子夹了大叉子豆芽韭菜在烙饼上，两手将饼卷着，一把捏住向嘴里塞着，好像是吃得很香。同时，就向江氏道："咱们熬了小米粥吗？"江氏道："知道您喜欢喝这个，总是预备下的。桂枝，给你老爷子盛一碗来。"赵翁道："亲家太太，我不是早对您说过吗？我家里还有两顷地，这辈子喝小米粥的钱总是有的。您这么一把年纪了，还能叫您和姑奶奶分开不成？干脆，您也到我们家里去住。我那庄屋虽不算大，比这屋子可强得多了。"

江氏倒不料他突然提出这个问题，因道："老爷子，您打算回保府老家去住吗？"赵翁把那张烙饼已经吃下了。他把桂枝给他盛的一碗小米粥放在面前，将筷子慢慢地和弄着，眼光望了碗里道："我是早有这个意思的，我搁在心里可没有和您提过。您想，我们住在这里，除了出房钱，开门七件事，哪一项能够不花钱？若回到保府，什么全不花钱，省多了。我们住在北京，一来是为了我做生意，二来是就为着自强。现在我已不做买卖了，自强又到口外去了，咱们住在北京什么意思？"桂枝道："可是将来自强又调防回到这儿来了呢？"赵翁点点头道："当然这也顾虑得是，不过他们当军人的，东西南北调防，哪里不走？这不过是我一个计划，将来再说吧。"说着，便端起碗来慢慢地喝着稀粥。江氏对于亲家翁这个提议倒没有什么感觉，只是桂枝在赵翁屡次看报发愁之后，忽然有了这个提议，好像是料着以后的生活有些变化。便看看公公的颜色，也是很平常，就没有把话继续地向下说。

饭后，借着送洗脸水，将盆端到赵翁屋子里去的时候，见赵翁斜靠了小条桌坐着，口角里衔了旱烟袋只管出神。在他手胳臂下，正压住了两张报纸，便道："爸爸，您把报瞧过了吗？"赵翁道："瞧过了，我不知道扔到什么地方去了。"桂枝虽是和他说着话，眼睛可看着他手臂下的那两张报。老太爷倒明白了，手臂移开，将两张报拿过来，在桌面上推移了一下，摇摇头道："没有什么可看的，过去好几天的报了。"桂枝站着桌子角上，出了一会儿神，望着他笑道："我可以拿去瞧瞧吗？"赵翁口衔了旱烟袋，望了那报纸，做个沉吟的样子。他已把眼光将那报头边的大题目看得清楚，一张报上是长城一带情形紧张，一张报上是华北形势或可好转。他记得这题目里面的新闻也登载得很仿佛，这里并没有提到喜峰口，因点点头道："好吧，你拿去瞧吧。"

桂枝将报纸拿到屋里，就在灯下看着，倒也找不出什么关于赵自强部队的消息，看那报上日期可是过去五六天的报，这消息是过去的事了。不过她也知道国家大事都登载在头两条消息里的，这消息说着长城一带吃紧，喜峰口必定在内。喜峰口不就是长城的一个城门吗？这是自强说过的，绝没有错。她捉摸了一阵，也猜不出所以然来。但是她在公公将当日的报藏起来，以及打算回保府乡下去过日子的这两点猜度着，料着消息是不大好的。心里想了个计划，次日上午，就拿了针线在堂屋里做活计，装成一个晒太阳的样子，敞开了风门，端了一把小椅子，拦门坐着，上身坐在阴处，两只脚伸在太阳里面。她低了头只管做针线活，却没有顾到别的。赵翁坐在睡椅上，衔了旱烟袋，眼光四处巡望着，也没有说什么。翁媳两人各自沉默地坐着，并没有作声。很久，赵翁才道："你该活动活动，别一天到晚老坐着。"桂枝微笑了一笑，因道："我就不爱动。爸爸，您说将来咱们要回到老家去，我倒想起一件事，乡下粗活，我可全不会干呀！"赵翁道："乡下不照样地有大姑娘有少奶奶吗？也用不着每个人都干粗活呀！"桂枝道："我们什么时候走呢？"赵翁道："我也就是有这么一个计划，哪天走那还说不上。你看这时局，一天是比一天紧急。北京城大概也不是久恋之家吧？"他衔着旱烟袋，倒是很无意地说了出来的。

桂枝这可抓着一个问话的机会了，将针线活抱在怀里，眼望了赵翁道："时局是不大好啊，报上登着长城一带全吃紧。"赵翁衔着旱烟袋哼一声，点了两点头。桂枝道："自强很久没有信回来，是不是部队移防了呢？"赵翁道："军队的行动是难说的。我想这两天也就快来信了。"桂枝望着他的脸色，见他的筋肉紧张一阵，好像是心里受了一下打击。她依然注视着这可怜的老人家，且不说什么，再等他加以详细地说明。赵翁不管旱烟袋里面是否有烟火，在嘴唇皮里吧吸了几下，然后点点头道："我知道你是很挂心时局的。不过到现在为止，还没有什么顶大的变化，我们也不必为这事太担心，这是国家大事，光靠哪一个人着急，那是无用的。"桂枝微笑道："我也得配呀！为国家事忧心？我只是要常常得着自强的信，我就什么也不想了。"赵翁道："这个我倒也想了。自强为人虽是十分忠厚，可是当了这多年的兵，在军营里行军可十分内行。我信得过他，不会吃人的亏。再说，他良心好，老天爷也得保佑他。"这几句极不科学的安慰话，桂枝听了，倒是很中听，连连地点了几下头。同时，她心里想着，该是报纸送到的时候了，等着赵翁出去拿报的时候，拦着门将报硬要下来，总可以知道报上说些什么。

不料这个猜法却是不准。赵翁在屋子里吸着旱烟，喝喝茶，走出门去，也只在太阳地里转两个圈子，又走进屋子了。桂枝知道老人家不愿提，也就不提。从这天起，报也就不送来了。但是街坊来往，谈话之间，时常提到时局不好。赵翁如在当面，就插嘴说："在北京城里住家，没什么关系。现在虽然不在北京建都，到底还是个京城呀。小日本若要闹到京城来了，那还了得？政府对这件事一定有办法的，咱们小百姓发愁什么？"他说是这样说了，可解答不了桂枝心里那个难题。她只觉越等着要赵自强的消息，越是寂然无闻，心里实在不能着实。怀孕到了六个月多了，肚子完全出了怀，生平初次的事，又不好意思出去见人。三天两天的，就感到周身不舒服，非躺下不可。自己向来是能够忍耐的，现在就觉得所见所闻总是不如意，很可以让人生气。但家里除了那个小林而外，一个是婆家公公，一个是娘家妈，根本不许可对之发脾气。而且这两位老人也十分可怜，不能再给他们难堪，那只有闷着吧。

她母亲江氏可不知道她会担心时局，总以为她怀孕在身，一切都是害喜的现象。江氏虽然很有几岁年纪，可是她生平只生过两胎，经验并不丰富，为了解决这个问题，有一天下午，便把饱有经验的邻居刘家妈请来瞧瞧。这事是和赵翁说过的，他十分赞成。江氏引着刘家妈来了，他悄悄地就走出去了，在院子里还故意地打了个招呼，道："刘奶奶，你请坐一会儿，让我们少奶奶代表着招待了。"他的话越说越远，那不啻是告诉了她们，已不在院子里了。

刘家妈走进卧室门，首先看到桂枝挺出来的那个大肚子，这就笑着拉住她的手，对她脸上、眉毛上、眼角上，各端详了一下。她穿的是件青布旗袍，脑后挽个长圆的小髻粑儿，还压着蚕豆大的小红花朵呢。那十足表示着一位变态的在旗老太太。她转过身来，两手扶着大腿，向江氏半蹲着，算行了个礼，笑道："杨家大婶儿，我先给您道喜。您家姑奶奶是个宜男的相。过两个月，你抱外孙子了。"桂枝搭讪着给倒茶，没有说什么。刘家妈坐在床沿上，对桂枝望着，不免问长问短。桂枝靠住桌子站着，有的答复，有的笑而不言，有的是江氏代答复了。刘家妈将桂枝拉过来，同在床沿上坐着，左手托了她的手，右手按了她的手脉，眼睛凝着想了一想，笑道："没什么，脉象挺好。"

江氏坐在旁边椅子上，可就望了桂枝道："可是一天到晚，她就是这样茶不思饭不想的，总是要睡觉，我看她就是终日皱眉不展的。"桂枝道："什么终日皱眉不展？谁害个皱眉不展的病吗？"说着，噘了嘴，将身子一扭。江氏隔着玻璃窗户，向外边张望了一下，便回过头来笑道："刘家妈，你也不是外人，有话瞒不了你，我们姑奶奶这个双身子，她年轻力壮，倒没什么，她扛得过去。只是外面说的这样兵荒马乱的，我们姑爷又好多日子没写信回来，所以她总是担着一层心事。"

刘家妈听到这话，脸上也就挂起几分忧虑，那在额角画着年龄的皱纹，闪动了两下，故意哑着嗓子，把声音低了，望了她母女道："你们应该比我知道的多吧？你们家赵老先生天天都在斜对门油盐店里瞧报，瞧完了，就嗐声叹气和那掌柜的谈着。就是昨天，他说，日本人要想灭亡咱们中国，说不定北京城里都要开火呢。这可怎么好？我这一把年纪，哪瞧过这个呀！"江氏道："是吗？老先生有这些话可不在家里说，他怕骇着我娘儿俩。"刘家妈点点头道："那倒也是，你年纪这样大，姑奶奶又是双身子，告诉你们没用，反是让你们着急。可是事情是真不大好。我家小七子不是在西直门赶火车吗？这几天，改了行了。帮着他的把兄弟在东车站给人搬行李。说是北京城里有钱的主儿都搬家往南边去。火车站上人山人海，说是走快些才好，走慢了，小日本占了天津，就过不去了。"

江氏母女关着大门过日子，还不曾听到过有这样严重的消息，彼此面对着望了一下。刘家妈见她报告的消息很是让人听着出神，也就继续着向下报告，约莫是半小时，却听到窗子外有粗鲁的声音叫了一声妈。刘家妈回转头问道："小七子，你今天回来得这样早。"他在外面屋子里答道："人家全说，今天城里怕要戒严，城关得早，这几天，西苑大营又调来了很多军队，我怕你惦记，就早点儿回来吧。"刘家妈道："回来就回来吧，你还找到这里来干什么，这么大人，还要吃乳吗？"小七子道："你不在家，我特意来告诉你一件事情。西苑不是又来了军队吗？人家要大车运子弹，由西直门车站运到大营。"刘家妈道："人家没抓你们就算造化，你还多什么闲事？"小七子道："人家是中央军，不白拉，拉一趟给一趟钱。怕你不去，而且是先给两趟定钱。我特意来问你，去不去？若是去的话，现在就可以去领钱，到了晚上再去拉。"

桂枝听到说大营拉子弹，又不免心里一动。掀开一个门帘，向外屋子张望着，见小七子脱了长衣，上身穿了件薄棉袄拦腰系了，胸襟上挂了一张白布条，上面还盖有红印呢。脸上和额头上都是汗渍透着油光光的。这就知道已是应承了和大营运子弹了，便点着头道："七哥，你不坐一会儿？外面风声很紧吧？"她说着话，可是把门帘挡住了下半截身子。小七子道："咱们穷小子怕什么？可是……"他说着，眼光射到门帘下面桂枝那个顶起来的肚子，接着道："像姑奶奶这样的斯文人，离开北京也好。昨天在大酒缸上和你们家老爷子聊天，他说要搬回保府乡下去过日子，这倒使得。"刘家妈道："回去吧，别在这里瞎扯了。"小七子道："你也得回家去做晚饭，吃了饭，我还得打夜工呢。"他说着话，就走出去了。刘家妈跟着说了几句话，也就回家去了。

桂枝望了她母亲道："听了刘家妈的话，倒让我担着许多心事。"说着，把眉毛皱了两皱，斜靠了床栏杆坐着。唯其是这样，那出了怀的肚子格外是顶得很高了。江氏在她对面椅子上坐着，对她周身看了一看，见她面色黄黄的，不觉扑哧一笑。桂枝道："人家心里烦着呢，你倒笑得出来。"江氏笑道："你知道什么。我听见人说，双身子的人，脸上长得有红似白，那就是怀着姑娘。反过来，脸子变得丑了，那就是怀着小子。我看你这样子，准是怀着一个小子。"桂枝把脸色沉下来，手一拍床沿道："你真是心宽，你没有听到刘家妈说的那些话吗？"江氏道："时局不好，那有什么法子呢？发一阵子愁，日本鬼子那就不造反了吗？"桂枝道："不是那话，你看我们老爷子什么意思，有话不在家里说，报也不在家里瞧，事情都瞒着我娘儿俩，不要是这里有什么变故吧？"江氏低着头想了一想，摇摇头道："我也说不上。从今以后，我们留点儿神，也许就瞧出来了。"桂枝沉着脸子也没作声，过了一会儿，倒在床上睡了。

江氏也觉姑奶奶顾虑得是，等着赵翁回家来，老远地就看到他把眉毛和脸上的皱纹郁结到一处，两手回挽在身后，倒拿着旱烟袋，进门就先咳了一声。在外面屋子里并没有坐着，直接就回卧室去了。当日和小林做好了晚饭，赵翁说是有点儿头晕，桂枝是照例着闹着胎气，都没有上桌。江氏勉强地吃了一碗面条子，也就走到桂枝屋子里来，见她躺在床上，便问道："今晚上你又不吃点儿东西吗？"她和衣躺在床上，身也不翻，随便地答道："我心里烦得很，你别问我吃什么不吃。你和我少说几句话，我就谢谢你。"说毕，扯开叠着的被子将身子盖了，一点儿也不作声。江氏在屋子里静静地坐了一会儿，既没有话可说，又没有

285

什么事可做，静坐了一会儿，到前院里自己家里去收拾了一会儿，又到桂枝屋子里来。桂枝躺着，微微地有点儿呼声，似乎是睡得很香了。江氏坐在床边上，和桂枝牵牵被子，塞塞枕头，也就在她脚头和衣睡了。

桂枝虽是不作声，却是不曾睡着。斜躺在枕头上，不断地想着心事，也不断地静听着窗子外的响声。这夜色也不算深，却仿佛由半空里传出一种嘶嘶的声音。那正是似剪的春风由前院的老柳树梢上经过。这是白天不容易听到的声音，由这声音上，可以证明夜色的寂寞。她回想到去年这个日子，和赵家还在提婚的时候，而自己还是个黄花幼女呢。那时，身子是自己的，虽然是不大出门，可是这颗心却是海阔天空，不受任何拘束。到了现在的这个身子和这条心全是赵自强的了。赵自强现时在哪里，却不得而知，也许现时已不在人间了。假如真是这样，肚子里还揣着个小自强未曾出世呢，那怎么办呢？

正想到这里，静寂的夜空里却咕咚咚传来一种车轮的转动声，同时，也就听到马蹄子嘚嘚地踏着路面响。起初以为是偶然的事，却不料这响声一阵跟了一阵，由初更达到深夜，始终不息。桂枝也就想着这是小七子说拉运子弹的事了，便轻轻地喊着道："妈！你看这外面大车拉得轰咚轰咚地响着，是过大兵吗？"江氏翻了一个身，微微地哼了一声。桂枝又叫了两声，她并不答应，于是继续着斜靠了枕头睡着，听着门外的车轮声。那车轮子响声，远一阵子，近一阵子。不但证明了那是运子弹而且可以听到轰隆轰隆的炮声，以及噼噼啪啪的枪声。在海甸住家的人民，是常常经验过实弹演习响声的，桂枝并没有什么意外之感，以为这又是西苑驻军在实弹演习。这就睡着沉沉地听了下去。

忽然紧密的枪声就发生在大门外，看时，一群大兵正端了枪，背靠了院墙，向外射击。吓得自己周身抖颤，四下里张望，找不着一个藏躲的地方，只有向床头的墙角落里站着。接着又是一阵枪声，只见赵自强全副武装，手提了一支步枪，跑进屋子来。桂枝哎呀了一声，接着道："你回来了！"上前去抓着他的手道："你回来了，我等得你好苦哇！"赵自强摇摇头道："我不能回来了，回来的是我的灵魂。"桂枝道："什么？你阵亡了！那我怎么办呢？不，你是拿话骇唬我的。"赵自强道："不信，你看我身上，我全身都是伤。"说着，他真的就脱下了衣服，露出身体来。但见他上半身血渍斑斑，全是刀伤，此处还有几个窟窿眼，全有酒杯子那般大小。桂枝看着，心里一阵难过，不由得怪叫起来道："我的天，这是怎么弄的？"赵自强用手指了那眼道："这是子弹穿的。由这眼里，可以看到我的良心，不信，你向里面望着试试看。"

桂枝望着那伤眼已是周身抖颤，哪里还敢向里面看去？偏是这时，那轰隆轰隆的响声又起。赵自强举着手上的步枪，大声叫道："我要杀日本鬼子去！"桂枝抢向前拉住他道："你刚才回来，怎么又要走？"赵自强道："你听听这炮声，我能不去吗？"桂枝死命地拉着他的手，哪里肯放？但听到那炮声轰隆轰隆只管响来。一个炮弹落在面前，但见满眼烟雾弥天，那炮弹仿佛也就落在身上，将人压倒在地，喘不过气来。挣扎了许久，睁开眼来一看，原来是一场噩梦，那轰隆轰隆的响声兀自在窗户外响着，搬运子弹的大车还在继续不断地经过呢。

桂枝看看窗户上，还不曾天亮，远远听到有几声鸡啼。桌上那盏煤油灯，油点得快完了，一线带红色的光焰在玻璃罩子里微微地闪动着，要向下沉了去。她慢慢地恢复了知觉，是母亲半边身子压在自己的右腿上，让自己转动不得。并没有炮响，更没有炮弹打在自己身上。推想着梦里见赵自强，都不会是真有的事了。但仔细想想那个浑身带伤的样子，在战场上打仗的人，也没有什么不可能，心里总憋着一个想头，他老不写信回来，不要是阵亡了吧！这个念头不但是不敢说，有时还不敢想，现时在梦境里，可是看得那样活龙活现，怎样叫人不留下一点儿影子呢？她越回想到梦里的事情，心里却越害怕，不由得一阵伤心，又涌出一阵眼泪，而且窸窸窣窣地还放出了低小的哭声。这可把江氏惊醒了，猛然一个翻身坐起来，问道："桂枝，你这是怎么了？"她哽咽着道："我刚才做了个梦，他……他……他完了！"江氏怔了一怔，低声道："别小孩子似的了。你们家老爷子也不大舒服，半夜三更，别惊动了他。"桂枝没有说话，回答的依然是一阵窸窸窣窣细微的哭声。

第二十八回

杨柳青青都生儿女意
笙歌隐隐尽变故人家

桂枝这一番惊扰，就是她母亲江氏也弄得有些神魂失措，坐在床上很久说不出话来。最后还是她向桂枝道："孩子，你还是忍耐着一点儿吧。有什么话，到前院里去，我们慢慢地商量吧。"桂枝极力地忍住了哭声，重新睡去。可是自这日起，在心头上加了一重千斤担子似的，只觉抬不起身子来，原来是每日睡眠十二小时，这就增加到睡眠十五小时了。赵翁并不知道她得了那么一个不好的梦，还以为是她闹胎气。除了找些安胎的水药给她吃，此外是并没有给她打开心头疙瘩的。报，他依然不拿回家来看，外面一切风声鹤唳的消息也全给封锁住，不让传到家里来。本来自"九一八"以来，三五天就一次紧张的风传，这种刺激在平津一带的也就经受得惯了。只要是大炮没有在耳边下响，也就不透着惊慌。

转眼是农历三月，北国除了偶然刮上几天大风，也就慢慢转入和暖的气候。前院那两棵大柳树已冒出了半绿半黄的嫩芽子。大太阳底下，照着那似有如无的树荫，半空里好像有一种薄雾。桂枝在屋子里闷不过，便是到前面院子母亲屋子里来坐。这天，她脱去了棉袍子，换着一件新制的青布夹袍子。这夹袍子是为孕妇特制的，腰身特别地肥大，罩住那个大肚子。她将长袖子，各翻卷了两寸袖口，露出一小截溜圆的白手臂。斜站在大柳树下，扯着垂在头上的长柳条子，拖拉到面前。右手扯着柳条子，左手伸了个食指拨着柳条梢子转动，眼睛也随了手指在转动着。就在这个时候，有人轻轻地在大门口敲了两下门环。桂枝那个大肚子就是怕见着人，听了门环响，人就向江氏屋子里走着，一面叫道："妈，你瞧瞧去吧，有人敲门。"

江氏随了她的话出去，她却隔了玻璃窗子向外张望着。见一个穿灰色军衣的人推了门走进院子来。他向江氏问道："老太太，这里有位姓赵的吗？"江氏道："有的，老总有什么事找他？"他道："我是关外来的，有一封信要交给赵老先生。"桂枝听得清楚，喜欢得一颗心要由嗓子眼里跳出来，也顾不得挺着大肚子难为情了，拉开屋门就抢出来了，口里答道："我们就姓赵，是赵连长带来的家信吗？"那士兵在口袋里掏出一封信，已交给了江氏，因道："我就住在对门十五号门牌，有什么回信交给我就是了，我叫唐立雄。"桂枝走向前，将那信抢到手上，见上面写着"甘宅对门投交赵洪升老先生台启。甘缄自关外"。一看这字迹，就知道是甘积之来的信，也不做第二个打算，立刻将信塞到江氏手上，自回屋子去了。过了一会儿，江氏也拿着那封信进屋子来了，苦笑着道："我以为是自强写信回来了。原来是甘二爷又写信来了。"桂枝道："别管他那闲事，把信交给老爷子去吧。"江氏也觉得对甘二爷的事情最好是离开一点儿的好，立刻就把信送到后院赵翁屋子里去了。

赵翁看完了信，忽然大叫着怪事，隔了窗户叫道："亲家太太，快来快来！你来听听这档子新闻，少奶奶你也来。"桂枝听了这种叫唤，心里又是乱跳，可是公公指明了名字叫的，怎么可以躲得开去。只好绷着脸子和江氏一路走进屋子。赵翁手上拿了那封信，脸上带了笑，连连地摇了头道："这实在不是人所能猜到的，这实在出乎意料！"桂枝沉着脸道："那甘二爷有点儿神经病，信上胡说八道的话，别理他。"赵翁笑道："千真万确，一点儿不胡说八道，可是人心真难摸呀！"他这样说着，不但桂枝心房乱跳，站着扶了堂屋里桌子，说不出话来。就是江氏也呆着不知道说什么是好。赵翁道："亲家太太，这一程子，您看到那黄曼英小姐吗？"

江氏母女不料到这问题一转，却转到黄曼英身上去了。江氏道："好几个月不见她了。还是上次桂枝到城里去见着她一面的。"赵翁便望了桂枝道："少奶奶，你看见黄小姐的时候，曾提到田连长没有？"

桂枝更摸不着头脑，一时也不曾记得上次回家是怎样对公公说的，便道："那天我到她家里去的时候，她和她的表兄在谈话，我觉着怪不方便的，我没说什么就回来了。"赵翁两手一拍道："这就难怪了。你猜怎么着，她和甘二爷要订婚了。"桂枝道："爸爸怎么知道这事情，不能够吧？"赵翁将手上的信封一举道："这不就是吗？他信上说，黄小姐和他嫂子娘家有些远亲，他嫂子给他们做介绍人，叫他由关外回来订婚，他写信给我，让我打听打听黄小姐的家世。他说，他瞧见过黄小姐在我们家做过客的。我们和黄小姐也是很浅的交情，倒没有想着他是这样地留心。"

江氏母女本来是心里七上八下跳荡个不了。直到赵翁说明白了，都是心里一块石头落地，各个暗喊着稀奇。桂枝看看公公的脸色，却也是带了三分的笑容，料着甘积之信上并没有说到别事。因笑道："爸爸，您别管这闲事吧。田连长和自强是个把子，黄小姐这个做派，咱们不能反对，可也不能插手插嘴下去，将来田连长回来了，会怪咱们的。"赵翁手摸了两摸胡桩子，点点头道："你说得是。不过甘二爷特意给我来了一封信，我也不能不睬人家。我得回他一张八行，就说和黄家交情浅，不大清楚得了。"江氏摇摇头道："这年头儿真变了，我们年纪大两岁的人真看不下去。"赵翁微微地笑着，点了头道："我猜你娘儿俩对这事就不满意。好了，咱们不要谈了，说了也给我们自强的朋友丢脸。"他说到这里，脸色也就沉下去了。桂枝明知公公不愿谈黄小姐，不光为了公道，也怕因这事勾起儿媳妇的愁思。可是自己是怕谈甘积之，也就乐得不提了。只是田黄两人这一段情变，究竟添了自己不少的愁思。

天气是一天比一天暖和，前院里两棵大柳树，枝叶是慢慢地变青。原来是必须走到自己的老屋子里去，才可以感觉到春来了。到了柳叶全青的时候，在前院的屋子顶上高涌出两个翠峰，在晴和的阳光里微微地摇撼着。桂枝虽是坐在自己的屋子里，可是隔了玻璃窗户，依然可以看到那青青的杨柳。她由这上面，就想到了春光是充分地来到了人间，回想去年这个日子已是喜气逼人了。在那杨柳依依的光景下，预备着新嫁娘的新衣服，见着人脸子一红，把头低了，只是微微一笑。那个时候，心里是多么痛快！杨柳还是去年那样青青，人生最快乐的青年结婚一幕像闪电一样地过去，简直是一场梦。她的烦恼也就增加了。

北方屋子的窗户向来是两层的，外面糊着稀纱织的冷布。里面一层，是垂着一张整纸，用棉绳交叉地拦着，并不糊贴。纸下面粘着一根高粱秸，可以在绳格子里卷了起来，这叫着窗户卷帘儿。春深了，北方人家开始也就卷起了纸窗户帘儿。桂枝因为常常身体不好，所有窗户帘儿都不曾卷起。这时隔了玻璃窗子望着，觉得屋子里过分地暖和，也就爬在椅子上，缓缓地将纸窗户帘儿卷起。当了窗纱，首先就是一阵穿过杨柳梢头的东南风，轻轻地拂到人的脸上，觉得精神为之一振。迎了风向外看去，却见太阳光中有一点一点的东西，带着白光，在半空里飘动。仔细看时，又像是飞着雪花。那正是柳树开的花，对着人在鼓舞春光。正好有一股风，加了劲儿在杨柳梢头拂扫，那成堆的柳条向西北角歪斜着，于是半空里，像突然下了一阵急雪似的，柳花有千百点之多，斜梭着过去，又像是秋天夜里的萤火虫，遇到了一阵西北风，牵着一道道的微弱之光，在半空里飘过去。

春光是太美了。她下了椅子，斜靠了桌子坐着，眼望着天，却见四五只燕子穿梭似的在柳花的雪片阵中飞来飞去。她看了许久，颇看得出神，情不自禁地就走出了堂屋，斜靠了风门，对天空里昂着头。眼光顺了半空的燕子看来看去，看到东边一道矮粉墙，盖墙头的遮雨瓦有一半残落着，土墙脊上，已微微地有一层绿色，乃是青苔复活了。邻家有两株杏花，在墙头上簇锦似的拥出了几丛。那杏花枝一闪一闪，有一丛摇闪得正厉害，却听见隔墙有人叫道："吓！别摘我们的花呀。"原来这边墙下有一根长木棍子，上面缚了直钩，挂在杏花枝上。桂枝疑心小林犯了小孩子脾气，在钩摘人家的杏花，叫了一声小林，就迎上前去。看时，并不是小林，乃是西隔壁大杂院里的小孩儿群。

这一共有五个人，两男三女，其中一个小女孩子，约莫是七八岁，将嫩柳枝编了个圈圈，在头发上簪着，柳枝里面夹了些紫色和黄色的野花，把大人用的一条红绳围巾披在肩上，两端直拖到地下，手上拿了一束杏花。桂枝道："小栓子，你这是干吗啦?"小栓子扭着身子笑了一笑，没作声。一个大的女孩子，约莫是十一二岁，拍了小栓子肩膀道：

"我们扮新娘子玩儿啦。"桂枝抿嘴笑道："你瞧这群小淘气，学个文明结婚呢，还真是那么回事，谁是新郎官？"大女孩指着一个小男孩道："二格儿。他不大像？"桂枝看那二格儿，穿着灰布学生服，胸面前油渍墨痕，弄得像抹布似的，也弄了根长柳条儿，在腰上束着。襟前小口袋上插了一枝小杏花，脸腮上横抹了一些鼻涕壳子，黑脸上，两个圆眼珠直转，光着和尚头，上面不少脏土。桂枝笑道："新郎就是这个德行啦？"大女孩子笑道："他是学你们赵连长。去年你们文明结婚，不就是这个样子吗？"

桂枝还没有说什么呢，江氏由屋子里走出来，笑骂道："别在这里胡搅，回去玩吧。"说着，便向前要来推他们。桂枝摇摇手道："随他们去吧。春光明媚的，谁不爱在外面玩儿呀？这前院里杨柳青青的，柳花像雪样的飞，燕子还趁个热闹呢，小孩子不是一样吗？"她说是这样子说了，可是这几个小孩子见老太太一轰，可不敢再玩，悄悄地走了。桂枝也不说什么，回到屋子里去，还是靠了窗户前那张桌子，对天空里呆呆地望着。这时，她听到对面屋子里赵翁连连咳嗽了一阵。她这才想起来，有大半天没看到他出门呢，便叫道："爸爸，今日天气很好，出去溜达溜达吧，怎么老在屋子里待着？"赵翁道："我今天身上有点儿不舒服。"他是很随便地说出这句话的。可是说出之后，他觉着不妥似的，立刻加以更正，因道："没什么，桃红柳绿的，外面风景很好，我也是要出去瞧瞧。"桂枝听了这话，在门帘子缝里张望了一下。这时，赵翁恰是闪到双合门边，向这边也张望一下。这倒给桂枝很大的一种疑惑。公公脸色非常地不好看，不但是灰气腾腾，而且脸腮两旁的皱纹都加多又加深，老人家不要是真的病了。便道："爸爸，您出去瞧瞧风景，换换空气吧。这好的天气，整天在家里闷着那也是怪不好的。"赵翁在屋子里用极轻软的声音答道："我也正想出去看看。"说着，拿了根手杖就走出门去。

这次桂枝没有在门帘子里看到他，只是隔了玻璃窗户向外看着。见赵翁穿了件夹袍子，微卷袖口，一手后挽，将手臂横靠了腰，一手提了手杖，微斜地倒拖着，走的时候，就一路喀嘟喀嘟又咳嗽了一阵。桂枝想着，这样子，他也许是真有点儿病。杨赵两家共是男女四人，倒有三个愁眉不展的。这位老人家是真病，是发愁？是发愁，反正大家都是这样；若是真病了，这可是个麻烦。她在玻璃窗下看看，又在卷起纸帘儿的纱窗里看看。

天气越到正午，阳光越是充沛，那在半空里拂动着的杨柳梢被太阳照着，在碧绿的叶子上，闪烁着一匹晴辉。其间有几枝柳条被风吹动着扬了起来，像在天空里拂着绿云帚。那在空中追逐小虫的燕子，只是在这丛碧柳峰头左右盘旋。柳枝一拂，它就闪了开来。桂枝看到，这倒也是有趣。两只手臂的弯拐在临窗的小桌上撑着，两手托了下巴，只管向窗子外看着。忽然一阵小孩子的嬉笑声，那群假扮结婚的儿女们又跑了进来了。那个大女孩推着扮新娘子的小栓子，笑道："新娘子谢步来啦。"说着，小栓子跑进屋子来，站在门帘下向桂枝鞠个躬，立刻转去。她倒是还是先前扮新娘子那个装束，门帘儿一掀，把她头上束着的那个柳条圈儿打落在地。桂枝笑道："新娘子，别忙走呀，把你的头纱落在地上了。"她拾了起来，一面追着，一面喊着，就径直到了大门口。向街上两头一张望，阳光照着坦平的大街，那不知何处来的柳花只管在人头上飞着雪点儿。这西郊大道倒是不断有车马行人。柳花在车子顶上、在马蹄下飞绕着，就让人想到，无处不是春光围绕。乡下街道更比北平城里的树木多。那人家院墙上伸出高低的树枝，变作一片嫩绿色，阳光笼罩着，颜色发亮，几乎要生出烟来，非常地好看。她为这阳光所吸引，正看得有点儿出神。忽然低头一看，自己顶着个大肚子呢，让熟人看到，倒怪不好意思的。于是赶快将身子向里一缩，缩回了院子里去。

到了院子里，不用抬头，那两株大柳树把整幢房子都罩在青青的柳色里了。公公是出门去了，母亲又在屋子里赶做毛孩子的衣服，这倒叫自己怪寂寞的。大门是不便出去的了。这房子的后门，面临着一片平原，却是没有什么人经过的。春光这样好，不如打开后门站一会儿吧。她这样想着，果然就绕到后院，把墙角落里那双合的小耳门打开。这耳门外，正面对了一望两三里路远的麦田。春日深了，北方的麦子也长有四五寸长的麦苗。大地上像铺了长绿毛地毯似的。面前的村庄三分之二的树木全已长出了树叶。北方树叶子绿得最早的是榆树，其次是杨柳，而每个村庄全少不了这两桩树木。这时，向前看着，那对面左右两个村庄都让绿树包围着。人家屋脊半掩藏在树影子里。尤其是那高大的柳树，一丛丛地堆着绿峰头子，像是青山一样，实在好看。那东风由麦田里吹到身上来，非常地舒适。站着看看，坐到门槛上看看，虽没有人陪伴着，倒是什么打搅的声音也没有，精神上颇也痛快。

坐了约莫有一小时以上，却看到赵翁在街后一条人行道上绕了过来。心想，自己单独地坐在后门口，公公看到也许会生疑心的，立刻缩进门来，将门掩上了。心里想着，到了这里，公公应该是由后门进来，便站在耳门边等候。可是等了很久，公公并不曾来敲门。于是由门缝里张望，却正好他去耳门不远站在路上，右手扶了手杖，左手摸了胡子，昂着头望了天。忽然提起手杖，在地上连连顿了几下。接着又向前走去，并不向耳门走了进来。桂枝看这情形，料着老人家和自己一样，已是坐立不安。这也不必和他等门了，自行回屋子去坐着。到了大下午的时候，赵翁方才回来，看他的脸色已有了很疲倦的样子。桂枝也没有说什么，只隔着门帘子张望了一下。赵翁回到他自己屋子里的时候，将手杖向屋角落里一放，那手杖恰是竖立不定，扑通一声落在地上。桂枝再张望一下，见他并不理会，听到木架子床一声响，似乎他已倒在床上睡了。

桂枝看这情形，更是添了心里头一块石头。等到江氏到屋子里来的时候，这就悄悄地把情形告诉她。江氏低声道："好几天就是这样了，知道他什么意思呢？"桂枝道："恐怕是得着自强什么不好的消息了吧？"江氏昂着头想了一想，因道："咳！三个月没有来信了，这是什么缘故，有谁知道哇？他有什么消息早也就该知道了。"桂枝因母亲的话说得是声音重一点儿，就不敢把话接着向下说了。母女二人对看了一番，各叹口无声的气，也就罢了。可是自这天起，她们又在心上加重了一副担子。

桂枝心里只管加重了郁结，而天气却相处到了她的反面。每日是风轻日暖，温度也一天高一天，由厚夹袄变到穿薄夹袄。因为气候是这样地暖和，在屋子里就越发地坐不住。每日到了半下午，就打开后门，靠着门框站定，呆呆地望了面前一片麦田和对面村子里一丛丛的柳树，觉着是怪有趣的。这样地成了习惯，每日不到后门口来眺望一下，就像有什么事没有办似的。也没有计算是过了多少日子，这日下午，她又在后门口野望，却看到一男一女由对面村庄的柳林子里走了过来。那个男子挽着女子的手胳臂，在麦田小路上慢慢走着。她心里这就想着，这可奇了，在这乡下，还有这样摩登的男女。不免向门里一退，将双合门的一扇掩着，身子半藏在里面继续地向外看了去。那两个人越走越近，直走到相去只有二三十步路，不由她不大吃一惊，那个女子就是田青连长的爱人、说是要嫁给甘积之的黄曼英。那个男子穿了一套八成新的青色西服。虽是头上戴了一顶盆式呢帽，将帽檐低低地垂到额际，可是也看得出来，那又正是出塞从军的甘积之。在他两人这样挽手同行的时候，这还用得去细猜是怎么一种情形吗？这若让他们看见了，彼此都怪不好意思的。

随了这个感想身子赶快一缩，就向门后缩进了去。这一对新情人大概正在畅心游春，并没有注意到门里有人偷看，亲亲密密地走到了门边，还是絮絮叨叨地说着情话。桂枝听到他们说话的声音，索性不走，听他们说些什么。甘积之忽然加重了语气道："你看这个耳门是谁的家里？"黄曼英道："这个地方我一点儿不熟。"甘积之带了笑音道："这就是你那好友杨桂枝家了。"接着叹了口气道，"这女人可怜。忽见陌头杨柳色，悔教夫婿觅封侯。"桂枝不懂得什么诗句，可是"杨柳色"三个字倒听得出来。而且他又叹了口气，那意思也多少猜得出来一点儿，这就越发地要听了。黄曼英道："你不也是一个军人吗？是怎么说话呢？"甘积之道："我的情形和赵自强有点儿不同。你和桂枝更是不同。"说着话越走越远，以后的话就不大听见，至于什么不同，就没有个交代了。桂枝一想，他这样提到自强，也许他知道自强一些消息。他既是回来了，少不得要和公公往来，以后就注意着他的言语行动吧。自己憋了这个主意在心里，就静等消息。但过有三天，不但黄曼英没有来过，就是甘积之也没有来过。

这天晚上，是个农历四月初头的日子，一钩镰刀似的新月正挂在前院的柳梢头，晚风掠过杨柳枝，送来一阵胡琴鼓板之声。桂枝站在屋檐下抬头看月色，正自出神。赵翁听了音乐声，也就出来了。他昂着头叹了口气道："真有人还乐得起来，报纸上不是嚷着国家兴亡，匹夫有责吗？别家犹可，他们家可不该呀！"桂枝道："爸爸，你说的是谁呀？"赵翁将手一指对面道："不就是甘家吗？听说他们家大爷明天四十岁生日，学着南方规矩，今天晚上暖寿，找了一班人在家里清唱。"桂枝道："人家有钱做寿，这也没什么不应该呀。"赵翁道："我有件事没告诉你，他们家二爷回来了，我昨天就遇到了他。他说，他在关外当义勇军，还是什么司令手下一位秘书呢。义勇军是国家不给饷的，甘二爷回到北平来募捐来了。他那番热心当然是可佩服的。可是他到外面去募捐，他哥哥在公馆里做寿，这是怎么回事？他不会家里不做寿，把那钱捐给他兄弟吗？"

他这样说着，桂枝还不曾答话，小林由旁边小厢房走出来，接着道："为什么不乐呢？人家是三喜临门啦。"赵翁道："是的，我也看到那黄小姐了，准是和甘二爷订婚吧？还有什么喜事？"小林道："他们家听差小李告诉我说，甘大爷有位朋友由旅长升了师长了，而且在石家庄那里，当个什么司令。甘大爷这就要跟了那师长到石家庄去。听说公事都发表了，给他当军需处长。小李也要升了，反正是什么长吧？我说了，好哇，人家当兵，出关打日本，你们当兵向南跑去升官发财。"赵翁点点头道："那是各人的命，有什么话说？"说到这里，一阵锣鼓响打断了他们的话头。

桂枝对甘大爷当处长做寿的消息倒还罢了。而黄曼英和甘二爷订婚的消息，可让她生着很深的感触。人靠了窗户墙，只管昂着头望了柳梢头上的那钩月亮。站得久了，却感到腰上有点坠沉沉的，这才感到一些疲乏，立刻走回房去。可是回房以后，那腰子就沉坠得更厉害，慢慢地肚子也疼了。她坐坐，又站了起来，心里可就想着，这不要是肚子里的小家伙要出世了吧？可是这是生平第一次。若是不是的，嚷了出来，那可是个笑话。因之只是在屋子里徘徊，却没有熄灯睡觉。赵翁对于她的生产是时刻留心的。到了晚上十一点钟了，见她屋子里点着灯，隔了门帘子，不住地人影摇动。他放心不下，就走到前院去，隔了屋子窗户轻轻叫道："亲家太太，您去瞧瞧吧，您家姑奶奶恐怕是胎动了。"江氏一个翻身坐了起来，低声答道："照我算，还有些日子呀。我就来。"她一面说一面穿衣，立刻就到后院来。

走进了桂枝房，见她双眉深皱，手扶了桌子，咬了牙站着。只看这姿态，她就证明是该分娩了。江氏一面通知小林点灯烧水，一面找着街坊里面的两位老太太来帮忙。这两位老太太自然是儿孙满堂的人。她们看到桂枝这情形，就断定了临盆还早，先安慰江氏母女不要忙，再托人去请接生姥姥。赵翁虽是不便到儿媳屋子里来，可是他和江氏一样着急，堂屋里坐着，听听屋子里消息，厨房里站站，帮着小林料理茶水。产妇在屋子里痛苦了一夜，老人家也在屋外痛苦了一夜。直闹到次日正午十二点钟，赵翁站在院子里，眼望着天，怔怔地不作声，心里却是在不住地祷告着说："老天爷，给我们赵家留一条后吧。"就是这时，听到桂枝屋子里几位老太太低着声音说话，口吻是非常地沉着，觉着那窗户里面的空气是十分紧张。赵翁站在院子连呼吸也忍住了，只呆听着消息。忽然那里哇哇的一阵儿啼声，便听到有人道："恭喜恭喜，杨大婶添个外孙子了。"赵翁一阵高兴，早是那颗心乱跳着，喜欢得要跳出口腔子里来。他走着靠近了窗户，觉着不妥，又闪了开去。他徘徊了几个来回，实在忍不住了，这就问道："亲家太太，大小都平安吧？"江氏在窗子里答道："老太爷，恭喜您，添个孙子了。胎衣也下来了，大小平安，您放心吧。"赵翁笑着，也连说恭喜恭喜，谢天谢地。说着，对着青天作了几个长揖。在他作揖的当儿，看到前面两棵大杨柳树在半空里摇曳着翠云堆，便笑道："亲家太太，小孩子的名字，我也有了，就叫柳青吧。让这孩子前程远大，像这杨柳青青似的。"江氏道："老太爷您去买些香烛来吧，谢谢天地祖宗。"赵翁连说是是，到屋子里去取了些零钱，就向外走。

　　刚是出了大门，迎面一个军人走了过来，立着正，敬了个军礼。赵翁拱拱手笑道："哦呀！关连长，你们可回来了。我们自强呢？"关耀武那张灰黑的脸上，两道浓眉毛皱了一皱，接着道："他，他，他还好，咱们屋里说话吧。"赵翁看他那脸色，心里先有三分跳荡，这就抓住他的手向院子里来。关耀武道："我姑妈在家吗？"他说着径直地向江氏屋子里走。赵翁陪着他走进屋子来，因道："她在后院陪着她姑奶奶呢。关连长，你说，我自强还在人世吗？我急于要得这句话。"关耀武站在屋子里又怔了一怔，然后叹了口气道："这话说来很长，我们慢慢地谈吧。"赵翁捏住他的手道："三个多月，没有接到自强的信，急得什么似的。我又在报上看你们部队的消息很是不好，我早料着自强是完了。上两个星期，我到城里去打听得清楚，你们那一营人在喜峰口外垮了。我猜着，自强就很难生还。"说着，将两眼瞪着望了关耀武。他穿着那变成了黑色的灰制服，垂直了两手，捏了两个拳头，沉默着有两三分钟不能作声。赵翁将左手扯着右手的灰袄袖子揉擦着眼睛，随同了他的胡须有些抖颤，哽咽着道："关连长，你说，你说，他是怎样死的？"关耀武道："老太爷，您也不必难过。我们当军人的，马革裹尸，那是理之当然。"赵翁道："你说，他是怎样死的？"他说着，站不住了，随身坐在门角落旁破椅子上。

关耀武倒退了两步，也在他对面小方凳子上坐下，因道："是一个大雪的日子，我们的营部突然让日本鬼子包围了。他们派了人来和我们说，要我们缴械。我们的营长装出无可奈何的样子，一点儿也不考虑，答应缴械，并且答应首先解除武装和来人一路去见日本鬼子的首领。这样一来，日本鬼子当然相信了，但营长可暗下给了我们一张命令，无论他回来不回来，在一小时零五分以后突围。他若不回来，就由刘副营长代理营长。有这一小时，我们全营人预备得够了，分作东西两路突围。恰好，只到五十分钟，我们营长就向营地来了。可是来是来了，有一名日本军官，带了十几名鬼子兵跟着他。他大概知道脱不得身，站着路头上，故意不来，也不去，找了话和日本军官商量。最后，他掏出表来看了看，大声叫道：'弟兄们，我为国尽忠了，你们冲吧。'他口里喊着，他是早已动手，把他身边一个日本兵的步枪猛可地抢了过来。对那日本军官做了一个滑刺，一刺刀戳穿他的背心，说就不用说了，日本兵各拿起枪对他一阵乱扎。赵连长就是监视着这一条来路的人，指挥了两挺机枪对这群鬼子乱射。他们是一个也没回去，枪声一响，我们两路突围。我正和赵连长走一条路。鬼子实是没有料到我们会来这一招的。我们两连人一个冲锋，就冲出了日本兵的包围线。弟兄们也就伤亡了一半。另一股是不是突围成功了，当时我们不知道，只有赶快地走。但是不到十里路，日本的坦克车追上来了，我当时腿上中了两颗子弹，不能作战，滚进了地沟里。可是我看见赵连长躺在地上，等一批日本骑兵跑过来，他跳起来挡住了那些马头。等敌人全逼近了他，他把身上预备的一颗手榴弹，猛可地向地下一砸。"赵翁啊哟了一声，像自己也中了手榴弹站着直跳起来，瞪了两只昏花老眼向关耀武望着。

两个人怔怔地望了四五分钟。关耀武道："老太爷，你也不必难过了。他和敌人同归于尽，在武德上是十分光荣的。军人战死在疆场那是荣誉的事情。"赵翁抖颤着道："他，他，他，我的儿子，他战死了。这，这，这是荣誉！"他将两只手反扶了墙壁，抖颤坐下去。关耀武道："我姑母呢？我得去看看她。"说着，他站了起来。赵翁抢着站起来，两手将他抓住，依然抖颤着道："别，别，你别去。你，你，你千万别告诉她。她刚刚生下一个外孙子，正在欢喜头上呢。"关耀武笑道："哦！老太爷你今天添了孙子了。"赵翁道："我有个不情之请。你还是赶紧走开吧，别让她看见了。她看见了不要紧，她告诉了我们少奶奶，那可了不得。你请吧。改天我到府上来详细地问你。"正说到这里，江氏就在后院里高声叫道："老太爷，买着香烛回来了吗？"赵翁答应着道："我还没有去呢。"说着，向关耀武一摆手，赶紧跑回后院里去。江氏迎着他，请了个双腿儿安，笑嘻嘻地道："恭喜呀，老太爷，添了孙子了。挺大的个儿，洗干净了送上炕，睁着两只小眼睛直看人。"赵翁也笑道："您添外孙子，不喜欢吗？同喜同喜！"江氏笑道："您是乐大发了，笑着眼泪水都流出来了。"赵翁赶快扯着袖口揉着眼睛道："是吗？我自己都不知道呢。进去，进去，外面没事，到里面去照应吧。"说时，横伸了两手，拦着去路。

江氏以为他是心疼刚生孙子的少奶奶，要自己去照应着产妇，也就含笑转回屋子去。赵翁随在她身后也就走了进去。就在这时，猛然一阵噼噼啪啪的爆竹声。自然，那又是对门甘家庆祝过生日的爆竹了。他手扶着门，怔怔地听着。桂枝却在床上低声地道："你瞧我们老爷子也是太高兴了，添个孙子，放着这样多的爆竹。"赵翁站在堂屋口，不敢答应，也不敢进去。因为怕关耀武不知好歹，却撞进来了。他定了一定神，还是不放心，依然走到前院来。算是他仔细得不错，关耀武还在大门口徘徊着。赵翁赶到面前，向他拱了拱手道："关连长，我这个时候，心里乱极了，不知道说什么是好。可是自强阵亡的消息，这时千万不能让杨家母女知道，知道了是好几条人命。我少奶奶生下孩子还不到半点钟哩。你怎不早给我一点儿消息呢？"关耀武道："我带伤躲在老百姓家里养了两个多月才好，我也是前天才回来呀。既然你有这样一个难处，改日再谈吧。我走了。"说着，二人一同走上街来。

这时，对门甘家正是锣鼓喧天，堂会戏又开始在清唱。关耀武见对面人家门口满地的碎爆竹，不免驻脚看了一看。就在这时，有一辆乌亮的新式汽车很快地跑了过来，在面前停下，车门开了，一个穿黄呢军服的人佩着将官领章，腰挂佩剑，走下车来。他认得，这是新升任的刘师长，曾在他部下当过连副。这就立着正，敬了个礼。刘师长回着礼向他笑道："你不是关耀武吗？现时在哪个部队里？"关耀武于是把经过的情形略微报告了一下。刘师长道："那好极了。你到我部队里去，我正要用人，大概三五天内，我就要去石家庄。你明后天到我公馆里去见我。"关耀武答应着是。就在这时，甘家大门里出来三个人。第一个是甘厚之，穿了长袍马褂。第二个是甘积之，穿了西服。第三个是黄曼英，穿着粉红色旗袍。齐齐地站着向刘师长鞠躬，连说欢迎。关耀武是认得黄小姐的，在师长面前可不敢打招呼。黄曼英却误会了他是和刘师长同来的，点头笑道："关连长，也来了？"刘师长望着道："你们认得？"黄曼英随便答道："原来是邻居。"刘师长笑道："关连长，你也去叨扰他们一杯喜酒吧。今天是甘处长生日，黄小姐和甘二先生订婚，要我做个见证人。甘二先生还是当义勇军的人呢。和你一样，也是由口外刚回来。他是回来募捐的，借了这个机会，定下百年之好。"甘积之便向前和关耀武握着手道："请到舍下喝杯酒。"关耀武道："对门赵老太爷，今日添了个孙子，我是来看看小壮丁的，有事要赶回城去。就是这里贺喜吧，不叨扰了。"

甘积之这才看到赵翁半闪在他自己大门里，便笑着点头道："老太爷，恭喜你呀！"老太爷只好走出来，拱拱手道："二爷恭喜你。"他还要说话，小林可在后面叫着道："老太爷请进去吧，杨老太有话说。"赵翁便向甘积之拱了手，走回后院自己屋子。江氏迎着道："老太爷，孩子包好了，您来瞧瞧您可心的孩子吧。"桂枝在屋子里也低声叫道："爸爸你瞧瞧吧，真像他爸爸。"赵翁隔着屋子道："好，我瞧瞧，包好了，可别招了风。"他说着，首先将堂屋的风门关闭上，接着，还掩上了风门里的双合门。于是江氏将一条小红被包着的小婴儿双手抱了出来。小红被上，还放着赵自强的一张半身相片。她笑道："您把他爷儿俩的相对照对照，不是一个模子印出来的吗？"孩子送到面前，赵翁掀开包着婴儿的小被角，见那孩子圆面大耳，两只乌眼珠对了祖父转动着。赵翁笑道："好的，好的，和自强一样。长命百岁，长命百岁！"江氏也是高兴极了，只将嘴对包被上的相片努着，笑道："拿着相片对照照吧。"

赵翁不便拒绝，只好拿起相片来看看。他这一看，想到儿子永无回来之日，这个初出世的孩子早是没了父亲。一阵酸心，热气直冲入眼眶子里，几乎要流出泪来。他极力地忍耐着，装成看呆了孩子，没作声。但空气却不寂寞，对门甘家大门口又送来一阵爆竹声。桂枝在屋子里问道："这是谁家也在放爆竹？"小林在窗子外答道："甘二爷和黄小姐正在行订婚礼呢。"桂枝没作声，向窗户外望着。产妇房里，窗户虽是全用纸或布遮掩上了的，可是上格窗户在屋梁下还有两块玻璃敞着，露了亮光进来。由那里可以看到前院的两棵大柳树，摇着青青的影子，那正是表现着窗子外是一片明媚的春光呀。